SIBILLA BELLINI

Süßer Tod am Lago di Garda

VERGANGENE SCHULD Nach ihrer Scheidung und einem beruflichen Burn-out hängt die mailändische Profilerin Ricarda Antonini ihren Beruf an den Nagel und zieht mit ihrer 13-jährigen Tochter Mia zurück in ihre Heimat an den Gardasee. Doch als ein Serienmörder die Gegend in Angst und Schrecken versetzt und ihr Bruder, Kommissar in Brescia, den Auftrag der Aufklärung der Denkmal-Morde erhält, wird Ricarda im Handumdrehen von den Geschehnissen mitgerissen. Schon bald muss sie entsetzt feststellen, dass die Vorgehensweise des Täters fast haargenau mit der des Mörders ihres letzten Falls übereinstimmt. Handelt es sich bei ihm um einen Trittbrettfahrer? Oder hat gar Ricardas eigene Vergangenheit etwas mit den Morden zu tun? Nicht ahnend, dass sie selbst in großer Gefahr schwebt, nimmt sie sich der Fälle an …

Sibilla Bellini wurde 1966 in Frankfurt am Main geboren. Nach einer erfolgreichen Ausbildung zur Bürokauffrau folgte sie dem Ruf der Ferne und zog nach Frankreich, wo sie 2015 ihre Sehnsucht nach Abenteuern zum Beruf machte. Seit jeher von den Geheimnissen vergangener Epochen fasziniert, arbeitet sie heute als freie Autorin und hat bereits zahlreiche Romane unter ihrem Klarnamen Sibylle Baillon veröffentlicht. Wenn sie also nicht gerade in Büchern schmökert, widmet sie sich mit Leidenschaft dem Schreiben romantischer, historischer und kriminalistischer Geschichten.

SIBILLA BELLINI

Süßer Tod am Lago di Garda

KRIMINALROMAN

GMEINER

Personen und Handlung sind frei erfunden.
Ähnlichkeiten mit lebenden oder toten Personen
sind rein zufällig und nicht beabsichtigt.

Im Ehnried 5, 88605 Meßkirch
Telefon 07575/2095-0
info@gmeiner-verlag.de

1. Auflage 2025

Lektorat: Susanne Tachlinski
Satz: Mirjam Hecht
Umschlaggestaltung: U.O.R.G. Lutz Eberle, Stuttgart
unter Verwendung eines Fotos von: © stefanotermanini / stock.adobe.com
Druck: CPI books GmbH, Leck
Printed in Germany
ISBN 978-3-8392-0907-3

Für Isabell

PROLOG

Discoteca Hollywood Clubbing,
Manerba del Garda BS, Gardasee, Westküste, Freitag, 19. April – 04.10 Uhr

Hätte sie an diesem Abend auch nur die leiseste Ahnung von dem gehabt, was passieren würde, wäre sie sicher im Hotelzimmer geblieben, um sich ihre Lieblings-Fernsehserie »Mord in der Toskana« anzuschauen. Ja, wäre sie doch nur …

Es knallt. Abrupt fährt sie herum. *Dusel, es ist lediglich ein Sektkorken*, denkt sie heiter und fühlt sich auf einmal lächerlich, kichert albern. Die Party ist in vollem Gange. Sie schwitzt, hat das Gefühl, die Nacht durchgetanzt zu haben. Wie spät ist es überhaupt? Unmittelbar schaut sie sich nach einem knackigen Retter mit Armbanduhr um, kann aber auf die Schnelle niemanden ausmachen. Die sind wohl alle beim Tanzen.

Nur ein attraktiver Herr sitzt neben ihr an der Bar, dreht sein Whiskyglas zwischen den Fingern und starrt unbeteiligt vor sich hin. Er scheint andere Sorgen zu haben, als Frauen anzubaggern. Ihr ist es nur recht. Nicht weit von ihm entfernt sitzt eine kurzhaarige Frau gleichen Alters mit übertrieben geschminkten Augen. Sie wirkt verhärmt, als ob das Leben nicht viel Erfreuliches für sie bereitgehalten hätte. Fast könnten die beiden ein Paar sein. Ein zerstrittenes Paar? *Ach was*, denkt sie, *mir doch egal. Wo steckt nur Greta? Eben ist sie doch noch hier gewesen ...* Angestrengt sucht sie die Tanzfläche nach ihrer Freundin ab und entdeckt kurz darauf den blonden Lockenkopf, der aus der Menge heraussticht. Unwillkürlich muss sie schmunzeln, denn man könnte Greta unter Tausenden wiedererkennen. Die Männer sind ganz scharf auf den grellen Wust auf ihrem Kopf. Viele hübsche Kerle haben an diesem Abend mit ihr geflirtet. Nicht nur Italiener. An den Gardasee scheinen viele Urlauber aus aller Herren Länder zu kommen, selbst jetzt im April schon.

Am nächsten Morgen wird es endlich so weit sein. So lange hat sie diesen Augenblick herbeigesehnt, ihn sich erträumt. Schon ihr ganzes Leben lang. Da hat sie jahrelang geschuftet, alle möglichen Nebenjobs angenommen, fast die Hoffnung verloren und wollte schon aufgeben. Dann klingelt plötzlich das Telefon und ganz unverhofft fällt er ihr endlich in den Schoß: der goldene Gral, die Chance ihres Lebens ... Es ist so furchtbar aufregend. Einfach so, aus heiterem Himmel. Innerlich jauchzt sie, jedes Mal erneut, wenn sie daran denkt. Was für ein Glückspilz sie doch ist. *Deshalb musst du einen klaren Kopf behalten*, mahnt sie sich. *Also gut, versprochen, heute Abend rühre ich kein weiteres Glas mehr an. Zumal ... huch ... was ist das? Auf einmal fühle ich mich so ... schwerelos ...*

KAPITEL 1 – DIE ANKUNFT

Bornico, Gardone Riviera, Gardasee, Westküste, Samstag, 20. April – 10 Uhr

Schrill bimmelte das Telefon, sodass Ricarda aus ihren Gedanken hochschreckte. *Himmel*, dachte sie verwirrt, *ich brauche wirklich Erholung.* Jetzt, da sie endlich im kleinen Ferienhaus ihrer verstorbenen Eltern verweilte, endlich den großen Sprung gewagt hatte, in ihre Heimat zurückzukehren, wollte sie sich erst einmal von den Strapazen der Vergangenheit erholen. Kein Stress mehr, keine Hektik, keine schlaflosen Nächte oder gar Albträume. Burn-out hatten sie es genannt … Sie seufzte, zog den Gürtel ihres Morgenmantels fest, machte einen Knoten und schlurfte in Richtung Küche zum Wandtelefon.

»*Pronto*«, brummte sie in den Hörer. Es war gerade mal … Sie schielte auf die altmodische Wanduhr, die über dem Steinspülbecken hing und noch aus der Epoche ihrer Großeltern zu stammen schien. Oh! Es war bereits zehn Uhr morgens!

»Ricarda, *sorella mia*«, trällerte die dynamische Stimme ihres Bruders durch den Hörer. »Na? Schon eingelebt?«

»Andrea«, antwortete sie leicht irritiert, lehnte die Stirn an den Türrahmen und schloss die Augen. »Ich habe noch nicht einmal gefrühstückt.«

»O nein«, stammelte er. »Verzeih. Ich hatte dich als Frühaufsteherin in Erinnerung.«

Falsch war das nicht. »Das war *vorher*«, sagte Ricarda etwas sanfter.

»Oh…«

Ja, vorher!, wollte sie aufgebracht rufen. *Als ich morgens noch voller Elan aus dem Bett gehüpft bin, um so schnell wie möglich zum Präsidium zu eilen; als ich in meiner Arbeit noch einen Sinn gesehen habe.*

»Du wolltest mit mir sprechen?«, fragte ihr Bruder geradeheraus.

»Ja, komm doch einfach heute Nachmittag vorbei«, schlug Ricarda vor; das, was sie ihm zu sagen hatte, wollte sie nicht am Telefon besprechen.

»Dir ist es also ernst? Du willst nicht mehr nach Mailand zurück?«

»Ja, es ist mir ernst. Auch für Mia wird das Leben hier angenehmer und vor allem gesünder sein.«

»Ist meine Lieblingsnichte noch immer so eine Leseratte?«

»Mehr denn je.«

»Prima«, sagte ihr Bruder lachend. »Na dann –herzlich willkommen, Schwesterchen. Bis heute Nachmittag also.«

»Ja, super. *Ciao*, Andrea«, antwortete sie und legte auf. Müde gähnend schlurfte sie ins Wohnzimmer, das noch immer genauso eingerichtet war, wie ihre Eltern es hinterlassen hatten. Einige Jahre vor dem verhängnisvollen Unfall, bei dem Giovanni und Aurora Antonini ums Leben gekommen waren, hatten sie es umgebaut und modernisiert, um daraus ein *Pernottamento e colazione*, eine Art Bed & Breakfast zu machen. Ricarda fand, dass es ihnen hervorragend gelungen war. Das kleine Ferienhäuschen ihrer Kindheit, das direkt am Westufer des Gardasees lag und fast so wirkte, als wäre es in den Steilhang eingemeißelt worden, und das früher nur eine Art Fischerhütte gewesen war, hatten sie mit Erfolg in ein ästhetisches Dreizimmer-Gästehaus verwandelt.

Vorsichtig klappte Ricarda die Akkordeonläden der dreiteiligen Fenstertür auf. Ihr Blick fiel auf das friedliche Panorama des Sees. Überwältigt stand sie da und blinzelte gegen die Morgensonne an, die schon lange ihren Weg zum Zenit begonnen hatte und die Aussage der Küchenuhr unwiderruflich bestätigte.

Es versprach, ein wundervoller, strahlender Tag zu werden; genau das Richtige, um ihrer Tochter endlich mal die Gegend zu zeigen, den Bücherwurm aus den vier Wänden seines neuen Zimmers herauszulocken. Fast schämte Ricarda sich dafür, dass sie in all den Jahren nie hier vorbeigeschaut hatte. Immer waren sie nur zum Hauptwohnsitz ihrer Eltern in Riva del Garda gefahren, wo sie und Andrea aufgewachsen und zur Schule gegangen waren. Und auch dort hatten sie selten mehr als ein paar Tage verbracht.

Die Terrasse des Ferienhauses war auf beiden Seiten von hohen Hecken umgeben, die sie vor neugierigen Blicken von den Nachbargrundstücken abschirmten. Bei diesem Anblick brachen auf der Stelle Kindheitserinnerungen über Ricarda herein.

Plötzlich meinte sie, das fröhliche Gekicher, Gackern, Kreischen und Planschen von Jugendlichen zu vernehmen. Wie viele glückliche Sommermonate hatten sie hier verlebt? Wie viele Küsse ausgetauscht? Wie viele Streiche ausgeheckt? Jetzt war sie fast 50, ausgelaugt, allein, und die Freunde ihrer Kindheit hatten sich über ganz Italien verstreut. Schon vor Jahrzehnten war der Kontakt zu ihnen abgebrochen.

Mit nostalgischer Sehnsucht ließ Ricarda ihren Blick über den See schweifen. Tränen traten ihr in die Augen. *Er wird noch da sein, wenn wir alle schon nicht mehr sind*, dachte sie, schüttelte den Gedanken jedoch eilends wieder ab.

Nicht doch, rügte sie sich. Als ehemalige hartgesottene Profilerin sollte sie wirklich weniger nahe am Wasser gebaut haben. Nein, es galt, nach vorne zu schauen. Es galt, Mia eine bessere Mutter zu sein. Und vor allem galt es, endlich wieder die Freude am Dasein, an den einfachen Dingen des Lebens zu entdecken.

Vor ihr breiteten sich das wundervolle Türkisblau des stillen Sees und der malerische Anblick des gegenüberliegenden Hafenörtchens Torri del Benaco aus. Etwas weiter nördlich ragte die Spitze des majestätischen Monte Baldo stolz in den Himmel. In der Ferne schipperte eine Fähre gemächlich über das Wasser. *Endlich daheim.*

Von Norden her wehte ihr eine frische Frühlingsbrise entgegen, ließ sie kurz frösteln. Genüsslich schloss Ricarda die Augen und sog ihre Lunge mit der prickelnden Bergluft voll. Ja, heilende Ruhe, friedliches Dahinplätschern und die blaue Weite waren alles, was sie brauchte. Und das war auch der Grund, warum sie ihren Bruder so dringend sprechen musste …

KAPITEL 2 – BEGEGNUNG MIT DER VERGANGENHEIT

Bornico, Gardone Riviera, Gardasee, Westküste, Samstag, 20. April – 12 Uhr

Ihre Ankunft schien sich bereits wie ein Lauffeuer herumgesprochen zu haben, und im Nu hatte sich die weitläufige Touristenhochburg in ein kleines Fischerdörfchen verwandelt, in dem sich Neuigkeiten so schnell verbreiteten wie eine Pestwelle im Mittelalter. Als Ricarda mit Mia zum Auto lief, um nach Gardone Riviera zu fahren, steckte eine vorwitzige Nachbarin lächelnd die Nase aus der Tür und winkte ihr zu, als wären sie langjährige Freundinnen.

»*Buongiorno*, Ricarda«, rief sie, trat in den Vorgarten und kam eilig näher. »Ich freue mich so, dich endlich wiederzusehen. Bleibt ihr länger hier?«

»*Buongiorno, signora* … äh, kennen wir uns?«, fragte Ricarda stirnrunzelnd. Die hochgewachsene, etwas füllig wirkende Dame schien in Ricardas Alter zu sein, ihr Gesicht sagte ihr jedoch nichts. Mit ihrem lockigen Kurzhaarschnitt, der altmodischen Kleidung und der übergroßen Brille machte sie einen recht biederen Eindruck. Nur das wohlduftende Parfüm, das sie verströmte, schien nicht zu diesem Bild zu passen.

»Oh, Verzeihung«, stammelte diese. »Ich bin Bianca Castello, deine Nachbarin. Wir kennen uns von früher, als du noch jedes Jahr mit deinen Eltern –«, hastig schlug sie das Kreuz vor ihrer Brust, »– und deinem Bruder hierher in den Urlaub gekommen bist.«

Vage Erinnerungen krochen in Ricarda hoch. *Bianca, Bianca …* Allmählich dämmerte es ihr. War das nicht das Nachbarskind gewesen, das immer mit ihnen hatte spielen wollen? Das Mädchen, das sie meist unbeachtet hatten links liegen lassen, außer wenn die Eltern vehement darauf bestanden hatten, sie mit einzubeziehen? Das Mädchen, das sie beim Versteckenspielen oft ausgetrickst hatten, um es loszuwerden? Manchmal hatte Bianca dann Stunden in ihrem Unterschlupf ausgeharrt, war überzeugt gewesen, gewonnen zu haben. Ricarda räusperte sich verlegen, lächelte. Wie grausam Kinder sein konnten …

»Ach ja, Bianca«, antwortete Ricarda in jovialem Tonfall, darum bemüht, ihrer Stimme einen freudigen Klang zu verleihen, und schlug sich mit der Hand theatralisch gegen die Stirn. »Natürlich … Wie geht es dir denn so?«

»Prima, vielen Dank. Ich freue mich, endlich wieder Nachbarn zu haben, besonders für Cesare.«

Erst jetzt fiel Ricardas Blick auf den wuschelköpfigen, sommersprossigen Jungen, der ebenfalls vor die Tür getreten war. Er dürfte in Mias Alter sein, schätzte sie, und unverzüglich wallte ein Lichtblick in ihr auf. »Oh, ist das dein Sohn?«

»Nein, nein, mein Neffe. Aber er lebt bei mir, seit meine Schwester –« Erneutes Kreuzzeichen.

Diesmal tat Ricarda es ihr nach. »Tut mir leid«, sagte sie.

»Krebs«, fügte Bianca hinzu, als würde dieses Wort allein schon eine ganze Geschichte beinhalten.

Ricarda nickte. »Und der Vater?«, wollte sie leise wissen, obwohl sie sich sofort darüber klar wurde, wie aufdringlich das wirken musste.

»Er arbeitet sehr viel, lebt in Mailand … armer Junge«, flüsterte Bianca und schaute Ricarda wissend an.

Plötzlich fühlte Ricarda sich an ihre eigenen Fehler und Abwesenheiten erinnert. Erneut räusperte sie sich. »Na, wunderbar. Dann könnt ihr euch doch sicher mal zum Baden treffen«, wandte Ricarda sich abrupt an Mia. »Was meinst du, Schatz?« *Hätte ich sie nicht besser vorher erst einmal fragen sollen?*, schoss es ihr durch den Kopf. Hach, schon wieder hatte sie etwas falsch gemacht. Es war sicher nicht der richtige Weg, um einen besseren Draht zu ihrer Tochter zu bekommen.

»Zumal wir beide uns ja bereits kennen, nicht wahr, Mia?«, tat Bianca sich hervor.

Mia nickte schüchtern.

»Ach ja?« Überrascht runzelte Ricarda die Stirn.

»Na klar, wenn sie im Sommer bei ihren Großeltern zu Besuch war, sind wir uns öfter mal begegnet.«

Richtig, dachte Ricarda zerknirscht. *Ich bin seit einer Ewigkeit nicht mehr hier gewesen.* Mia hingegen hatte fast jeden Sommer ein paar Tage hier verbracht, während Roberto und Ricarda in Mailand geblieben waren. »Also, was meinst du?«, hakte sie nach, aber Mia schien tatsächlich nicht besonders begeistert von der Idee zu sein, dass sie Bianca und ihren Neffen einlud. Innerlich stöhnte Ricarda auf. Gab es denn wirklich nichts, was ihr Fräulein Tochter mal gnädig stimmen konnte? »Heute Nachmittag habe ich schon Gäste«, grübelte sie indessen laut vor sich hin. »Aber komm doch einfach morgen Nachmittag mit Cesare zum Kaffeetrinken. Sicher können die beiden dann schon baden.« Aus Erfahrung wusste sie, dass das noch ziemlich kalte Wasser ihrer Tochter nicht viel ausmachte.

»O danke, gerne«, begeisterte sich Bianca und klatschte entzückt in die Hände. »Dann möchte ich dich nicht länger aufhalten. *Ciao*, Ricarda.«

»*Ciao*, Bianca«, erwiderte Ricarda den Gruß und setzte ihren Weg fort. *Nun, so schlimm scheint die Nachbarin doch gar nicht zu sein*, ging es ihr durch den Kopf. Warum hatte sie sie früher nur nicht gemocht? *Weil du deinen Freundeskreis bereits hattest und sie da ganz und gar nicht hineingepasst hat*, gab sie sich prompt selbst die Antwort. Keiner hatte sie gemocht. *Stimmt!* Jetzt kam alles wieder zurück.

Damals war Bianca eine unbeliebte Streberin gewesen, mit der niemand sich hatte abgeben wollen. Noch dazu hatten sie sich immer nur in den Ferien gesehen, weil die Antonini-Kinder in Riva zur Schule gegangen waren. Als Kleinkinder hatten sie im Sommer wohl öfter mal zusammen gespielt. Aber als Ricarda in das Alter gekommen war, ihre Freunde mit in den Urlaub zu nehmen, war die nichtssagende Brillenschlange nur noch lästig gewesen, und sie hatte sie stetig mit Ausflüchten und Ausreden abgewimmelt.

Bei diesem Gedanken stieg ihr unwillkürlich die Hitze in den Kopf; sie schämte sich dafür. Wie oberflächlich und verletzend man als junger Mensch doch sein konnte. Schuldbewusst schaute sie auf ihre verschlossene Tochter hinab. Ob es ihr wohl genauso erging? Ob sie von den Mitschülern in Mailand wegen ihrer Schüchternheit ausgeschlossen oder gar gehänselt worden war? Ihr Herz zog sich schmerzlich zusammen, schien nur noch ein bleierner Klumpen zu sein. Entschlossen schwor sie sich in diesem Moment, ein Auge darauf zu behalten, dass der Schulwechsel für Mia keine zu große Belastung darstellen würde, und vor allem dafür zu sorgen, dass sie sich gut einlebte.

»*La figlia Antonini* ist wieder zurück«, konnte sie die

kaum verhaltenen Worte vernehmen, die eine weitere neugierige Nachbarsfrau ihrem Ehemann zurief, als sie endlich beim Jeep angelangt waren. Natürlich hegte Ricarda keinen Zweifel daran, dass der Herr Gemahl die Kunde noch am selben Abend beim Aperitif in der Lieblingsbar weitertragen würde. Sie schmunzelte. Da hatte sie doch tatsächlich fast vergessen, wie es war, in einem kleinen Städtchen wie Gardone Riviera zu leben: Jeder kannte jeden; jeder wusste alles über seine Nachbarn und die Nachbarn seiner Nachbarn …

»Wo fahren wir denn hin, *mamma*?«, fragte Mia, als Ricarda den Motor anließ. Gerade hatten sie den *Corso Zanardelli* erreicht, den Straßenabschnitt der *Gardesana Occidentale*, der ihr Wohnviertel Bornico mit der Innenstadt verband. Es waren nur knapp zwei Kilometer.

»Wir gehen Ravioli essen, und danach können wir einen Ausflug machen.«

»Ist es weit?«, murrte Mia. »Ravioli hätten wir doch auch zu Hause essen können.«

»Ach, Schatz, ich wollte, dass du mal ein bisschen an die Luft kommst. Besonders zu dieser schönen Jahreszeit, in der alles zu blühen beginnt und noch nicht so viele Touristen unterwegs sind.« Sie nahm die Hand vom Lenkrad und zeigte demonstrativ auf die Pracht, die sich ihnen darbot.

An den Mauern der verträumt wirkenden Häuser kletterten herrlich duftende Pfeifensträucher und wundervolle lilafarbene Bougainvilleen empor. Überall konnte man das zarte Erblühen der Clematis in den Zitrusbäumen beobachten, deren Zitronen- und Orangenblüten ihren intensiven Geruch verströmten. Sogar ein uralter Blauregen rankte sich den Felsen hinauf und erleuchtete die Graunuancen mit seiner violetten Schönheit.

»Wir gehen doch nicht etwa in eines von diesen überfüllten Touri-Restaurants?!" Mia machte große Augen, als würde sie der Antwort mit Bangen entgegensehen. Die Idee, sich der Außenwelt auszusetzen, schien ihr nicht zu behagen. Wann hatte es angefangen, dass ihre Tochter so menschenscheu geworden war?

»Nicht ganz«, erwiderte Ricarda und gab sich gewollt mysteriös, indem sie die Augen verschwörerisch zusammenkniff. »Viel besser. Wir gehen zu Maria.« Die letzten Worte flüsterte sie, als wäre es ein unaussprechliches Geheimnis.

»Wer ist Maria?« Auch Mia wisperte nun.

Ricarda war glücklich, dass ihre Tochter sich mal für etwas anderes interessierte als nur für ihre Bücher, die sie massenweise verschlang. Die Psychologin hatte es nach dem Test damals klar auf den Punkt gebracht: Mia war außergewöhnlich begabt. Diese Erkenntnis erklärte so vieles – ihren unermüdlichen Wissensdurst, die Phasen völliger Zurückgezogenheit und auch die Herausforderungen, denen sie sich im Alltag stellen musste.

»Maria ist ein Engel«, antwortete Ricarda ausweichend und grinste. »Sie ist die Seele von Gardone Riviera. Sozusagen ein Geheimtipp der Einheimischen.«

»Und sie macht Ravioli?«, fragte Mia ungläubig.

»Auch«, bestätigte Ricarda schlicht. »Lass dich doch einfach mal überraschen, mein Schatz.« Sie strich Mia über die langen dunkelbraunen Haare, was das Mädchen zusammenzucken ließ. Seufzend nahm Ricarda ihre Hand wieder fort und legte sie aufs Lenkrad zurück. Es tat ihr in der Seele weh, dass sie sich so sehr auseinandergelebt hatten. Wann genau war das passiert? Wann hatte sie den Zugang zu ihrer Tochter verloren? Roberto hatte ihr oft vorgehalten, ihrer Arbeit den Vorrang zu geben, sich nicht genug um Mia zu kümmern. Ganz unrecht hatte er damit nicht gehabt. Und heute zahlte sie die bittere Rechnung. *Aber es ist niemals zu spät, um sich zu bessern*, dachte sie entschlossen. »Schau nur, wie schön es hier ist«, sagte sie aufmunternd. »Hast du die vielen Zitruspflanzen gesehen?«

»Ja, sie sind schön«, antwortete Mia zurückhaltend.

Allmählich näherten sie sich dem Städtchen. Ein paar Hundert Meter vom Zentrum entfernt verlangsamte sich prompt das Tempo der Wagen vor ihr. Ricarda stieg auf die Bremse. Reflexartig schwenkte ihr Arm nach rechts aus. Schützend hielt sie ihn vor Mias Brust, was völlig unsinnig war, das wusste sie wohl. Im Schneckentempo ging es weiter voran, bis sie auf den Grund für die unerwünschte Verzögerung stießen: Ein gewaltiger Menschenauflauf hatte sich mitten auf der Hauptstraße gebildet, genau an der Abzweigung, die zum *Vittoriale degli Italiani* führte, dem Museumskomplex, der dem Schriftsteller Gabriele d'Annunzio gewidmet worden war. Am Ufer lagen zwei Boote der Carabinieri vor Anker, der hiesigen Flussbrigade der Polizei. Eine unbeschreibliche Spannung hing in der Luft.

Neugierig reckte Mia den Hals. »Was ist da los?«

»Oh … ich weiß nicht … vielleicht eine Veranstaltung?«, mutmaßte Ricarda in der Hoffnung, dass es tatsächlich so war, denn die Anzeichen, die aufgebrachten, sorgenvollen Gesichter, schienen eine andere Geschichte zu erzählen.

Langsam fuhr Ricarda an der Ansammlung vorbei. Ein beklemmendes Gefühl wuchs in ihr: Nur zu gut kannte sie die unmissverständlichen Vorboten …

Stroboskopartig blitzten Bilder aus der Vergangenheit vor ihrem inneren Auge auf: Die rotierenden Blinklichter der Streifenwagen, die mit laut heulenden Sirenen durch die Stadt jagten. Gelbe Absperrbänder, die weitläufig das Gelände umrandeten. Weiß vermummte Spurensicherer, die wie Gespenster umherliefen und nahezu in Zeitlupe jeden Millimeter nach Indizien absuchten. Das aufgeregte Bellen der nervös werdenden Hundestaffel, die auf ihren Einsatzbefehl wartete. Und dann das Opfer … Die grässlich zugerichtete Leiche hatte unter dem Denkmal des beliebten Mailänder Schriftstellers Alessandro Francesco Tommaso Manzoni gesessen, als würde sie sich nur einen Moment ausruhen wollen. Blutverschmierte Kleidung, blaue Flecken und blutige Striemen an Handgelenken und Beinen, verklebte, blutverkrustete Haare, ins Leere starrende Augen … Spurfix und Gelatine-Folien, um Fußabdrücke zu sichern, im blendenden Neonlicht der Scheinwerfer blitzende Pinzetten. Nach dem kleinsten Pfützchen einer Flüssigkeit lechzende Wattestäbchen und erwartungsvoll knisternde Asservatentütchen, die bereit waren, auch den winzigsten Fund in sich aufzunehmen. …

Und dann? Das pure Grauen. Der Mund der Toten. Mit einem dünnen grünen Faden war er fein säuberlich zugenäht worden. Und damit nicht genug. Der Mörder hatte es nicht versäumt, die geschundenen Lippen mit einem grellroten Lippenstift nachzuziehen … Ricarda schüttelte die Gedanken ab. *Geht!*, schrie sie stumm.

Aufgeregt brabbelten die Umstehenden durcheinander, Hände flogen in die Höhe, fuchtelten wild gestikulierend herum. Sofort war Ricarda klar, dass hier etwas äußerst Dramatisches vorgefallen sein musste. Instinktiv wollte sie sich davon fernhalten, sich und Mia schützen, auch wenn die Neugierde der Ermittlerin ganz gegen ihren Willen in ihr erwachte. Doch sie widerstand dem Impuls, rollte stur geradeaus blickend an dem ganzen Trubel vorbei und scherte sich nicht weiter um die Durcheinanderredenden. Dennoch flogen Gesprächsfetzen zu ihr herüber, ohne dass sie es verhindern konnte.

»*Madre mia*, so ein Unglück ...«

»So jung...«

»Eine Schande, *Dio mio*, wer tut so etwas?«

»Wie ist das nur möglich?«

Ruhelos fuhr Ricarda weiter, verbissen darum bemüht, sich ihre Urlaubsstimmung nicht verderben zu lassen. *Sicher nur ein Unfall*, dachte sie bestürzt. *Und selbst wenn* ... Es war nicht mehr an ihr, sich darum zu kümmern. Sie war jetzt hier, in Sicherheit, außer Dienst. Niemand würde von ihr verlangen, dem Ganzen Beachtung zu schenken. Damit war sie fertig, ein für alle Mal. Basta! Sie spürte das Schaudern, das durch ihren Körper fuhr, die Schweißperlen, die sich auf ihrer Stirn bildeten, und das verräterische Kribbeln in ihren Lippen ... *Ruhig, ruhig*, mahnte sie sich, *denk an etwas anderes* ...

»*Mamma*, was ist da geschehen?«, rettete Mia sie aus der in ihr hochschwappenden Panikwelle.

»Ach, mein Schatz, mach dir darüber keine Gedanken. Gleich sind wir bei Maria und dann kannst du dir die köstlichsten Ravioli von ganz Italien schmecken lassen.« Der Überschwang in ihrer Stimme brachte Mia jetzt doch endlich zum Lächeln. Und auch in Ricardas Kopf rückte das Chaos, von dem sie sich allmählich entfernten, wieder in den Hintergrund, immer weiter, bis es verschwand. *Na also*, dachte sie erleichtert, *das bekommen wir schon in den Griff* ...

KAPITEL 3 – GEGEN JEDE VERNUNFT

Gardone Riviera, Gardasee, Westküste, Samstag, 20. April – 12.30 Uhr

»*Mamma mia, bellissima, Dio mio, la figlia Antonini*«, sprudelte der heitere Redefluss geradezu aus der alten Frau heraus, als Ricarda mit Mia die riesige Wohnküche im Hinterhaus betrat. Theatralisch schlug die runzelige kleine Frau mit den schelmisch dreinblickenden stahlblauen Augen, die einen Küchenkittel über ihre Kleidung gezogen hatte, die mehligen Hände vor ihrem Gesicht zusammen. »*Madre mia*, wie gut du aussiehst, Kind. Komm her und lass dich ans Herz drücken.«

Auch wenn Ricarda diese Aussage für eine glatte Lüge hielt, schossen ihr die Tränen in die Augen, als die alte Frau sie in die Arme schloss und ihr rechts und links einen festen, feuchten Kuss auf die Wange drückte. Es fühlte sich an wie Heimkehren. Doch stracks schob Maria sie etwas von sich weg und schüttelte anklagend die Hand in der Luft, wie Mütter, die ihren Kindern einen spielerischen Klaps androhten.

»So lange bist du fortgeblieben, *sei infedele*«, schimpfte die *nonna* mit Schalk in den Augen.

Ricarda kannte sie schon, solange sie denken konnte. *Wie alt mag sie jetzt wohl sein? Über hundert?*, fragte sie sich beeindruckt. *Das wäre allerdings auch kein Wunder*, setzte sie in Gedanken hinzu. Stammte die alte Frau doch ursprünglich aus Limone, das weltweit für seine guten Gene bekannt war. Die mit den Jahren geschrumpfte Dame wirkte quirliger als manch 50-Jährige; besonders solche, die sich seit ein paar Monaten ein wenig gehen ließen. Beschämt schaute Ricarda an sich herab: Eine verschlissene Jeans, ein labberiges T-Shirt, einfache Espadrilles und schludrig hochgesteckte Haare waren nicht gerade der Look, hinter dem man eine ehemalige Profilerin der Mordkommission vermutet hätte.

»Ah, Maria«, verteidigte sich Ricarda mit inländischem Akzent, der sich wie von selbst wieder auf ihre Zunge geschlichen hatte. »Du weißt doch, wie es ist: Arbeit, immer die viele Arbeit.« Erst jetzt nahm sie von den Anwesenden Notiz, die die Szene schmunzelnd beobachtet hatten und sie unverhohlen von Kopf bis Fuß musterten. Männer und Frauen, junge und alte, hatten ihre Gespräche eingestellt, die Gabeln auf die Teller sinken lassen und nickten ihr jetzt zum Gruß aufmunternd zu. Ricarda grüßte zurück.

Nichts hatte sich hier geändert; die Zeit schien stillzustehen. Wie früher roch es köstlich nach frischem Teig, Basilikum, Knoblauch und deftigem Käse. Noch immer hing das hölzerne Kreuz über dem Eingang; noch immer baumelten Messingtöpfe und Pfannen von der niedrigen Decke, schienen geradezu darauf erpicht, auf dem schnellsten Weg der Zubereitung einer von Marias exquisiten Soßen zu dienen, und noch immer war die geräumige Wohnküche voll mit Dorfbewohnern, die sich mittags ihre Ration Genuss bei der hervorragenden Köchin abholten.

Sicher, bei Maria saß man wie eh und je mit einem Teller in der Hand, der mehr einer Schüssel ähnelte, auf einem der vielen zusammengewürfelten Stühle, von denen keiner zum anderen passte, und schaufelte sich Ravioli, Tagliatelle oder Spaghetti in den Wanst, bis er zu platzen drohte. Manchmal, wenn sehr viel Betrieb in der Wohnküche herrschte, verschlangen die Besucher die Pasta sogar im Stehen. Nichts konnte Kenner davon abhalten, bei der großzügigen *nonna* einzukehren. Und das alles für lächerliche fünf Euro, ob Hochsaison oder nicht.

»Arbeit, Arbeit!«, wiederholte Maria missmutig Ricardas Worte und warf die Hand erneut abwertend in die Höhe. »Habt ihr denn keine Ferien in der großen Stadt?« Sie zwinkerte, als ihr Blick auf Mia fiel. »*Mamma mia*, was für ein schönes Mädchen du da mitgebracht hast! Eine Prinzessin?«, ulkte sie und musterte Mia mit gespieltem Ernst. Diese hielt sich giggelnd die Hand vor den Mund.

»Meine Tochter Mia«, stellte Ricarda vor.

Mia grüßte artig.

»*Bellissima*«, rief Maria und klatschte in die Hände. »Dann muss ich mich heute aber ganz besonders anstrengen.« Sie zwinkerte. Mia kicherte.

Es gibt wohl keinen Menschen, der Maria widerstehen kann, nicht mal meine schüchterne Tochter, schoss es Ricarda durch den Kopf. »Schau hier, Mädchen, setz dich nahe zu mir auf den Schemel«, bat die Greisin. Gerne gehorchte Mia der Aufforderung. »Und du«, wandte Maria sich wieder an Ricarda, »die große Kommissarin aus dem Fernsehen, erzähl, wie es dir so ergangen ist.«

»Kriminalistin«, verbesserte Ricarda.

»Jaja. Wie du möchtest.«

Während Maria den Teig walkte und knetete, bis er die richtige Konsistenz hatte, und gleichzeitig zwei brodelnde Töpfe auf dem Herd überwachte – einer mit Ravioli und ein anderer mit einer köstlich duftenden Käsesoße –, erzählte Ricarda in groben Zügen, was sich in den letzten Jahren in ihrem Leben ereignet hatte und warum sie nach all den Jahren wieder zu ihren Wurzeln zurückgekehrt war. Am Anfang berichtete sie noch zögerlich, aber als die anderen wieder ihre lautstarken Gespräche aufgenommen hatten, vertraute sie der alten Frau immer mehr an. Auch wenn Maria nicht ihre wirkliche Großmutter war, empfand sie bei ihr ein Gefühl von Geborgenheit.

»*O Dio mio*. Wie schade für deine Ehe. Aber besser so, als sich über Jahre hinweg zu hassen oder anzufeinden«, raunte Maria, verzog die Mundwinkel verächtlich nach unten und drückte mit dem Daumen vorsichtig den Teig ein. Offenbar schien er die richtige Beschaffenheit zu haben, denn sie schnitt die feste Kugel geschwind in schmale Scheiben, schnappte sich die breite Küchenrolle und plättete auf dem riesigen Holzbrett, das vor ihr auf dem Tisch lag, mit gekonnt eingeübten Bewegungen die fertige Masse, bis sie zu einer hauchdünnen Schicht wurde. Fasziniert schaute Mia der ihr uralt erscheinenden Frau bei dieser kräftezehrenden Tätigkeit zu. Selbst der dicke Buckel, der sich mit den Jahren noch verstärkt hatte, nahm der *nonna* nichts von ihrer Dynamik. »Und du willst tatsächlich töpfern?« Maria schüttelte ungläubig den Kopf. »Was für eine Verschwendung von Talent. Das ist ja, als würde ich mich so mir nichts, dir nichts ans Reparieren von Autos machen.« Mia musste erneut kichern. Maria grinste spitzbübisch. »Was denn, Kleine? Traust du mir das etwa nicht zu?«, krächzte sie mit blitzenden Augen, stemmte die Fäuste in die Hüften und reckte das Kinn. Auch Ricarda musste plötzlich lachen.

»Doch«, antwortete Mia, »aber warum sollten Sie das tun wollen?«

»Eben«, bestätigte Maria und funkelte Ricarda an. »Ein kluges Mädchen hast du da. Warum sollte ich das tun, hm? Ich mache die beste Pasta von ganz Italien … na ja, Oberitalien. Warum sollte ich daran etwas ändern wollen?«

»Vielleicht, weil du es leid bist, immer das Gleiche zu machen? Oder weil du den Geruch von Teig nicht mehr erträgst?«

Maria nickte, verstand die Metapher nur zu gut, denn sie wusste natürlich, dass die aromatische Knetmasse, die sie tagein, tagaus bearbeitete, nicht mit den furchtbaren Mordfällen gleichgesetzt werden konnte, denen Ricarda stetig ausgesetzt gewesen war.

»Ist schon gut, Mädchen«, beschwichtigte sie und schaute Ricarda ernst in die Augen. »Ich verstehe.« Gerade als die Köchin die geplätteten Teigscheiben auf einem großen, mit Tüchern abgedeckten Büfett zum Trocknen ausbreitete, stiefelte ein Neuankömmling in den Raum.

»*Ciao*, Marco«, begrüßte Maria den Fremden. Der Angesprochene lächelte der beliebten *nonna* von Gardone Riviera zu. Auf den glatt rasierten Wangen des adrett wirkenden, großen Mannes bildeten sich niedliche Grübchen.

»*Ciao, bella*«, antwortete er und drückte ihr einen überschwänglichen Kuss auf die Stirn.

»Ha, heute wimmelt es hier ja nur so von Berühmtheiten«, witzelte die alte Frau und lachte.

»Ach was«, wiegelte Marco mit einem verlegenen Grinsen ab.

»Da steht schon dein Teller, bist spät dran. Setz dich und iss – und hör auf, dich so bescheiden zu geben«, schimpfte Maria. »Sonst wirst du nie eine Frau finden.«

Die Anwesenden grölten und zogen Marco mit zweideutigen Bemerkungen auf. Er schien sichtlich geniert und sich alle Mühe zu geben, gelassen zu wirken. Doch dieser Eindruck verflüchtigte sich kurzerhand, als er die Gabel in den Mund schob und genüsslich die Augen verdrehte. Ein wenig konnte Ricarda ihn verstehen: Maria wurde mitunter ziemlich direkt, was nicht immer angenehm war.

Verstohlen musterte sie den Fremden, der in ihrem Alter sein musste. Mit seinen elegant in Form gebrachten halblangen Locken, dem teuren Armani-Anzug, dessen Ärmel mit kostbaren Manschettenknöpfen geziert wurden, und dem edlen Siegelring am kleinen Finger der linken Hand wirkte er in der staubigen Küche eines Hinterhofes irgendwie fehl am Platz. Viel eher hätte sie ihn in einem Luxushotel mit Swimmingpool vermutet, umgeben von hübschen Mädchen. Peinlich berührt schüttelte sie die dumme Vorstellung wieder ab.

»Was macht er denn?«, wollte Mia neugierig wissen.

Rügend schaute Ricarda ihre Tochter an und öffnete schon den Mund, um sie sanft zurechtzuweisen.

»Ha!«, frotzelte Maria und kam ihr zuvor. »Endlich jemand, der sich dafür interessiert, was ich zu erzählen habe.« Herausfordernd blickte sie Ricarda an und wandte sich dann übertrieben freundlich an Mia. »Er ist einer der berühmtesten Schriftsteller ganz Italiens: Marco Fillini!«

Mia fiel förmlich die Kinnlade herunter. Langsam drehte sie den Kopf zu dem Genannten, der mit vollen Wangen vor sich hin mampfte. Als er Mias Reaktion gewahr wurde, hielt er kurz im Kauen inne und grinste verlegen.

»*Der* Marco Fillini?«, fragte Mia gedehnt. All ihre Schüchternheit schien mit einem Mal von ihr abgefallen zu sein. Gebannt verfolgte Ricarda die Szene.

»Ja«, sagte Marco schlicht. »Warum? Hast du schon eines meiner Bücher gelesen?«

»Eines?«, japste Mia. »Ich habe sie alle gelesen! ›Goldfährte‹, ›Die Schöne vom See‹, ›Hunde weinen auch‹, ›Der kleine Junge und sein Versprechen‹«, zählte sie leidenschaftlich auf.

Ricarda staunte, wieder mal überkam sie das schmerzliche Gefühl, ihre Tochter nicht wirklich zu kennen.

Mit einem wohlwollenden Nicken wischte Marco sich die Lippen ab und lachte fröhlich. »Freut mich, deine Bekanntschaft zu machen, Signorina«, sagte er und streckte Ricardas Tochter die Hand entgegen.

Mia sprang auf, lief zu ihm und schüttelte diese aufgeregt.»Darf ich vielleicht ein Autogramm von Ihnen haben?«, hauchte sie.

»Mia!«

»Nein, lassen Sie nur«, sagte Marco und lächelte betörend. »Natürlich darfst du das. Gerne sogar!«

Jetzt kam Ricarda sich wie eine Kunstbanausin vor. *Versprochen, ab sofort werde ich mehr lesen, herrje!* »Schreiben Sie Jugendbücher?«, fragte sie den Autor, obwohl das nicht zu ihm zu passen schien. Verließ sie langsam ihre Gabe, Menschen einzuschätzen?

»Nein«, entgegnete er lachend, als hätte Ricarda soeben einen besonders guten Witz gerissen. »Ich schreibe Krimis.«

Jetzt war es Ricarda, der die Kinnlade herunterfiel. Doch sofort gab sie sich einen Ruck, fing sich wieder, wollte Mia vor ihrem Idol nicht bloßstellen. Allerdings nahm sie sich vor, unbedingt mit ihr ein ernstes Wörtchen über die angebrachte Lektüreauswahl für 13-Jährige zu reden. Und plötzlich überrollte sie wieder das altbekannte Gefühl der Versäumnis, sodass es ihr einen Stich versetzte.

Sie schämte sich für ihre Unkenntnis. Hätte sie sich nicht früher die Frage stellen können, was ihre Tochter so las?

Ihr Unbehagen musste ihr ins Gesicht geschrieben stehen, denn Maria beugte sich leicht zu ihr. »Ein schöner Mann, was meinst du?«, flüsterte die Greisin und zwinkerte verschwörerisch.

»Sicher«, gab Ricarda sich nonchalant. »Aber ich bin nicht auf der Suche. Da gibt es noch so einiges zu verdauen«, flüsterte sie ebenfalls.

»Ein edler Cognac hilf da manchmal«, konterte Maria, die schon wieder mit einem Teigklumpen beschäftigt war, und lächelte eindringlich. Mit geschickten Handgriffen rollte sie ihn zu einer Spirale zusammen, um diese dann in kleine Kringel zu zerteilen. »Was gibt es Neues, Marco?«, wechselte sie das Thema und machte sich an den Töpfen auf dem Herd zu schaffen.

Erleichtert stieß Ricarda die Luft aus und nahm dankend zwei dampfende, herrlich duftende Portionen Ravioli mit Gorgonzolasoße entgegen, von denen sie eine ihrer Tochter reichte. Sie nahmen auf den einzigen beiden Stühlen Platz, die noch frei waren.

»Nichts, was man hier vor einem jungen Mädchen erzählen könnte«, beantwortete Marco Marias Frage und schielte vielsagend zu Mia hinüber.

»Dann ist es also wahr?«

Marco nickte bedauernd und schob sich einen neuerlichen Happen in den Mund.

»*Dio mio*«, entfuhr es Maria. Sie streute Mehl auf die fertigen Teignudeln und bekreuzigte sich. Weiße Flecken blieben auf ihrer ohnehin schon fettigen Küchenschürze hängen, ebenso auf ihrer Stirn. »Was für ein Unglück. Warum hier? Warum bei uns?«, klagte sie.

»Was ist denn los?«, erkundigte sich Ricarda widerwillig. Natürlich konnte sie sich denken, dass es etwas mit dem Aufruhr auf der Hauptstraße zu tun hatte, an dem sie kurz zuvor vorbeigekommen waren. Wie sollte sie das jetzt noch ignorieren können?

»Bei der heiligen Maria, die im Himmel ist und über uns wacht«, murmelte die Gleichnamige. »Sie haben am Eingang zum Museum eine junge Frau gefunden. Sie soll schrecklich zugerichtet sein.« Für jemanden, der den ganzen Tag hinterm Herd stand, war Maria erstaunlich gut informiert.

»Ist sie –?«

»Ja, sie vermuten, dass die Arme getötet und dann dort hingelegt wurde«, wisperte Maria weiter. »Scheußlich, wer macht denn so etwas?« Sie legte die Hände an die Wangen und schüttelte den Kopf.

Unwohlsein stieg in Ricarda hoch. Wären sie doch besser zu Hause geblieben, im Schutze des Ferienhäuschens, umgeben von positiver Energie.

»Verzeih«, stammelte Maria. »Du bist ja ganz bleich.«

»Geht schon«, versicherte Ricarda und schob sich die volle Gabel in den Mund.

Marco erhob sich und stellte seinen mittlerweile leeren Teller auf einen Stapel im Spülbecken. »Es war einfach köstlich, wie immer, *mammina*«, sagte er lächelnd, tupfte sich mit der Serviette den Mund ab und gesellte sich zu ihnen.

»Einen kleinen Digestif?« Maria zwinkerte ihm vertraulich zu.

»Nein, danke«, wiegelte er ab und rieb sich den Bauch. »Ich muss gleich nach Bergamo zur Buchmesse fahren.«

»Ah, *bravissimo*!«, lobte Maria und grinste anerkennend. »Musst du wieder eine Rede halten?«

Er nickte.

Das erklärt die Aufmachung, dachte Ricarda.

»Was haben sie denn gesagt?«, insistierte Maria leise. »Wissen die schon mehr?«

Ricarda vermutete, dass die alte Frau damit die Polizei meinte.

»Sie lassen die Mordkommission aus Brescia kommen«, antwortete Marco sachlich und schielte erneut zu Mia, die sich das Essen schmecken ließ und dabei neugierig die vielen Nudelsorten bestaunte, die überall im Raum zum Trocknen auf großflächigen Holzbrettern ausgebreitet lagen.

O Gott, dachte Ricarda. Ihr Bruder war für diese Einheit zuständig. Zwangsläufig würde er ihr davon berichten wollen. *Verdammt, warum haben wir beide auch in Vaters Fußstapfen treten müssen?*, fluchte sie innerlich.

»Es ist eine ernste Sache«, raunte Marco. »Es scheint sich um eine Fremde zu handeln, bislang wissen sie noch nichts Genaues über sie.«

Ricarda schluckte hart, wischte sich mechanisch eine Haarsträhne aus dem Gesicht. *Nein, bitte*, wand sie sich innerlich. *Ich will davon nichts hören.*

Doch Marco sprach unbeirrt weiter: »Stell dir nur vor, Maria, die haben das Mädchen genau unter dem Denkmal des Schriftstellers gefunden.«

Prompt stellten sich Ricardas Nackenhaare auf. Konnte das ein Zufall sein? Das war doch eigentlich unmöglich … In ihrem Kopf begannen sich die Zahnrädchen in Bewegung zu setzen. Die, die damals so Knall auf Fall ausgesetzt hatten. Jetzt liefen sie behutsam an, ratterten und knacksten, kamen allmählich in Schwung, gewannen an Zielstrebigkeit, ohne dass sie etwas dagegen ausrichten konnte.

Wie hoch standen die Chancen, dass sich kurz hintereinander zwei Morde ereigneten, die sich so sehr ähnelten? Auch in Mailand war das Opfer eine junge Frau gewesen, die man unter dem Monument eines Schriftstellers gefunden hatte. Auch sie war eine Urlauberin gewesen … Beim Gedanken an den verheerenden Anblick des Mädchens stieg erneut das Grauen in Ricarda auf. Sie, die große Ermittlerin, sie, die unerbittliche Profilerin, war gegen alles allergisch geworden, was auch nur im Entferntesten mit Mord, Totschlag und Blut zu tun hatte.

Es liegt jetzt schon ein paar Wochen zurück und Mailand ist weit entfernt, beruhigte sie sich wieder. Damals war die Geschichte in den Medien breitgetreten worden, nicht zuletzt, weil sie kurz nach der Entdeckung der Leiche gekündigt hatte.

Ob es ein Trittbrettfahrer war? So etwas kam durchaus vor. Jemand, der sich wichtigmachen, auch in den Nachrichten gebracht werden wollte. Aber konnte es wirklich Zufall sein, dass sich der Mord nur wenige Hundert Meter von ihrem neuen Zuhause wiederholt hatte? Etliche Fragen brannten ihr auf der Zunge, doch sie zwang sich zur Ruhe.

»Gab es noch weitere Auffälligkeiten?«, hörte sie sich urplötzlich fragen. Wieder fluchte sie innerlich. Warum konnte sie es einfach nicht lassen?

»Oh, das ist wirklich nichts für sanfte Gemüter«, wich Marco aus und verzog das Gesicht, als würde er die Szene wieder vor sich sehen.

»Papperlapapp«, zischte Maria und winkte ab. »Ricarda ist eine berühmte Kriminologin aus *Milano*.«

»Kriminalistin«, berichtigte Ricarda nervös. Ihre Hände wurden feucht. Genau das hatte sie doch eigentlich vermeiden wollen, oder?

»Ach so!«, antwortete Marco und hob sichtlich erstaunt die Augenbrauen. »Na dann –« Er räusperte sich und beugte sich zu Ricarda hinüber, sodass ihr das angenehme Aroma seines Aftershaves in die Nase stieg. »Es heißt, dass dem armen Ding der Mund zugenäht wurde …«

KAPITEL 4 - ZWISCHENSPIEL

Am Vortag …

Sie keucht. *Wo bin ich?*, fragt sie sich. Ein leichtes Zittern durchläuft ihren Körper. Allmählich kommt sie wieder zu sich; die Erinnerung kehrt zurück. Die wundervolle Einladung, die Reise, ihre Freundin Greta, der Abend in der Diskothek.

Ihr ist kalt. Alles schmerzt. *Warum kann ich nichts sehen? Warum fühle ich mich so elend?* Ihr Puls beschleunigt sich. Im Rhythmus ihrer hektischen Atemzüge bläht sich der kratzige Stoff vor ihrem Mund. Allmählich begreift sie, dass ihr jemand einen Sack über den Kopf gezogen hat. Sie hustet, versucht, ihre Hand anzuheben. Unmöglich … *Verdammt, ich bin gefesselt!*, schießt es ihr durch den Kopf. Langsam sickert die Erkenntnis in ihr Bewusstsein, dass hier etwas ganz gewaltig im Argen liegt. Jetzt rast ihr Puls, sie spürt ihn im Hals pochen. Mit eiskalten Krallen greift das Grauen nach ihr. Immer wieder schwirrt die Frage durch ihren Kopf: *Warum? Was ist nur mit mir passiert?* Krampfhaft versucht sie, sich die Ereignisse des gestrigen Abends ins Gedächtnis zu rufen. Viel getrunken, getanzt und gelacht hat sie, hat einen angenehmen Abend verbracht. Sie sieht sich am Tresen stehen, ein Glas leeren … und dann? Nichts mehr. Absolut nichts mehr …

Verflucht!

»Hilfe«, krächzt sie. »Ist da wer?«

Stille.

Sie lauscht. Vernimmt die gleichmäßige Atmung eines Menschen. *Beobachtet er mich? Warum antwortet er nicht?*

»Wer sind Sie?«, fragt sie so gefasst wie nur möglich. Doch ihre Stimme bebt. »Wollen Sie mir nicht sagen, warum ich hier bin?«, versucht sie es mit Höflichkeit, obwohl sie instinktiv schon ahnt, dass das völliger Unsinn ist. Wieder lauscht sie. »Hilfe!«, schreit sie, so laut sie kann.

Ein leises Ächzen hinter ihr lässt sie innehalten. Sie horcht. *Was war das?* Doch über lange Minuten hinweg passiert nichts ... Erneut lauscht sie. Ihr wilder Herzschlag dröhnt so laut in ihren Ohren, dass er jedes andere Geräusch übertönt. Tränen quellen ihr aus den Augen. *Verdammt! Warum ich? Was habe ich getan?*

Von Verzweiflung gepackt, ruckelt sie an den Fesseln. Aussichtslos. Sie versucht, mitsamt dem Stuhl zu hüpfen. Aber wohin? Irgendwohin, nur nicht untätig bleiben. *Vielleicht kann ich eine Tischkante ertasten? Mir den Sack womöglich an der Wand vom Kopf reiben?* Sie stöhnt.

Erneut erklingt ein Ächzen.

Da! Da war es wieder ... Was ist das nur?

Ihr Herz scheint den Brustkorb zersprengen zu wollen. *Um Himmels willen ... Ist das ein Scherz?*

Ja sicher, klammert sie sich an den Gedanken. Es kann doch eigentlich nur ein Spaß sein, den sich irgendjemand mit ihr macht. *Greta?* Ein nervöses Kichern dringt aus ihrer Brust. *Bloß nicht hysterisch werden*, mahnt sie sich.

»Lass es gut sein, ja?«, fleht sie. »Bitte mach mich wieder los ...«

Keine Antwort.

Jäh vernimmt sie Schritte. Jemand scheint sich zu nähern, stellt sich hinter sie und nimmt ihr vorsichtig, ja fast behutsam, das Tuch vom Kopf. *Also doch! Gleich wird es vorbei sein.* Sie blinzelt. Der Raum ist schummrig, nur eine kleine Kerze flackert auf dem winzigen Schreibpult vor ihr, das aus einem anderen Jahrhundert zu stammen scheint. Darauf liegen fein säuberlich aufgereiht ein Papierbogen, eine weiße Gänsefeder und ein Behälter mit blauer Flüssigkeit. Tinte? *Was soll das?*

Sie braucht einen Augenblick, um zu begreifen. Offensichtlich ist es doch kein Scherz. Tausend wirre Gedanken wirbeln durch ihren Kopf; sie denkt an die vielen Polizei-Serien, die sie gesehen hat, in denen Frauen aus Diskotheken verschleppt, vergewaltigt und getötet wurden. Ein Zittern erfasst sie erneut. Sie will es nicht wahrhaben.

Und doch! Hier sitzt sie, in der Düsternis, gefesselt und einem Verrückten ausgeliefert. *Lieber Gott, wenn du mich hörst, verzeih mir meine Arroganz, meinen Leichtsinn. Bitte, bitte, wenn es dich wirklich gibt, dann hol mich hier heraus!*

Je mehr sie sich ihrer Lage bewusst wird, umso mehr schlottert sie am ganzen Leib. Ihre Hände werden glitschig, sie spürt etwas Warmes und Feuchtes zwischen ihren Beinen. Prompt steigt auch schon der beißende Geruch nach Urin in ihre Nase. *O nein …* Sie keucht. Kein Entrinnen, es scheint schier aussichtslos. *Bloß keine Panik*, bläut sie sich ein. Leichter gesagt als getan …

Sie will sich zu der Gestalt umdrehen, vorsichtig, um ihren Entführer nicht durch hastige Bewegungen zu reizen. Die Fesseln an den Füßen und um den Bauch hindern sie daran. Als urplötzlich eine behandschuhte Pranke in ihrem Blickfeld erscheint, schreit sie entsetzt auf. Ein

Messer! Aber ganz entgegen ihrer Befürchtung gleitet die Hand unbeirrt über ihre Schulter hinweg zu ihren Händen. Auf einmal nimmt sie einen angenehmen Duft nach Amber wahr, der paradoxerweise fast eine beruhigende Wirkung auf sie hat. Mit einem geübten Schnitt löst die Gestalt die Fesseln vom Handgelenk.

Umgehend reibt sie sich die wunden Stellen. »Was –«, setzt sie an.

»Scht«, zischelt die Stimme.

Also bleibt sie still, will ihren Häscher nicht verärgern. Eine lederbewehrte Hand legt sich auf ihre Schulter. Die andere deutet mit ausgestrecktem Zeigefinger auf das Pult.

»Wenn du am Leben bleiben willst«, flüstert die Stimme heiser, »dann schreib!«

KAPITEL 5 – TRÜMPFE

Bornico, Gardone Riviera, Gardasee, Westküste, Samstag, 20. April – 15.10 Uhr

»Ich kann doch wirklich nichts dafür, dass du so bekannt bist«, quengelte Andrea. Unvermittelt fühlte Ricarda sich in ihre gemeinsame Kindheit zurückversetzt, als er immer in diesen weinerlichen Ton verfallen war, um sich vor der Mutter zu verteidigen.

»Sicher, aber *ihm* hättest du ja nicht unbedingt auf die Nase binden müssen, dass ich in der Gegend bin«, konterte Ricarda. Ihr Herz hämmerte hart in ihrer Brust. Was sollte sie jetzt nur tun? Sie fühlte sich in die Enge getrieben. Gleichzeitig schämte sie sich in Grund und Boden. Da draußen tobte ein Killer, womöglich sogar ein Serienkiller, wie sie insgeheim vermutete, und sie wollte die Augen davor verschließen und ganz normal weiterleben. *Pah, ganz normal, ganz normal … Sich die Wunden lecken, wäre der bessere Ausdruck dafür*, dachte sie erbost. Und doch … Das Schamgefühl wollte nicht weichen, sosehr sie auch versuchte, ihre Entscheidung vor sich selbst zu rechtfertigen. Wo war die abgebrühte und beherzte Ermittlerin geblieben?

»Na, hör mal! Meine Berühmtheit von Schwester kehrt zurück in unsere bescheidene Region, lädt mich am Nachmittag zu sich ein, und ich soll mich mucksmäuschenstill zu ihr hinschleichen, ohne vor meinen Kollegen ein wenig damit zu prahlen? Hast du schon vergessen, wie so was läuft?«

Ricarda schloss die Augen. Natürlich! Verdenken konnte sie es ihm tatsächlich nicht. Sie wusste, wie wichtig es war, sich gut mit seinem Team zu verstehen, ein Zusammengehörigkeitsgefühl zu entwickeln; nur so konnte die Schlag- und Ermittlungskraft gefestigt und gesteigert werden, nur mit dieser wundervollen Harmonie, die man empfand, wenn man sich fast wie eine Familie fühlte. Privates auszuplaudern, gehörte selbstverständlich dazu. Ricarda seufzte. »Jaja, ist ja schon gut«, wiegelte sie ab. »Es ist doch nur so, dass ich ein beruflich bedingtes Burn-out hatte. Und allein schon der Gedanke, mich wieder ins Getümmel zu stürzen, macht mich nervös.« Ihr wurde plötzlich bewusst, dass sie den Telefonhörer so fest umklammert hielt, dass ihre Hand schmerzte.

»So schlimm?«, kam es aus der Leitung. Aus Andreas Stimme konnte sie ehrliches Mitgefühl heraushören.

Erneut schloss sie die Augen. »Ja, Andrea, sogar noch viel schlimmer«, antwortete sie wahrheitsgemäß. »Es ist, wie wenn das Gehirn zerbricht.«

So hatte es ihr der Arzt erklärt. Es sei wie ein Beinbruch, nur eben im Kopf, und brauche Zeit, um wieder zu heilen. Zeit und Ruhe. Sie konnte die grässlichen Albträume kaum noch aufzählen, die sie hatte durchleben müssen, so viele waren es gewesen. Selten hatte sie mal eine Nacht durchgeschlafen. Immer war da ein Fall gewesen, der sie in Atem gehalten hatte. Immer hatte es Menschen gegeben, die auf sie gezählt hatten, ob es die Angehörigen der Opfer gewesen waren oder ihre eigene Mannschaft. Und allmählich hatte sie sich verloren, stückchenweise, wie einen großen

Kuchen, von dem man immer nur einen kleinen Happen abbiss und von dem am Ende nur noch das grotesk wirkende letzte Stück übrig blieb: geschunden an den Rändern, bröselig und unappetitlich. Und jetzt sollte sie sich aufs Neue in die Höhle des Löwen begeben? Sollte einen weiteren Teil ihrer selbst loslassen? Ihre innere Stimme warnte sie, warnte sie davor, sich endgültig zu verlieren ...

»Schade, ich hätte dich wirklich gern als Beraterin dabeigehabt ...«

Innerlich brodelte Ricarda. »Aber das ist doch gar nicht möglich. Ich bin doch aus der Polizei ausgeschieden.«

»*Scusa*, ich meinte als unabhängige Beraterin.« Andrea schien ihr Schweigen als mögliches Zögern zu verstehen. »Ich bin übrigens schon dabei, die diesbezüglichen Formalitäten und Details zu klären. Bei deinem Lebenslauf dürfte es wohl nicht allzu problematisch sein, die entsprechende Genehmigung zu erhalten.«

Ricarda hörte sein Telefon piepen.

»Na, was habe ich gesagt? Da ist sie auch schon ...«

Betroffen schloss sie die Augen. *Nein, nein, nein und nein.*

»Stell dir doch nur mal vor, wie stolz Vater wäre.« Ohne Skrupel spielte Andrea den nächsten Trumpf aus. »Nicht nur, dass seine Kinder beide in seine Fußstapfen getreten sind, nein, jetzt ermitteln sie sogar gemeinsam, um einen gefährlichen Täter zur Strecke zu bringen.«

Das saß. Ricarda wand sich. Dass sie sich beide bereits als Kinder für Kriminalistik interessiert und daraus ihren Beruf gemacht hatten, war tatsächlich alles andere als ein Zufall gewesen – war ihr Vater doch der hochangesehene Regional-Kommandant Giovanni Antonini gewesen. »Du kannst wohl nur mit unfairen Mitteln kämpfen, wie?«, entgegnete sie patzig. »Er wäre auch so stolz auf uns gewesen.«

»Das ist allerdings wahr«, gab Andrea zu. »Na dann«, gab er klein bei, »werde ich dem Vice Questore eben sagen, dass du zurzeit unpässlich bist.«

Anstatt Erleichterung zu empfinden, verstärkte sich Ricardas schlechtes Gewissen. Nicht nur, weil sie das Gefühl nicht loswurde, ihren Bruder im Stich zu lassen. Die Wahrscheinlichkeit, dass es weitere Opfer geben würde, war hoch. *Verdammt*, fluchte sie innerlich, *sie haben doch auch in Brescia kompetente Ermittler, die Welt dreht sich auch ohne mich.* Doch das flaue Gefühl im Magen wollte nicht weichen. Besonders, weil …

»Ich dachte nur, dass dieser Fall demjenigen ähnelt, den du in Mailand bearbeitet hast«, sprach Andrea ihren Gedanken aus.

»Falsch: Es war der Fall, den ich wegen meines Burnouts letztendlich nicht übernommen habe«, korrigierte sie ihn vehement. »Es handelt sich um *den* Fall, der zu viel für mich gewesen ist, der mir aufgezeigt hat, dass das alles nichts mehr für mich ist, dass das Fass übergelaufen ist…«

Räuspern. Stille.

»Verstehe. Ehrlich. Auch wenn ich es persönlich nicht nachvollziehen kann. Denn jede aufgeklärte Mordserie bedeutet viele gerettete Menschenleben. Und das ist genau der Grund, warum ich morgens frohgemut aus den Federn hüpfe, trotz des Wissens, wie viel Grauen der Tag für mich bereithält.«

»Das ist unfair, du Lump«, stöhnte Ricarda. Tränen schossen ihr in die Augen. War das nicht auch für sie selbst jahrelang der Grund gewesen, warum sie jedem neuen Tag mit frischem Tatendrang entgegengesehen hatte? Sie hatte den

Nervenkitzel wie die Luft zum Atmen gebraucht. Und wie Balsam für die Seele war jedes Mal die Befriedigung gewesen, die Akte eines gelösten Mordfalles zu schließen. Was war seither geschehen, dass sie es nicht mehr so empfand? Der innere Kampf, der eben noch klein und unscheinbar gewesen war, erwuchs mit aller Wucht zu einem verheerenden Gemetzel. Mit einem dumpfen Gefühl der Resignation stieg die Erkenntnis in Ricarda auf, dass sie dieses bereits verloren hatte. »Also gut. Aber nur dieses *eine* Mal, hörst du?«

»Klar«, antwortete Andrea. »Also komm bitte sofort zum Tatort. Die Adresse lautet –«

»Ich weiß, wo es ist«, unterbrach sie ihn, um Zeit zu gewinnen. Sie hatte nämlich noch ein ganz anderes Problem: Was sollte sie solange mit Mia anstellen? Sollte sie ihre Tochter etwa allein lassen? Dieser Gedanke gefiel ihr überhaupt nicht, schon gar nicht jetzt, da wahrscheinlich ein Serienmörder durch die Gegend streifte. Auch wenn Mia für ihr Alter bereits sehr vernünftig war und den Tag über sicher kaum aus ihrer Leseecke hervorkommen würde, konnte Ricarda sich nicht dazu durchringen, ihre Tochter für einen längeren Zeitraum sich selbst zu überlassen. Waren sie nicht aus genau diesem Grund an den bezaubernden Gardasee zurückgekehrt, damit sie mehr Zeit miteinander verbringen konnten? Sollte sie vielleicht Roberto anrufen und ihn bitten, Mia zu sich zu holen? *O Gott!* Allein bei dem Gedanken, seinem vorwurfsvollen Hab-ich-es-dir-nicht-gesagt-Blick ausgesetzt zu sein, wurde ihr übel. War sie wirklich eine so schlechte Mutter, wie er behauptete? Würde sie ihre Arbeit immer über ihr Kind stellen? Aber so war es doch gar nicht …

Ihre Gedanken rasten. Mia mitzunehmen, war selbstverständlich keine Option. *Und Maria? Ja, Maria!* Mia schien die Pasta walkende Greisin ganz gern zu haben. Aber den lieben langen Tag bei ihr im Bistro sitzen, dort, wo ständig Gäste ein- und ausgingen, bekannte und unbekannte? Nein, sie verwarf diese Möglichkeit wieder. Nachdenklich schaute Ricarda aus dem Küchenfenster. Im Nachbargarten war Bianca gerade dabei, etwas in ihrem Blumenbeet einzugraben, sicher die Saat für die Sommerblumen. Auf Ricarda wirkte es wie ein Wink mit dem Zaunpfahl. Ob Bianca sich vielleicht um …? Die in diesem Moment in ihr aufkeimende Idee schien tatsächlich die einzige akzeptable Alternative darzustellen. Hatte Bianca nicht verlauten lassen, dass sie Mia von früher her schon kannte? *Das wird Mia zwar nicht gefallen*, dachte Ricarda betrübt, *aber habe ich denn überhaupt eine Wahl?*

KAPITEL 6 – HEXENTANZ

Via al Vittoriale, Gardone Riviera, Gardasee, Westküste, Samstag, 20. April – 15.45 Uhr

Langsam bahnte Ricarda sich mit dem Wagen einen Weg durch die neugierige Menge, die sich auf den 500 Metern der *Via al Vittoriale* bis zur Museumsauffahrt hinauf angesammelt hatte. Sie verabscheute die Gaffer, die leider zwangsläufig an Unfallorten anzutreffen waren. Was war so faszinierend daran, das Unglück eines anderen Menschen zu betrachten? War es die Sensationslust, die die Leute dazu trieb? Die Angst? *Wahrscheinlich beides*, dachte Ricarda betrübt.

Letztendlich war sie also wieder genau an dem Punkt angelangt, an dem sie vor Wochen aufgehört hatte. Es war, als wäre es ihre Bestimmung, als wollte das Schicksal sie nicht freigeben, solange … Solange was?

Seit Ricarda das letzte Mal den Schauplatz eines Verbrechens betreten hatte, hatte sich einiges in ihrem Leben verändert. Sicher hatte die Scheidung von ihrem Ex-Mann Roberto vor zwei Jahren dazu beigetragen, dass sie irgendwann ausgerastet war. Aber es lag nicht nur daran. 30 Jahre lang die grässlichsten Mordszenen zu untersuchen, verstümmelte Leichen zu begutachten, sich in das kranke Hirn eines Mörders hineinzuversetzen, täglich der kalten Hässlichkeit und Abgründigkeit des Menschseins von

Angesicht zu Angesicht gegenüberzutreten – das war einfach zu viel für sie gewesen.

Und der letzte Fall, an dem sie hätte arbeiten sollen, hatte wohl letztendlich den Ausschlag gegeben. Obwohl, im Grunde hatte es schon mit dem Interview für *Milan TV* angefangen, das sie einige Monate zuvor gegeben hatte und bei dem ihr Fachwissen und ihr Können als langjährige Kriminalistin so hoch angepriesen worden waren. Eigentlich hätte sie Stolz oder zumindest Genugtuung dabei empfinden müssen.

Doch das genaue Gegenteil war der Fall gewesen: Ohne Vorwarnung hatte blitzartig ein riesiger Feuerball in ihr gelodert. Ein Ungetüm, das – eingeschlossen in einen Käfig aus den Regeln und Erwartungen der anderen – lichterlohe Flammen gespien und sie von innen heraus ausgebrannt hatte. Ein Monstrum, das wie glühend heiße Lava in ihr hochgekrochen war.

Und als sie dann vor dieser grässlich zugerichteten Leiche am Denkmal des Schriftstellers Manzoni gestanden hatte, deren Mund mit einer dünnen Schnur zugenäht worden war, als sie sich auf einmal die nimmer enden wollende Grausamkeit der bestialischen Taten, mit denen sie Tag für Tag konfrontiert wurde, vor Augen gehalten hatte, da war etwas in ihr zerbrochen. Wie ein rostiges Zahnrädchen, dem plötzlich eine Zacke fehlte, sodass die artig surrende Kette aus dem Lauf sprang und alles ratternd und ächzend zum Stillstand kam.

Sie seufzte leise, als sie endlich die gelben Absperrbänder vor sich auftauchen sah. Zum Glück hatte die Spurensicherung schon ganze Arbeit geleistet: Das Gelände war weiträumig abgeriegelt, und die Streifenwagen standen so, dass sie die Sicht – so gut es ging – einschränkten. Kurz vor den Absperrungen trat ihr eine Polizistin entgegen, die ihre blond gefärbten Haare zu einem Pferdeschwanz zusammengebunden hatte, hob mahnend die Hand und blieb mit strenger Miene vor ihr stehen. Ricarda bremste und ließ das Seitenfenster hinuntersurren.

»Ricarda Antonini«, stellte sie sich vor, bevor die Blondine überhaupt zu Wort kommen konnte. »Commissario Antonini erwartet mich bereits.«

»Oh«, sagte die Beamtin und ihr Gesicht hellte sich sichtbar auf. »Herzlich willkommen. Wie schön, Sie bei uns zu haben. Stellen Sie den Wagen bitte dort drüben ab.« Sie wies in Richtung der anderen Polizei-Fahrzeuge.

Ricarda nickte und parkte ihren Jeep neben einen der Streifenwagen. Als sie ausstieg, blieb sie kurz stehen, um alles auf sich wirken zu lassen: Die breite Auffahrt bestand aus unzähligen hellgrauen Pflastersteinen. Links und rechts säumten Olivenbäume die hohen alten Mauern, dahinter ragten riesige Zypressen und der mit etlichen Rundbögen verzierte ockergelbe Gebäudekomplex des Museums auf.

So märchenhaft verspielt und prunkvoll überladen wirkte die ehemalige Villa, die der bekannte Architekt Giancarlo Maroni nach den Wünschen des exzentrischen Schriftstellers Gabriele d'Annunzio gestaltet hatte, dass man fast das Gefühl bekam, sich tatsächlich im Orient zu befinden. Schon das von Säulen gekrönte Doppelportal des Eingangs vermittelte mit seinen schmiedeeisernen Gittern und dem apricotfarbenen Zierbrunnen in der Mitte einen Eindruck von exaltierter Erhabenheit. Auf der rechten Seite der Auffahrt, etwa zehn Meter vor den Toren, stand ein Podest mit einer Bronzebüste des berühmten Dichters. Darunter saß die Leiche, den Rücken an den Sockel gelehnt, als würde sie sich nur kurz ausruhen. Ihr Kopf war so nach oben verrenkt, dass sie mit ihren leblosen Augen zu D'Annunzios strengen Gesichtszügen hinaufstarrte.

Ricarda schluckte hart. Während sie so dastand und die Eindrücke sacken ließ, hielt die Polizistin sich einen Schritt hinter ihr, sichtlich bemüht, die bekannte Kriminalistin nicht bei der Arbeit zu stören. Dann bemerkte Ricarda Andrea, der nervös auf seine Armbanduhr schielte, straffte die Schultern und gab sich einen Ruck. *Bringen wir es hinter uns*, dachte sie, *jetzt gibt es ja doch kein Zurück mehr.* Mit bedächtigen Schritten näherte sie sich dem Geschehen, wobei sie die Leiche nicht einen Moment aus den Augen ließ. Die Spurensicherer in ihren weißen Ganzkörperanzügen warfen Andrea verwunderte Blicke zu, doch er nickte beschwichtigend, und so wandten sie sich wieder ihren jeweiligen Aufgaben zu.

»Schwester«, begrüßte er sie knapp.

»Andrea«, erwiderte Ricarda sachlich, ohne eine Gefühlsregung zu zeigen. »Was wissen wir?«

»Nicht viel. Sie hatte keine Papiere bei sich«, antwortete er. »Es handelt sich um eine junge Frau, ungefähr Ende 20. Sie wurde heute Morgen gegen acht von einem Hundebesitzer gefunden. Die Todesursache steht noch nicht fest. Sie scheint nicht aus der Gegend zu stammen, jedenfalls vermisst sie noch niemand.« Ricarda nickte. »Bis jetzt haben wir noch nichts angerührt, denn ich wollte auf dich warten.«

»Alles klar, ich mach mich dann mal an die Arbeit. Wann ist der Tod schätzungsweise eingetreten?«

»Gegen fünf Uhr morgens.«

»Gibt es eine Kamera am Eingang?«

»Beide zerstört«, antwortete Andrea.

»Okay, danke«, sagte Ricarda kaum überrascht und ließ die Umgebung des Museumseingangs auf sich wirken.

»Ach, das hatte ich ja ganz vergessen. Darf ich dir meinen Assistenten Nicolò Ferrara vorstellen?«

Nur ungern löste Ricarda ihren Blick von der Toten, grüßte knapp in Richtung des unsicher dreinschauenden, etwa 25-jährigen Brillenträgers mit den dunklen Wuschelhaaren, um sich gleich darauf wieder der Mordszene zuzuwenden. Andrea reichte ihr ein Paar Latexhandschuhe, die sie wortlos entgegennahm. Geübt schlüpfte sie hinein und schloss den Vorgang jeweils mit dem altvertrauten Schnalzlaut des Gummis ab.

Also, was haben wir? Mit der ihr üblichen Vorsicht und Achtung für das gewichene Leben ging sie auf das Denkmal und die darunter sitzende Tote zu. Fast war es so etwas wie ein Ritual, bei dem Ricarda sich ganz allmählich annäherte, als wollte sie der Entschlafenen sagen, dass sie um ihr Leid wusste, dass sie alles daransetzen würde, um Gerechtigkeit walten zu lassen. Schlagartig war die Ermittlerin wieder in ihrem Element, und alle Zweifel waren wie weggeblasen, als hätten sie niemals existiert.

Wie ihr Bruder bereits erwähnt hatte, handelte es sich bei dem Opfer um eine knapp 30-jährige dunkelhaarige Frau, genau wie bei dem Fall in Mailand. Und genau wie das damalige Opfer war sie mit seitlich leicht angewinkelten Beinen vor dem Denkmal positioniert worden. Eine Hand ruhte in ihrem Schoss, die andere lag mit unnatürlich abgeknicktem Handgelenk auf dem Asphalt. Was wollte der Täter damit sagen? Die Tote trug ein kurzes schwarzes Abendkleid, dessen Pailletten im Sonnenlicht glitzerten. Arme und Beine waren mit blutigen Striemen, die sicher von Fesseln herrührten, übersät. Trotzdem schien sie, soweit Ricarda das beurteilen konnte, nicht vergewaltigt worden zu sein. So wiesen die Innenseiten der Oberschenkel weder blaue Flecken noch Rückstände von Körperflüssigkeiten auf. Aber natürlich musste man den Bericht des Rechtsmediziners abwarten, um das mit Sicherheit auszuschließen.

Weiter fiel Ricarda auf, dass die junge Frau barfuß war. War das vom Täter gewollt, oder hatte sie die Schuhe bei einem Fluchtversuch verloren? Ihr Kopf war in den Nacken gelegt worden, und die dunklen Haare fielen ihr zerzaust über die Schultern. Einzelne Strähnen hingen ihr wirr ins Gesicht, und eine klebte an den malträtierten, blutverkrusteten Lippen.

Es muss dem Täter etwas bedeuten, sie uns in dieser Positur zu zeigen, dachte Ricarda, hob den Kopf und starrte den Olivenbaum neben dem Denkmal an, als könnte sie zwischen seinen Ästen die Antworten auf all die Fragen finden, die ihr gerade durch den Kopf rauschten. Erneut gab sie sich einen Ruck, zwang sich, mit der Begutachtung der Leiche fortzufahren.

»Schau zu ihm auf«, murmelte Ricarda vor sich hin. »Schau zu dem großen Künstler auf und halt gefälligst den Mund.« Aus den Augenwinkeln nahm sie wahr, wie die Menschen um sie herum abrupt innehielten, sich vielsagende Blicke zuwarfen und gespannt lauschten, als wäre eine Hexenmeisterin am Werk, die des Nachts seltsame Tänze um einen Steinkreis vollführte. Wie unter dem Bann dieser sonderbaren Darbietung schienen alle Anwesenden die Luft anzuhalten.

Auch für Ricarda blieb die Zeit stehen, und sie durchlebte erneut, was ihr schon so oft widerfahren war: Als würden ihre Füße vom Boden der grausamen Tatsachen abheben, schien sie plötzlich über dem Geschehen zu schweben. All ihre Sinne waren ums Tausendfache geschärft, nahmen jeden Luftzug auf ihrer Haut wahr, hörten jeden Grashalm sich neigen, rochen die kleinsten Nuancen, die von der Leiche und ihrem Umfeld ausgingen. Mal war Ricarda Täter, mal Opfer. »Ich fühle mich leicht, jung und schön, will das Leben in vollen Zügen genießen. Ich liebe es, zu gefallen, Männern zu gefallen, ihre Blicke auf mir zu spüren …«

»Was zum –?«, setzte Nicolò an.

»Scht«, brachte Andrea ihn mit vorschnellender Hand energisch zum Schweigen. »Hör zu, schreib mit und lerne daraus«, zischte er.

»… ihre Blicke auf meiner zarten Haut zu spüren. Ich brauche das wie die Luft zum Atmen. Es fühlt sich an wie ein Streicheln. Ja, das brauche ich. Aber da ist noch etwas anderes. Meine Zeit läuft allmählich ab, und ich habe noch immer keinen Ehemann, keine Kinder. Will ich denn einen? Ist es nicht viel schöner, tanzen zu gehen und wie ein Schmetterling von Baum zu Baum zu fliegen? Oder will ich vielleicht etwas ganz anderes?« Ricarda wechselte die Position, legte den Kopf schief, änderte die Stimmlage. »Du bist unwürdig und klein. Du bist eine Sünderin. Hast es gewagt, zu glauben … Was zu glauben?«

Verflixt. *Was* hatte sie gewagt zu glauben? Ihn zu bezirzen? Nein, das passte nicht. Worin bestand der Zusammenhang mit diesem Denkmal, mit dem Schriftsteller? Ricarda wühlte in ihrem Gedächtnis.

»Er war ein Dichter und hat auch mehrere Romane geschrieben«, half Andrea ihr auf die Sprünge, der ihre gerunzelte Stirn richtig gedeutet hatte.

Auch er scheint ein feinfühliger Ermittler zu sein, dachte Ricarda anerkennend und nickte.

»Danke«, antwortete sie mechanisch und grübelte. »War er nicht der Ideengeber der hiesigen Faschisten?«

»Gabriele d'Annunzio oder auch Prinz von Montenevoso war ein italienischer Schriftsteller, der im März 1938 im Alter von 75 Jahren in Gardone Riviera gestorben ist«, sprudelten die Informationen nur so aus Nicolò hervor. »Er war ein Held des Ersten Weltkriegs, unterstützte anfangs tatsächlich den aufkommenden Faschismus, entfernte sich später aber wieder von dessen Idealen. Als Hauptvertreter der italienischen Dekadenzdichtung ist er bis heute vor allem für zwei seiner sieben Romane bekannt: ›Il piacere‹, den er 1889 geschrieben hat, und ›Le vergini delle rocce‹, der 1899 veröffentlicht wurde.«

Überrascht warf Ricarda ihrem Bruder einen vielsagenden Blick zu. Andrea musste sein Schmunzeln sichtlich unterdrücken.

»Meinen Sie, da gibt es einen Zusammenhang?«, fragte Andrea.

»Nicht unbedingt«, antwortete Nicolò. »Aber vielleicht sind die Opfer jüdischer Herkunft? Oder noch Jungfrauen, wie in seinem Werk ...«

»Sorgen Sie bitte dafür, dass mir seine Werke schnellstmöglich zur Verfügung stehen«, bat sie Nicolò, der sie fasziniert anstarrte, als würde Gina Lollobrigida persönlich vor ihm stehen.

Andrea schnippte mit den Fingern und deutete auf Nicolòs Schreibblock, woraufhin der junge Polizist umgehend gehorchte und sich das Gewünschte notierte.

Ricarda konzentrierte sich wieder auf die Tote, ging neben ihr in die Knie. »Ich rieche stark nach Alkohol, habe viel getrunken. Zu viel? Habe mich zur Schau gestellt in einer ... Disco ...«, flüsterte Ricarda und pulte vorsichtig etwas Glitterstaub aus den verfilzten Haaren.

Schnell kramte Andrea eine kleine Asservatentüte hervor, in die Ricarda die Partikelchen hineinrieseln ließ. »Diskotheken, schreib das auf«, hörte sie ihn sagen.

»Sei einfach nur schön«, wechselte Ricarda wieder die Stimme. »Sei … nein, *werde* bescheiden und halt endlich deinen Mund«, flüsterte sie wütend. »Du willst ihn also nicht halten? Na gut, dann muss ich eben dafür sorgen, dass du ihn schließt, für immer. So … und jetzt ziehe ich ihn mit rotem Lippenstift nach, um deine Schönheit zu unterstreichen … oder nein, eher um deine innere Hässlichkeit zu betonen? Denn es sieht furchtbar aus: das Blut, die Nähte … Ja, jetzt bist du hässlich, das hast du nun davon … Hättest du doch nur dein freches Maul gehalten. Das Grelle der Schminke passt zu deinem wahren Wesen: eine Betrügerin! Jetzt soll alle Welt sehen, wer du wirklich bist; soll sehen, dass du nicht das bist, was du vorgibst zu sein … Keine strahlende Schönheit, sondern eine Hochstaplerin. Ich habe die Wahrheit ans Licht gebracht …« Ricarda hielt inne. Vielleicht eine Jüdin, die versucht hatte, ihre Abstammung zu verleugnen? Es gab leider noch immer viele Antisemiten. Manche von ihnen schritten auch zur Tat. War es das? So richtig glauben konnte sie es nicht.

Sie würde sich die Unterlagen des ersten Falls aus Mailand kommen lassen müssen, um die Details miteinander zu vergleichen. So sehr hatte sie das Ganze aus ihren Gedanken verbannt, dass ihr das Gedächtnis plötzlich einen Streich spielte. Oder waren das schon die ersten Verschleißerscheinungen des Alters? Doch soviel sie wusste, war der Schriftsteller Alessandro Manzoni ein Liberaler gewesen. Nein, das ergab keinen Sinn.

Oder hatten sie es hier doch mit einem Trittbrettfahrer zu tun, der die Tat für seine persönlichen politischen Zwecke hatte umgestalten wollen? Nein! Ricarda spürte, dass auch das nicht die richtige Fährte sein konnte.

Sie betrachtete die verdrehte rechte Hand des Opfers. Das Gelenk schien gebrochen. Eine Hand ... Was tat man damit? Essen, telefonieren, schreiben, sich schminken, jemanden liebkosen ... Die Möglichkeiten waren endlos. Dass es sich um eine zufällige Stellung handelte, war nicht anzunehmen, dafür hatte der Täter alles zu minutiös inszeniert.

»Darf ich? Wurden schon alle Fotos gemacht?«

Andrea nickte.

Behutsam hob Ricarda die blutverschmierte Hand vom Boden auf. *O Gott!* Daumen, Zeige- und Mittelfinger waren genau über dem ersten – also dem proximalen – Gelenk fein säuberlich abgetrennt worden. Keuchend stieß sie die Luft aus und legte die geschundene Hand vorsichtig wieder zurück auf den Boden. Was wollte der Täter *damit* ausdrücken? »Ich bin wütend. So verdammt wütend«, flüsterte Ricarda. »Zur Strafe schneide ich dir die Finger ab. Aber nur drei? Warum?« Unmittelbar führte sie ihre eigenen Fingerspitzen zusammen. Was tat man mit diesen drei Fingern? Asiatische Essstäbchen halten, Kräuter in eine Suppe streuen oder ... etwas festhalten? Sie drehte und wendete ihre Hand in alle Richtungen, schaute zu Nicolò hinüber, der sich aufgeregt Notizen machte. Ihr Blick fiel auf den Kugelschreiber in seiner Hand. »Schreiben!«, stieß sie laut hervor, sodass Nicolò zusammenzuckte und einen unschönen Strich auf dem Block hinterließ.

Andrea legte die Stirn in Falten, schaute zum Himmel und schüttelte den Kopf.

»Schreiben?«, fragte Nicolò entgeistert. »Aber ich schreibe doch?«

»Nein, nicht Sie«, antwortete Ricarda, ohne sich aus der Ruhe bringen zu lassen. »*Sie* soll nicht mehr schreiben … Das würde auch zu den Denkmälern passen. Beide müssen also etwas geschrieben haben, was dem Täter nicht in den Kram gepasst oder ihn beleidigt hat.«

»Sehr gut«, befand Andrea leise. »Es scheint also kein Sexualverbrecher zu sein, richtig?«

Unschlüssig verzog Ricarda den Mund, legte den Kopf leicht schräg. »Nicht im üblichen Sinne, nein.«

»Wie meinst du das?«

»Der knallrote Lippenstift hat etwas Erotisches, und auch der zugenähte Mund könnte auf einen Triebtäter hindeuten. Der Mund ist ein Sexualorgan. Hinter der Verstümmelung steckt möglicherweise ein verborgener – vielleicht sogar unbewusster oder nicht eingestandener – Trieb.«

Nicolò schrieb fiebrig weiter mit. Er hatte etwas Tollpatschiges, beinahe Komisches an sich.

Unerwartet musste Ricarda schmunzeln, als sie an ihre ersten Wochen bei der Mordkommission zurückdachte. Erneut wechselte sie einen wissenden Blick mit Andrea; unauffällig lächelten sie sich zu.

»Du tippst also auf einen Mann?«

Wieder zog Ricarda eine unwillige Grimasse. »Nicht unbedingt. Es könnte auch eine frustrierte Frau sein.«

»Eine Lesbe?«

»Auch das muss nicht sein. Vielleicht eine eifersüchtige, verhärmte Frau«, sagte Ricarda nachdenklich und wälzte diese Möglichkeit in ihrem Kopf hin und her. *Nie hat mich jemand beachtet, nie jemand geliebt … Ich bin intelligent, doch keiner will etwas mit mir zu tun haben. Aber du, du plapperst dummes Zeug, schreibst nur Unsinn, und alle lieben dich ...* »Es ist noch zu früh, um ein genaues Profil des Täters zu erstellen. Ich brauche dringend die Unterlagen über den Schriftsteller und seine Werke. Und auch die Akte aus Mailand –«

»Nicolò, kümmern Sie sich umgehend darum«, befahl Andrea. »Meinst du, dass sie die Akte so ohne Weiteres herausrücken?«, wandte er sich wieder seiner Schwester zu.

»Wenn ich mich recht entsinne, hat Antonio gesagt, dass die den Fall damals ungelöst abgelegt haben«, erwiderte Ricarda. Bei dem Gedanken an ihren früheren Kollegen piekte es unangenehm in ihrer Magengegend. Sie hätte ihn nach all der Zeit mal anrufen sollen, aber der Gedanke widerstrebte ihr. Alles, was mit ihrer beruflichen Vergangenheit in Mailand zu tun hatte, widerstrebte ihr.

»Na, dann dürfte es ja kein Problem darstellen«, befand Andrea mit einem zufriedenen Nicken.

»Lass bitte auch so schnell wie möglich den Glitter untersuchen, um herauszufinden, welcher der hiesigen Nachtklubs diese Art verwendet.«

»Meiner Meinung nach wird es eine ganze Reihe Discos geben, die ihn benutzen«, meldete sich Nicolò naseweis zu Wort.

»Sicher«, erwiderte Ricarda. »Aber so können wir immerhin schon mal ein paar von ihnen ausschließen. Dann brauchen wir nicht alle aufzusuchen.«

Einsichtig hob Nicolò die Augenbrauen, nickte und kritzelte wieder etwas auf den Notizblock.

»Signora Antonini!«, drang ein schriller Ruf an Ricardas Ohr. Im Nu stellten sich die Härchen auf ihren Unterarmen auf. *Bitte nicht*, flehte sie innerlich. »Signora Antonini, bitte, auf ein Wort ...«

Ricarda wandte sich der Rufenden zu, die hinter den

Abgrenzungen stand und mit ihrem Mikrofon wedelte. *Tiziana Franco, o Gott …* Spitze Nase, fliehendes Kinn und Adleraugen, denen nichts zu entgehen schien. Sie war die wohl mit Abstand bekannteste Klatschreporterin der gesamten Gardasee-Region. Als Kinder hatten sie dieselbe Schule besucht, sich aber nicht ausstehen können. Schon damals hatte Tiziana die Schülerzeitung geleitet und mit ihren Artikeln viele Mitschüler schamlos bloßgestellt. Heutzutage schrieb sie leider nicht nur für das *Giornale del Garda* – was das bei Weitem kleinere Übel gewesen wäre –, sondern auch für die Sensationsblätter *Oggi* und *Novella 2000*. Ignorieren durfte Ricarda diese Frau auf keinen Fall, wenn sie sich von ihr auch nur das kleinste bisschen Rücksichtnahme auf die laufenden Ermittlungen erhoffen wollte. »Signora Franco«, erwiderte Ricarda den Gruß, bemüht, sich ihre Abscheu nicht anmerken zu lassen, streifte die Latexhandschuhe ab und ging auf die Wartende zu. Hinter der Journalistin stand ein Fotograf, der seinen Apparat wie eine Waffe zum Angriff bereithielt.

»Sagen Sie, Signora Antonini«, brabbelte die Reporterin auf Anhieb los, als hätte sie Angst, Ricarda könnte ihr doch noch durch die Finger gleiten. »Wenn eine so berühmte Profilerin wie Sie zu diesem Fall gerufen wird, dann muss es sich ja um etwas sehr Gewichtiges handeln, nicht wahr?«

»Nun, liebe Signora Franco, alle Mordfälle sind von Bedeutung«, versuchte Ricarda, die Übereifrige zu bremsen.

»Ist es denn ein Zufall, dass Sie sich gerade jetzt hier in der Gegend aufhalten?«

Wilde Blitze flammten aus dem Apparat auf und blendeten Ricarda, während sie das unaufhörliche Surren und Klicken der Kamera an ein Maschinengewehr erinnerte. Verwirrt zog sie die Augenbrauen zusammen. Worauf wollte Tiziana hinaus? »Natürlich, warum –«

»Stimmt es etwa nicht, dass dieser Fall haargenau demjenigen gleicht, den Sie damals in Mailand abgegeben haben?«

Verdammt! Ricarda schluckte nervös. Die Dame war gut informiert. »Sie wissen doch sicher, werte Signora Franco, dass ich Ihnen über eine laufende Ermittlung keinerlei Auskünfte erteilen darf.«

»Dann geben Sie also zu, dass der Mailänder Mord mit diesem Opfer in Zusammenhang steht?«

»Es ist noch viel zu früh, um so etwas zu behaupten. Ich würde Sie deshalb bitten, solche Informationen nicht zu verbreiten. Es könnte unsere Ermittlungen behindern.«

»Aber natürlich«, raunte die spitznasige Reporterin verschwörerisch. »Aber vielleicht können Sie mir dann ja zumindest verraten, warum Sie damals alles haben stehen und liegen lassen? War das denn nicht ein Schock für Ihre Kollegen und Mitarbeiter? Fühlten die sich nicht im Stich gelassen?«

Erschrocken spürte Ricarda das altbekannte Kribbeln, das immer kurz vor einer Panikattacke in ihr hochstieg, wie Gift, das die Adern verseuchte. Sie räusperte sich. »Ich habe getan, was ich tun musste«, antwortete sie gefasst. Trotzdem klang es leicht pampig. »Jetzt entschuldigen Sie mich bitte, es wartet sehr viel Arbeit auf uns.« Mit diesen Worten machte sie auf dem Absatz kehrt und entfernte sich eiligen Schrittes.

»Wir sprechen uns noch«, rief die Journalistin ihr hinterher, und es klang fast wie eine Drohung. »Rechnen Sie damit.«

Andrea erwartete Ricarda bereits. »Alles in Ordnung?«, fragte er besorgt, woraufhin Ricarda ihm einen missbilligenden Blick zuwarf. »Hast wohl eine besondere Begabung, dir neue Freunde zu machen, wie?«, fügte er hinzu.

Langsam stieß Ricarda die angehaltene Luft aus, nickte und lachte unfroh. »In Mailand gibt es Dutzende von dieser Sorte, aber ich werde mich wohl nie daran gewöhnen.«

»Ich hätte dich vorwarnen sollen, mit der ist nicht gut Kirschen essen.«

»Sag mal, Andrea«, lenkte Ricarda von der Reporterin ab. »Du bist mir doch nicht böse, wenn ich so selten wie möglich ins Präsidium nach Brescia komme? Ich kann Mia im Moment nicht so viel allein lassen. Sie zieht sich immer mehr von mir zurück.«

»Keine Sorge, Schwesterlein«, raunte Andrea um Diskretion bemüht und legte ihr beschwichtigend die Hand auf den Arm. Erst jetzt bemerkte Ricarda, dass ihr Bruder mittlerweile graue Schläfen bekommen hatte, was ihm ausgesprochen gut stand. Auch sein grau melierter Bart, der an einer Seite heller war als auf der anderen, gab ihm etwas väterlich Umsorgendes. Wo waren nur die Jahre geblieben? »Ich werde dafür sorgen, dass sie uns Räume im Präsidium in Salò zur Verfügung stellen. Dort werde ich dir alle Unterlagen hinbringen lassen, damit du in Ruhe arbeiten kannst.«

Das kam Ricarda natürlich sehr gelegen, denn Salò lag ebenfalls an der Westküste und war nur einen Katzensprung von ihrem neuen Zuhause und somit von Mia entfernt. »Es wird denen sicher nicht gefallen, wenn Brescia sich in ihre Angelegenheit einmischt, oder?«, gab sie zu bedenken.

»Da liegst du falsch, Schwesterherz. Es wird ihnen eine Ehre sein, auf die Hilfe der renommierten Profilerin bauen zu dürfen.« Er grinste.

Ganz unrecht hat er damit wohl nicht, ging es Ricarda durch den Kopf. In manchen Kreisen löste ihr Erscheinen noch immer Freudenbekundungen aus. »Außerdem handelt es sich hier um Mord, und das fällt ganz klar in unseren Zuständigkeitsbereich.«

»Na dann«, sagte Ricarda und warf einen letzten Blick auf die Leiche. *Wir sehen uns wieder*, dachte sie bedrückt, denn der Gedanke an das Leichenschauhaus machte ihr fast noch mehr zu schaffen als die Übernahme des Falles an sich.

»Wer kümmert sich denn gerade um das Schätzchen?«, fragte Andrea, das Thema wieder auf Mia lenkend.

»Oh, eine Nachbarin. Bestimmt kannst du dich noch an sie erinnern: Bianca.«

»O ja, die?« Andrea zog die Mundwinkel nach unten. »Dieses sonderbare Mädchen von nebenan, das wir damals nicht ausstehen konnten? Das immer alles besser wusste?«

Überraschend intensiv stiegen die Erinnerungen wieder in Ricarda hoch. Es stimmte. Bianca hatte ihnen ständig Moralpredigten gehalten: Nach dem Essen durfte man nicht ins Wasser, ohne Schwimmwesten war Bootfahren gefährlich, zu wenig Sonnenschutz führte zu Hautkrebs, mit schmutzigen Händen sollte man sein Sandwich nicht anfassen … Bestimmt alles gut gemeinte und durchaus nützliche Ratschläge. Allerdings doch ziemlich übertrieben für ihr Alter und vollkommen verschwendet an Jugendliche, die nur ihr Vergnügen im Sinn gehabt hatten; für die nur wichtig gewesen war, wen sie wohl als Nächstes küssen würden. »Ja, genau die«, bestätigte Ricarda leicht irritiert und fühlte Unbehagen in sich aufsteigen. Sie runzelte die Stirn. »Aber sie scheint jetzt ganz in Ordnung zu sein.« Dachte sie das wirklich, oder redete sie es sich nur ein, damit das altbekannte schlechte Gewissen ihrer Tochter gegenüber nicht aufmuckte?

»Pass nur auf, dass sie sich nicht an Mia rächen will für all das, was wir ihr angetan haben«, witzelte Andrea.

»Andrea! So ein Quatsch … Außerdem hat sie ihren Neffen bei sich.«

»*Scusa, scusa*«, wiegelte er ab und warf die Hände entschuldigend in die Höhe. »Bring Mia doch zu uns. Fabia kann sich um sie kümmern. Ein Plagegeist mehr oder weniger fällt bei uns nicht ins Gewicht.« Andrea zwinkerte. »Und so kann sie ein bisschen Zeit mit ihren Cousins verbringen.«

Gar keine schlechte Idee, grübelte Ricarda in sich hinein. Aber ihr Bruder lebte in Brescia, das war ein gutes Stück von Gardone Riviera entfernt. Dann würde sie täglich hin- und herpendeln müssen. Und Mia? Wäre ihr so viel Trubel überhaupt recht? Sicher nicht. So wie Ricarda ihre Tochter einschätzte, würde diese lieber den ganzen Tag allein in ihrem Zimmer verbringen und lesen wollen. »Das ist lieb von dir, aber ich glaube, es ist besser, sie bleibt erst einmal hier. Wie bereits erwähnt, seid ihr jederzeit herzlich willkommen. Ich wollte ja auch etwas Wichtiges mit dir besprechen. Bleibt es bei heute am späten Nachmittag?«

Bedauernd schüttelte Andrea den Kopf. »Erst, wenn der Fall gelöst ist. Bis dahin werden wir nämlich keine freie Minute haben.«

Er hatte recht, denn eines stand fest: Jeden Augenblick könnte der Täter aufs Neue zuschlagen; es war nur eine Frage der Zeit. Wie viel Zeit? Das konnte niemand vorhersagen …

KAPITEL 7 – MIT NADEL UND FADEN

Polizeipräsidium, Salò, Gardasee, Westküste, Samstag, 20. April – 17.50 Uhr

»*Polizia Criminale Milano. Pronto?*«, bellte es durch den Hörer.

»*Ciao*, Antonio«, sagte Ricarda heiser und räusperte sich.

»Oh! Es geschehen noch Zeichen und Wunder«, antwortete ihr ehemaliger Kollege halb erfreut, halb vorwurfsvoll. Oder bildete sie sich das nur ein? »*Bellissima*, wie geht es dir? Erinnerst du dich endlich mal wieder an deinen alten Partner?! Oder hast du etwa schon Ersatz gefunden? Vielleicht einen knackigen Gardasee-Schönling im feinen Anzug?« Ein kehliges Lachen erklang.

Ricarda lächelte verlegen vor sich hin, denn überraschenderweise kam ihr sofort Marco in den Sinn, doch sie wischte den Gedanken hastig beiseite. Was kümmerte es Antonio?

»Mir geht es so weit gut, alter Halunke«, antwortete sie im gleichen humorigen Ton. Ihre Finger spielten mit der warmen Tasse, die ihr ein Beamter der Polizeistation in das winzige Hinterzimmer, das man ihr zur Verfügung stellte, gebracht hatte. »Und dir? Wie geht es Giulia und den Kindern?« Eigentlich wäre sie lieber gleich zur Sache gekommen, aber das war natürlich undenkbar. Seit sie Hals über Kopf alles hingeschmissen hatte, vermied sie jeden Kontakt zu ihrem ehemaligen Kollegen: zu schmerzlich, zu nervig, zu … Es störte sie, dass sie jetzt dazu gezwungen war. Nicht etwa, weil sie ihn nicht gemocht hätte – letztendlich freute Ricarda sich sogar, mal wieder seine Stimme zu hören –, sondern weil er schnell begreifen würde, dass sie nicht aus reiner Freundschaft anrief. Sie hatte eben keine andere Wahl, und er würde rasch dahinterkommen. Sie hasste es, Menschen zu enttäuschen. Besonders Antonio …

»Denen geht es prima, danke der Nachfrage. Der Große hat gerade sein Medizinstudium begonnen, der Kleine hat nur Unfug im Kopf, und Giulia, na ja –« Er lachte verlegen. »Immer das Gleiche, du kennst sie ja: Kaffeekränzchen, Yoga, Kochkurse und die Kinder natürlich.«

Natürlich. Ja, sie kannte Giulia, eine kleine rundliche Hausfrau, die immer bis über beide Ohren strahlte und ihr Glück im Dasein als Ehefrau und Mutter gefunden zu haben schien. Manchmal konnten die Dinge so einfach sein. *Warum hat das bei mir nicht geklappt?*, fragte sie sich zum gefühlt hundertsten Mal. Schließlich liebte sie doch auch die Ruhe. Vielleicht sollte sie es auch mal mit Yoga probieren? »Das ist wunderbar, ich –«, druckste Ricarda herum, schloss die Augen und gab sich einen Ruck. »Es gibt einen wichtigen Grund, warum ich dich anrufe.«

»*O Dio mio* … Ich hoffe, es ist alles in Ordnung? Geht es Mia gut?«

Vor ihrem inneren Auge sah sie ihn, wie er sich in seinem Bürosessel aufrichtete, was auch prompt von dem altbekannten Quietschen der Stuhllehne bestätigt wurde. »Jaja, keine Sorge, uns geht es gut«, versicherte Ricarda hastig. Sie nahm all ihren Mut zusammen. Es musste ja letztendlich doch irgendwann heraus. »Ich habe *den* Fall ... indirekt wieder aufgenommen.« Erleichtert schloss sie die Augen, wartete auf das Donnerwetter, das zweifellos folgen würde. Doch der erwartete Redeschwall blieb aus. »Antonio?«

»Das ist eine sehr gute Nachricht«, sagte ihr früherer Kollege gefasst und schien sich dem erneuten Quietschen zufolge wieder in seinem Bürosessel zurückzulehnen. »Ich weiß, dass dein Bruder die Unterlagen angefordert hat. Sicher sind sie bereits unterwegs. Was ist denn genau passiert?«

»Eine weitere Leiche wurde gefunden, hier in Gardone Riviera: gleiche Unterschrift, gleiche Methode.«

»O Gott«, keuchte Antonio. Eine kurze Pause entstand. Er brauchte wohl ein paar Sekunden, um die Nachricht zu verdauen. »Wie kann ich dir helfen?«, fragte er schließlich gepresst.

»Indem du mir alles sagst, was du über den ersten Fall noch weißt. Auch die Dinge, die nicht unbedingt in der Akte stehen.«

Leises Seufzen. »Nicht viel. Das Opfer war eine junge Frau namens Marina Russo, um die 30, Single. Stammte aus Florenz, hat dort allein in einer kleinen Einzimmerbude gelebt und als Aushilfskellnerin gearbeitet. Sie wurde von ihren Eltern erst sehr spät als vermisst gemeldet, denn wie es scheint, hatte sie kaum noch Kontakt zu ihnen. Auch konnten die nicht sagen, was ihre Tochter nach Mailand geführt hat.«

Ricarda presste die Lippen aufeinander. »Wie sieht es denn mit ihrem Telefon aus?«

»Unauffindbar. In der Nacht zuvor hat sie einen Nachtklub besucht, dann wurde das Signal abgeschaltet, ebenso die Ortungsfunktion.«

Behielt der Täter das Telefon als Trophäe oder hatte er es einfach entsorgt, um die Spuren zu verwischen? Mist! »Habt ihr die Umgebung durchforstet?«

»Klar, im Umkreis von 500 Metern. Wurde aber nichts gefunden.«

»Das ist allerdings mager. Und ihr Computer?«

»So weit sind die Ermittlungen nicht gegangen. Du weißt doch, wie es ist …«

Allerdings wusste sie das! Die Weltwirtschaftskrise und der strenge Budgethaushalt, der Italien seit 2008 von den anderen EU-Mitgliedsstaaten auferlegt wurde, hatten dazu geführt, dass der Polizei die Mittel drastisch gekürzt worden waren – und immer noch wurden. An allen Ecken und Enden musste gespart werden. Das galt für Neueinstellungen – Beamte, die in Pension gingen, wurden einfach nicht mehr ersetzt – genauso wie für Büromaterial oder Spesen. »Gab es sonst noch irgendwas, das erwähnenswert wäre?«

»Nö, nur eine Eintrittskarte für die Buchmesse in Bergamo, die wir in ihrem Hotelzimmer gefunden haben. Laut der Reservierung hatte sie übrigens vor, nur eine Nacht in Mailand zu bleiben.«

»Todesursache?«

»Nierenversagen. Ihr wurde eine tödliche Dosis Propofol gespritzt.«

Ricarda stutzte. Dabei handelte es sich um ein häufig verwendetes Narkotikum.

»Ricarda?«

»Ja, Verzeihung. Ich musste nur gerade an etwas denken.«

»An die Wirkung?«

»Nein, an die Symbolik.«

»Wie meinst du das?« Es hörte sich neugierig an, als ob auch er innerlich noch nicht mit dem Fall abgeschlossen hätte.

»Nun, soll es nicht seit Kurzem in den USA bei Hinrichtungen verwendet werden?«

»Richtig«, schnaufte Antonio. »Du bist unglaublich! Diese Verbindung ist mir gar nicht in den Sinn gekommen. Du meinst, der Täter könnte es wie eine Hinrichtung inszeniert haben?«

»Ja, auf jeden Fall. Es ist eine Strafe«, bestätigte Ricarda. »War sonst etwas Auffälliges an der Leiche?«

»Hm, soweit ich mich entsinne, hatte sie ein gebrochenes Handgelenk und ihr fehlten drei Finger.«

»Wurde darüber in der Presse berichtet?«

Antonio zögerte. »Ich kann mich an die Einzelheiten, die in den Zeitungen gebracht wurden, nicht mehr genau erinnern. Möglich ist es durchaus, aber es würde mich doch wundern, wenn *alles* preisgegeben worden wäre.« Er schien sich nicht hundertprozentig sicher zu sein.

»Wurde damals ein Täterprofil erstellt?«

»Nein, leider nicht«, gab er zerknirscht zu. »Wir hatten ja keine Profilerin mehr …« Noch bevor Ricarda etwas zu ihrer Verteidigung vorbringen konnte, setzte er hinzu: »Eigentlich müssten die Papiere ja schon per Eilboten unterwegs sein. Falls nicht, werde ich da für dich gerne noch einmal nachhaken.«

In Ricarda regte sich der verloren geglaubte Kampfgeist, die altbekannte Wut, die immer in ihr aufstieg, wenn sie an all die Opfer, die vielen ungelösten Fälle dachte. Wie viele Menschenleben würde sie retten können, wenn sie diesem Täter auf die Schliche käme?

»Merkwürdig, dass sich das Ganze jetzt genau dort wiederholt, wo du hingezogen bist«, gab Antonio zu bedenken. »Findest du nicht auch?«

»Ja«, gestand Ricarda und schluckte hart. »Daran habe ich auch schon gedacht. Vielleicht ist es jemand, der über mich ins Fernsehen kommen will?«

»Möglich. Dann hast du ihn jetzt wahrscheinlich ganz schön wütend gemacht, weil du nicht auf ihn eingegangen bist. Pass auf dich auf, ja?«

Ricarda nickte. »Klar, keine Sorge.«

»Falls du mich brauchst, dann zögere keinen Augenblick, in Ordnung? Ein Anruf genügt, und ich hüpfe ins Auto und bin in eineinhalb Stunden bei dir.«

»Fährst du neuerdings ein Batmobil oder so was Ähnliches?«, witzelte sie, um die gedrückte Stimmung zu überspielen. Sie konnte sein Grinsen geradezu durch den Apparat hören.

»Na, ich besitze doch den 007-Fuhrpark, weißt du das schon nicht mehr, du kleine Kröte?«, neckte er sie. So hatte er sie immer genannt, wenn sie gemeinsam herumgealbert hatten, um mal Dampf abzulassen. Sie hingegen hatte ihn dann »Pinguin« gerufen.

Sie grinste. Irgendwie fehlten ihr diese Momente schon ein wenig, musste sich Ricarda eingestehen. Insgeheim hatte sie immer gewusst, dass Antonio mehr für sie empfand als nur die innige Freundschaft eines Kollegen. Konnte sie es ihm verübeln? Sie hatten jahrelang Tag und Nacht zusammengearbeitet, sich öfter gesehen als ihre jeweiligen Lebenspartner. War es da nicht menschlich, begehrliche Gedanken zu entwickeln? Auch sie hatte sich zeitweise zu ihm hingezogen gefühlt, und es wäre einfach gewesen, sich gehen zu lassen. Doch was dann? Mal davon abgesehen, dass sie das ihrem Mann und Mia nicht hätte antun wollen, war es die Aussicht auf das Hinterher gewesen, die sie letztendlich davon abgehalten hatte. Außerdem hätte die Zusammenarbeit auf Dauer sicher unter diesem Fauxpas gelitten. »Na dann, Signore Bond, du kannst gerne auch mal einfach so bei uns vorbeischauen.«

»Das lasse ich mir nicht zweimal sagen«, schnurrte er in den Hörer.

Ach, Antonio … Ricarda seufzte erneut. »Bis bald, mein Freund«, sagte sie mit belegter Stimme.

»Bis bald … Ach, und Ricarda?«

»Hm?« In Gedanken hatte sie schon aufgelegt.

»Mach dich auf was gefasst …«

Sie horchte auf. »Wie meinst du das?«

»Na ja, da ich weiß, dass du ein wenig … empfindlich geworden bist, möchte ich dich lieber vorwarnen.«

Sie hörte, wie sein Atem schneller ging. »Raus mit der Sprache, Antonio. Wovon redest du?«

»Nun, erinnerst du dich noch an den Mund des Mädchens?«, setzte er zögerlich an.

»Ja natürlich. Er wurde mit Nadel und Faden zugenäht«, entgegnete Ricarda und ein Schauer überlief sie, als sie das Bild wieder vor sich sah. »Der Mund des zweiten Opfers wurde übrigens auf die gleiche Weise verunstaltet.«

»Oh … Also, es …«, erwiderte Antonio und stieß die Luft aus, sodass Ricarda den Hörer leicht von ihrem Ohr entfernte. »Der zuständige Rechtsmediziner hat damals bestätigt, dass die Frau noch gelebt hat, als ihr die Lippen geschlossen wurden …«

KAPITEL 8 - ZWISCHENSPIEL

O nein … Leise wimmere ich vor mich hin, versuche, den stechenden, hämmernden Schmerz zu verwinden. Versuche, mich so klein und unscheinbar wie möglich zu machen, nicht mehr zu sein. Ich verstehe es nicht. Warum lieben sie mich nicht? Warum bin ich nicht normal, wie andere Kinder in meinem Alter? Dabei gebe ich mir doch wirklich Mühe, tue, was ich kann. Ich schwöre es! Immer und immer wieder versuche ich es mit all meiner Kraft. Versuche, den Stift richtig zu halten. Versuche, die Buchstaben richtig nachzuziehen. Ist es meine Schuld, wenn ich ein d mit einem b und ein p mit einem q verwechsle? *Ist es denn meine Schuld, dass die Buchstaben vor meinen Augen verschwimmen, keinen wirklichen Sinn ergeben?*

»*Mamma*«, flehe ich. »*Mamma*, lass mich bitte raus.«

»Du bleibst, wo du bist. Du bist die Schande unserer Familie.«

»Aber, *mammina*, es ist nicht meine Schuld –«

»Natürlich ist es deine Schuld! Du bist nicht in der Lage, dich wie andere Kinder zu konzentrieren, es richtig zu machen.«

»*Mamma*, bitte«, greine ich.

»Sei still! Du kommst nicht eher da heraus, bis du endlich zugibst, dass du eine Niete bist«, höre ich meine Mutter keifen. »Nur wenn du es einsiehst, kannst du dich bessern. Das hat auch die Logopädin gesagt.«

Es riecht herrlich nach Lasagne, die ich mal wieder nicht essen darf. *Mammina*, will ich rufen, *bitte lass mich hier raus!* Doch meine Stimme versagt. Ich halte mir den dröhnenden Kopf. Jeder Knochen im Leib tut mir weh. Auf mich eingedroschen hat er. Wieder mal. Das Bekloppptsein würde er schon noch aus mir herausprügeln, hat er gesagt.

Doch Vater ist jetzt keine Gefahr mehr. Vorläufig. Wütend hat er die Tür hinter sich zugeknallt und ist gegangen. Für wie lange? Die Kneipe ist nicht weit. Ich weiß genau, dass es hinterher noch schlimmer werden wird. Dann muss auch sie dran glauben. Dann wird er ihr vorwerfen, fremdgegangen zu sein. Denn ja: Wie sollte es sonst zu erklären sein, dass sie ein so dämliches Kind auf die Welt gebracht hat? Er wird brüllen und um sich schlagen, *mammina* »windelweich prügeln«, wie er es nennt. Ja, er wird bald wiederkommen. Es ist immer nur ein kurzer Aufschub, dann geht alles von vorne los.

»Versuch *du* es«, hat Vater noch gerufen. »Ich kapituliere.«

Doch er lügt. Ich weiß, dass er lügt. Denn das sagt er jedes Mal. Und jedes Mal bin ich zuerst erleichtert: Solange er noch im Haus ist, bleibe ich lieber in meinem Loch sitzen, dort, wo sie mich einsperren, wenn sie nicht mehr weiterwissen; wenn selbst die Schläge mit dem Riemen und den Fäusten keine Besserung herbeiführen. Dann, wenn er fort ist, kann ich für eine kurze Zeit hinauskommen. Denn *mammina* schlägt mich nicht, jedenfalls nicht mit ihren Händen oder gar mit Gegenständen. Sie schlägt mit Worten. Das kann ich wegstecken. Ich habe Hunger, elenden Hunger, so sehr, dass ich nicht weiß, was schlimmer ist: das höllische Pochen in meinem Handgelenk, von dem meine Hand in einem seltsamen Winkel abgeknickt herunterhängt, oder das unerträgliche Nagen in meinem Bauch.

»Ich bin eine Niete«, krächze ich, so laut ich nur kann, und schluchze bitterlich. »Ja, *mammina*, ich bin eine Niete ...«

KAPITEL 9 – FATALE HEIMLICHKEITEN

Polizeipräsidium, Salò, Gardasee, Westküste, Samstag, 20. April – 18.10 Uhr

In dem winzigen Büro stand die stickige Luft, die sich den ganzen Nachmittag über darin angestaut hatte. Ricarda hatte zwar das Fenster geöffnet, um ein wenig Durchzug zu erzeugen, aber es half nicht viel. Wie konnte es Ende April schon so schwül sein? Missmutig stellte sie den Ventilator eine Stufe höher. Zeitweilig verschaffte ihr das altmodische Gerät ein wenig Erfrischung, aber das surrende Geräusch war so nervtötend, dass sie es bald nicht mehr aushalten würde. *Noch ein Grund mehr, diesen Fall schnell hinter mich zu bringen*, dachte sie zermürbt. Sie wollte nicht den ganzen Sommer über in diesem engen Raum herumhocken müssen.

»Signora Antonini?« In der Tür stand Leonardo Galdini, ein junger Polizist, den man ihr – genau wie die junge Camilla Moretti – zugeteilt hatte.

»Hm?« Versonnen blickte Ricarda von der Akte auf.

»Eine junge Frau möchte eine Vermisstenanzeige aufgeben.«

Ricarda neigte den Kopf zur Seite. »Handelt es sich um das, was ich glaube?«

Eifrig nickte der junge Beamte.

»Führen Sie sie bitte in den Verhörraum, Leonardo«,

wies sie ihn an. »Ach, und bringen Sie mir auch eine Flasche Wasser und eine Packung Taschentücher dorthin.«

»Taschentücher?«

Ricarda nickte und erhob sich. Indem sie sich innerlich für das anstehende Gespräch wappnete, ging sie hinüber ins hermetisch abgeriegelte, spärlich möblierte Verhörzimmer, in dem nur ein Tisch mit vier Stühlen stand. Sie legte ihr Diktiergerät vor sich ab. Wenige Augenblicke später kam Leonardo mit einer jungen Frau herein, die einen ziemlich verwirrten Eindruck machte und sich schüchtern auf den ihr zugewiesenen Stuhl setzte. Auffallend war ihr blonder Wuschelkopf, dem schon lange keine Bürste mehr begegnet zu sein schien.

»*Buongiorno*«, begrüßte Ricarda den Neuankömmling, nahm ihr gegenüber Platz und lehnte sich lässig auf dem Stuhl zurück. »Ich bin Ricarda Antonini«, stellte sie sich vor, während sie die müde Dreinblickende aufmerksam musterte. Augenblicklich bemerkte sie den Glitter in den zerzausten Locken und seufzte innerlich. Die junge Frau wirkte eingeschüchtert, fast ängstlich und ihre Augen wichen Ricardas Blick aus. *Aha*, dachte Ricarda.

»*Buongiorno*«, wisperte die junge Frau.

»Bevor wir anfangen, möchte ich Sie darüber informieren, dass das Gespräch aufgezeichnet wird.«

»Ach … ach ja?!«, stotterte die Blonde verstört.

Ricarda nickte und schaltete das Gerät ein. »Es wird uns bei den Ermittlungen helfen.«

»Natürlich.«

»Es ist Samstag, der 20. April, 15.30 Uhr«, begann Ricarda das Verhör. »Wie ist Ihr Name?«, fragte sie sanft.

»Greta Beneventi«, flüsterte die junge Frau. »Ich komme aus Bologna.«

»Was führt Sie zu uns?«

In diesem Augenblick erschien Andrea, der sich ebenfalls einen Büroraum hatte zuweisen lassen, um vor Ort zu sein.

Kein Mensch wusste, ob, wo und wann der Täter wieder zuschlagen würde. Nur Ricarda spürte tief in ihrem Inneren wie eine unerklärliche Gewissheit, dass es passieren würde. Mit einer unauffälligen Kopfbewegung gab sie ihrem Bruder zu verstehen, dass sie allein mit dem Mädchen sprechen wollte. Eilig verschwand er im Nebenraum, von wo aus er das Gespräch durch den Spionspiegel verfolgen konnte.

»Ich möchte meine Freundin vermisst melden«, stieß Greta aus, schien erleichtert, es endlich losgeworden zu sein. Doch sofort nahm sie wieder diese geduckte Körperhaltung an, die in Ricarda das Gefühl heraufbeschwor, einer Schuldigen gegenüberzusitzen …

Das Herz der Profilerin klopfte schneller. »Wie ist der Name Ihrer Freundin?«

»Laura«, antwortete die Blondine zittrig. »Laura Rizzo. Wir kommen beide aus Bologna.«

»Seit wann vermissen Sie Laura?«

»Seit gestern Abend … oder vielmehr … seit heute Nacht«, druckste Greta herum, senkte verlegen den Blick.

»Darf ich Sie nach dem Grund Ihres Aufenthaltes fragen?«

»Ja, Verzeihung. Wir sind hier … im Urlaub.«

Das kurze Zögern ließ Ricarda aufhorchen. War das wirklich die ganze Wahrheit? Doch sie ließ sich nichts anmerken, forderte das Mädchen stattdessen zum Weitersprechen auf. »Was bringt Sie zu der Vermutung, dass Ihre Freundin verschwunden ist?«

»Wir waren gestern in der ›Discoteca Hollywood Clubbing‹ tanzen.«

Ricarda kannte den Klub noch aus ihrer Jugend. Sie nickte. »In Manerba del Garda?«, fragte sie mehr der Form halber.

»Ja. Wir wollten am Abend ein wenig ausspannen.«

»Daran ist ja nichts Ungewöhnliches«, gab Ricarda sich jovial.

»Nein, sicher«, bestätigte Greta und lächelte nervös. »Wir haben den ganzen Abend getanzt, na ja, und –«

»Geflirtet?«

Sie nickte, senkte abermals den Blick.

»Und dann?«

»Jede von uns war mit sich selbst beschäftigt … wenn Sie verstehen, was ich meine …«

»Hm, nicht ganz«, gab sich Ricarda absichtlich begriffsstutzig. Sie brauchte unbedingt Gretas Aussage. »Vielleicht könnten Sie mir da ja etwas auf die Sprünge helfen?«

»Ja, na-natürlich«, stammelte die Blondine. »Ich habe viel getanzt und dabei jemanden kennengelernt.« Wieder dieser schuldbewusste Blick. »Hinterher bin ich mit zu ihm nach Hause gegangen«, setzte sie wispernd hinzu.

»Wann genau haben Sie Laura zum letzten Mal gesehen?«

Greta nagte an ihrer Unterlippe, während sie überlegte. »So gegen zwei … glaube ich.«

»Was hat sie da gemacht?«

»Sie sprach mit einer Dame, die am Tresen saß. Ich habe ihr nur schnell zugeflüstert, dass ich die Nacht bei Matteo verbringen würde.«

»Was hat sie geantwortet?«

»Nichts weiter. Ich glaube, sie war ganz schön beschwipst …«

»Und in diesem Zustand haben Sie sie dann zurückgelassen?«

Greta zuckte merklich zusammen und schaute Ricarda entsetzt an. »Was soll das?« Beunruhigt blickte sie zur Tür, als suchte sie eine Fluchtmöglichkeit. »Ist das etwa ein Verhör?«

»Nein, keinesfalls. Wie kommen Sie darauf? Haben Sie sich denn etwas zuschulden kommen lassen?«

»Nein«, brauste die junge Frau auf. »Natürlich nicht. Wir haben ein Zimmer in dem Hotel gemietet, das zu dem Klub gehört, also war ihr Heimweg ja wohl nicht so weit.«

»Zimmernummer?«

»256 ... Eigentlich hätten wir es heute Mittag schon verlassen müssen. Jetzt habe ich die Buchung noch um einen Tag verlängert. Ist etwas passiert?« Allmählich wurde sie unruhig.

Ricarda ignorierte die Frage, machte aber ein unmissverständliches Zeichen in Richtung Spiegel. Sie wusste, dass Andrea gleich ein Ermittlungsteam dorthin schicken würde. Dann wandte sie sich wieder an Greta. »Hatten Sie beide vielleicht Streit?«

»Aber nein, was soll das alles denn überhaupt?«, rief diese aufgebracht und lief rot an.

Unwillig schüttelte Ricarda den Kopf. Lügen roch sie schon aus mehreren Kilometern Entfernung. Skeptisch schaute sie ihr Gegenüber an.

Greta seufzte, ließ die Schultern hängen. »Also, ja. Sie hat mir vorgeworfen, sie allein zurückzulassen«, gab sie kleinlaut zu. »Aber ich konnte ja nicht ahnen, dass sie deshalb gleich weglaufen würde.«

Ricarda nickte. »Können Sie mir die Dame, mit der Laura gesprochen hat, beschreiben?«

»Dunkle Locken, stark geschminkt, ziemlich alt.«

»Wie alt ungefähr?«

»Schon etwas älter, so um die 50«, antwortete die Befragte, schien sich aber glatt des Fettnäpfchens bewusst zu werden, in das sie gerade getreten war. »Verzeihung, ich wollte nicht –«

»Schon gut«, versicherte Ricarda. Ihr eigenes Ego spielte im Moment keine Rolle. »Als ich so jung war wie Sie, waren für mich auch alle über 45 ziemlich alt.«

»Es tut mir leid«, stammelte Greta verwirrt und lächelte entschuldigend.

»Eine letzte Frage: Ist Laura jüdischen Glaubens?«

»Nein, sie ist Katholikin. Warum stellen Sie mir all diese Fragen? Wissen Sie schon etwas?« Besorgt ruhten ihre dunkel geränderten Augen auf der Profilerin.

Ricarda seufzte. Also war auch diese Spur hinfällig. Zu ihrem Leidwesen war der Moment gekommen, reinen Tisch zu machen. Ihr graute vor dieser Aufgabe. »Vielen Dank für Ihre Auskünfte, Signorina«, setzte Ricarda vorsichtig an. »Leider habe ich eine sehr schlechte Nachricht für Sie –«

»Was?! Was ist passiert?«, rief Greta schrill und fasste sich an die Brust. »O Gott! Hatte Laura einen Unfall?« Ihre Augen hatten sich so sehr geweitet, dass sie schier aus den Höhlen traten.

»Es tut mir wirklich sehr leid. Heute Morgen wurde in Gardone Riviera eine junge Frau tot aufgefunden, auf die die Beschreibung Ihrer Freundin passt.«

»Wie bitte?«, japste Greta. »Sind Sie sich da sicher? Vielleicht ist es ja jemand anderes?« Flehend schaute die junge Frau Ricarda an.

Doch Ricarda nickte bedauernd. »Ja, leider sind wir uns sicher. Alles weist darauf hin, dass sie ermordet wurde.«

Ungläubig starrte Greta sie an. Im nächsten Moment brach sie weinend zusammen.

Mitfühlend betrachtete Ricarda sie, schielte dann zum Wandspiegel, hinter dem sie das ganze Team vermutete. Sie ließ Greta Zeit, sich wieder zu fassen, wartete geduldig. Als die Schluchzer allmählich verebbten, fragte sie sanft: »Fühlen Sie sich imstande, Ihre Freundin zu identifizieren?«

Wieder schluchzte Greta leise auf, doch dann nickte sie.

»Gut. Ich lasse Sie für einen kurzen Augenblick allein«, sagte Ricarda leise und schob der jungen Frau die Taschentücher hin. »Dann komme ich wieder, um Sie zur Identifizierung zu bringen. Ist das in Ordnung?«

Laut schnäuzte sich die junge Frau und nickte gleichzeitig. »Warum? Warum nur? Sie war so ein wundervoller Mensch … Wer tut so etwas?«

Wie gerne hätte ich eine Antwort darauf, dachte Ricarda bekümmert, als sie den Raum verließ und die Befragte mit ihrer Trauer zurückließ. Aus Erfahrung wusste sie, dass es besser war, Greta das alles erst einmal für sich allein bewältigen zu lassen.

Als sie den Nebenraum betrat, sahen sie vier Augenpaare erwartungsvoll an.

»Und?«, fragte Andrea. »Meinst du, sie könnte etwas damit zu tun haben?«

Ricarda wand sich. Ungern gab sie ihre Eindrücke zu voreilig preis, sie brauchte immer erst Gewissheit. Aber sie waren ein Team. Und jetzt, da die Frage im Raum stand, wollte sie sich nicht drücken. »Ich glaube nicht«, antwortete sie deshalb vorsichtig.

»Aber sie könnte ein Motiv haben: der Streit«, mischte

sich Nicolò eifrig ins Gespräch ein. »Vielleicht wollte dieser Matteo beide Mädchen haben, und als Laura nicht wollte –«

»Ja, schon«, versuchte Ricarda ihn schonend zurechtzuweisen. »Aber wir haben es hier höchstwahrscheinlich mit einem Serienmörder zu tun.«

»Kannst du das wirklich schon mit Sicherheit behaupten?«, wollte Andrea wissen. Er strich sich mit der rechten Hand über den Bart, zwirbelte das Ende.

»Ja, ich denke schon. Ich habe die Akte des Mailänder Falls erhalten.«

»Donnerwetter, das ging jetzt aber zügig. War sicher dein Einfluss«, antwortete Andrea beeindruckt. »Und? Gibt es unumstößliche Parallelen?«

»Ja, haargenau die gleiche Vorgehensweise. Und selbst wenn die Presse den Fall in Mailand damals breitgetreten hätte, wäre die Übereinstimmung selbst für einen Nachahmer zu perfekt.«

»Okay«, sagte Andrea. »Aber ganz ausschließen können wir es noch nicht?«

Ricarda schüttelte den Kopf. »Auf alle Fälle bezweifle ich aber, dass diese junge Frau in der Lage wäre, solch eine grässliche Tat zu begehen.« Ricarda legte den Kopf schief und schaute durch die Scheibe auf Greta. Wie ein Häufchen Elend saß sie da, noch immer schluchzend.

»Ja, sicher hast du recht«, sagte Andrea. »Trotzdem habe ich das Gefühl, dass sie uns etwas verschweigt.«

»Ich habe nicht gesagt, dass ich schon mit ihr fertig bin, oder?«

Erleichtert nickte Andrea ihr zu. »Ach so, na dann.«

»Ich glaube auch, dass sie uns nicht die ganze Wahrheit gesagt hat«, sagte Ricarda nachdenklich. »Es hängt allerdings nicht unbedingt mit dem Mord zusammen. Aber keine Sorge, bald werde ich es wissen.«

»Ich habe ein Team ins Hotel geschickt, um dort nach Indizien zu suchen.«

»Ich brauche alle Aufnahmen der Kameras, die der Diskothek und des Hotels«, sagte Ricarda. »Außerdem müssen wir das Personal befragen und alle Gäste, die gestern Nacht dort anwesend waren.«

»Wie willst du das denn bewerkstelligen?«, fragte Andrea skeptisch.

»Hast ein kurzes Gedächtnis, Commissario«, neckte sie ihn. »In dieser Disco sind nur zweierlei Arten von Kundschaft zugelassen: die Stammgäste und die Hotelgäste.«

Ihr Bruder nickte anerkennend. »*Scusa*, hatte deine dunkle Vergangenheit vergessen«, konterte er. Wissend schmunzelten sie sich an. »Du hast aber noch eine weitere Kategorie vergessen.«

»Und die wäre?«

»Diejenigen, die dem Türsteher einen Batzen Geld in die Flosse drücken.«

»Nun, dafür haben wir ja dann die Aufzeichnungen der Kameras. Wenn wir mit den Stamm- und Hotelgästen durch sind, können wir den Rest dann bestimmt relativ leicht ermitteln.«

»Gut«, sagte Andrea. Er wandte sich an die beiden Jüngeren. »Das wird eure Aufgabe sein. Arbeitet konzentriert und schnell, lasst euch nichts entgehen. Wenn es sein muss, legt eine Nachtschicht ein.«

»Jawohl, Commissario«, antworteten Leonardo und Camilla wie aus einem Mund.

»Gut. Ich für meinen Teil nehme mir Greta noch einmal vor. Es wäre doch gelacht, wenn ich nicht herausbekommen würde, was uns das Mädchen verheimlicht.« Mit diesen Worten verließ Ricarda die kleine Kammer und gesellte sich erneut zu Greta, die noch immer völlig aufgelöst dasaß und mit leerem Blick vor sich hin starrte.

»Greta?«

»Ja?«, schnüffelte diese und tupfte sich die Nase ab.

»Geht es wieder einigermaßen?«

Gefasst nickte die junge Frau. Aus rot unterlaufenen Augen schaute die Befragte Ricarda an.

»Bevor ich Sie zum Leichenschauhaus begleite, müsste ich noch den wahren Grund erfahren, warum Sie beide nach Gardone Riviera gekommen sind.«

Greta hielt sichtbar die Luft an, schniefte, gab sich trotzig. Wieder huschte dieser schuldbewusste Ausdruck über das hübsche, aber verhärmte Gesicht.

»Was tut das zur Sache?«, fragte sie bockig. Es schien fast, als handelte es sich um eine Frage der Ehre, was sie zum Schweigen zwang.

»Nun, jedes Indiz ist wichtig. Ich rate Ihnen unbedingt, mir die Wahrheit zu sagen, denn auf Behinderung eines laufenden Mordverfahrens steht eine hohe Strafe.« Auf keinen Fall hätte es Ricarda für möglich gehalten, dass das ohnehin schon farblose Gesicht der jungen Frau noch blasser werden könnte, doch sie wurde eines Besseren belehrt.

»Also gut«, gab Greta klein bei. »Es ist ja jetzt eh egal, wenn *er* es erfährt.«

»Wer?«

»Luca, Lauras Freund.«

Ricarda merkte auf, wartete aber geduldig, dass Greta von sich aus weitersprach. Nur die Finger ihrer rechten Hand tippelten nervös, fast mahnend auf der Tischplatte.

Greta stieß hörbar die Luft aus. »Laura wurde von

einem Agenten kontaktiert, der ihren Roman einem Verlag vorstellen wollte. Sie wollte Luca aber nicht auf die Nase binden, dass sie deshalb hierhergefahren ist.«

»Warum?«

»Na ja, sie schreibt noch nicht so lange, und Luca glaubte nicht daran, dass sie daraus ihren Beruf machen könnte ... hätte machen können«, berichtigte sie betroffen. Wieder stiegen ihr Tränen in die Augen.

»Und was war das für ein Agent? Können Sie sich an seinen Namen erinnern?«

»Nein, leider nicht. Ich glaube, es handelte sich um eine Agentur aus Mailand, aber den genauen Namen weiß ich nicht mehr«, schnüffelte Greta vor sich hin. »Sie hatte heute einen Termin mit ihm.«

»Und der Verlag?«

»Ich glaube, das war der Riuscito-Verlag.«

»Wo hatten sie den Termin?«

»In der Hotelbar«, antwortete sie. »Er wollte ihren Roman bei der Buchmesse in Bergamo auch noch anderen Verlagen vorstellen, in Steckbriefform. Er schien wirklich an sie zu glauben.«

Da war er, der Zusammenhang! Bergamo! Es war der Schnittpunkt der beiden Fälle!

»Wie ist das gemeint: in Steckbriefform?«, bohrte Ricarda nach.

»Also Laura meinte, dass es üblicherweise so abläuft: Der Agent hat keinen eigenen Stand, deshalb wäre er mit ihrer Buchpräsentation von Verlagsstand zu Verlagsstand gegangen, wo er die zuständigen Lektoren getroffen hätte, um ihnen seine Auswahl vorzustellen. Die Verlage entscheiden dann, ob sie das Exposé und die Leseprobe anfordern oder nicht.«

Ricarda nickte. *Geschickt eingefädelt*, dachte sie. Gab es einen besseren Köder für unerfahrene Autoren als die Aussicht auf einen Verlagsvertrag?

»Und weshalb wollte er sich vorab hier am Gardasee mit Laura treffen?«

»Also ich glaube, es war ihm wichtig, sie vorher persönlich kennenzulernen.«

»Sicher, aber warum hat er sie nicht einfach direkt auf die Buchmesse eingeladen? Hat das Laura nicht irgendwie stutzig gemacht?«

»Nein, überhaupt nicht«, sagte Greta und schniefte. Erneut bildeten sich Tränen in ihren Augen. »Hätte es das doch nur. Er hat gesagt, dass er zeitweise am Gardasee lebt und es hier für ein erstes Treffen doch viel ruhiger wäre als auf der überladenen Messe. So könnten sie das Angenehme mit dem Nützlichen verbinden. Jedenfalls fürs Vorabgespräch. Denn natürlich wollte er sie dann noch einmal auf der Messe treffen. Deshalb hatten wir ja auch Eintrittskarten gekauft.«

»Haben die beiden miteinander telefoniert?«

»Nein, soviel ich weiß, haben sie sich nur per SMS ausgetauscht. Aber alles schien so … *seriös* …« Ein erneuter Tränenschwall brach aus dem verstörten Mädchen heraus. Ricarda wartete geduldig ab, bis er vorbei war, und bot ihr erneut ein Taschentuch an.

»Also hat Laura nie seine Stimme gehört?«

Greta schüttelte den Kopf und schnäuzte sich.

Nachdenklich nickte Ricarda. »Na, dann kommen Sie, wir sollten es hinter uns bringen«, sagte sie schließlich und stand auf.

Unwillig tat Greta es ihr nach, taumelte leicht, hielt sich weiter das Taschentuch unter die laufende Nase.

Ja, dachte Ricarda, *es ergibt zwar noch keinen richtigen Sinn, aber allmählich werden die Zusammenhänge sichtbar.* Der Täter schien eindeutig aus dem Literatenmilieu zu stammen. Ein eifersüchtiger, misogyner Autor, der es Frauen nicht gönnte, diesen Beruf anzustreben und vielleicht sogar Erfolg zu haben? Oder einfach ein perverser Lektor, der von seinem Einfluss profitieren wollte, um sich Zugang zu hoffnungsvollen jungen Frauen zu verschaffen? Ricarda spürte, dass sie der Wahrheit näher kam, auch wenn sich das Ganze noch als ein arg verworrenes Gebilde präsentierte. Wie ein Puzzle, dessen Teile partout nicht zusammenpassen wollten. Denn da war noch das eine Faktum, das sie einfach nicht loslassen wollte, das keinen wirklichen Sinn ergab und das alles infrage stellte: Die Morde schienen ihr zu folgen. Also was zum Teufel hatte *sie* damit zu tun?

KAPITEL 10 – DAS MONSTER IST LOS …

Bornico, Gardone Riviera, Gardasee, Westküste, Samstag, 20. April – 20.20 Uhr

Das leise Grollen kündigte nichts Gutes an. Besorgt blickte Ricarda zum Himmel, der sich tatsächlich immer mehr verdunkelte. Graue Gewitterwolken hingen wie böse Omen tief und bedrückend über dem sonst so leuchtenden See und seiner Umgebung, tauchten die Landschaft in das beängstigende Ambiente eines nahenden Unheils. Vielleicht wirkte es aber auch nur so beeindruckend, weil die Abenddämmerung bereits hereingebrochen war und das aufziehende Unwetter die düstere Atmosphäre noch unnatürlich verstärkte. Eilig parkte Ricarda den Wagen, stieg aus und ging auf Biancas Haus zu, in dem bereits die Lichter brannten. Sie drückte den Klingelknopf am Gartentor. Der Geruch nach feuchter Erde lag in der Luft. Bianca schien es mit ihren Blumen ganz genau zu nehmen. Fein säuberlich war alles umgegraben worden. Ricarda seufzte. Ob auch sie mal für so etwas Zeit finden würde?

Es war völlig windstill, nicht das kleinste Blättchen raschelte. *Die berühmte Ruhe vor dem Sturm*, dachte Ricarda bedrückt. Natürlich hatte sie schon einige Unwetter am See erlebt, aber soweit sie sich erinnern konnte, nicht in diesem winzigen Haus direkt am Wasser. Das erschien ihr doch etwas unheimlich. *Es ist sicher nur ein einfaches Gewitter*, beruhigte sie sich. Wie zur Bestätigung grummelte es wieder, leiser diesmal. *Na also …*

In diesem Augenblick ging die Tür auf, und Bianca erschien, gefolgt von Mia. Ricarda sah ihrer Tochter auf Anhieb an, dass etwas nicht in Ordnung war, entzifferte die Wutfalten in ihrem jungen Gesicht wie Wege auf einer Landkarte. Verdammt!

»*Ciao*, Ricarda«, grüßte Bianca und lächelte gequält. »Alles ist prima gelaufen.« Es klang schräg.

O nein, stöhnte Ricarda innerlich. Hatte Mia sich etwa danebenbenommen? Diese rauschte ohne ein Wort an ihr vorbei und lief direkt auf das Gartentor ihres eigenen Grundstücks zu.

Verlegen wandte Ricarda sich wieder Bianca zu. »Also, das tut mir jetzt wirklich schrecklich leid«, stammelte sie. »Ich hoffe, sie hat sich anständig verhalten?«

Durch die dicke Brille wirkten Biancas Augen wie zwei riesige runde Kugeln, fast unheimlich. »Keine Sorge«, trällerte die Nachbarin unnatürlich laut, beugte sich vor und flüsterte: »Aber … kann es sein, dass Mia Probleme hat?«

Überrumpelt starrte Ricarda sie an. Selbstverständlich war sie sich der guten Absicht bewusst, die hinter diesen Worten steckte. Und sicher war ihre Müdigkeit – oder auch die in ihr aufsteigende Besorgnis wegen des Gewitters – schuld daran, dass sie eine gewisse Gereiztheit verspürte. Eigentlich wusste sie ja auch, dass Mia nicht wie andere Kinder ihres Alters reagierte. Es jedoch von einer Nachbarin so mir nichts, dir nichts ins Gesicht geklatscht zu bekommen, überschritt Ricardas innere Grenze des Erträglichen. Doch sie riss sich zusammen, um sich nicht die einzige Möglichkeit zu verbauen, Mia in Obhut zu wissen, während sie arbeitete. »Wie meinst du das?«, presste sie also hervor. »Was hat Mia getan?«

Bianca verzog das Gesicht. »Nein, nichts, keine Sorge.«

Ricarda verstand nicht, sah Bianca fragend an.

»Es ist nicht wirklich, was sie getan hat«, flüsterte diese geheimnisvoll, »sondern eher, was sie nicht getan hat …«

»Könntest du vielleicht etwas deutlicher werden?«, fragte Ricarda um Beherrschung bemüht.

»Also, es geht mich ja nichts an, aber …«

Ricardas Geduldsfaden war kurz vorm Zerreißen. *Nein, tatsächlich geht dich das nichts an*, wollte sie Bianca anblaffen.

»Sie wirkt so zurückhaltend und in sich gekehrt. Cesare hat sie ein paarmal zum Spielen aufgefordert, doch sie wollte immerzu bloß in ihrer Ecke sitzen bleiben, um zu lesen.«

»Ach so«, erwiderte Ricarda Erleichterung vortäuschend. »Kein Grund zur Sorge. Das ist ganz normal bei Mia, das hält sie auch zu Hause so.«

»Ganz normal?«, fragte Bianca pikiert. »Also normal ist das mit Sicherheit nicht. Ich frage mich, ob sie in der Schule nicht gemobbt wird, so verschlossen, wie sie sich gibt. Darüber solltest du dir mal Gedanken machen. Ich kenne die Anzeichen.« Bianca räusperte sich verlegen, schaute auf ihre Hausschuhe hinunter.

Die Worte trafen Ricarda wie ein Schlag in die Magengrube. Hatte sie diesen Verdacht nicht schon selbst einmal gehegt? »Danke, Bianca«, sagte sie resigniert. Warum sollte sie auf die Nachbarin böse sein? Sie meinte es doch nur gut.

»Keine Sorge«, wiegelte Bianca großmütig ab. »Sie tut ja nichts Schlimmes. Brauchst du morgen wieder meine Hilfe?« Die Formulierung gefiel Ricarda zwar absolut nicht, aber sie überging die kaum verhaltene Andeutung einfach, da sie zu müde war, um dagegen aufzubegehren.

»Wenn es dir recht ist, ja«, antwortete sie frustriert.

»Ja natürlich, sonst hätte ich dich nicht gefragt.«

Wie großzügig. »Ich bezahle dich natürlich.«

»Aber nicht doch«, lehnte Bianca ab.

»Doch, doch, ich bestehe darauf.« Man sollte ihr nicht auch noch nachsagen können, dass sie ihre Nachbarn schamlos ausnutzte, während sie die »Show der großen Ermittlerin« abzog. Sie kannte die Leute gut genug, um zu wissen, wie sie reden würden. Besonders Bianca traute sie so etwas zu. Sie meinte schon zu hören, wie diese sich damit brüstete, dass sie der berühmten Profilerin kostenlos zur Hand ging, weil diese sich nicht selbst um ihre sonderbare Tochter kümmern konnte.

Ein greller Blitz erhellte die schummrige Atmosphäre. Überrascht zuckte Bianca zusammen. »Na gut«, gab sie schließlich nach. Besorgt hob sie den Kopf, schaute in den fast schwarzen Himmel und runzelte die Stirn. »Bis morgen also?« Ohne Ricardas Antwort abzuwarten, eilte sie zurück ins Haus.

»Ja, bis morgen«, rief Ricarda ihr hinterher und wandte sich ebenfalls zum Gehen. Erneut zuckte ein gleißender Blitz über den Himmel, und fast zeitgleich krachte ein gewaltiger Donnerschlag. Jetzt fuhr auch Ricarda zusammen und eilte rasch zu ihrem Haus hinüber, vor dem Mia ungeduldig wartete. Sie schien zu schmollen.

Als Ricarda über die Schwelle trat, blitzte und donnerte es aufs Neue. »Na, mein Schatz, war es denn so schlimm?«, fragte sie, während sie ihre Tasche auf der Flurkommode abstellte. Noch immer roch das Haus nach ihren Eltern.

»Sie ist furchtbar«, sprudelte es aus Mia heraus, als hätte das Schließen der Eingangstür einen Hebel betätigt. Nun, da der Hahn offen war, brach sich der Missmut der 13-Jährigen in wahren Fluten Bahn. »Ständig plappert sie, wischt und putzt und gräbt. Sie ist unheimlich, nervig und ich will dort nicht mehr hin.«

Betreten stand Ricarda da, wusste nicht, was sie sagen sollte. Auch sie mochte die Nachbarin nicht besonders, obwohl ihre eigene Ablehnung nicht so offensichtliche Gründe hatte wie die ihrer Tochter. »Es tut mir leid. Wäre es dir denn lieber, wenn ich dich nach Brescia fahre, zu deinen Cousins?«

Mit offenem Mund stand Mia da, stemmte wütend die Hände in die Hüften. »Wie praktisch, dann bist du mich ja endlich wieder los ... Warum rufst du nicht gleich Papa an, dann bin ich dir ganz aus dem Weg?«

Wieder traf es Ricarda wie ein Fausthieb in den Magen. »Mia, ich möchte dich nicht loswerden, auf keinen Fall. Warum denkst du das?«

»Weil es immer so ist. Du machst Versprechungen, und dann hältst du sie nicht ...« Mit diesen Worten stürmte Mia in ihr neues Zimmer. Die Tür krachte.

Mutlos ließ Ricarda die Schultern hängen, streifte ihre Schuhe ab und folgte ihrer Tochter. Leise klopfte sie an die Tür. Als sie keine Antwort bekam, öffnete sie diese vorsichtig. Mia lag mit dem Rücken zu ihr auf dem Bett und schluchzte. *O nein! Alles, nur das nicht.* Ein gebrochenes Kinderherz würde sie nicht auch noch verkraften können. Mit brutaler Intensität brachen die altbekannten Schuldgefühle über Ricarda herein. *Mein Gott, habe ich denn tatsächlich alles falsch gemacht?* So behutsam, als würde sie auf Eiern gehen, näherte sie sich ihrer Tochter und setzte sich neben sie aufs Bett. »Es tut mir leid, dass ich in deinen Augen eine schlechte Mutter bin.« Keine Antwort. »Ich weiß, dass ich Fehler gemacht habe. Aber glaub mir, ich war mir dessen nicht bewusst.«

»Und jetzt?«, fragte Mia vorwurfsvoll, das Gesicht noch immer im Kissen vergraben.

»Ich hatte keine Wahl –«

»Man hat immer eine Wahl, sagt Papa.«

Ricarda nickte. Auch ihr stiegen jetzt Tränen in die Augen. Sie war müde und erschöpft, fühlte sich absolut mies und hätte sich am liebsten in einem tiefen Loch verkrochen. »Natürlich, das stimmt. Außer wenn du jemandem ein Versprechen gibst, es aber nicht sofort halten kannst, weil andere Menschen, die in großer Not sind, dich brauchen.«

»Wer denn? Deine *Kollegen*?!« Es klang abfällig.

»Ja, auch, aber nicht nur sie …« Ricarda zögerte. Las ihre Tochter nicht Krimis? Vielleicht sollte sie ihr einfach die Wahrheit sagen …

Mit tränenverschmiertem Gesicht wandte sich Mia ihr zu. »Wie meinst du das?«

Ricarda holte tief Luft. »Momentan ist ein Mörder unterwegs, dem schon mehrere Menschen zum Opfer gefallen sind –«

»Ein Serienmörder?« Mia machte große Augen und setzte sich im Bett auf. »Wirklich?«

Ricarda nickte.

Schniefend wischte sich Mia die Tränen ab. »Wie aufregend«, hauchte sie. Umgehend schien ihr kleines Hirn auf Hochtouren zu laufen.

Entsetzt schnappte Ricarda nach Luft. »Es ist alles andere als aufregend …«

»Du meinst also, dass es noch mehr Opfer geben wird, wenn du der Polizei nicht hilfst?«

Abermals nickte Ricarda. »Ja, das ist wahrscheinlich.«

»Oh, das wusste ich doch nicht.« Mia warf sich in ihre Arme. »Verzeih ...«

Ricarda konnte die Tränen nicht mehr zurückhalten. Wie lange war es her, dass ihre Tochter sie das letzte Mal umarmt hatte? »Nein, ich bitte dich um Verzeihung, weil ich mal wieder nicht für dich da sein kann, obwohl ich das so gerne würde«, schniefte sie. Mia klammerte sich an sie, als wäre sie am Ertrinken. *O mein liebes Kind*, dachte Ricarda, *wie sehr mir deine Nähe gefehlt hat.* Sie küsste sie auf die Stirn. »Willst du *crespelle*?«

Mia nickte freudig. »O ja, *mammina* ...«

So leicht war das Herz ihrer Tochter zu beglücken. »Na, dann komm mit. Während ich koche, kannst du mir ja mal genauer erzählen, was Bianca so alles angestellt hat.«

Mia folgte ihrer Mutter ohne Widerrede in die Küche, wo sie sich auf einen Stuhl setzte und zusah, wie Ricarda die notwendigen Utensilien zusammensuchte.

»Muss ich morgen denn wieder zu ihr?« Der ängstliche Unterton war nicht zu überhören. Bedauernd blickte Ricarda ihre Tochter an. »Hm«, grummelte Mia.

»Wie gesagt, du kannst auch zu deinen Cousins fahren ...«

»Ich muss mich also zwischen der Pest und der Cholera entscheiden«, stichelte Mia.

Ricarda musste grinsen. »Aber, aber, deine Cousins sind doch in Ordnung.«

»Pah, Jungs ... Die reden nur über Videospiele, Autos und Fußball. Und mit Mädchen geben sie sich nur ab, um sie zu piesacken.«

»Da ist was dran«, gab Ricarda zu, während sie den Teig anrührte. Ganz ungelegen kam ihr Mias Entscheidung ja nicht, denn so brauchte sie nach einem langen Arbeitstag nicht auch noch die nervtötenden Staus auf sich zu nehmen, die sich während des Feierabendverkehrs unweigerlich auf der *Gardesana* bildeten. »Aber es sind doch nicht alle so.«

»Ich kenne jedenfalls keinen, der anders wäre. Schau dir zum Beispiel Cesare –«

»Biancas Neffe?«

»Ja. Er sammelt tote Tiere auf, die seine Katze angeschleppt hat, und schlitzt ihnen mit seinem Taschenmesser den Bauch auf, um sie zu sezieren.«

»Was denn für Tiere?«, fragte Ricarda überrascht.

»Heute war es eine Maus. Aber er hat damit geprahlt, dass er auch Vögel, Frösche und andere Viecher auseinandernimmt.«

»Na ja, vielleicht hat er ein gesteigertes Interesse an Anatomie und möchte später einmal Tierarzt werden? Weißt du, ich selbst habe als Kind aus übersteigerter Tierliebe heraus mal ein paar Tage zwei tote Spitzmäuse in einer Schuhschachtel mit mir herumgeschleppt, bis meine Mutter sie entsorgt hat.«

Mia zuckte mit den Achseln, schien aber nicht wirklich überzeugt. »Außerdem hat er so eine fiese Art, mich anzuschauen, dass mir das Gruseln kommt.«

»Wie meinst du das?«, wollte Ricarda ungläubig wissen.

»Ich kann es nicht genau beschreiben. Ich fühle es hier.« Mia legte die Hand auf ihren Bauch.

»Hm. Könnte es nicht vielleicht daran liegen, dass du zu viele Gruselgeschichten liest? Oder erfindest du das nur, damit ich dich nicht mehr dort hingehen lasse?« Prüfend schaute sie ihrer Tochter in die Augen.

»Nein!«, empörte sich Mia. »Warum glaubst du mir nicht? Ich schwöre dir, es ist die Wahrheit.«

»Schimpft Bianca denn nicht mit ihm, wenn er Tiere ausnimmt und dir solche Angst macht?«

»Nö, sie bekommt es doch gar nicht mit.«

Ricarda runzelte die Stirn. »Dann muss ich wohl mal ein Wörtchen mit ihr reden. Ha, hält mir Moralpredigten über meine Erziehung. Sie sollte mal vor ihrer eigenen Tür kehren, die Gute.«

»Nein, bitte nicht.« Panik flackerte in Mias Blick. »Sonst ist sie bestimmt noch komischer zu mir.«

»In Ordnung, mein Schatz, mach dir keine Sorgen.« Ganz geheuer war Ricarda das Ganze aber nicht.

»Kann ich denn nicht einfach hierbleiben?«, unterbrach Mia ihre Gedanken. »Bianca ist doch gleich nebenan. Wenn irgendetwas ist, kann ich ja zu ihr gehen.«

Fast war Ricarda versucht einzuwilligen. Doch prompt machte sich ein heftiges Ziehen in ihrem Bauch bemerkbar.

Mia schien zu begreifen. »Wegen dem Serienkiller?«, flüsterte sie, als ob jemand sie belauschen könnte.

Ricarda nickte. »Ja, ich fühle mich einfach nicht wohl bei dem Gedanken, dass du ganz allein im Haus bist.« *Vor allem, da ich noch nicht weiß, ob er es nicht vielleicht sogar auf mich abgesehen haben könnte*, setzte sie in Gedanken hinzu.

Zerknirscht nickte ihre Tochter. »Verstehe. Also gut, dann gehe ich eben wieder zu ihr«, sagte sie mit einem steinerweichenden Seufzer. »Beeil dich aber, dieses Scheusal zu fassen, sonst werde ich dort noch verrückt.«

»Versprochen.«

Ein grelles Aufleuchten, gefolgt von einem gewaltigen Knallen, das durch die Nacht hallte, und schlagartig erlosch das Licht im Haus. Geistesgegenwärtig nahm Ricarda die Pfanne vom Herd. Sie sah die Hand vor Augen nicht mehr; ein Schauder kroch ihre Wirbelsäule entlang.

»Was ist das?«, fragte Mia leise.

»Irgendwo muss der Blitz eingeschlagen haben«, beruhigte Ricarda ihre Tochter und gleichzeitig auch sich selbst. Ruhe bewahren. Warum machte sie ein kleiner Stromausfall nur so nervös?

»Das ist aber echt unheimlich«, meinte Mia aufgeregt und kicherte.

Heulend peitschte der Wind ums Haus, rüttelte an den Läden. Angestrengt spähte Ricarda aus dem Küchenfenster in die dunkle Nacht, doch da war nur pechschwarze Finsternis. Kein einziges Licht war in den umliegenden Häusern zu entdecken. Es musste sich um eine Generalstörung handeln.

»Bleib hier, Mia. Ich schau mal im Wohnzimmer nach, ob ich ein paar Kerzen finde. Wahrscheinlich wird der Stromausfall ein wenig dauern.«

»Mir recht, solange ich bei Kerzenlicht lesen darf«, sagte Mia gelassen.

Nachdem sie zur Sicherheit die Gasflamme wieder ausgeschaltet und den ersten bereits fertig gebratenen Pfannkuchen zwecks späterer Füllung auf einen Teller angerichtet hatte, tastete sich Ricarda völlig blind bis zum Flur vor und unterdrückte einen Schrei, als ihr kleiner Zeh Bekanntschaft mit einer Möbelkante machte. *Verflucht!* Schließlich erwischte sie ihre Handtasche, kramte mit feuchten, zittrigen Händen das Handy heraus und schaltete den Taschenlampenmodus ein. Jetzt konnte sie wenigstens wieder ein bisschen was sehen. Humpelnd gelangte sie ins Wohnzimmer, wo sie in einer Kommodenschublade tatsächlich einige Kerzen fand. Sie schnappte sie sich und eilte – noch immer halb hüpfend – zurück. Ihr Zeh pochte im Rhythmus ihres beschleunigten Herzschlags.

Wieder erhellte ein gleißender Blitz die Dunkelheit, und in seinem grellen Licht meinte Ricarda, durch das Flurfenster eine Gestalt zu erkennen. Jemand stand vor dem Haus! Vor Schreck zuckte sie zusammen, wich zurück. Schleunigst schaltete sie das Handy aus und schlich, sich nahe an der Wand entlang bewegend, leise zur Eingangstür. Dort angekommen, stieß sie die unbewusst angehaltene Luft aus. Ihr Herz raste. Obwohl Ricarda von Berufs wegen gewissermaßen auf der Schattenseite der menschlichen Seele zu Hause war, stellte die Situation, allein mit ihrer Tochter einem vermeintlichen Mörder gegenüberzustehen, eine besondere Herausforderung für sie dar. *Das ist Unsinn! Ich passe nicht ins Schema*, mahnte sie sich, jedoch ohne Erfolg. Warum hatte sie Andrea nicht um eine Waffe gebeten? Sollte sie sich ein Messer aus der Küche holen? Ein weiterer markerschütternder Donnerschlag ließ sie erneut zusammenfahren. Sie keuchte. *Jetzt mach dich nicht verrückt*, rief sie sich zur Ordnung. *Immerhin hast du den Vorteil, zu wissen, wo er sich befindet.* Vorausgesetzt natürlich, das alles war nicht bloß ein Streich, den ihre überreizte Fantasie ihr spielte. Doch das Licht eines neuerlichen Blitzes enthüllte ihr, dass sie sich nicht geirrt hatte: Dort stand er … Deutlich konnte Ricarda ihn durch das kleine Fenster neben der Tür sehen. Die nachfolgende Dunkelheit schien nach der sekundenlangen Helligkeit noch intensiver zu sein als zuvor. In diesem Moment drang ein Klopfen an Ricardas Ohr. Ihr Herz setzte einen Schlag aus.

»Wer ist da?«, fragte sie mit fester Stimme.

»Verzeihen Sie die Störung, ich kann auch ein andermal wiederkommen …« Eine Männerstimme. War das nicht …?

Erleichtert rollte Ricarda die Augen über ihr paranoides Verhalten, schaltete die Handytaschenlampe wieder ein und öffnete die Tür. »Marco, richtig?« Noch immer waren ihre Knie vom durchlebten Schreck etwas zittrig. Sie richtete das grelle Licht auf ihn.

»*Scusi*, wenn ich ungelegen komme«, stammelte er, schien ernsthaft bekümmert.

»O nein, Sie stören nicht. Ich bin heute wohl etwas gereizt, es war kein besonders erquicklicher Tag.« Unbewusst strich sie sich die Haare zurecht, während sie ihn musterte. Im Licht ihrer Lampe erkannte sie, dass er ganz anders gekleidet war als bei ihrer ersten Begegnung: Bluejeans, T-Shirt, eine kurze schwarze Lederjacke. Der lässige Look stand ihm gut, er wirkte dadurch noch attraktiver. Eine heftige Windböe trug den angenehmen Duft seines Aftershaves zu ihr herüber; ein warmer, männlicher Geruch nach Tabak und Kaffee.

»Ich wollte Mia nur das hier bringen.« Er hielt ihr ein Päckchen hin.

»Wer ist das?«, hörte Ricarda prompt ihre Tochter rufen.

»Es ist Marco. Er hat ein Geschenk für dich«, antwortete Ricarda, ohne es entgegenzunehmen. »Kommen Sie doch bitte einen Moment herein und geben Sie es ihr selbst.«

Wie auf Kommando öffnete der Himmel plötzlich seine Schleusen. Wolkenbruchartig prasselte der Regen auf den Besucher nieder.

»O nein, machen Sie sich keine Umstände«, wiegelte er ab und duckte sich vor den herabstürzenden Wassermassen. »Ich wollte das nur schnell abgeben.«

»Papperlapapp. Meine Tochter wird mich lynchen, wenn ich ihren Lieblingsschriftsteller im Regen stehen lasse, also kommen Sie schnell herein, bevor Sie völlig durchnässt sind.«

Mit einem dankbaren Nicken trat er ein, seine Haare trieften bereits.

»Warten Sie, ich bringe Ihnen ein Handtuch«, sagte Ricarda und hastete ins Badezimmer. Als sie zurückkam, hatte Marco sich bereits seiner Lederjacke entledigt, nahm das Handtuch lächelnd entgegen und rubbelte sich damit die Haare trocken, die ihm daraufhin wirr vom Kopf abstanden. Auch dies tat seinem guten Aussehen keinen Abbruch. Lässig strich er sich die feuchten Haare nach hinten und lächelte erneut. Grübchen.

»Unglaublich, was in so kurzer Zeit vom Himmel gefallen ist«, bemerkte Ricarda.

»Ja, erstaunlich«, stimmte er zu. Der Wind rüttelte am Haus, lenkte sie wieder ab. »Haben Sie keine Angst, Ihr Haus könnte fortgepustet werden?«

Sie lachte. Es hatte etwas Befreiendes. »Doch, schon. Aber ich hoffe, dass der Wolf doch noch ein Einsehen mit uns armen Schweinchen haben wird«, gab sie sich selbstsicherer, als sie sich in Wirklichkeit fühlte. Er grinste, schien die Anspielung auf das englische Märchen zu verstehen. »Kommen Sie herein in die gute Stube.« Mit ihrem Handy leuchtete Ricarda ihm den Weg zur Küche.

»Das riecht ja köstlich«, lobte Marco und schnupperte.

»Mögen Sie *crespelle valtellinesi*?«, fragte Mia prompt.

»Klar, wer mag dieses leckere traditionelle Pfannkuchengericht denn nicht, junge Dame?«

Mia lachte.

»Macht deine *mammina* auch gute?« Er zwinkerte.

»Die besten«, flüsterte Mia und zwinkerte zurück.

»Ich bekomme alles mit«, mahnte Ricarda und Gelächter brach aus. Mittlerweile hatte sie die Kerzen angezündet, deren sanfter Schein dem Raum eine gemütliche Atmosphäre verlieh, und trat wieder an den Herd.

»Zum Glück kochen Sie hier noch mit Gas«, bemerkte Marco mit einem Blick auf den gusseisernen Herd, der noch aus Zeiten ihrer Großeltern stammte. »Hier, für dich«, sagte er und hielt Mia das Päckchen hin.

Staunend nahm sie es entgegen. Sie behandelte es wie einen kostbaren Schatz, drehte es vorsichtig in alle Richtungen. »Was ist das?«, fragte sie ehrfürchtig.

»Na, öffne es doch«, forderte er sie schmunzelnd auf.

Mia ließ sich nicht zweimal bitten, rupfte das türkisfarbene Geschenkpapier ab und holte ein dickes Buch mit dunkelblauem Einband hervor.

»Der kleine Junge und sein Versprechen«, jubelte Mia. Ihre Begeisterung schien keine Grenzen zu kennen.

»Ja, es ist die Originalfassung. Schlag es ruhig auf.«

Mia gehorchte, und ihre Augen weiteten sich noch mehr, was Ricarda nicht für möglich gehalten hätte. Mit dem Pfannenwender in der Hand stellte sie sich hinter ihre Tochter und schielte über deren Schulter ins Buch.

»*Für Mia, meine kleine Freundin, den Bücherwurm. Bleib, wie du bist, und folge immer deinem Instinkt. Herzlichst, Dein Marco*«, las Mia mit bebender Stimme. »Vielen Dank, Marco«, hauchte sie. »Ich freue mich so sehr.« Wie um ihre Worte zu unterstreichen, drückte sie das Buch fest an sich.

»Die Freude ist ganz meinerseits. Seine Fans soll man immer achten«, sagte er und neigte sich leicht zu ihr. Mia lächelte selig. »Außerdem hätte mir Maria die Ohren lang gezogen, wenn ich mein Versprechen nicht gehalten hätte«, setzte er mit einem Zwinkern hinzu.

»War sie es, die Ihnen unsere Adresse gegeben hat?«, wollte Ricarda wissen.

Er nickte. »Verzeihen Sie meine Aufdringlichkeit. Ich hatte nur ein Ziel im Auge: Mia die Widmung zu überreichen.«

»Nicht der Rede wert«, beschwichtigte Ricarda.

Versonnen rührte sie eine Käse-Schinken-Soße nach lombardischer Art an, mit der sie die *crespelle* füllen wollte. Was war nur los mit ihr? Normalerweise hätte sie einen unangekündigten Besucher vor der Tür stehen lassen, besonders nach einem Tag wie diesem. »Und von was handelt das Buch?«, erkundigte sie sich.

»Von einem Jungen, der sich in ein Mädchen verliebt. Aber sie will nichts von ihm wissen«, brabbelte Mia los. »Und dann wird es sehr spannend, aber mehr sollte ich dir nicht verraten, falls du es mal lesen möchtest.«

»Schmökern Sie denn auch so gerne wie Ihre Tochter?«, wollte Marco wissen.

»Ja, eigentlich schon. Allerdings keine Krimis.«

»Berufsbedingt?«

»Ja, ich möchte mir diese Gräuel nicht auch noch abends nach Hause holen.« Direkt über ihnen rumpelte ein Donnerschlag so heftig, dass die Wände erzitterten.

»*Mamma* verfolgt gerade einen Serienkiller«, platzte Mia heraus.

»Mia!«, schimpfte Ricarda. Warum hatte sie ihre Tochter nicht ermahnt, diskret mit dieser Information umzugehen?

»Hier bei uns?« Marco wirkte erstaunt. »Das kann ich kaum glauben.«

»Doch, es stimmt aber«, sagte Mia gekränkt, weil sie nicht weiter über das Thema sprechen durfte.

»Hat es etwas mit dem zu tun, worüber wir heute Mittag gesprochen haben?«

»Ja genau«, antwortete Ricarda und tat so, als würde die Zubereitung der *crespelle* all ihre Aufmerksamkeit in Anspruch nehmen. »Mia, kannst du bitte schon mal den Tisch decken?«

Ungewohnt schwungvoll sprang ihre Tochter auf, ging hinüber zur Anrichte, holte Teller, Besteck und Gläser heraus und platzierte alles auf dem Tisch. Ricarda schmunzelte in sich hinein. Was der fremde Besucher so alles bewirken konnte …

»Ein Serienmörder? Woher wissen Sie das?«, fragte Marco leise. »Gab es noch ein weiteres Opfer?«

»Ja, aber nicht hier«, antwortete Ricarda ausweichend. »Allerdings darf ich nicht darüber reden. Sie wissen schon: Wir stecken noch mitten in den Ermittlungen.«

»Natürlich, Verzeihung. Wie ungeschickt ich mich heute aber auch anstelle. Als Autor von Kriminalromanen sollte ich doch eigentlich wissen, dass nichts aus der laufenden Untersuchung heraussickern darf.«

Ricarda lächelte versöhnlich.

»Ich war nur so überrascht«, fuhr Marco fort. »Schon heute Morgen. Seit ich denken kann, hat es hier noch nie so etwas Abscheuliches gegeben.«

»Leben Sie schon lange hier?«

»O ja, ich bin hier aufgewachsen und zur Schule gegangen.«

»In welche denn? Vielleicht kennen wir uns ja von früher?«

»In die Elementary School Don Mazzolari und später in die State High School Girolamo Bagatta, beide in Desenzano del Garda. Und Sie?«

»Ach so, nein. Mein Bruder und ich sind in die Damiano Chiesa gegangen«, antwortete Ricarda.

»In Riva del Garda?«

»Genau.« Sie lächelte. »Und später bin ich nach Mailand gezogen, um mich zur Kriminalistin ausbilden zu lassen.«

»Oh, richtig, Mailand«, sagte er anerkennend. »Eine Weltstadt. Kommt Ihnen das hier jetzt nicht alles etwas hinterwäldlerisch vor?« Er lachte, und seine Augen sprühten Funken.

Auch Mia kicherte.

»Jetzt, da wir so einen weltberühmten Schriftsteller unter uns haben, wohl kaum«, feixte Ricarda.

Marco schüttelte verlegen grinsend den Kopf. »Ich hatte nur Glück«, bekannte er. »Es gibt viele, die genauso gut oder sogar noch besser schreiben als ich, aber nie eine Chance erhalten.«

Sicher stimmte das. »Na, na, warum so bescheiden?«, sagte Ricarda dennoch. »Ein wenig Talent wird da wohl schon eine Rolle gespielt haben, oder?« Sie lächelte ihn an.

»Genau, so sehe ich das auch«, pflichtete Mia ihr aufgeregt bei. »Ich glaube nicht, dass es sehr viele Autoren gibt, die so packend schreiben können wie Sie.«

»Das ist sehr lieb von dir, Mia, danke.« Er lächelte gewinnend.

Verdammt, er sah wirklich umwerfend aus. War es der Erfolg, der ihm diese unwiderstehliche Aura verlieh? Wie konnte ein solcher Mann noch Single sein? Unfassbar …

Ricarda stellte die fertig gerollten, dampfenden Pfannkuchen auf den Tisch. Unter dem eindringlichen Blick ihres Gastes, der jede ihrer Bewegungen zu verfolgen schien, fühlte sie unversehens die Hitze in ihre Wangen steigen. Leicht verwirrt setzte sie sich zu den beiden an den Tisch und hoffte, dass er ihre Unsicherheit nicht bemerkte. *Und wenn schon*, dachte sie, *was ist schon dabei, wenn ich ihn anziehend finde?* Hatte ihr Selbstbewusstsein so sehr gelitten, dass sie schon ein einfacher Blick völlig aus der Fassung brachte? *Nein*, kam prompt die Antwort, *daran liegt es nicht*. Aber zum einen war sie über 20 Jahre lang mit demselben Mann verheiratet gewesen, hatte kaum einen anderen gekannt. Zum anderen fühlte sie sich noch zu labil, zu verletzlich, um eine neue Beziehung – oder was auch immer – nur in Erwägung zu ziehen. Außerdem hatte sie im Moment wahrlich andere Dinge im Kopf, wollte und durfte sich nicht durch irgendwelche romantischen Gefühle ablenken lassen. Doch ihr Körper schickte ihr ganz andere Signale. Es prickelte wohlig in ihrer Magengrube, ein Gefühl, das sie seit ihrer Jugend nicht mehr in dieser Intensität erlebt hatte. Nicht mal, als sie beinahe mit Antonio eine Affäre eingegangen wäre.

Ohne Aufforderung griff Mia nach dem Pfannenwender, schob ihn unter die noch heißen Leckerbissen und legte jedem einen davon auf den Teller. Es schien ihr sichtlich zu gefallen, sich um ihren »hohen Gast« zu kümmern; sie gebärdete sich wie eine perfekte kleine Hausfrau. Marco und Ricarda grinsten sich wissend an.

»Was führt Sie denn zurück zu uns an den Gardasee?«, nahm er die Unterhaltung wieder auf. »Urlaub? Arbeit?«

»Beides«, antwortete Ricarda. »Eigentlich wollte ich meinen Job an den Nagel hängen und töpfern, aber da hat mir jemand einen gehörigen Strich durch die Rechnung gemacht.«

»Verstehe«, sagte er mitfühlend. »Aber aufgeschoben ist ja nicht aufgehoben, nicht wahr?«

»Das stimmt«, erwiderte Ricarda. Eines musste sie ihm lassen: Er hatte eine erfrischende, positive Art, die ihr wirklich guttat.

»Dann werden Sie sich ja wie ich der Kunst verschreiben …«

»Genau«, bestätigte Ricarda. Der Gedanke gefiel ihr. Auch gefiel es ihr, dass endlich mal jemand ihre Ambitionen ernst nahm. Kurzum: Der Mann gefiel ihr.

»Meine Mutter ist eine echte Spürnase«, prahlte Mia unversehens.

»O ja, eine besonders gute sogar, wie ich mir von Maria habe sagen lassen.«, erwiderte Marco, bevor er sich einen Bissen in den Mund schob und genüsslich die Augen verdrehte. »*Mamma mia*, das ist ja köstlich.«

Mia kicherte. Auch ihr schien es heute besonders gut zu schmecken. Es war eine Wohltat, ihre Tochter so glücklich zu sehen.

»Ach ja, die gute alte Maria«, seufzte Ricarda. Es lag wohl in den Genen der Hundertjährigen, immer alles auszuplaudern, selbst das, was man lieber vergessen wollte. Sie lächelte jedoch versöhnlich.

»Das ist aber noch nicht alles«, redete Mia weiter.

»Mia!«

»Na, was denn? Da haben wir mal einen Krimiautor bei uns, und ich darf nicht mal ein wenig damit angeben, dass du Fallanalytikerin, Mordkommissionsleiterin und außerdem noch Leiterin im Kommissariat für Gewaltverbrechen warst?«

Ricarda spürte, wie ihr die Hitze erneut in den Kopf schoss. Wieder keimte das Bedürfnis in ihr auf, sich in einem Loch zu verkriechen.

Marco, der sich gerade den Mund mit einer Papierserviette abwischte, nickte anerkennend. »Hochinteressant. Vielleicht darf ich Sie ja mal interviewen? Natürlich nur in Bezug auf abgelegte Fälle.«

»Gerne«, hörte Ricarda sich sagen, nicht sicher, ob sie sich wirklich so viel Nähe mit diesem Mann wünschte. Was wusste sie schon von ihm, außer dass er hervorragend aussah, wunderbar roch, ein berühmter Schriftsteller war und sich vortrefflich mit ihrer Tochter verstand? Sie seufzte innerlich. War das nicht genug? »Wenn Ihnen das behilflich sein kann.«

»Ungemein«, betonte er, griff nach dem Weinglas und trank einen Schluck.

»Wie gehen Sie denn vor, wenn Sie einen Krimi schreiben?«, wollte Mia wissen. »Oder gibt es da keine besondere Vorgehensweise?«

»Doch, schon«, antwortete er und stellte das Glas wieder ab. Er faltete die Hände über dem Teller, stützte sein Kinn auf die geschlossenen Finger und dachte kurz nach. »Zuerst ist da eine vage Idee, zu der ich mir nach und nach Notizen mache. Dann kaufe ich ein paar Bücher zum Thema und lese mich sozusagen ein, mache Recherchen, bis ich meine, dass ich genug weiß. Lange brodelt es hier …« Er zeigte auf seinen Bauch. »Dann schreibe ich einfach drauflos.«

Ehrfürchtig lauschte Mia seinen Ausführungen; ihre Augen leuchteten im Kerzenlicht.

»Warum fragst du? Würdest du auch gerne schreiben?«

»Ja«, kam die Antwort so leidenschaftlich, dass Ricarda unwillkürlich zusammenzuckte. Ihre Tochter wollte schreiben? Na, so was! »Ich schreibe viel, vor allem Kurzgeschichten, glaube aber nicht, dass sie gut sind.«

Jetzt war Ricarda noch verdutzter, lehnte sich im Stuhl

zurück und nahm ein paar kräftige Schlucke aus ihrem Weinglas, um ihre Überraschung zu überspielen.

»Das ist ja wunderbar«, begeisterte sich Marco. »Darf ich denn mal etwas davon lesen?«

Jetzt war es Mia, die rot anlief.

»Ich weiß nicht«, sagte sie und lachte verlegen. »Nein, besser nicht. Ich hätte zu viel Angst, dass es Ihnen nicht gefällt.«

»Auf der anderen Seite hättest du so die einmalige Möglichkeit, den Rat eines erfahrenen Schriftstellers einzuholen, Mia«, gab Ricarda nüchtern zu bedenken.

»Das stimmt schon …«, bestätigte Mia schüchtern. »Also gut, aber seien Sie bitte nicht zu streng mit mir, ja?«

Plötzlich sah Ricarda die Parallelen zu ihrem Fall, fragte sich, ob Marco ihr nicht auch dabei behilflich sein könnte. »Sagen Sie, was ist für Sie – als Leser – an einem guten Buch am wichtigsten? Oder andersherum: Was stört Sie am meisten?«

Marco legte sein Besteck ab, trank einen Schluck und tupfte sich den Mund ab. Es wirkte wie ein Zeremoniell vor einer Ansprache. Schließlich räusperte er sich. »Mal von der Geschichte selbst abgesehen, die natürlich spannend und glaubwürdig sein sollte, ist das Schlimmste an einem Buch, wenn Rechtschreib- und Grammatikfehler den Lesefluss stören.«

»Genau«, stimmte Mia zu. »So geht es mir auch. Deshalb lese ich *nie* wieder etwas von einem Selfpublisher.«

Interessant, dachte Ricarda.

»Ich auch nicht. Das ist die reinste Zeitverschwendung. Oft sind die Sätze nicht richtig ausformuliert, und die Interpunktion ist verheerend. Das ist wirklich schade, denn meistens sind es gute Plots, die dadurch völlig verunstaltet werden.«

Zum Glück liest er nicht meine Polizeiberichte, dachte Ricarda belustigt. *Die müssen mit Fehlern nur so gespickt sein.*

»Aber wenn es noch Unstimmigkeiten in deinem Text gibt, ist das ganz normal. Eine Rohfassung hat immer Schwächen, dafür gibt es ja Lektoren.«

Mia schien erleichtert. »Ich hole Ihnen mal meine Manuskripte«, sagte sie aufgeregt. Ohne weitere Verzögerung eilte sie in ihr Zimmer, hinterließ plötzlich eine gähnende Leere. Verlegen schauten Ricarda und Marco sich an.

Eine gewichtige Stille legte sich über den Raum, und sie aßen in ihre eigenen Gedanken versunken weiter. Als Marco seinen Teller geleert hatte, lehnte er sich ächzend zurück. Zweimal hatte er nachgenommen.

»Wie läuft so etwas im Allgemeinen denn ab? Ich meine, mit einem Verlag …«, erkundigte sich Ricarda etwas unbeholfen.

»Sie meinen, wie ein Autor an einen Verlag herankommt?«

»Ja.«

»Meistens schicken Autoren eine Leseprobe und ein Exposé ein«, setzte er zu einer Erklärung an und beugte sich vor.« Wenn der Verlagslektor Gefallen daran findet, schlägt er dem Verfasser einen Vertrag vor. Manchmal geht es aber auch über einen Agenten.« Nachdenklich blickte er sie an. »Warum fragen Sie? Für Mia?«

»Ja. Es könnte ja sein, dass sie es irgendwann versuchen möchte.«

»Ich würde sie beide gerne mal auf die Buchmesse mitnehmen. Dann könnten Sie sich ja selbst ein Bild von dem Ganzen machen.«

Ricarda zögerte. Eigentlich war es keine schlechte Idee,

da sie ja so oder so aus beruflichen Gründen dorthin fahren müsste. Vielleicht würde es ihr sogar ein paar Türen öffnen und einige Zungen lösen, wenn sie inkognito und in Begleitung einer Berühmtheit erschiene. »Warum nicht?«, antworte sie. »Ich wollte sowieso dorthin.«

»Es hat etwas mit Ihrem Fall zu tun, richtig?«, fragte er unverblümt und nippte hintergründig lächelnd an seinem Glas.

Ricarda nickte resigniert. »Ja, in der Tat.«

»Keine Angst, ich werde Ihnen keine Fragen stellen.«

»Dafür bin ich Ihnen sehr dankbar. Nur so viel: Es handelt sich mit ziemlicher Sicherheit um jemanden aus der Literaturszene.«

»Oh«, entfuhr es Marco. Die Überraschung stand ihm ins Gesicht geschrieben. »Sollte ich mir etwa Gedanken machen?«

»Nein, keine Sorge. Sie haben nicht das richtige Profil. Mehr darf ich aber wirklich nicht verraten.«

Er nickte verständnisvoll.

Sie lächelten sich an, und Ricarda fühlte sich so wohl wie lange nicht mehr. Seine Aura strahlte Sicherheit und Ruhe aus. Etwas, das Roberto nie besessen hatte. Ihr Ex-Mann war seit jeher eher der Spaßvogeltyp gewesen, der ständig herumalberte, nie still saß. Manchmal war es einfach *too much*. Ganz am Anfang war es jedoch genau das gewesen, was ihr an ihm so sehr gefallen hatte. Auf einmal kam ihr ein seltsamer Gedanke: Ob sie deshalb lieber aufs Revier gegangen war, als das Hausmütterchen zu spielen? Möglich wäre es durchaus …

Mia stürzte wieder in den Raum und riss sie beide aus diesem gefühlsgeschwängerten Ambiente heraus. »Hier«, sagte sie und legte ein Heftchen auf den Küchentisch.

»Wunderbar«, bedankte sich Marco. »Wie heißt denn deine Geschichte?«

»›Das Monster vom Lago di Garda‹«, sagte sie stolz.

»Oh«, stieß Ricarda hervor. »Wie passend.« Eine Gänsehaut erfasste sie von Kopf bis Fuß; keine angenehme.

»Hört sich sehr gut an«, lobte Marco hingegen. »Erinnert ein wenig an ›Das Ungeheuer von Loch Ness‹.« Er lachte.

»Soll es ja auch«, erwiderte Mia und grinste selbstzufrieden. »Nur dass es sich dabei eben um einen Mörder handelt.«

»Na, dann lass ich mich mal überraschen. Ich werde die Geschichte noch heute Abend lesen.« Er schaute aus dem Küchenfenster. »Es hat zu regnen aufgehört. Dann mache ich mich wohl langsam mal wieder auf den Weg, ich möchte Ihre Gastfreundschaft nicht überstrapazieren.« Er schlug sich auf die Schenkel, zog die Mundwinkel bedauernd nach unten und erhob sich schließlich. »Es war mir wirklich eine außerordentliche Freude, mit Ihnen speisen zu dürfen«, sagte er übertrieben geschwollen. Aber es klang aufrichtig.

»Das beruht auf Gegenseitigkeit«, entgegnete Ricarda fast ein wenig gerührt.

»Um mich zu revanchieren, würde ich Sie beide morgen Abend gerne ins Restaurant einladen.«

»Och, das brauchen Sie doch wirklich nicht.«

»Ich bestehe darauf.«

»Bitte, *mammina*, sag Ja«, bettelte Mia.

Wie sollte sie dagegen ankommen? Noch nie hatte sie ihre Tochter so aufgeweckt erlebt.

»Sieh es doch als Wiedergutmachung für den schrecklichen Tag, den ich wieder bei der Nachbarin verbringen soll.« Sie zog einen Schmollmund.

»Also gut«, gab Ricarda seufzend nach und lächelte nachsichtig. Marco nickte zufrieden, verabschiedete sich mit einem Zwinkern von Mia und folgte Ricarda zur Tür.

Weiterhin tobte der Sturm. Heftige Böen bogen die Bäume und Sträucher fast bis zur Erde und noch immer lag alles in Dunkelheit gehüllt. Keine Laterne brannte, die Nachbarhäuser waren in allumfassender Schwärze versunken.

»Soll ich Ihnen bis zum Auto leuchten?«

»Nicht nötig, vielen Dank«, antwortete Marco mit rauer Stimme und holte sein eigenes Handy hervor. Zum Abschied reichte er ihr seine große, angenehm warme Hand, die sie zögerlich ergriff. »Also, abgemacht?«

»Ja, abgemacht«, hörte sie sich sagen.

Obwohl sie beide in der Dunkelheit des Flurs nur die Umrisse des jeweils anderen erkennen konnten, harrte Marco einen kurzen Moment aus, beugte sich nah zu ihr vor und schaute ihr tief in die Augen. Ricarda überkam das Gefühl, dass er sie gleich küssen würde, und hielt unwillkürlich den Atem an. Die Luft schien wie elektrisch geladen. Kam das nur vom Gewitter? Wie zur Antwort erklang ein entferntes Donnergrollen. Schließlich schaltete Marco den Taschenlampenmodus ein, strahlte sich direkt ins Gesicht und machte eine unheimliche Grimasse, die Ricarda zum Lachen brachte.

»*Ciao, bella.*«

»*Ciao*, Marco.«

Dann war er fort. Ein Motor heulte auf, Scheinwerfer beleuchteten den Weg. Das Auto fuhr langsam die Auffahrt hinunter, wurde von der Finsternis aufgesaugt, verschwand darin.

Ricarda seufzte, schloss die Tür, blieb aber noch einen

kurzen Moment regungslos dahinter stehen. So ganz wusste sie nicht, was sie von dem heutigen Abend halten sollte. Das sonderbar euphorische Gefühl in ihrem Bauch wurde von Skepsis abgelöst. Sie hörte Marias Stimme: *Ein edler Cognac hilft beim Verdauen …*

Als sie durch die Scheibe einen letzten Blick nach draußen warf, zeichnete sich erneut das grelle Zickzackmuster eines Blitzes vor dem Nachthimmel ab und erhellte für einen Augenblick die Häuser. Ricarda meinte, eine leichte Bewegung hinter dem Vorhang von Biancas Küchenfenster wahrgenommen zu haben. War die Nachbarin etwa so neugierig, dass sie sie bespitzelte? *Arme Frau, dein Leben muss ja wirklich verdammt eintönig sein*, dachte Ricarda mitleidig und wandte sich mit einem Schulterzucken vom Fenster ab.

Mia kam aus der Küche gefegt und fiel ihr überschwänglich um den Hals. Fest drückte Ricarda ihre Tochter an sich und hauchte ihr einen Kuss auf den Kopf.

»Ist er weg?«, wisperte sie.

»Ja, mein Schatz.« Es tat so gut, ihrer Tochter endlich nahe zu sein, endlich einen Weg in ihr Herz gefunden zu haben. Noch schien das neue Band zerbrechlich und schwach, doch Ricarda versprach sich, alles daranzusetzen, es aufrechtzuerhalten und zu festigen.

»Es war der schönste Abend, den ich je erlebt habe. Danke, *mamma*.« Einen Augenblick standen sie noch eng umschlungen da, dann löste sich Mia schließlich gähnend aus der Umarmung, wünschte ihr eine gute Nacht und verschwand in ihrem Zimmer.

Befangen holte Ricarda den Kerzenständer aus der Küche, wo Mia bereits aufgeräumt hatte, und begab sich ins Wohnzimmer. *Wie selbstständig meine Kleine schon ist*, schoss es ihr durch den Kopf, und ein stolzes Lächeln stahl sich auf ihre Lippen. Doch anstatt sich aufs Sofa zu setzen, stellte sie nur den Leuchter ab, öffnete die Terrassentür und trat ins Freie, wo die Naturgewalten des Himmels und des Wassers sich mit ihrem Tosen gegenseitig übertrumpfen zu wollen schienen. Gefährlich knarrten die Holzdielen unter Ricardas Füßen.

Eine Boje hüpfte wie ein winziger Korken auf den wild gewordenen Wogen des Sees. Frenetisch pfiff der Wind über die sonst so friedliche Landschaft, schien von den Klippen abzuprallen und in wütend aufheulenden Böen wirbelnd über die Häuser und festgemachten Boote hinwegzufegen. Es klapperte und schlug an allen Ecken und Enden. Erneut flammte ein Blitz am Firmament auf, tauchte die Umgebung für einen kurzen Augenblick in eine gespenstisch grelle Sichtbarkeit, um gleich darauf alles wieder mit sich in die Tiefen der Düsternis zu reißen, die jetzt noch erschreckender wirkte. Zeitgleich prasselte der Regen noch heftiger als zuvor vom Himmel.

Doch Ricarda wandte sich nicht ab. Sie blieb stehen, stellte sich dem tosenden Feind, der das Nass um sie herumpeitschte. Sie schloss die Augen, breitete die Arme aus und ließ sich von der Zügellosigkeit der Gezeiten umgarnen, stemmte sich gegen sie. Der wundervolle Abend, den sie soeben verlebt hatte, änderte nichts an der grausamen Realität, der sie sich morgen wieder würde stellen müssen: Ein Monster war unter ihnen, ja ... *Das Monster vom Lago di Garda!* Irgendjemand hatte es von seinen Ketten befreit, es auf die Menschheit losgelassen. Irgendetwas hatte es heraufbeschworen, es aus den Tiefen hervorgelockt, um auf einmal wütend und unbändig zuzuschlagen, so wie dieser Sturm, der die Nacht in Schrecken tauchte, unheimlich und unberechenbar. Und es war an ihr, Ricarda, sich ihm entgegenzustellen. *Wo bist du? Was machst du gerade? Planst du schon den nächsten Schlag? Zeig dich, du Feigling! Ich bin bereit …*

Denn was anfänglich nur eine vage Vorahnung gewesen war, verfestigte sich in ihr allmählich zur unumstößlichen Gewissheit: Das alles hatte ganz bestimmt etwas mit ihr zu tun …

KAPITEL 11 – SCHLAG AUF SCHLAG

Sirmione, Gardasee, Ostersonntag, Südliche Halbinsel, 21. April, 07.30 Uhr

In der Luft hing der für die Stadt übliche Geruch von verfaulten Eiern, der von den berühmten schwefelhaltigen Thermalquellen herrührte, die dem Becken des gewaltigen Monte Baldo entsprangen. Wie vom Donner gerührt stand Ricarda da. Der fatale Anruf hatte sie um fünf Uhr morgens aus dem Schlaf gerissen. Eigentlich hätte sie nicht überrascht sein dürfen, denn sie hatte es ja insgeheim erwartet. Aber dann war es doch immer wieder überwältigend, wenn einem die grausame Wahrheit ins Bewusstsein sickerte, während der Geist noch in Morpheus' Dunst schwebte.

Eine Tasse frisch aufgebrühten Kaffees, eine eilige Dusche und schon hatte Andrea vor der Tür gestanden und sie waren losgefahren. Bianca war natürlich nicht gerade begeistert gewesen, als Ricarda in dieser Herrgottsfrühe Mia eilig zu ihr hinübergebracht hatte, aber sie hatte eingesehen, dass es von großer Dringlichkeit gewesen war.

Bei der Anreise mit dem Boot der Carabinieri hatten sie am Ende der Landzunge von Sirmione die Grotten des Catull bewundern können. Dabei handelte es sich allerdings keineswegs um Grotten im eigentlichen Sinn des Wortes, wie Nicolò sich nicht hatte nehmen lassen zu erläutern, sondern um die Ruinen einer römischen Villa aus dem 1. Jahrhundert nach Christus. Auch der Name Catull sei irreführend, hatte er erklärt. Zwar habe der berühmte Dichter der »Carmina« ein Landgut in dieser Region besessen – eine Tatsache, auf die der einstige Ferienort der römischen Schickeria noch heute stolz war –, dessen Lage sei allerdings nicht überliefert. Die pittoresken Überreste der steinernen Mauern und Säulen hatten auf Ricarda so gewirkt, als wären sie wie ein Spiegelbild des untergegangenen Atlantis aus dem dunstigen Morgennebel auferstanden. Fast war ihr, als hätten sie diesen Moment unbefugt eingefangen, als wäre er sonst nur den Göttern gewidmet und nicht für die Augen von Sterblichen bestimmt, die um diese Uhrzeit für gewöhnlich noch in ihren Betten lagen. Die malerische Szenerie, die den Tatort umgab, stand in krassem Gegensatz zu der grausamen Realität ihres Hierseins, die ihnen jetzt so nüchtern und brutal entgegenschrie.

Also gut, jetzt war es also so weit. Ricarda wandte sich nach allen Seiten um, versuchte, sich einen Eindruck des Gesamtbildes zu verschaffen. Hinter ihr lag das beschauliche Städtchen, das sich mit seinen blumengeschmückten Fassaden verschlafen und nichts ahnend den kommenden Tag erhoffte. Der Marktplatz war noch leer. Auf den hübschen Schwalbenschwanzzinnen der hoch aufragenden Wasserburg saßen Möwen und putzten ihr Gefieder. Alles wirkte so friedlich. Und vor ihr erstreckte sich der unschuldig glitzernde See, auf dem die ersten Strahlen der aufgehenden Sonne tanzten. Ein verträumter Steg lud zum Flanieren oder Angeln ein. Vergessen war der Sturm, vergessen die Angst vor dem zerstörerischen Ungestüm. Nichts erinnerte mehr an das grauenvolle Tosen, die aufgewühlten Wassermassen, das Ächzen und Stöhnen der alten Mauern. Fast nichts …

Mit tadelndem Gesichtsausdruck, fast ein wenig schadenfroh, schien die Büste von Gaius Valerius Catullus die Ermittlerin anzustarren. Es wirkte, als wollten sich die patinierten Lippen jeden Moment öffnen, um höhnisch zu wispern: *Schau her, Ricarda, schau, was du nicht verhindert hast …*

Denn an seinen Sockel gelehnt saß sie, die junge Frau … oder vielmehr die geschundene Hülle dessen, was sie einmal gewesen war. Von kleinen Palmen umgeben, halb auf dem gepflegten Rasen, halb auf den terrakottafarbenen Steinplatten hockend, schaute sie zu ihm auf. Ohne Überraschung stellte Ricarda fest, dass ein dünner grüner Faden die Lippen der Toten zusammenhielt und ihr das jämmerliche Aussehen einer bestraften Sünderin verlieh. Und wie ein zynischer Kontrast leuchtete der rote Lippenstift auf ihrem Mund, fast wie ein Warnsignal, eine Mahnung: *Seht, was mit euch geschieht, wenn ihr so unmoralisch seid wie dieses Wesen!*

Für Ricarda brauchte es keine langwierige Untersuchung, um das Profil des Opfers zu erfassen: eine hübsche 30-Jährige, die sicher nicht aus der Gegend stammte und die – Ricarda war bereit zu wetten – bestimmt auch eine Schriftstellerin war. Sie seufzte. *Armes Mädchen, was musst du gelitten haben …*

Wieder war sie barfuß, wieder lag eine Hand unnatürlich verrenkt auf dem Boden, und Ricarda war sich absolut sicher, dass auch diesem Opfer drei Finger fehlten. Natürlich trat sie trotzdem näher, bückte sich und hob die Hand behutsam auf. Im ersten Moment erschrak sie. Die Handfläche samt der zwei verbliebenen Finger war schwarz gefärbt. Womit? Ricarda beugte sich darüber, lüftete leicht ihren Atemschutz und roch daran. Tinte? Sie stutzte und legte die Hand behutsam wieder zurück. Eine Nachricht?

Angestrengt wühlte sie in ihrem Gedächtnis.

»*Porca miseria!*«, entfuhr es Andrea. »Sag schon, was denkst du?«

»Ich frage mich, ob die Wahl des Dichters eine tiefere Bedeutung hat«, erwiderte Ricarda gedankenversunken.

Andrea nickte mit zusammengezogenen Augenbrauen. »Ja, wir haben ihn mal im Lateinunterricht durchgenommen. Er stammte aus Verona und kam zur Erholung nach Sirmione.«

»Genau«, bestätigte Nicolò. »Allerdings ist es sehr wahrscheinlich, dass die Übersetzungen damals von den Lehrern arg zensiert wurden. Es heißt nämlich, dass die Zunge des Catull so schneidend gewesen sei wie das Fallbeil der französischen Guillotine, seine Texte sollen vor Obszönitäten nur so gestrotzt haben.«

Andrea und Ricarda nickten anerkennend.

»Gut, sorgen Sie bitte dafür, dass wir auch über ihn alle Unterlagen vorliegen haben«, forderte Andrea.

»War er nicht ein Anhänger von Epikur?«, meinte Ricarda sich zu erinnern.

»Ja, ihm zufolge soll das höchste Gut eine Lust ohne Schmerz sein, die nur durch absolute Leidenschaftslosigkeit erreicht werden kann. Somit kann Liebe nur in Schmerz, Verzweiflung und tiefem Unglück enden«, antwortete Nicolò, der sich immer mehr als wandelndes Lexikon entpuppte.

»Wie passend«, brummte Andrea. »Vielleicht gibt es da ja tatsächlich Parallelen …«

Ricarda seufzte. Langsam entfernte sie sich vom Schauplatz, schlüpfte unter den Absperrbändern hindurch und gab die Leiche mit einem Nicken für die Spurensicherung frei. Nachdenklich streifte sie die Schutzhandschuhe ab und lief zum Auto zurück. Also gut, Trittbrettfahrer oder nicht, der Täter hatte sich jetzt anscheinend auf den Gardasee spezialisiert. Warum? Konnte das nicht auch andere Gründe haben als ihre Anwesenheit? Noch immer gab es mehr Fragen als Antworten. Bald würde sich die Presse der ganzen Geschichte annehmen, Panik würde ausbrechen. *Verflucht.* Der verdammte Hund schien ihr nicht nur *einen* Schritt voraus zu sein. Warum war die Hand des Opfers schwarz? Was wollte der Täter damit sagen? Schreibtinte? War es eine Nachricht, die ihr die Richtung weisen sollte? Wollte er sie verspotten? *Schau nur, Ermittlerin, ich helfe dir sogar auf die Sprünge. Lass endlich diese unnützen Verhöre bleiben und folge deinem Instinkt.*

Quatsch, du spinnst … Kaum merklich schüttelte sie den Kopf. Zu diesem Zeitpunkt gab es für Ricarda eigentlich nur eine Gewissheit: Ab sofort würde es Schlag auf Schlag gehen …

KAPITEL 12 – SEELISCHE HINRICHTUNG

Krankenhaus, Desenzano del Garda, Gardasee, Westküste, Ostersonntag, 21. April – 9.30 Uhr

Nachdem Greta die Tote im Leichenschauhaus wie vermutet als Laura Rizzo identifiziert hatte, war die Leiche zur Rechtsmedizin ins *Ospedale di Desenzano del Garda* überstellt worden. Bevor Ricarda sich mit Andrea auf den Weg dorthin machte, hatte sie sich den Bericht über Marina Russo noch einmal gründlich vorgenommen, um die beiden Fälle besser miteinander vergleichen zu können. Mit einem beklommenen Gefühl parkte sie das Auto vor dem Eingang des Instituts für Rechtsmedizin.

»Alles klar?«, fragte Andrea. Seine Stimme klang besorgt.

»Ja, es ist nur der Teil, den ich an meiner Arbeit am meisten hasse.«

Er nickte verständnisvoll. Sie gaben sich einen Ruck und stiegen aus. Ricarda holte noch einmal tief Luft, dann betraten sie das Gebäude.

»*Buongiorno*«, begrüßte die Empfangsdame sie.

»*Buongiorno*, Commissario Antonini, und das ist meine Kollegin Ricarda Antonini«, stellte Andrea sie beide vor und zeigte seinen Ausweis. Auch Ricarda holte den vorläufigen Ausweis hervor, den Andrea mittlerweile für sie hatte anfertigen lassen. »Wir möchten zu Professore Lorenzo Tonzini. Er erwartet uns.«

»Das tut er in der Tat«, antwortete eine tiefe Männerstimme hinter ihnen. Ricarda fuhr herum. Vor ihr stand ein großer Grauhaariger mit glatt rasierten Wangen und wachen braunen Augen. Auf der Nasenspitze trug er eine Lesebrille, die er nun abnahm, sodass sie an einem dünnen Kettchen um seinen Hals baumelte. Er ließ das Dokument sinken, in dem er gerade gelesen hatte, und reichte ihnen die Hand. »Folgen Sie mir bitte, ich war sowieso gerade auf dem Weg in den Obduktionssaal.«

Sie bemühten sich, mit seiner flotten Gangart Schritt zu halten. Die Schuhe schmatzten unangenehm laut auf dem Linoleum. Je näher sie den großen Doppeltüren kamen, auf die der Professore zustrebte, umso beißender wurde der Geruch nach Desinfektionsmitteln.

»Haben Sie denn schon etwas für uns?«, fragte Ricarda, um sich ein wenig von dem mulmigen Gefühl abzulenken, das sich in ihrer Magengegend ausbreitete.

»Ja, wir haben die Autopsie gleich heute Morgen vorgenommen. Ich war gerade dabei, den Bericht noch einmal zu überprüfen.«

»Prima«, sagte Andrea, als der Professore ihnen eine der beiden Stahltüren aufhielt und sie mit einem gönnerhaften Lächeln einließ.

Kaum hatten sie einen Fuß in den weitläufigen Saal gesetzt, wurde der scharfe Desinfektionsmittelgeruch von den ekelhaft süßlich-fauligen Ausdünstungen toter Körper überdeckt. Niemals würde Ricarda sich an diese Umgebung gewöhnen. Sie hüstelte, um die aufsteigende Übelkeit zu unterdrücken. Eilig fummelte sie eine kleine Tube aus ihrer Tasche, klipste den Deckel auf, drückte sich etwas von der Mentholsalbe auf den Zeigefinger und strich sie sich unter die Nase. Sofort fühlte sie sich besser und reichte die Tube an Andrea weiter.

Gemeinsam traten sie an einen der drei Obduktionstische heran, auf dem eine zugedeckte Leiche lag. Nur die blutleeren Füße lugten unter dem Tuch hervor, ein kleines Pappschild baumelte vom großen Zeh. Daneben wartete ein junger Mann, der von Kopf bis Fuß verhüllt war. Bestimmt ein Medizinstudent, mutmaßte Ricarda. Zwei weitere Vermummte traten näher.

»Fabio, mein Assistent«, widerlegte der Professore Ricardas Vermutung bezüglich des Jünglings. »Und das hier sind Dr. Marino und Dr. Adamo«, stellte er die anderen beiden Herren vor.

Sie begrüßten sich mit einem flüchtigen Kopfnicken.

Tonzini räumte den Bericht beiseite und reichte Ricarda und Andrea jeweils eine Haube und einen Mundschutz. Auch er selbst legte beides an, dann nickte er seinem Assistenten zu. Mit einer geübten Bewegung schlug dieser das Tuch zurück, blieb einen Moment vor der Leiche stehen und schaute Ricarda prüfend in die Augen. Die Y-förmigen Schnitte auf Lauras Brustkorb waren bereits wieder geschlossen worden, ebenso wie ihre Augen. Die Fäden an ihrem Mund waren gezogen worden und hatten kleine, verkrustete Löcher hinterlassen. Ohne den grellen Lippenstift sah sie etwas weniger schaurig aus.

Ricarda schluckte. Es war immer ein bewegender Moment, »ihre Funde« in diesem Umfeld wiederzusehen. Am Tatort haftete ihnen trotz aller schrecklichen Begleitumstände irgendwie immer noch etwas Lebendiges an, eine Geschichte, eine Vergangenheit, was von den offenen Augen und einer Umgebung, in die sie sozusagen eingebettet waren, noch unterstützt wurde. Hier waren sie einfach nur bleiche, aufgeschlitzte Körper, vergangenes Leben, das entsorgt werden würde. Aus den Opfern wurden x-beliebige Leichen …

»Die äußere Leichenschau brachte keinerlei Zeichen von sexueller Gewalt zutage«, begann der Professore seine Ausführungen. Durch den Mundschutz klang seine Stimme gedämpft. »Weder im Genitalbereich noch außerhalb wurden Spuren von Körperflüssigkeiten oder Latexrückstände gefunden.«

Ricarda atmete leise aus. Wenigstens war ihr das erspart geblieben …

»Ihr Mund wurde mit zwölf Stichen zugenäht. Dafür wurde ein relativ starkes Garn verwendet, das wir zusammen mit dem Lippenstiftabstrich zur Auswertung ins Labor geschickt haben. Wegen der Osterfeiertage sollten Sie allerdings mit ein paar Tagen Verzögerung rechnen, bis die Auswertungen vorliegen.«

Ricarda und Andrea nickten.

»Daumen, Zeige- und Mittelfinger wurden oberhalb des proximalen Fingerknochens abgetrennt.« Er hielt inne und schien unschlüssig. »Die Wunde zeigt, dass sie nicht gleichzeitig entfernt wurden, sondern einer nach dem anderen, und zwar immer von links nach rechts.«

»Können Sie sagen, was für ein Werkzeug dafür verwendet wurde?« Ricarda schaute ihn erwartungsvoll an.

Noch immer schien er mit sich zu hadern. »Ich möchte mich da nicht festlegen«, antwortete er gedehnt. »Es erinnert mich aber an einen Fall, der mir am Anfang meiner Laufbahn untergekommen ist, als ich noch als Student im Notdienst gearbeitet habe. Ein Junge hatte sich angeblich aus Versehen einen Finger mit einem Hebelschneider abgetrennt.«

»Sie meinen einen Papierschneider?«

Der Arzt nickte. »Ja.«

Ricarda verzog das Gesicht. »Um den Knochen zu durchtrennen, müsste man doch sicher ziemlich kraftvoll vorgehen und sich richtig heftig draufstemmen, oder?«

»Normalerweise schon. Solche Geräte sind ja in der Regel mit einem Fingerschutz ausgestattet, aber bei älteren Modellen oder unsachgemäßer Handhabung kann trotzdem etwas passieren – eine unachtsame Bewegung reicht manchmal aus.«

»Der arme Junge«, murmelte Ricarda.

»Zum Glück konnten wir den Finger retten, denn er wurde uns von der Begleitperson in einem Plastikbeutel mit Eis gebracht.«

Ricarda nickte nachdenklich. Vielleicht war es ja völliger Blödsinn, aber sie sah den Zusammenhang: Papier, Schreiben, Buch … »Können Sie sich noch an den Namen des Jungen erinnern?«

»Oje«, schnaubte der Professore und schüttelte den Kopf. »Wo denken Sie hin? Nach all den Jahren funktioniert mein Gedächtnis nicht mehr wie das eines jungen Spunds.« Er lachte in seinen Mundschutz hinein, sodass sich die Falten um seine Augen vertieften. »Es war nur der auffallend glatte Schnitt, der mich damals verblüfft und sich mir eingeprägt hat.« Schließlich räusperte er sich und fuhr fort: »Also, um wieder zum Befund zurückzukehren: Ihr wurde außerdem eine distale Radiusfraktur zugefügt.« Als er Ricardas fragenden Blick bemerkte, setzte er hinzu: »Ihr wurde das Handgelenk gebrochen.« Ricarda und Andrea sahen sich kurz an. »Die Füße des Leichnams sind ante mortem eingecremt worden«, fuhr er unbeirrt fort. »Auch davon wurde eine Probe ins Labor gesendet.«

»Ist das nicht ungewöhnlich für einen Sadisten?«, wandte sich Andrea an Ricarda.

»Nicht unbedingt«, murmelte sie. »Er macht ihr vielleicht zuerst Hoffnung, dass es nicht so schlimm werden wird, bevor er richtig zuschlägt. Das ist sogar noch ein bisschen grausamer.« Mit einem Nicken gab sie Tonzini zu verstehen, dass er fortfahren konnte.

»Auch das Abschneiden der Finger, der Bruch des Handgelenks und die Naht am Mund wurden vor dem Ableben ausgeführt, was ja wieder mit der Theorie des Sadisten übereinstimmen würde. Allerdings ...«

Ricarda runzelte die Stirn. »Ja?«, fragte sie erwartungsvoll.

Tonzini beugte sich über die Leiche und zeigte auf die Armbeuge. »Sehen Sie diese Einstichstelle hier?«

»Ja, sehr deutlich«, antwortete sie, als sie den winzigen dunkelroten Punkt entdeckt hatte.

»Dort hat der Täter ihr die tödliche Dosis Propofol injiziert, und zwar noch bevor er zu den Verstümmelungen übergegangen ist.«

Jetzt wurde Ricarda doch etwas stutzig. Das passte so gar nicht zu dem Täterprofil, das sie sich insgeheim schon zurechtgelegt hatte. Andrea runzelte ebenfalls die Stirn, schien das Gleiche zu denken.

»Was war denn die Todesursache?«, fragte er den Mediziner.

»Herzversagen.«

Es könnte also sein, dass er dem Opfer die körperlichen Schmerzen ersparen wollte, nicht aber die seelischen. *Es scheint also eine Art seelische Hinrichtung zu sein*, dachte Ricarda verwundert.

Gerade wollte Tonzini zu einer weiteren Erklärung

ansetzen, da kam Ricarda eine Frage in den Sinn: »Verzeihung, haben Sie eine Idee, wie er sich das Propofol angeeignet haben könnte?«

»Wenn er nicht selbst Mediziner ist, dann hat er es sicher im Darknet erstanden.«

Ricarda nickte. Das passte zu ihrer Theorie.

»Und im Darknet könnte er auch erfahren haben, wie viel er davon verabreichen musste, um den Tod herbeizuführen?«, fragte Andrea.

»Wäre eine Möglichkeit, ja.«

»Entschuldigen Sie, fahren Sie bitte fort«, bat Ricarda den Arzt. »Ansonsten war sie vor ihrem Tod keiner weiteren äußeren Gewalteinwirkung ausgesetzt?«

»Nein, auch nicht hinterher«, bestätigte Tonzini. »Die Obduktion der inneren Organe hat jedoch ans Licht gebracht, dass die Frau am Abend ihres Ablebens nicht nur sehr viel Alkohol getrunken, sondern auch Drogen konsumiert hat.«

»Was für welche, wissen Sie das schon?«

»Ja, wir konnten im Urin Spuren von Gamma-Hydroxybuttersäure, kurz GHB, finden«, antwortete er prompt.

»Viel?«

»Genug, um dem Täter ausgeliefert zu sein.«

»Dann hat er also mit zwei verschiedenen Mitteln gearbeitet?«, schaltete sich Andrea ein. »Ergibt das überhaupt einen Sinn?«

»GHB ist farb- und geruchlos sowie nahezu geschmacksneutral, sodass man es problemlos in ein Getränk mischen kann. Das Propofol wird üblicherweise gespritzt und kann eine lang anhaltende Sedierung bewirken.«

»Gut«, sagte Ricarda. »Um sie aus dem Klub zu bringen, hat er das GHB benutzt und später das Propofol, um sie zu töten.«

»Zuletzt hat die junge Frau wohl einen Lachssalat zu sich genommen«, setzte der Arzt hinzu und strich mit seiner behandschuhten Hand über die Haare der Toten, schaute mitfühlend auf sie herab und seufzte leise. »Man gewöhnt sich nie so richtig daran, wissen Sie …«

In Ricardas Hals wurde es auf einmal eng. Sie nickte. Es war tröstlich zu wissen, dass es nicht nur ihr so erging.

»Besonders, wenn sie so jung sind«, fügte ihr Bruder hinzu.

»Ja«, sagte Ricarda mit belegter Stimme und dachte an das neue Opfer, das auch bald hier eintreffen würde. »Ich hoffe, dass wir diesem Teufel bald auf die Schliche kommen.«

»Das hoffe ich allerdings auch. Haben Sie noch Fragen?«

Beide verneinten sie, verabschiedeten sich per Handschlag von den vier Männern und verließen den Raum.

»Du kannst sie wieder ins Kühlfach bringen«, hörte sie den Professore noch zu seinem Assistenten sagen, dann klappte die schwere Tür hinter ihnen zu.

Noch leicht benommen nahm Ricarda den Mundschutz sowie die Kopfbedeckung ab und warf beides im Vorübergehen in einen Abfalleimer. Das Profil kristallisierte sich allmählich heraus. So wie es aussah, handelte es sich also tatsächlich um eine Hinrichtung. Eine seelische Hinrichtung …

KAPITEL 13 – ALTE FÄLLE

Polizeipräsidium, Salò, Gardasee, Westküste, Ostersonntag, 21. April – 10.30 Uhr

»Habt ihr schon etwas?«, fragte Ricarda, als sie in den Raum trat. Fiona, die Internetexpertin des hiesigen Teams, schüttelte bedauernd den Kopf und ließ hastig etwas in einer Schublade verschwinden. Ricarda meinte, Verlegenheit auf den Gesichtern der Kollegen zu erkennen, doch alle taten, als wäre nichts weiter geschehen. Ricarda runzelte die Stirn. Die Unschuldsmienen der Versammelten erschienen ihr gar zu offensichtlich. Sie beließ es aber vorerst dabei. Vielleicht hatte Fiona ja nur die neuesten Schnappschüsse ihres Sohnes herumgezeigt.

Die Expertin räusperte sich. »Ich habe das Facebook- und Instagram-Profil von Laura Rizzo geprüft. Sie hat hauptsächlich Liebesromane geschrieben, hatte aber selbst als Selfpublisherin kaum Erfolg.«

In diesem Moment trat auch Andrea ein und gesellte sich zu ihnen. Ricarda nickte ihm zum Gruß zu. »Woran erkennen Sie das?«, wollte sie wissen.

»Hier!« Fiona zeigte mit dem Finger auf den Bildschirm, sodass Ricarda die gelben Sterne neben dem Buchtitel sehen konnte. »Nur 30 Bewertungen, und davon sind drei sehr schlecht ausgefallen.«

»Was sagen die?«

»Nichts Außergewöhnliches, nur das Übliche eben: schlechte Geschichte, unglaubwürdig, vorhersehbar, zu viele Fehler.«

»Okay, sonst noch etwas?«

»Bei der Hausdurchsuchung des Opfers wurde ein Zettel mit dem Datum vom 20. April und der Klub-Adresse gefunden. Außerdem standen die Zeitangabe 15 Uhr, ein Name – Alfonso Rimini – und eine Telefonnummer darauf, die aber leider nicht mehr existiert. Wir konnten ermitteln, dass es sich um ein Wegwerfhandy handelt.«

Ricarda nickte. Das wunderte sie nicht. Sie stutzte. *Rimini? Rimini?* Irgendwie kam ihr der Name bekannt vor. »Und haben Sie den Namen schon überprüfen können?«

»Wir sind gerade dabei. Allerdings gibt es in Italien um die 200 Alfonso Riminis«, antwortete Fiona und rollte vielsagend mit den Augen.

»Weiter so. Wühlen Sie, wo Sie nur können. Schauen Sie sich Lauras Freunde an, ihre Bekannten, einfach all ihre Kontakte.«

»Das habe ich bereits. Leider konnten wir nichts finden, was uns weiterhilft.«

Mist. Aber gut, wäre auch zu einfach gewesen. »Und das Mailänder Opfer?«

»Das nehme ich mir als Nächstes vor.«

»Indessen werden wir uns auf die letzten Augenblicke in Lauras Leben konzentrieren«, mischte Andrea sich ins Gespräch ein. »Wir müssen herausbekommen, was genau in der Diskothek vorgefallen ist.«

»Ja, sehr gut«, erwiderte Ricarda. »Wir sollten die Geschehnisse des fraglichen Abends Stück für Stück rekonstruieren.«

»Was geben denn die Überwachungsvideos her?«, richtete Andrea sich an Camilla und Leonardo.

»Wir konnten fast alle Gäste identifizieren und ausfindig machen, die an dem Abend dort waren, und haben sie aufs Präsidium bestellt. Die ersten sind bereits eingetroffen. Sie warten dort drüben auf Sie.«

»Gut«, antwortete Andrea knapp, bedeutete Ricarda, mitzukommen, und eilte zu den Büros hinüber. Tatsächlich hatte sich bereits eine kleine Menschentraube davor gebildet. Vorsichtig bahnten sie sich einen Weg durch die Menge. Ohne weiter darüber zu reden, wusste jeder von ihnen, was zu tun war. Wie selbstverständlich schloss Ricarda die Tür zu ihren Räumlichkeiten auf und winkte die erste Person in der Warteschlange – eine rundliche Frau um die 50 – herein. Schwer atmend watschelte die Dame in den Raum und ließ sich ächzend auf dem Besucherstuhl nieder, den Ricarda ihr zugewiesen hatte. Sie hatte den typischen Kurzhaarschnitt einer älteren Frau, die sich nicht mehr jung genug fühlte, um langes Haar zu tragen. Auch Ricarda war schon mehrmals versucht gewesen, es ihr gleichzutun; einfacher zu pflegen schien es allemal. Doch letztendlich hatte sie sich nicht von ihrer langen Mähne – einem der hervorstechendsten Attribute von Weiblichkeit – trennen können.

»Ricarda Antonini, Ermittlerin der hiesigen Kriminalpolizei«, stellte sie sich vor. »Wie ist Ihr Name?«

»Signora Adolfo«, antwortete die Befragte mit starkem sizilianischem Akzent, den Ricarda unter Hunderten wiedererkannt hätte, wurde er doch in nahezu allen Fernsehkrimis als *der* Mafia-Akzent schlechthin dargestellt.

Mit dem rechten Unterarm wischte sich die Zeugin die Schweißperlen von der Stirn.

»Vielen Dank, dass Sie gekommen sind, Signora Adolfo«, sagte Ricarda und nahm der Zeugin gegenüber Platz.

»Nichts zu danken, ist doch selbstverständlich. Das arme Ding ...«

»Sie waren vorgestern Abend in der ›Discoteca Hollywood Clubbing‹, ist das richtig?« Ricarda fragte sich, was eine Frau ihres Alters wohl dazu bewog, bis spät in die Nacht in so einer Spelunke herumzuhängen. Selbst wenn sie nicht mit Mia zusammenleben würde, wäre es der letzte Ort, den sie aufsuchen würde, um sich zu vergnügen. Theater, Konzerte, Musikalische Bistros, ja. Aber eine Diskothek, die dafür bekannt war, dass fast ausschließlich junge Menschen dorthin gingen oder allenfalls noch betagte Herren auf der Suche nach Frischfleisch ...

»Genau«, bestätigte die Zeugin schnaufend. »Wie jeden Abend. Ich bin die Besitzerin.«

Ach so ...

»Ist Ihnen irgendetwas Merkwürdiges aufgefallen?«

»Nun, ich bin mir nicht sicher«, antwortete Signora Adolfo gedehnt. »Gegen Ende des Abends hat sich das Mädchen wohl wirklich etwas sonderbar verhalten.«

»Wie meinen Sie das?«

Die Klubbesitzerin schien angestrengt zu überlegen. Ein penetranter Schweißgeruch waberte durch den Raum. Ricarda erkannte die Duftnote auf Anhieb: Angstschweiß! »Sie war irgendwie ... na ja. Ich glaube, sie hatte Drogen genommen oder so.« Nervöses Schniefen, wieder wischte sich die Befragte die Stirn. »Es ist so heiß bei Ihnen.«

»Es ist erst früher Morgen. Geht es Ihnen nicht gut?«

»Doch, doch. Aber da ich nachts arbeite, bin ich morgens dann halt geschafft. Wollte das Ganze aber hinter mich bringen.«

»Was lässt Sie annehmen, dass die junge Frau Drogen

eingenommen hat? Können Sie mir ihr Verhalten genauer beschreiben?«

»Ach, wissen Sie, mit den Jahren bekommt man ein Auge für so etwas. Sie sprach alle Gäste an, die an der Theke saßen, und laberte sie voll.«

»Wissen Sie, was sie von ihnen wollte?«

»Nein, nicht genau. Aber sicher das Übliche: Zigaretten oder einen Drink, vielleicht auch mehr ...« Nervös trippelten ihre Finger auf der Armlehne.

»Und dann?«

»Dann kam diese hübsche Blonde in Begleitung ihres Typen und sagte ihr etwas ins Ohr. Sie schienen sich zu streiten. Kurz nachdem ihre Freundin gegangen war, verließ sie dann ebenfalls den Klub.«

»Haben Sie eine Ahnung, worum es in dem Streit ging?«

Die Frau senkte die Lider und schüttelte den Kopf.

Sie lügt, schoss es Ricarda durch den Kopf. »Wissen Sie, ob sie gleich ins Hotel gegangen ist?«

»Ich bin doch kein Babysitter. Habe schon genug andere Sorgen mit meinem Betrieb.«

Ricarda zögerte. Fragte sich, ob sie aufs Ganze gehen oder die Frau erst einmal in dem Glauben lassen sollte, dass alles in Ordnung war. Sie entschied sich für Letzteres. »Also gut«, sagte sie. »Wenn Ihnen noch etwas einfällt, dann rufen Sie mich einfach unter dieser Nummer hier an. Jede noch so unbedeutende Kleinigkeit könnte von großer Wichtigkeit sein.« Ricarda schob ihr eine von den frisch gedruckten Visitenkarten zu.

»Kein Problem, mach ich gerne.« Ächzend erhob sich die Frau und wackelte mit einem Gruß davon.

Ricarda lehnte sich zurück. Na, das fing ja gut an. Erste Zeugin, erste Lüge ... Aber sie wollte sich zunächst einmal ein Gesamtbild verschaffen. Wer wusste schon, wozu es gut sein konnte, mit verdeckten Karten zu spielen. Auch die Videos würden wohl einiges ans Licht bringen. Vorerst stand Signora Adolfo auf jeden Fall auf der Liste der Verdächtigen. »Der Nächste bitte«, rief sie in den Flur.

Ein Mann um die 40 mit leicht gewelltem dunklem Haar und Schnauzbart betrat das Büro.

»*Buongiorno*, *signor* …?«

»Manchini, werte Dame«, antwortete er, gab sich nonchalant.

»Vielen Dank, dass Sie gekommen sind.«

»Schon in Ordnung.«

»Sie waren vorgestern Abend in der ›Discoteca Hollywood Clubbing‹?«

»Ja«, antwortete er knapp.

»Ist Ihnen irgendetwas aufgefallen?«

»Ja, Signora Antonini, in der Tat«, flüsterte er. Ricarda legte den Kopf schief und schaute ihn auffordernd an. »Die Chefin hat da ihre Finger mit im Spiel.«

Ricarda wurde hellhörig. »Wie meinen Sie das?«

»Nun, jeder weiß, dass sie nicht nur den Nachtklub leitet.«

»Ach ja? Was denn sonst noch?«

»Nun, sie betreibt auch so eine Art Escortservice«, behauptete er.

Ricarda schrieb mit. »Woher wissen Sie das?«

Eine leichte Röte überzog sein Gesicht. Er räusperte sich. »Ich, äh, ich habe selbst schon dessen Dienste in Anspruch genommen«, gab er verlegen zu. »Aber nicht oft, nur ein, zwei Mal. Und auch nur als Begleitung«, setzte er schnell hinzu.

»Nun, das ist ja erst einmal nichts Besonderes, oder?«

»Nein, nur dass den Mädchen Drogen verabreicht werden, damit sie den Männern gefügig sind.«

»Sie meinen … um mit ihnen zu schlafen?«

Er nickte.

Das waren ganz neue Töne. »Können Sie das beweisen?«

»Nein, natürlich nicht. Und ich weiß, dass Aussage gegen Aussage stehen würde.«

»Aber vielleicht können andere Zeugen Ihre Anschuldigungen ja bestätigen«, gab Ricarda zu bedenken.

»Vielleicht. Möglicherweise hilft es Ihnen ja, dieses Schwein zu fassen.« Wütend funkelte er Ricarda an. »Es ist einfach widerlich.«

In der Tat, das war es. »Ja, vielen Dank, Signore. Wenn Ihnen noch etwas einfällt, dann rufen Sie mich unter dieser Nummer an. Jede noch so unbedeutende Kleinigkeit könnte von größter Wichtigkeit für uns sein«, leierte Ricarda die üblichen Floskeln herunter und drückte auch ihm eine Visitenkarte in die Hand.

»Ich werde doch nicht verdächtigt, oder?«, fragte er besorgt.

»Alle sind verdächtig, solange wir den Täter – oder zumindest den genauen Sachverhalt – noch nicht kennen«, antwortete Ricarda sachlich.

»Oh«, stieß der Schnauzbärtige aus und erhob sich. »Dann bis bald«, nuschelte er und verließ eilig den Raum.

Ricarda seufzte, hatte das Gefühl, nicht weiterzukommen.

Den weiteren Vormittag verbrachte sie genau wie Andrea mit nicht mehr enden wollenden Verhören, die nichts anderes zutage förderten als das, was sie bereits wussten. Kurz vor der Mittagspause hatten sie auch den letzten Zeugen angehört, und so versammelten sie sich alle in Andreas Arbeitszimmer, das doppelt so groß war wie das ihre, um die Ergebnisse auszutauschen.

»Hast du etwas Interessantes?«, wollte Andrea wissen.

»Eine Spur, der wir nachgehen sollten: Die Besitzerin des Klubs scheint auch anderweitig tätig zu sein. Sie soll einen Escortservice leiten, bei dem es nicht immer ganz sauber zugehen soll: Drogen und Prostitution.«

»Das deckt sich mit zwei Aussagen, die ich aufgenommen habe«, bestätigte Andrea. »Den Mädchen sollen Drogen verabreicht werden, damit sie hinterher alles mit sich machen lassen.«

»*Perfetto*, dann haben wir ja etwas in der Hand, um die Besitzerin mal richtig in die Mangel zu nehmen«, sagte Nicolò erfreut.

»Sicher, auch wenn ich nicht glaube, dass es etwas mit den Morden zu tun hat.«

»Warum?«, wollte Andrea wissen. »Es ist momentan alles, was wir haben.«

»Natürlich«, erwiderte Ricarda müde. »Aber es passt irgendwie nicht zur Vorgehensweise des Mörders.«

»Weißt du denn inzwischen mehr?«

»Nein, leider nicht«, gab sie zu. Es ärgerte sie, dass sie noch nicht viel weitergekommen waren, während der Täter vielleicht schon seelenruhig das nächste Opfer auswählte. Warum war sie nur so sehr davon überzeugt, dass es kein Zufall sein konnte, dass die beiden Morde ihr sozusagen *gefolgt* waren?

»Es könnte ein frustrierter Freier sein, der sich an Escort-Ladys rächen will«, mutmaßte Andrea.

»Und deshalb kommt er von Mailand nach Gardone Riviera?«, fragte Ricarda skeptisch. »Nein, das passt nicht.«

»Vielleicht ein Trittbrettfahrer, der in der Presse von dem Fall in Mailand gelesen hat«, schlug Nicolò vor.

»Genau«, stimmte Andrea zu. »Vielleicht hängt das alles auch mit einem deiner alten Fälle zusammen. Jemand, der aus dem Gefängnis entlassen wurde und sich jetzt gleichzeitig an dir rächen will?«

Ganz so abwegig war das gar nicht. »Es gibt aber sicher Einzelheiten, die er nicht gekannt haben kann. Außerdem ist da noch der Zusammenhang mit der Buchmesse.«

»Ein Ablenkungsmanöver«, mutmaßte Andrea.

Ricarda kniff die Augen zusammen, knabberte an ihrem Kuli und dachte angestrengt nach. Es lag durchaus im Bereich des Möglichen. O nein ... Würde sie etwa alle ihre früheren Fälle noch mal durchgehen müssen?

»Am besten rufst du deine Kollegen in Mailand an und bittest sie um Hilfe«, riet Andrea ihr.

Unwillig verzog Ricarda das Gesicht. »Na gut, einverstanden«, sagte sie entnervt. »Aber ich sehe noch immer nicht ein, was das mit der Escort-Geschichte zu tun haben soll.«

»Wir sind mit den Videoaufnahmen durch«, meldete sich Leonardo zu Wort. »Demnach hat Laura den Klub kurz nach ihrer Freundin verlassen.«

»Allein?«

»Nein. Mit einer Frau ...«

»Und das sagt ihr mir jetzt erst?!«, schimpfte Ricarda.

»Außerdem behauptet ein Zeuge, dass sich die Mädchen gestritten hätten, weil Laura nicht mitkommen wollte«, bemerkte Andrea.

Ricarda grübelte. Das waren ja ganz neue Töne!

»Wohin denn mitkommen?«

»Das wusste er nicht.«

»Kann man die Frau auf dem Video identifizieren?«

Kopfschütteln. »Nein, leider nicht«, antwortete Camilla. »Aus dieser Entfernung ist sie selbst mit unseren technischen Mitteln nur sehr unscharf zu erkennen.«

»Ist die Kamera nicht eigentlich dafür da, um eventuelle Einbrecher oder Randalierer zu identifizieren? Dann müsste sie doch so angebracht sein, dass man die Personen gut erkennen kann, oder?«, motzte Ricarda.

»Leider sparen viele Läden bei der Qualität und nutzen die Geräte eher als Abschreckung.«

»Ich weiß«, gestand sie widerwillig. »Ob der Täter darauf spekuliert hat? Oder hatte er Insiderinfos?«

»Gute Frage«, sagte Andrea und wandte sich an Leonardo. »Ist sie ... kräftig?«

»Nun, sie ist wohl nicht mehr ganz jung und auch nicht übermäßig schlank«, antwortete dieser. »Kurze dunkle Locken, eine Brille – soweit ich das erkennen konnte – und schwarze Kleidung.«

»Das trifft ja auf viele Gäste in einem Nachtklub zu«, sagte Ricarda mehr zu sich selbst. »Also gut. Dann machen wir mal Nägel mit Köpfen: Andrea, du bestellst mir die ganze Bande heute Nachmittag hierher. Das heißt: Signora Adolfo, den Zeugen, der den Streit mit angehört hat, und vor allem die gute Greta, die uns wohl auch ein wenig an der Nase herumführt. Sie, Leonardo, treiben mir diesen Matteo auf, mit dem Greta verschwunden ist. Und, Nicolò?« Sie wartete, bis er den Stift sinken ließ und sie anschaute. »Falls in den Nachbarstraßen Kameras angebracht wurden, besorgen Sie die Aufnahmen im Umkreis von einem Kilometer um den Klub herum, damit wir Lauras Weg nachvollziehen können. Ich kümmere mich inzwischen darum, die Informationen aus Mailand zu bekommen. Wir treffen uns –«, sie schaute auf ihre Armbanduhr, »– um 15 Uhr wieder hier, um eine Strategie auszuarbeiten, wie wir die Beteiligten zum Sprechen bringen können.«

Alle nickten. Mit einem fragenden Blick zu Andrea verließen sie zögerlich den Raum. Nur Ricarda und ihr Bruder blieben zurück. Ernst sahen sie sich an.

»Weißt du, ich kann verstehen, dass du dir diesen Fall so zu Herzen nimmst. Vielleicht war es doch ein Fehler, dich da hineinzuziehen.«

»Zu spät, ich stecke schon mittendrin.«

Er lächelte unfroh. »Ja. Vergiss aber bitte nicht, dass *ich* der Leiter dieser Abteilung bin.«

»Oh«, keuchte Ricarda. Entsetzt stellte sie fest, dass sie sich noch immer wie die ehemalige Leiterin der Mordkommission aufspielte und Andrea völlig überrannt hatte. »Es tut mir so leid.«

»Ist schon gut. Ich kann dich ja verstehen und finde es auch faszinierend, dich nach all den Jahren endlich mal mit eigenen Augen in Aktion zu erleben.« Er grinste verschmitzt. »Wenn du aber wenigstens der Form halber so tun könntest, als wäre ich der Chef, würde mir das sehr entgegenkommen.«

Jetzt musste auch Ricarda grinsen. »Drückst du dich immer so gewählt aus?« Sie lachten. »Also schön, du hast ja recht. Ich werde mich demnächst zurückhalten.«

Andrea nickte. »Wir haben Glück, Lauras beste Freundin in Reichweite zu haben, und sollten schleunigst herausfinden, warum sie uns ganz offensichtlich angelogen hat.«

Ricarda wurde nachdenklich. »Ja, das Ganze scheint noch sehr verworren.«

»Wenn du möchtest, komme ich heute Abend nach dem Dienst mal auf einen Drink vorbei«, wechselte Andrea das Thema.

»Das ist zwar eine wunderbare Idee, aber leider bin ich heute Abend schon verabredet«, sagte sie so beiläufig wie möglich.

»Du bist verabredet? Jetzt schon? Du bist doch gerade mal eine Woche hier, oder?«

Sie lächelte verlegen. »Alles Mias Schuld«, erwiderte sie und hob in einer hilflosen Geste die Arme. »Sie hat ihr Schriftstelleridol kennengelernt. Noch dazu hat er ihr ein signiertes Buch geschenkt. Hätte ich ihn im Regen stehen lassen sollen?«

»Nein, natürlich nicht«, neckte Andrea sie. »Um wen handelt es sich denn?«

»Marco Fillini.«

»Nein, im Ernst?«

»Ja, warum?«

»Er schreibt fantastisch. Fabia geht jeden Abend mit ihm ins Bett.«

»Ich hoffe allerdings für dich, dass sie es nicht wirklich tut ...« Belustigt schaute Ricarda ihren Bruder an, der erst im Nachhinein bemerkte, was er da gerade von sich gegeben hatte.

Sie lachten herzhaft.

»Wie ist er denn so?«

»Ganz stattlich«, erwiderte sie und senkte verlegen die Augen.

»Hm.« Andrea durchbohrte sie mit wissenden Blicken.

»Also gut, du Quälgeist: Er sieht fantastisch aus. Fast ein wenig zu gut, wenn du verstehst, was ich meine.«

»Nein?!« Er grinste.

»Na ja, er ist so perfekt, dass man sich neben ihm ganz unscheinbar fühlt.«

»Ach so. Das kommt dir nur so vor, weil du 20 Jahre verheiratet und Profilerin warst. Dadurch hast du an Selbstbewusstsein verloren.«

Da war was dran. Ricarda nickte. »Hervorragende Analyse, Bruder. Aber gut. Glaubst du nicht, dass wir wichtigere Dinge zu erledigen haben, als uns über einen betörenden Schriftsteller zu unterhalten?«

Andrea schnappte sich seine Jacke von der Sessellehne und ging zur Tür. Kurz davor hielt er inne, wandte sich noch einmal grinsend zu Ricarda um und flüsterte: »Betörend, ja?«

KAPITEL 14 – REINE FREUNDSCHAFT

Polizeipräsidium, Salò, Gardasee, Westküste, Ostersonntag, 21. April 14.15 Uhr

Mit einem Klatschen landete das umfangreiche Dossier auf Ricardas Schreibtisch.

»Hier«, sagte Antonio, kam auf sie zu und drückte ihr einen Kuss auf die Wange. »Wie versprochen: Du rufst, ich fliege …«

»Fliegen? Du hast zwei Stunden gebraucht. 007 würde sich im Grab umdrehen«, frotzelte Ricarda.

»Er lebt!«, konterte Antonio empört.

»Dann ist er aber steinalt.« Sie grinsten sich an. »Schön, dich zu sehen, Antonio, wie geht es dir?«

»Mir geht es hervorragend. Diese Frage sollte ich eher dir stellen.«

»Nun, mir geht es den Umständen entsprechend bescheiden«, gab Ricarda geknickt zu. »Meine Auszeit hat sich in die Jagd auf einen Serienmörder verwandelt, meine Tochter, um die ich mich jetzt endlich mal kümmern wollte, muss ihre Tage bei einer schrulligen Nachbarin verbringen, und noch dazu kommen wir kaum weiter.«

»Was habt ihr denn bis jetzt?«

Ricarda zögerte. Eigentlich durfte sie diese Informationen nicht teilen, nicht mal mit einem Polizisten aus einem anderen Revier. Aber es war Antonio. Außerdem hatte es in Mailand schon ein Opfer desselben Täters gegeben, was ja wohl Grund genug war, mit der zuständigen Abteilung zusammenzuarbeiten und sich auszutauschen. »Wir tappen noch völlig im Dunkeln«, raunte sie. »Irgendwie ergibt das alles keinen Sinn: Die Besitzerin des Nachtklubs scheint die Drahtzieherin zu sein, es soll um Drogen und Prostitution gehen. Heute Nachmittag werden alle noch einmal befragt, aber –« Sie verzog das Gesicht und schnalzte mit der Zunge.

»Du glaubst, dass ihr einer falschen Spur nachjagt?«

»Allmählich, ja.«

»Warum?«

»Bauchgefühl.«

»Wegen der Verbindung zu dem Mord in Mailand?«

Sie nickte. »Auch. Alles stimmt überein: die abgehackten Finger, das Denkmal, der zugenähte Mund, der Lippenstift, die Einladung zur Buchmesse. Sogar die verwendeten Fäden scheinen von der gleichen Beschaffenheit zu sein, soweit sich das ohne Laborbericht überhaupt sagen lässt. Das kann einfach kein Zufall sein!«

»Was hat denn die Analyse ergeben?«

»Dafür ist es noch ein wenig zu früh.«

»Ach richtig, noch dazu ist ja Ostern«, murmelte er.

»Aber da ist noch etwas, was mir zu schaffen macht.«

»Die Tatsache, dass die Morde dir gewissermaßen gefolgt sind?!« Antonio hatte ins Schwarze getroffen.

»Hm«, bestätigte Ricarda.

»Das muss nichts heißen. So gut wie jeder hier am Gardasee hat doch irgendeine Verbindung nach Mailand«, behauptete er.

Verblüfft starrte Ricarda ihren ehemaligen Kollegen an. Ob er recht hatte? War sie zu sehr auf sich selbst fixiert?

»Welche Frau fährt nicht ab und zu zum Shoppen in die Weltstadt? Welcher Mann schaut sich dort nicht mal ein Fußballspiel im Giuseppe-Meazza-Stadion an? Wer hat nicht irgendein Familienmitglied, das dort hingezogen ist, um bessere Chancen auf dem Arbeitsmarkt zu haben? Und welcher Mailänder ist nicht schon mal hierhergekommen, um einen Kurzurlaub zu machen?«

Augenblicklich kam Ricarda Bianca in den Sinn, deren Bruder ja auch in Mailand arbeitete. Da war also durchaus etwas dran. »Du hast recht«, sagte sie lakonisch »Das heißt also, dass ich vielleicht gar nichts damit zu tun habe …«

»Genau. Aber ich gebe zu, dass mein erster Gedanke auch in diese Richtung gegangen ist.«

»Ja, genau wie Andrea, allerdings hat er es mehr im Spaß so dahingesagt.«

»Von den Kandidaten, die infrage kämen, sind mittlerweile vier wieder auf freiem Fuß. Ich habe mir mal deine alten Fälle vorgenommen.«

»Du meinst, noch bevor ich dich darum gebeten habe?«

Er nickte. »Ja, seit unserem Telefonat habe ich mir halt Sorgen um dich gemacht.« Bewegt klappte Ricarda die dicke Akte auf. »Alle vier hätten sie Gründe, dich zu hassen. Zwei davon haben eine elektronische Fußfessel und müssen sich täglich im Präsidium melden. Die würden also ausscheiden, außer sie hätten jemanden damit beauftragt.«

Langsam schüttelte Ricarda den Kopf. »Nein, das passt nicht. Die Morde sind zu … persönlich. Der oder die Täter haben einen Groll gegen brünette 30-Jährige. Es müsste jemand sein, der mich vor 20 Jahren gekannt hat.«

»Es blieben Conti und Gallo«, fuhr Antonio fort. »Conti

hat allerdings ein hieb- und stichfestes Alibi, da er abends noch immer ins Gefängnis zurückmuss.«

»Da die Taten in der Nacht begangen wurden, wirft ihn das aus dem Rennen.« Nachdenklich kratzte sich Ricarda am Kopf. »Bliebe also nur noch Gallo, Mario Gallo, der Sizilianer, dem 25 Jahre wegen Mordes aufgebrummt wurden. Sind die schon rum? *Mamma mia*, wie die Zeit vergeht …«

»Er passt zumindest einigermaßen ins Konzept, hat eine schwere Vergangenheit und außerdem jeden Grund, sich in den letzten 20 Jahren in seinen Hass auf dich hineingesteigert zu haben.«

Irgendetwas störte Ricarda. Genau konnte sie es nicht fassen, nicht erklären.

»Was ist? Ich sehe doch, dass dir da etwas nicht ganz geheuer ist.«

»Stimmt! Gallo ist ein Amokläufer. Jemand, der in blinder Wut zuschlägt. Er hat weder eine gute Schulbildung genossen noch sonst irgendein Talent für Planung bei seinen Morden gezeigt.«

»Vielleicht hat er sich das im Gefängnis angeeignet? 20 Jahre sind eine lange Zeit, und die haben tolle Lernprogramme für Männer, die mitspielen. Schau mal in seine Akte, da steht, dass er wegen guter Führung fünf Jahre früher entlassen wurde.«

»Das heißt, er hätte sich genügend Wissen angeeignet, um so etwas auszuklügeln und mich an der Nase herumzuführen?«

»Möglich wäre es …«

Vor ihrem inneren Auge ließ Ricarda den Vormittag Revue passieren. Und wenn … Sie kniff die Augen zusammen. »Die Klubbesitzerin ist auch Sizilianerin«, sagte sie nachdenklich. »Die halten ja wie Pech und Schwefel zusammen.«

»Na also, da haben wir doch etwas«, frohlockte Antonio.

»Aber ist das nicht ein wenig zu weit hergeholt? Mafiosi, die sich an einer bösen Polizistin rächen wollen und deshalb so ein ausgeklügeltes Szenario aushecken? Wären die nicht viel direkter?«, gab Ricarda zu bedenken.

»Du meinst: ein Motorrad, eine Kalaschnikow und eine Hinrichtung auf offener Straße?«

»Ja.«

Seufzend nickte Antonio. »Ja sicher. Aber im Moment ist das alles, was wir haben.«

»Falsch, da ist noch etwas … Ein Literaturagent, der den Mädchen Termine gibt.«

»Und du hast ihn noch nicht verhört?«

Ricarda seufzte. »Wir haben zwar seinen Namen, wissen aber noch nicht, ob es diesen Agenten überhaupt gibt. Und wir haben erst einmal andere Prioritäten gesetzt. Mussten die hiesigen Anhaltspunkte bei den Discobesuchern auswerten und die Kameraaufnahmen zerpflücken. Und wir haben nicht genügend Personal, um gleichzeitig mehreren Spuren nachzugehen.«

»Verstehe.«

Ricardas Blick fiel plötzlich auf die zusammengerollte Zeitung, die aus Antonios Jackentasche herausragte. Bruchstücke der Schlagzeilen sprangen ihr wie ätzende Säure entgegen. »Was ist das? Darf ich?«, fragte sie und griff danach, ohne Antonios Antwort abzuwarten.

»Ricarda, ich … Es tut mir leid. Ich habe mich schon die ganze Zeit über gefragt, wie ich es dir schonend beibringen könnte.«

Ohne wirklich hinzuhören, schlug Ricarda das Tagesblatt auf. Ein riesiges Foto, auf dem sie mit missbilligend gerunzelter Stirn zu sehen war, nahm eine Hälfte der Titelseite ein. Auf der anderen prangte in dicken schwarzen Lettern die Schlagzeile: *Berühmte Ermittlerin holt Serienmörder an den Gardasee. Gezeichnet Tiziana Franco. Lesen Sie mehr darüber auf Seite 4 …*

Ricarda stöhnte auf und schloss einen Augenblick die Augen. Sie dachte an Fiona, an die Schublade und an das sonderbare Verhalten der Kollegen, die es sicher alle schon wussten. »Hier«, sagte sie resigniert und reichte ihrem Freund die Zeitung zurück. »Ich will es gar nicht wissen.«

Antonio nickte verständnisvoll und faltete das Schundblatt wieder zusammen. »Wie viel Zeit haben wir denn?«, nahm er den Gesprächsfaden wieder auf.

Innerlich seufzte Ricarda. »Leider haben wir heute Morgen in Sirmione ein weiteres Opfer entdeckt. Ich bin überzeugt, dass er sein Tempo noch weiter erhöhen wird. Das habe ich im Gefühl.« *Zum Glück war es viel zu früh am Morgen gewesen, sodass die Pressetante noch nicht vor Ort war*, dachte sie beklommen.

»Und das sagst du mir erst jetzt?«, schimpfte Antonio.

»Tut mir leid«, sagte Ricarda reumütig. Sie fühlte sich ganz groggy.

»Gleiche Vorgehensweise?«

Sie nickte.

»Möchtest du, dass ich mir Gallo mal vornehme?«

»Das würdest du tun?« Es würde ihr wirklich weiterhelfen.

»Natürlich.«

»Du weißt, dass du in diesem Fall keinerlei Befugnisse hast?«

Er nickte. »Wenn das herauskommt, werden die in Mailand mir auf die Finger hauen, darauf kannst du wetten.« Er lachte leise. »Aber hier geht es um Menschenleben. Und um dich …«

»Antonio, ich –«

»Ich weiß, sag nichts. Ich tue es aus reiner Freundschaft. Und –« Er holte tief Luft. »Und weil ich dieses Schwein auch hinter Gittern wissen will …«

Wie zur Unterstreichung des Gesagten läuteten im Hintergrund die Kirchenglocken, die die Gläubigen zur Ostermesse riefen. Noch wussten sie vielleicht nicht, was geschehen war. Noch wähnten sie sich in Sicherheit, im österlichen Ambiente von Liebe und Vergebung. Ob es sie alle beschützen konnte? Denn sie würden den göttlichen Beistand in den kommenden Tagen wohl mehr als nötig haben …

KAPITEL 15 – ZWISCHENSPIEL

Alle stehen um mich herum, starren mich an. Ich schwitze. Mein T-Shirt klebt mir am Oberkörper. Ich hasse es.

»Na, du Memme, sagst ja gar nichts?«, fragt Jacopo herausfordernd. Sie lachen. Er ist der beliebteste Junge der Klasse, der, in den alle Mädchen verliebt sind und dem alle Jungen folgen. Er scheint es zu genießen, im Mittelpunkt zu stehen. Nur mich will er nicht dabeihaben. Wann immer sich ihm die Möglichkeit dazu bietet, drangsaliert er mich.

»Lass mich gehen, bitte«, flehe ich. Meine Stimme klingt so piepsig, dass erneut Gelächter ausbricht.

»Habt ihr diese Stimme gehört?«, ruft Jacopo belustigt. »Ein kleines Vögelchen. Haha …« Seine Clique scheint das ebenfalls überaus komisch zu finden. »Wartet noch ein wenig, bald wird sich eine kleine Pfütze auf dem Boden bilden.«

Erneutes Gegröle.

Um uns herum hallen die Stimmen der Schüler durch die Gänge, die Blechtüren der Schließfächer knallen. Sie rasen an uns vorbei, nehmen keine Notiz von mir und meinen Peinigern. Ich kauere am Boden, die Beine angezogen. *Lasst mich doch in Ruhe!*, will ich schreien, doch ich bekomme kein Wort heraus. Es fühlt sich an, als ob meine Kehle zugeschnürt wäre, die Stimmbänder abgetrennt. *Hilfe, warum hilft mir denn niemand?* Gehetzt schaue ich mich nach allen Seiten um. Tatsächlich verspüre ich einen starken Druck in meiner Blase. Kommt denn kein Lehrer vorbei?

Nein, natürlich nicht … Ganz genau haben sie den Augenblick abgepasst, so wie sie es immer tun. Haben den Zeitpunkt abgewartet, wenn die meisten Lehrer schon in den Klassenzimmern sind; den Zeitpunkt, wenn die anderen Schüler durch die Gänge eilen, besorgt, sie könnten zu spät im Unterricht erscheinen. Das Ende der Pause ist der perfekte Moment, um mit jemandem abzurechnen, denn niemand schaut hin.

»Wir wollen doch nicht den Fußboden schmutzig machen, oder?«, frohlockt Jacopo.

»Ein kleines Bad in der Toilette gefällig?«, grölt Enrico und erntet ebenfalls Beifall.

Panik steigt in mir auf. Mein Puls rast. Ich keuche. *Warum? Warum ich? Was habe ich ihnen getan?* Ich versuche doch, unsichtbar zu sein, laufe nahe an den Wänden entlang, schaue niemandem direkt in die Augen. Bis eben …

»O ja!«, ruft Jacopo, er scheint sichtlich angetan von der Idee. »Wir könnten einen Tauchwettbewerb veranstalten …« Begeisterte Zustimmung. Anerkennend klatschen sie sich gegenseitig ab, so wie sie es sich von den Großen abgeschaut haben.

Ich keuche. Mein Herz hämmert, die Panik wächst. Ich sehe nichts mehr, höre nichts mehr. *Sie wollen mich ertränken!*, schießt es mir durch den Kopf. Plötzlich durchzuckt mich ein heftiges Beben. Wie vom wilden Watz gebissen springe ich auf, nutze das momentane Abgelenktsein der Truppe, die sich noch immer lauthals über die Regeln des perfiden »Wettbewerbs« streitet, schlüpfe zwischen ihren Beinen hindurch und laufe los.

Ich renne. Renne um mein Leben. Stoße und rempele Mitschüler an, weiß nicht mehr, wo ich hinmuss, weiß nicht mehr, wie spät es ist. Nur eines weiß ich: Wenn ich jetzt die Schule verlasse, bin ich in ihrer Gewalt. Also stürze ich in ein mir fremdes Klassenzimmer und treffe auf Signora Valentino, die mich abfängt.

»Was ist denn mit dir los? Hast du dich verirrt?«

Ich ringe nach Atem, keuche, schaue mich abermals um. Ich muss wohl einen verheerenden Anblick bieten, meine Mutter würde schimpfen. »Es tut mir leid«, stoße ich aus. Mit zittrigen Händen wühle ich in meinem Ranzen nach meinem Stundenplan. »Was ist heute für ein Tag?« Ich habe alles vergessen, kann keinen klaren Gedanken mehr fassen.

Die Lehrerin runzelt die Stirn. Sachte legt sie mir die Hand auf die Schulter. Ich zucke zusammen.

In diesem Moment erscheinen meine Verfolger vor der offen stehenden Klassenzimmertür.

»Da!«, ruft Jacopo den anderen zu. Er macht mir ein Zeichen, zu ihnen zu kommen.

Sofort scheint Signora Valentino zu begreifen. »Belästigen sie dich? Soll ich den Rektor holen?«

Gehetzt schüttele ich den Kopf, spüre instinktiv, dass es die richtige Entscheidung wäre, doch die unvermeidlichen Folgen lassen mich davon Abstand nehmen. Man würde die Bande bestrafen, sie vielleicht sogar für ein paar Tage der Schule verweisen. Aber danach? Sie würden mir auflauern. Ich weiß es, denn so haben sie es schon mit so vielen anderen gehalten. Wer nicht zu ihrer Clique gehört, ist Freiwild. Außerdem würde der Rektor meine Eltern benachrichtigen, und das darf auf keinen Fall passieren.

»Sicher?«

»Ja«, krächze ich.

Ich ernte einen skeptischen Blick. »Komm, dann bringe ich dich wenigstens in dein Klassenzimmer. Weißt du denn, wo du jetzt Unterricht hast?«

Erleichtert nicke ich. »Ja, bei Signor Breschiani«, entgegne ich heiser.

»Das ist ja am anderen Ende des Gebäudes«, bemerkt Signora Valentino stirnrunzelnd.

Sie weiß, dass ich verfolgt wurde, denke ich, und erneut bricht mir der Schweiß aus. Ich fühle mich gedemütigt.

Doch die Lehrerin lässt sich nichts anmerken, erteilt ihrer Klasse Anweisungen und schiebt mich vor sich her aus dem Zimmer. Sanft liegt ihre warme Hand auf meinem Rücken.

Ich liebe sie!

Als meine Verfolger begreifen, dass sie die nächste Pause abwarten müssen, um mich weiter zu schikanieren, stieben sie auseinander. Jacopo wirft mir einen hasserfüllten Blick zu und streicht sich mit dem Daumen über die Kehle. *Dafür wirst du bezahlen*, soll das heißen, *du wirst schon noch drankommen …* Ich erschaudere.

»Ihr habt hier nichts zu suchen. Los, fort mit euch, sonst melde ich euch«, ruft Signora Valentino.

Vor Erleichterung werden meine Knie ganz weich. Tränen steigen mir in die Augen. Endlich bin ich für jemanden wichtig. Ganz gerührt von ihrer Fürsorge lasse ich mich zum Matheunterricht führen. Ja, ich liebe sie …

KAPITEL 16 – DIE HAUBE DES ADLERS …

Polizeipräsidium, Salò, Gardasee, Westküste, Ostersonntag, 21. April – 15 Uhr

Deutlich spürte Ricarda, dass sie sich allmählich der warmen Jahreszeit näherten, denn die stickige Luft im Präsidium wurde immer unerträglicher. Nur ein Raumventilator sorgte für etwas – wenn auch unzureichende – Erfrischung. Ob ein neues Gewitter im Anmarsch war? Nachdenklich schaute Ricarda aus dem vergitterten Fenster ihres Büros, während sie darauf wartete, dass Andrea sie holen ließ. Er hatte Signora Adolfo und Greta noch einmal für den späten Nachmittag vorgeladen. Von Zeit zu Zeit schielte sie ungeduldig auf ihr Handy, doch es wollte einfach nicht klingeln. Wieso ließ Antonio nichts von sich hören? Aufmerksam blätterte sie in Gallos Akte. Er schien sich tatsächlich geändert zu haben. Erstaunt stellte Ricarda fest, was der verurteilte Mörder im Gefängnis alles bewerkstelligt hatte: Er hatte an diversen Gesprächsgruppen teilgenommen, den Küchendienst geleitet, sogar ein Volleyballteam ins Leben gerufen, dem er über Jahre hinweg vorgestanden war. Das sah nicht nach einem rachsüchtigen Wiederholungstäter aus, sondern eher nach jemandem, der sich tatsächlich in die Gesellschaft eingliedern wollte.

Ricarda seufzte und klappte die Akte wieder zu, als Andrea in der Tür erschien.

»Es geht los«, raunte er.

Energisch stand Ricarda auf.

»Willst du das Gespräch wieder leiten?«

»Gerne. Warum?«, wollte sie neugierig wissen.

»Ich sehe dir so gern bei der Arbeit zu«, schmeichelte er ihr und zwinkerte. »Hatte ich mir schon immer mal gewünscht.«

»Oh, da fühle ich mich ja richtig geehrt, großer Bruder«, erwiderte sie lächelnd. »Also gut. Wie machen wir es? Zuerst die Klubbesitzerin, dann Greta?«

Andrea nickte. »Fast alle Zeugenaussagen stimmen darin überein, dass Signora Adolfo nicht ganz astrein ist. Allerdings musst du sie dazu bringen, auszupacken, denn keiner hat wirklich gesehen, wie sie Drogen verabreicht.«

»Natürlich nicht, das überlässt sie anderen«, entgegnete Ricarda mit hochgezogenen Augenbrauen. »Ach ja, was hat denn die Auswertung des Einzelverbindungsnachweises ergeben?«

»Der Bericht aus Bologna sollte eigentlich heute noch eintrudeln. Es kann aber auch sein –«

»Dass es wegen Ostern Verzögerungen gibt?«, fiel Ricarda ihm ins Wort.

»Genau. Du bist sehr schlau. Das musst du in den Genen haben. Kein Zweifel, du bist tatsächlich meine Schwester«, neckte Andrea sie. Sie lachten und begaben sich gemeinsam zum Verhörzimmer, in dem es ebenso stickig war – wenn nicht sogar noch schlimmer, da es hier nicht einmal ein Fenster gab.

»Signora Adolfo«, grüßte Ricarda überschwänglich, als sie ihrer im Licht der grellen Neonleuchten ansichtig wurde. »Schauen wir doch mal, ob wir uns diesmal richtig verstehen werden.«

Wie vermutet war die Frau bereits stark durchgeschwitzt und machte einen völlig fertigen Eindruck. Ihr aufdringlicher Körpergeruch hing im Raum.

»Möchten Sie etwas Wasser?«

»Ja, bitte«, keuchte sie. »Wenigstens *Sie* denken an andere, vielen Dank.« Provozierend schaute die Signora Andrea an, der nur entschuldigend den Kopf neigte.

Ricarda machte ein kurzes Zeichen in Richtung Spiegel, und wenige Augenblicke später erschien Nicolò mit einer Flasche Wasser und einem Plastikbecher. Gierig griff die Schwitzende danach und trank direkt aus der Flasche.

»Gut, liebe Signora Adolfo«, begann Ricarda die Befragung, als die Zeugin ihren Durst gelöscht hatte. »Dann sind Sie vielleicht so nett und helfen mir jetzt weiter.« Sie lächelte freundlich. »Denn wissen Sie, genau wie Sie möchte ich nicht länger als nötig in diesem Backofen sitzen.«

»Ich habe Ihnen doch schon alles gesagt«, keuchte Signora Adolfo, stierte Ricarda aus großen Augen an und machte Anstalten, sich zu erheben.

»Nun, da scheinen einige Ihrer Gäste aber anderer Meinung zu sein«, entgegnete Ricarda. Mit einem Nicken klappte Andrea die Mappe auf, die er in der Hand hielt.

»Uns liegen genügend belastende Aussagen vor, um bei der Staatsanwaltschaft eine Untersuchungshaft zu beantragen«, sagte er. »Wenn nicht sogar einen Durchsuchungsbeschluss.« Er nickte, um seine Worte zu unterstreichen. »Vielleicht wäre Ihnen das ja lieber?« Intuitiv verstand Ricarda, was Andrea vorhatte.

»Ach ja?«, zischte Signora Adolfo und sank wieder auf ihren Stuhl zurück. »Ihr Polizisten müsstet doch eigentlich wissen, dass erfolgreiche Menschen wie ich immer viele Neider haben.« Sie funkelte Ricarda und Andrea vorwurfsvoll an.

»Das mag ja stimmen, Signora«, antwortete Ricarda beschwichtigend. »Aber Ihre Gäste behaupten, dass Sie den Mädchen, die als Escort-Damen für Sie tätig sind, Drogen verabreichen, um sie gefügig zu machen. Außerdem war von Prostitution die Rede.«

»Was?«, rief Signora Adolfo entsetzt und fasste sich erschrocken an den großzügigen Busen. Eine gute Schauspielerin war sie jedenfalls. »Das ist doch völlig absurd. Ich vermittle Abendbegleitungen, das ist alles. Was die Mädchen hinterher mit den Herren vereinbaren, ist nicht mein Problem.«

»Signora, bitte«, sagte Ricarda leise. »Unter uns: Verstehen Sie mich nicht falsch. Alles, was mich interessiert, ist, herauszufinden, was genau mit dem toten Mädchen passiert ist. Das verstehen Sie doch, oder?« Ricarda holte tief Luft. »Also noch einmal: Haben Sie etwas damit zu tun, dass der Toten GHB verabreicht wurde?«

Die Verhörte wurde bleich, und ihr Gesicht versteinerte sich. »Ich möchte einen Anwalt«, sagte sie dann seelenruhig.

Verdammt, dachte Ricarda, *aus der werden wir nichts mehr herausholen.* Sie zögerte, wollte es doch noch einmal anders versuchen.

»Das ist Ihr gutes Recht. Ich kann Ihnen aber versichern, dass wir der Sache so oder so nachgehen werden. Ich möchte Sie noch einmal daran erinnern, dass es hier um Mord geht. Aber gut, wie Sie wünschen.«

»Hören Sie, Ispettrice –«

»Einfach nur Signora Antonini, bitte.«

»Also gut, Signora Antonini, ich leugne ja gar nicht, dass in meinem Etablissement möglicherweise gewisse Substanzen im Umlauf sind, wie in jedem anderen Nachtklub auch. Aber ich persönlich habe nichts damit zu tun. Und sollten Sie auch nur einen Zeugen auftreiben können, der das Gegenteil behauptet, dann lügt er, und Sie sollten sich lieber fragen, warum er das tut.«

»Angenommen, Sie sagen die Wahrheit: Wie erklären Sie es sich dann, dass wir nicht nur eine, sondern gleich drei Zeugenaussagen haben, die das Gegenteil behaupten?«

»Ich werde gegen diese Personen Anzeige wegen Verleumdung erstatten«, zeterte die rundliche Frau aufgebracht. »Ich sag's ja: Neider!«

»Vielleicht beauftragen Sie ja auch jemand anderen damit, den Mädchen etwas einzugeben?«

»Das tue ich nicht.«

Sonderbarerweise war Ricarda versucht, ihr Glauben zu schenken. Bestimmt wusste die Besitzerin von den Machenschaften, tolerierte es wahrscheinlich sogar, aber es würde Ricarda doch wundern, wenn sie sich die Finger selbst schmutzig machen würde. Und nachweisen konnten sie ihr nichts. Außerdem, wenn sie wirklich in schmutzigen Geschäften steckte, dann war es nicht an der Mordkommission, sich damit zu befassen.

Ricarda zog das Foto von Gallo aus der Akte und schob es über den Tisch. »Kennen Sie diesen Mann?«

Ehrlich erstaunt beugte sich Signora Adolfo über das Bild, runzelte die Stirn und schüttelte den Kopf. »Den habe ich noch nie bei mir gesehen, warum?«

Ricarda überging die Frage. »Also gut, vielen Dank für Ihr Kommen, Signora.« Sie raffte ihre Unterlagen zusammen und rauschte aus dem Zimmer. Sie war erleichtert, der

Bruthitze zu entkommen. Als sie in den Überwachungsraum trat, blickte sie in betretene Gesichter. Andrea folgte ihr kurz darauf.

»Fehlanzeige«, wandte sie sich an ihn, sobald die Tür geschlossen war. »Meiner Meinung nach vergeuden wir mit ihr unsere Zeit.«

Er nickte und wandte sich an Nicolò. »Bringen Sie bitte die Signorina in den Verhörraum.«

Ricarda atmete tief durch. Von der kommenden Befragung versprach sie sich weitaus mehr. Immerhin handelte es sich um die beste Freundin des Opfers, und ganz offensichtlich hatte sie sie angelogen. Warum? Was hatte sie zu verbergen?

Sie warteten, bis Greta den Raum betreten hatte, und folgten ihr dann. Dynamisch schloss Ricarda die Tür hinter sich, knallte die Akte auf den Tisch und blieb mit verschränkten Armen vor der ohnehin schon ziemlich eingeschüchterten jungen Frau stehen, während Andrea sich ihr mit ernster Miene gegenübersetzte. Erschrocken blickte Greta von einem zum anderen.

»Hören Sie zu, Signorina Beneventi«, begann Ricarda, beugte sich leicht vor und stützte ihre Fäuste auf den Tisch. »Ich nehme an, dass Sie so schnell wie möglich nach Hause wollen, nicht wahr?«

Greta nickte. »Ja natürlich, aber ich habe Ihnen doch schon alles –«

Ricardas Zeigefinger schoss in die Höhe. »Erstens: Sie unterbrechen mich nicht. Zweitens: Sie hören mit den Lügen auf«, verkündete sie schlecht gelaunt und sah mit Genugtuung, wie ihr Gegenüber knallrot anlief und den Blick senkte. »Ich habe Zeugen, die nicht nur bestätigen, dass Sie sich kurz vor ihrem Tod aufs Heftigste mit Laura gestritten haben, sondern weiß auch, worum es dabei ging. Und es deckt sich keinesfalls mit dem, was Sie uns erzählt haben.«

Trotzig verschränkte Greta die Arme vor der Brust. »Na, dann brauchen Sie meine Aussage ja nicht mehr. Warum sollte ich also noch einmal kommen?«

Ricarda lächelte grimmig. »Ich möchte gerne Ihre Version hören, denn die, die man mir zugetragen hat, könnte Sie durchaus zur Hauptverdächtigen machen oder zumindest zur Mitwisserin.« Ganz gelogen war es nicht.

Erschrocken fuhr Greta zusammen. »Das ist doch Unsinn«, brauste sie auf. »Ich habe mit Lauras Tod nichts zu tun.«

»Dann sagen Sie uns bitte, wie es sich wirklich zugetragen hat«, bat Ricarda eindringlich, aber mit sanfter Stimme. »Ich bin hier, um einen Mord aufzuklären, nicht, um über Sie oder Ihre Mätzchen zu urteilen.«

Nervös zwirbelte Greta an den Schnüren ihres Fransen-T-Shirts herum. Sie stöhnte leise auf, schien mit sich zu ringen. »Ich habe mich vor unserer Reise auf der Homepage der Disco als Escort eingeschrieben«, brach es schließlich aus ihr heraus. Die Röte in ihrem Gesicht wurde noch ein paar Nuancen dunkler. »Das mache ich öfter, weil ich keinen festen Job habe. Das bringt viel Geld.«

»Wie viel verdient man denn in der Regel so an einem Abend?«, fragte Ricarda scheinheilig.

»Um die 500«, kam die Antwort prompt und unüberlegt. Ricarda jubelte innerlich.

»Und es geht nur darum, einem Mann Gesellschaft zu leisten?« Sie konnte förmlich spüren, wie die Befragte sich innerlich wand.

Greta schien zu begreifen, dass sie zu viel preisgegeben hatte. »Nein«, flüsterte sie kaum hörbar. »Wenn man mehr macht, dann bekommt man auch mehr.«

»Was heißt *mehr machen* genau, könnten Sie da ein bisschen deutlicher werden?«

»Na, wenn man mit dem Kunden ins Bett steigt«, platzte Greta heraus. Es klang fast wieder trotzig. »Was ist schon dabei? Ich mache es doch nur mit Typen, die mir auch sonst gefallen würden.«

»Wie gesagt, das ist heute nicht das Thema, auch wenn ich es persönlich schade finde, dass ein junger Mensch wie Sie es nötig hat, sich auf so etwas einzulassen.«

Betreten schaute Greta auf ihre Hände, die sie immerfort knetete. »Ich habe das Studium wieder aufgenommen. Von irgendwas muss ich ja leben.«

»Zurück zum Tatabend. Was ist weiter passiert?«

»Als Matteo und ich gehen wollten, haben wir Laura aufgefordert, uns zu begleiten. Sie verhielt sich aber ganz sonderbar, redete die ganze Zeit mit dieser Tussi am Tresen und hatte es sich anders überlegt.«

»Anders überlegt?« Ricarda ließ sich lässig auf der Tischkante nieder. »Was meinen Sie damit?«

»Matteo hatte uns beide gebucht«, antwortete Greta.

»Ach so.« Ricarda dachte einen Augenblick nach. »Laura hat also auch als Escort gearbeitet? Und *Sonderleistungen* angeboten?«

»Ja … nein …«, stammelte Greta. »Nun, wir haben uns schon öfter einen Mann geteilt. Und auch an diesem Abend war sie eigentlich einverstanden, dass wir es so machen. Aber dass Matteo uns schon im Voraus gebucht hatte –« Sie stockte.

»Das wusste sie nicht?«, hakte Ricarda nach und war

schockiert über die Beiläufigkeit, mit der Greta dieses brisante Detail erwähnte.

»Genau. Und sie hat mich echt in Schwierigkeiten gebracht. Nicht nur, dass ich dadurch weniger verdient habe. Ich habe immerhin auch einen Ruf zu verteidigen«, schnaubte sie. »Wissen Sie, in diesem Milieu kennt jeder jeden, selbst in anderen Städten.«

Das wollte Ricarda ihr gern glauben. »Sie waren also wütend, weil Laura nicht mitmachen wollte?«

Betreten schaute Greta zu Boden und nickte. »Matteo ist ein attraktiver Kerl, und sie wäre dabei bestimmt auf ihre Kosten gekommen«, erwiderte sie patzig. »Ich habe einfach nicht verstanden, wie sie mich so hängen lassen konnte.«

»Wie hat Matteo denn reagiert, als er von Lauras Ablehnung erfuhr?«

»Er war ziemlich aufgebracht.«

»So aufgebracht, dass er ihr etwas hätte antun können?«

»Nein«, brauste Greta erneut auf. »Wir waren die ganze Nacht zusammen. Er kann es nicht gewesen sein.« Mit großen Augen starrte Greta sie an. Es hörte sich aufrichtig an.

Andrea, der sich bislang im Hintergrund gehalten hatte, räusperte sich. »Gibt es dafür Zeugen?«, fragte er mit tiefer Stimme.

»Nun, der Nachtportier des Hotels wird es bestätigen können.«

Exakt!

»Könnte es nicht sein, dass dieser Matteo indirekt jemandem den Auftrag erteilt hat, Ihrer Freundin … na ja, sagen wir mal, eine Lektion zu erteilen?«, fragte Andrea weiter.

»Unsinn, warum sollte er? Mit mir allein hatte er doch auch seinen Spaß. Ich habe schon dafür gesorgt, dass ihm nicht langweilig wird, das können Sie mir glauben. Nein, ich kann mir wirklich nicht vorstellen, dass er etwas mit dem zu tun hat, was Laura passiert ist.« Ihre Stimme klang erstickt.

Ricarda fuhr sich mit der Hand übers Gesicht. »Könnten Sie mir noch die Frau beschreiben, mit der Laura sich so eingehend unterhalten hat?«, bat sie.

»So ganz genau kann ich mich nicht mehr an sie erinnern.«

»Versuchen Sie es bitte, es ist sehr wichtig. Sie möchten doch auch, dass wir den Täter fassen, nicht wahr?«

Greta nickte, schien den Tränen nahe. Ihre Stirn legte sich in Falten, während sie angestrengt in ihren Erinnerungen wühlte. »Sie war ziemlich groß, meine ich, hatte eine Dauerwelle, große Ohrringe und ein markantes Gesicht, wie eine Matrone.«

»Würden Sie sie wiedererkennen?«

»Vielleicht, ich weiß nicht. Ich war schon ziemlich high.«

»Sie hatten Drogen eingenommen?«

»Natürlich, das ist so üblich. Ein Geschenk des Hauses sozusagen.«, antwortete sie.

»Und Laura?«

Greta druckste herum.

»Ich brauche die Wahrheit, Signorina«, mahnte Ricarda. »Sie wissen doch sicher, dass uns alle Videoaufnahmen des Nachtklubs zur Verfügung stehen?«

»Jaja, schon gut …« Greta schloss für einen Moment die Augen und atmete tief durch. »Ich habe ihr etwas ins Glas getan. Damit sie williger wird. Ich ahnte schon, dass sie Zicken machen könnte. Den ganzen Abend hat sie sich so seltsam eigenbrötlerisch benommen.«

Na also, dachte Ricarda voller Genugtuung, musste gleichzeitig jedoch ihr Entsetzen verbergen. Wie konnte man seiner eigenen Freundin so etwas antun? »Was für eine Droge war das?«, fragte sie ruhig.

»GHB«, antwortete Greta jetzt wieder kleinlaut.

»Sie wissen, dass Sie sich damit strafbar gemacht haben?«

»Ja, aber mit dem Mord habe ich nichts zu tun, das müssen Sie mir glauben!«

Vielleicht nicht, schoss es Ricarda durch den Sinn, *aber du hast wahrscheinlich – wenn auch unfreiwillig – deinen Teil dazu beigetragen, dass es so weit kommen konnte.* Sie behielt es aber für sich, wollte weiterhin von Gretas Kooperationsbereitschaft profitieren; Schuldzuweisungen wären da kontraproduktiv.

Abermals griff sie in die Akte, holte diesmal zwei Fotos heraus und legte sie vor Greta auf den Tisch. Stirnrunzelnd betrachtete diese die Abbildungen von Signora Adolfo und Marcello Gallo. »Erkennen Sie jemanden wieder?«

Zaghaft deutete Greta auf das Foto der Klubbesitzerin.

Ricardas Herz machte einen Satz. »Ist das die Frau, mit der Laura gesprochen hat?«

»Nein. Aber sie war an dem Abend auch anwesend, das weiß ich sicher. Sie scheint die Besitzerin zu sein, jedenfalls hat sie sich so aufgeführt. Die andere Frau war größer, weniger untersetzt. Aber genauso herrisch in ihrem Verhalten.«

»Und was ist mit ihm?« Ricarda deutete auf den Sizilianer.

Kopfschütteln. »Nein, den habe ich noch nie gesehen.«

Enttäuscht legte Ricarda die Fotos wieder zurück in die Akte, holte ein anderes hervor. Es handelte sich um die vergrößerte Aufnahme der Außenkamera, auf der die undeutlichen Umrisse der Frau zu sehen waren, mit der Laura die Disco verlassen hatte. »Und hier?«

Greta beugte sich vor und kniff die Augen zusammen. »Ist wahnsinnig unscharf.«

»Ja«, gab Ricarda zu. »Aber können Sie mir trotzdem sagen, ob es sich um die Klubbesitzerin oder Lauras Gesprächspartnerin handelt?«

Greta nahm die Fotografie auf und hielt sie sich dicht vors Gesicht, runzelte abermals die Stirn. »Eindeutig die Gesprächspartnerin«, behauptete sie dann.

»Sicher?«

»Ja, ganz sicher. Sie trug ebenfalls eine Brille, und auch die Größe passt. Schauen Sie, sie überragt Laura um mehr als einen Kopf«, sagte sie mit belegter Stimme. »Und Laura war schon ziemlich groß.« Greta schniefte. Plötzlich schien sie sich bewusst zu werden, dass es sich bei dem Foto um eine Aufnahme der letzten Augenblicke im Leben ihrer besten Freundin handeln musste. »O mein Gott, was habe ich nur getan?«, brach es aus ihr heraus. Sie schluchzte. »Warum habe ich sie allein gelassen?«

Ricarda seufzte, konnte kein wirkliches Mitgefühl für diese junge Frau aufbringen, die ihre eigene Freundin ohne deren Wissen oder Zustimmung in solch eine prekäre Situation gebracht hatte.

Nachdem Greta sich wieder einigermaßen beruhigt hatte, entließ Ricarda sie und ging mit Andrea in den Nebenraum zurück, von dem aus Nicolò, Camilla und Leonardo das Gespräch mitverfolgt hatten. Da klingelte Ricardas Handy. Sie schaute aufs Display: Antonio! Mit einer hastigen Geste entschuldigte sie sich und nahm das Gespräch an. »*Pronto?*«

»Ricarda«, rief ihr alter Kollege gegen das Motorengeräusch seines Wagens an. Er schien unterwegs zu sein.

»Ich habe eine gute Nachricht: Gallo ist sauber und hat für beide Mordnächte ein Alibi.«

Erleichterung ergriff sie. Auch wenn sie bereits selbst zu dem Schluss gekommen war, dass Gallo nichts damit zu tun haben konnte, war es doch ein gutes Gefühl, diese Akte endlich zu schließen. »Super, danke, Antonio. Das ist doch schon mal was.«

»Melde dich bei mir, wenn du wieder Hilfe brauchst, ja?«

»Klar, mach ich. *Ciao*, Antonio.«

»Und, Ricarda?«

»Ja?«

»Pass auf dich auf, okay?«, raunte er besorgt. »Wie hat der Big Boss immer gesagt? Einem Verbrecher steht das Schlechte nicht auf der Stirn geschrieben.«

»Mach dir keine Sorgen.«

Sie legten auf. Ricarda seufzte tief.

»Was ist?«, wollte Andrea wissen, als sie sich wieder zu ihnen gesellte. »Du siehst unzufrieden aus. Wir kommen doch prima voran.«

»Sicher, aber ich habe das Gefühl, dass wir uns im Kreis drehen. Ich fühle mich wie … blind.«

»Ganz so schlimm sieht es nun auch wieder nicht aus. Wir wissen jetzt zum Beispiel, dass es nicht die Besitzerin war, mit der Laura den Nachtklub verlassen hat. Auch können wir davon ausgehen, dass weder Greta noch Matteo in Betracht kommen. Je mehr wir ausschließen können, umso mehr nähern wir uns der Wahrheit.«

»Ja schon, aber wenn sich der Zug, der dich nach Rom bringen soll, auf Venedig zubewegt, dann ist die Tatsache, voranzukommen, nicht unbedingt erfolgversprechend.«

»So empfinde ich es auch«, gab Andrea frustriert zu. »Leider sind wir durch Ostern gebremst. Aber wie wäre es denn, wenn du auf eigene Faust auf die Buchmesse fahren würdest, um ein paar Nachforschungen anzustellen?«, schlug Andrea vor. »Das könnte uns durchaus weiterbringen. Wie lange läuft diese Messe denn noch?«

»Bis zum 5. Mai«, antwortete Ricarda grübelnd. Eine schlechte Idee war das eigentlich nicht. Spontan kam ihr Marco in den Sinn, und beim Gedanken an ihn durchfuhr sie ein unerwartet heftiger Stich. Sie hatte ihn und den heutigen Abend völlig verdrängt ... Hatte er ihr nicht auch vorgeschlagen, sie auf die Buchmesse zu begleiten? »Ja, warum eigentlich nicht«, antwortete sie deshalb rasch. »Also einverstanden. Ich werde mich dort tatsächlich mal ein wenig umhören.« Sie schaute auf ihre Armbanduhr und erschrak. Es war bereits nach sechs. »Oje, jetzt muss ich aber los.«

»Mia?«

»Ja. Die Arme fühlt sich bei der Nachbarin nicht sehr wohl.«

»Das wundert mich nicht«, antwortete Andrea. »Würde ich mich auch nicht.«

»Es ist ja nur für ein paar Tage. Am 29. geht die Schule wieder los.«

»Richtig, es sind ja Osterferien. Ich bin in letzter Zeit so selten zu Hause, dass ich so etwas gar nicht mehr mitbekomme.«

»Pass bloß auf, die Jahre vergehen so schnell, Andrea. Und mir nichts, dir nichts sind sie groß und verlassen das Haus.«

»Ja, ich weiß.« Es klang reumütig. »Aber was soll ich machen? Heimfahren, um mit den Jungs Fußball zu spielen, und den Täter in Ruhe weitermorden lassen?« Andreas Handy klingelte. »Wir halten uns auf dem Laufenden«, rief er ihr noch zu, bevor er sich abwandte, um das Gespräch anzunehmen.

Erleichtert, aber auch ein wenig bedrückt verließ Ricarda das Präsidium. Ständig nagte an ihr das Gefühl, etwas Wichtiges übersehen zu haben. Das Wissen, dass sich ein Tollwütiger unter ihnen befand, der jeden Moment aufs Neue würde zuschlagen können, machte sie krank. Wieder spürte sie die Ohnmacht in sich aufwallen, wie damals. *Nein, diesmal nicht*, ermahnte sie sich. Diesmal musste sie da durch, koste es, was es wolle. Zu eng schien sie mit den Geschehnissen verknüpft, auch wenn sie noch nicht hatte herausfinden können, weshalb das so war.

Ja, sie fühlte sich blind. Blind wie ein Adler, dem man eine Haube übergezogen hatte. Blind, unnütz und sehnsüchtig darauf wartend, dass man sie ihr endlich abnahm, sie in die Lüfte warf, damit sie hoch oben am Himmel endlich ihrer wahren Natur nachgehen konnte …

KAPITEL 17 – DAS ABNEHMSPIEL

Bornico, Gardone Riviera, Gardasee, Westküste, Ostersonntag, 21. April – 18:30

Nach diesem anstrengenden Tag war Ricarda eigentlich nicht in Stimmung für die Verabredung mit Marco und hätte am liebsten abgesagt, um sich mit einem trostspendenden Glas Wein auf ihre gemütliche Terrasse zurückzuziehen, den gewaltigen Monte Baldo anzuschauen und einfach dem süßen Nichtstun zu frönen. Die majestätische Bergkulisse würde alles in ihr wieder zurechtrücken, ihr klarmachen, wie klein, vergänglich und unwichtig sie alle doch waren. Sicher lag es auch daran, dass sie dem Treffen mit gemischten Gefühlen entgegensah. Auf der einen Seite trieb in ihrem Bauch ein ganzer Schwarm Schmetterlinge sein Unwesen, sobald sie auch nur an Marco dachte. Zum anderen fühlte es sich noch zu früh an, um solche Gefühle zuzulassen. Zu guter Letzt – und sicher war dies der eigentliche Grund – wollte sie auf Mia Rücksicht nehmen. Kinder in diesem Alter hatten empfindliche Seelchen, und Ricarda konnte sich durchaus vorstellen, dass ihre Tochter heimlich in ihr Idol verliebt sein könnte. Eine Schwärmerei, sicher, die aber durchaus realen Liebeskummer nach sich ziehen konnte.

Seufzend parkte Ricarda den Jeep, stellte den Motor ab und stieg aus. *Aber gut*, dachte sie, während sie auf Biancas Haus zustrebte. *Ich habe zugesagt und kann jetzt keinen Rückzieher mehr machen.*

Kaum hatte sie die Klingel betätigt, ging auch schon die Tür auf, so prompt, dass Ricarda sich fragte, ob Bianca dahinter gewartet hatte.

»Mia«, rief sie, »deine Mutter ist da.«

Im nächsten Moment stürmte die Gerufene an den beiden Frauen vorbei. Bevor Ricarda auch nur ein Wort sagen konnte, trat die Nachbarin auf sie zu, kam ihr unangenehm nahe. »Also wirklich, Ricarda«, flüsterte sie empört. »Ich will mich ja nicht einmischen, aber ich muss schon sagen … Mia hat doch ein sehr vorlautes Mundwerk. Ständig beschwert sie sich, hat an allem Möglichen etwas auszusetzen.« Ein nervöses Zucken huschte über Biancas Gesicht, sodass die dicke Brille verrutschte und ihr ein groteskes Aussehen verlieh. »Sie ist ja nur zu Besuch. Und wenn man bei jemandem zu Besuch ist, dann benimmt man sich doch anständig und befolgt die Regeln des Hauses, oder nicht?«

»Natürlich, Bianca, du hast recht. Was hat sie denn schon wieder angestellt?«, wollte Ricarda wissen, obwohl sie sich mittlerweile schon fast daran gewöhnt hatte, dass von Bianca keine klaren Antworten zu erwarten waren.

»Wie gesagt, bei mir gibt es Regeln. Sie mögen jemandem wie dir streng erscheinen, aber so wurde ich nun mal erzogen. Vorm Essen wäscht man sich gründlich die Hände und bei Tisch spricht man ein Dankgebet.«

Ricarda traute ihren Ohren kaum, versuchte aber, Ruhe zu bewahren und nicht auszurasten. Auch wenn es ihr gehörig gegen den Strich ging, dieser biederen Katholikin ihre Tochter anzuvertrauen, sie war auf Bianca angewiesen. Oder sollte sie vielleicht doch lieber einen professionellen Babysitter anheuern? Der Gedanke, jemand Fremden in ihr Haus zu lassen, behagte ihr nicht sonderlich, auf der anderen Seite war die Versuchung groß, der seltsamen Nachbarin mal richtig die Meinung zu sagen. Allerdings waren die entsprechenden Agenturen über Ostern bestimmt alle geschlossen ... »Es tut mir wirklich leid, Bianca«, lenkte sie also ein. »Wir sind zwar auch religiös, aber nicht in diesem Maße. Ich werde selbstverständlich mit Mia –«

»Außerdem stiehlt sie«, fiel ihr Bianca ins Wort.

»Wie bitte?« Alle Farbe wich aus Ricardas Wangen. »Sie tut was?«

»Ja, sie hat sich einfach etwas von meinem Häkelgarn abgeschnitten, ohne mich vorher um Erlaubnis zu fragen.«

Ricarda spürte, wie ihr die Magensäure hochkam.

»Häkelgarn?« Wollte sich die Nachbarin etwa über sie lustig machen? Solch ein Gedöns wegen eines bisschen Garns?

»Genau«, bekräftigte Bianca aufgebracht. »Es ist ein ganz spezielles Fabrikat, das ich extra aus Mailand habe kommen lassen, und sehr teuer.«

»Gib mir die Seriennummer, dann bestelle ich dir ein neues Knäuel im Internet«, schlug Ricarda leicht gereizt vor.

»Unmöglich«, erwiderte Bianca vehement. »Es handelt sich um echte Baumwollseide. Im Internet bekommt man nur das synthetische Zeug.«

»Na gut, dann gib mir die Adresse in Mailand. Das nächste Mal, wenn ich dorthin fahre, kann ich dir gerne etwas davon mitbringen.«

Bianca rümpfte die Nase. »Nicht der Rede wert. Ich

habe es ihr ja wieder weggenommen, und es war auch nur ein kleines Stück. Deshalb braucht jetzt nicht gleich ein ganzer Ballen gekauft zu werden. Es sollte nur nicht mehr vorkommen.«

»Selbstverständlich, dafür werde ich sorgen«, versprach Ricarda. »Sag mal, Bianca, ich habe das Gefühl, dir wäre es vielleicht lieber, wenn Mia nicht mehr zu dir käme?« Jetzt war es raus …

»Keineswegs,«, empörte sich Bianca. »Aber ich musste dir doch einfach mal sagen, was deine Tochter so alles ausfrisst, oder etwa nicht?« Sie rieb sich nervös das rechte Handgelenk.

»Natürlich«, sagte Ricarda resigniert. Was für eine lächerliche Geschichte. Wegen einem Stück Schnur … Andererseits … Mia musste schon einsehen, dass man sich bei fremden Leuten nicht einfach bedienen konnte.

»Bis morgen also?«, wollte Bianca wissen und sah Ricarda fragend an.

»Ja, bis morgen, Bianca.«

Resigniert ging sie hinüber zu ihrem eigenen Haus, vor dem Mia bereits ungeduldig auf sie wartete.

Schelmisch blickte die 13-Jährige zu ihr auf. »Ich bin so aufgeregt, dass wir gleich mit Marco ausgehen«, flüsterte sie.

Ricarda reagierte nicht darauf. Innerlich brodelte sie, hatte gute Lust, alles abzublasen. Sie wartete, bis sie drinnen waren und die Tür hinter sich geschlossen hatten. »Mia! Kannst du dich bei Bianca denn nicht ein bisschen besser benehmen?«

»Mamma«, empörte Mia sich. »Das versuche ich ja, ich schwöre es dir. Aber man kann es ihr nie recht machen. Sie hat so viele Macken, das ist ganz furchtbar.«

»Na ja, Händewaschen und ein kurzes Gebet vor dem Essen, das hättest du bei deinen Großeltern auch gemusst. Daran ist noch niemand gestorben.«

»Ein *kurzes Gebet*, sagst du?! Es dauert fast eine halbe Stunde. Vorher und nachher …«

Verblüfft starrte Ricarda ihre Tochter an.

»Und das Händewaschen ist ein ganz bescheuertes Ritual.«

»Mia«, schimpfte Ricarda. Das Brennen in ihrem Magen wurde heftiger.

»Ist doch wahr«, erwiderte Mia trotzig.

»Und das nächste Mal fragst du, wenn du etwas haben möchtest, ja?«

»Soll ich etwa bei jedem Blatt Toilettenpapier die Klotür aufreißen und vorher fragen?«

»Werd nicht frech, Signorina«, mahnte Ricarda, musste aber innerlich über den Vergleich schmunzeln. »Jetzt zieh dich um, wir müssen bald los. Marco holt uns in einer halben Stunde ab.«

Auf der Stelle erhellte sich das Antlitz ihrer Tochter wieder. »Es war das Einzige, was mich heute hat durchhalten lassen«, gab Mia prompt zu.

Kurze Zeit später hatten sich Mutter und Tochter schick gemacht und warteten darauf, dass Marco sie abholte. Mia schielte unentwegt zur Haustür, erhoffte das Läuten der Klingel.

Für diesen besonderen Anlass hatte sich Ricarda sogar ein leichtes Sommerkleid angezogen – etwas, was sie schon lange nicht mehr getragen hatte. Plötzlich vernahmen sie ein lautes Tröten, das von der Seeseite her kam. Verwundert schauten sie sich an und eilten zur Fenstertür. Beide konnten sie kaum glauben, was sie da sahen.

»Wahnsinn, *mamma*, Marco holt uns mit dem Boot ab.« Mia war ganz aus dem Häuschen, und auch Ricarda musste zugeben, dass man das an Stil nicht überbieten konnte.

Schnell öffnete sie die Tür. »*Ciao*, Marco«, rief sie gegen das Dröhnen des Motors an.

»*Ciao, belle ragazze*«, erwiderte er winkend und stellte endlich das Gebrüll ab. Unverzüglich legte sich wieder eine himmlische Ruhe über den Gardasee, nur das Schwappen der Wellen gegen den Bootsrumpf und die Terrassenpfeiler war zu hören. »Ist es Ihnen recht, dass ich Sie beide auf meinem weißen Hengst nach Malcesine entführe?« Er grinste breit und wies mit der Hand auf das stromlinienförmige Gefährt, dessen v-förmiger Bug wie eine Haischnauze aus dem Wasser ragte.

»Warten Sie einen Augenblick, ich hole uns erst noch die passende Reitausrüstung«, fiel Ricarda in den Spaß mit ein, lief rasch nach drinnen und schnappte sich zwei dünne Wollwesten für sich und Mia.

»Gute Idee«, bemerkte Marco, als er sie mit den Kleidungsstücken zurückkommen sah. »Auf dem See kühlt es am Abend schnell ab.«

Galant half er den beiden an Bord. Wieder mal sah er fantastisch aus: Das schwarze Rollkragen-Shirt brachte seine gebräunte Haut wunderbar zur Geltung. Ricarda fragte sich, ob er wohl den ganzen Tag auf dem See in der Sonne verbracht hatte.

Auf der Terrasse des Nachbarhauses, die ebenfalls direkt über dem Wasser verlief, tauchte plötzlich Biancas Kopf auf. *Das darf ja wohl nicht wahr sein*, dachte Ricarda ärgerlich.

»*Ciao*, Marco, wie geht's?«

»*Ciao*, Bianca, gut geht's, und dir? Und Cesare?«

»*Bene, bene.* Geht's wieder mal nach Malcesine, ja?«

»Genau. Wir machen einen kleinen Ausflug«, rief er ihr fröhlich zu, als wäre es das Normalste auf der Welt, die neugierige Nachbarin über sein Kommen und Gehen zu informieren.

»Das ist aber weit. Die Fahrt dauert doch mindestens eine Stunde, oder?«

»Nicht mit meinem schnittigen Gleiter und der erstklassigen Besatzung«, antwortete er fröhlich und trotzte Bianca tatsächlich ein Lächeln ab. *Was für ein Charmeur*, dachte Ricarda beeindruckt und schmunzelte in sich hinein.

»Da muss es ja etwas Wichtiges zu sehen geben.«

Fassungslos schaute Ricarda von Marco zu Bianca, deren Aufdringlichkeit sie als immer störender empfand. Doch ihr Begleiter blieb ganz gelassen, ihn schien es nicht im Geringsten zu irritieren.

»Ja, ich will den beiden Ladys mal mein Lieblingsrestaurant zeigen.«

»Das ›La Pace Malcesine‹?«

»Nein, das ›Ristorante Italia Da Nikolas‹.«

»Oh«, gab Bianca zurück. »Direkt am Hafen, wie schön.«

Auf Ricarda wirkte es seltsam, dass die Nachbarin überhaupt etwas oder jemanden kannte, denn sie schien kaum aus ihrem Schneckenhaus herauszukommen. Vielleicht war das nicht immer so gewesen?

»Na, dann einen schönen Abend«, sagte Bianca und verschwand so abrupt, wie sie zuvor erschienen war.

Marco ließ den Motor an und reichte seinen Passagieren zwei Schwimmwesten. »Bitte anziehen, nur für alle Fälle …« Er zwinkerte.

Auf einmal freute sich Ricarda auf die abendliche Fahrt über den See, die genau das Richtige zu sein schien, um herunterzukommen und diesen leidigen Tag hinter sich zu lassen. Jetzt war sie sich gar nicht mehr so sicher, dass ihr das bei sich zu Hause wirklich gelungen wäre.

»Kann's losgehen?«, fragte Marco mit einem übermütigen Grinsen.

»Ja, Kapitän«, erwiderte Ricarda.

»Aye, aye, Käpt'n«, erwiderte Mia und lachte vergnügt.

Langsam fuhr Marco an, wartete, bis sie ein Stück vom Ufer entfernt waren. »Festhalten«, rief er dann und legte den Gashebel um. Das Boot zog an.

Überrascht hielt Ricarda sich fest. Sie schaute zurück und sah zu, wie sich ihr Haus entfernte und rasch kleiner wurde. Darüber nahm sie die steilen Klippen wahr, die hoch emporragten. Immer winziger wurde die ehemalige Fischerhütte, schien sich in den riesigen Felsen zu verlieren. Am westlichen Horizont ging gerade die Sonne unter und tauchte den Himmel in ein wunderbar orangerotes Farbenspiel. Wow! Wie geblendet von all der Pracht ließ Ricarda ihren Blick weiterwandern. Ihnen schräg gegenüber lag Torri del Benaco mit seinem malerischen historischen Hafen, der Scaligerburg mit den stolzen Mauern und Steinzinnen und der immergrünen Berglandschaft, die weiter südlich zurückwich, um endlosen Olivenhainen Platz zu machen.

»Kennen Sie Bianca schon lange?« Ricarda konnte sich die Frage einfach nicht verkneifen. Durch den Fahrtwind hatten sich einige Strähnen aus ihrem hochgesteckten Haar gelöst und peitschten ihr ums Gesicht.

»Ja, sie kam früher oft zu Maria. Damals war sie noch nicht so –«

»Seltsam?«

Er lachte. »Nun ja, eher eigenbrötlerisch, irgendwie weltfremd. Seltsam war sie ja eigentlich schon immer. Seit dem Tod ihrer Schwester verlässt sie kaum noch das Haus, heißt es.«

Ricarda nickte.

»Sie hatte kein leichtes Leben, ihre Eltern waren sehr streng.« Sein Blick war in die Ferne gerichtet. »Und Sie?«, fragte er, wohl eher um die Unterhaltung aufrechtzuerhalten als aus echtem Interesse. »Kennen Sie sie schon länger?«

»Nein, eigentlich nicht. Wir waren zwar schon als Kinder Nachbarn, wenn meine Familie die Ferien am See verbrachte, hatten aber nicht viel miteinander zu tun.«

»Warum?«

»Ich dachte immer, es läge an mir, weil ich eben meinen festen Freundeskreis hatte. Aber vielleicht war sie damals einfach schon so … anders.«

»Sie hätten sie doch mit einbeziehen können«, sagte er beiläufig, den Blick immer noch starr aufs Wasser gerichtet.

Ricarda runzelte die Stirn. »Ja sicher. Aber Sie wissen ja, wie das so ist, wenn man jung ist. Man denkt nicht unbedingt darüber nach, was andere empfinden«, gab sie zu.

»Ja, allerdings.«

»Was hätten Sie denn getan?«, wollte Ricarda wissen, die den unausgesprochenen Vorwurf nicht auf sich sitzen lassen wollte.

»Ich?« Er blinzelte. »Ehrlich gesagt, weiß ich es nicht genau … Ich hatte nur immer schreckliches Mitleid mit Leuten wie Bianca, die Opfer von Mobbing und Misshandlungen waren.«

»Bianca wurde …?«

»Ja, sie wurde von ihren Eltern geschlagen und in der Schule von den anderen ausgeschlossen, einfach nur, weil sie anders war.«

Mit einem Mal sah Ricarda Biancas Bemerkungen in einem neuen Licht. Sicher war ihre Vergangenheit der Grund, warum sie so empfindlich auf Mias Anderssein reagierte. »Woher wissen Sie das?«, erkundigte sie sich. »Von Maria?«

Er nickte. »Jetzt ist sie eben eine biestige Alte geworden, die keiner mag«, gab er zu. »Und ich muss gestehen, ich mag sie auch nicht besonders.« Bedauernd verzog er den Mund. »Sie passt auf Mia auf, während ich arbeite.«

»Oh, im Ernst? Sie vertrauen *ihr* diesen kostbaren Schatz an?« Erst Andrea, jetzt er … Ricarda fühlte sich ganz elend, nickte schuldbewusst.

»Sie ist furchtbar«, mischte sich Mia ein, die aufgrund der rasanten Geschwindigkeit bis jetzt vollauf damit beschäftigt gewesen war, sich ängstlich am Rand festzuklammern. »Und ihr Neffe erst. Es macht ihm einen Heidenspaß, Tiere zu quälen und zu töten. Richtig gruselig. Und da willst du mich wieder hinschicken?«

»Wir haben doch schon darüber gesprochen. Wenn du nicht zu deinen Cousins nach Brescia willst, bleibt uns leider keine andere Alternative.«

Marco schaute Mia mitfühlend an. »Wird ja nicht ewig dauern«, versuchte er, sie aufzumuntern.

»Sicher«, sagte sie mit einem übertriebenen Schnaufen. »Aber die sind beide wirklich *kinky*.«

Manchmal benutzte Mia Worte, mit denen Ricarda nichts anzufangen wusste. *»Kinky?«*

»Sonderbar«, übersetzte Marco lachend. »Da hast du recht, Mia. Der würde ich nicht im Dunkeln begegnen wollen.« Er schnitt eine hässliche Grimasse, was Mia zum Kichern brachte.

»Genau. Sie könnten mal ein Buch über sie schreiben.«

»Oder du?«, erwiderte er.

Mias Augen leuchteten auf, ihre Wangen glühten. *Allein dafür hat es sich schon gelohnt, nicht abgesagt zu haben*, dachte Ricarda freudig. Sie hatte das Gefühl, ihre Tochter erst jetzt richtig kennenzulernen. Aus dem Kind schien ohne jeden Übergang eine junge Dame geworden zu sein, noch nicht wirklich eine Frau, aber sie war auch nicht mehr das kleine Mädchen, für das sie sie vor Kurzem noch gehalten hatte. Eine werdende Jugendliche mit Träumen, Wünschen und Leidenschaften. Wie wundervoll Marco es verstand, mit ihr umzugehen. Plötzlich riss Mia aufgeregt die Augen auf. »Oder haben Sie sich etwa bereits von Biancas Leben inspirieren lassen, als Sie ›Der kleine Junge und sein Versprechen‹ geschrieben haben?«

»Schon möglich. Was meinst du?«, wich er der Frage aus und zwinkerte.

»Ich bin mir jetzt ganz sicher. Die Parallelen sind zu auffällig. Brr … Jetzt ist mir noch unwohler bei dem Gedanken, zu ihr zurückzumüssen.«

Ricarda zog Mia in ihre Arme. Ihr ging es ähnlich. Jetzt war sie noch entschlossener, dem Ganzen so schnell wie möglich ein Ende zu setzen und eine professionelle Betreuung zu organisieren.

Den Rest der Fahrt über sprachen sie kaum, genossen einfach nur die laue Abendluft, den Fahrtwind, der ihre Kleider und Haare zauste. Ricarda schwelgte im Anblick der herrlichen Umgebung, die vom See aus betrachtet noch vollkommener wirkte. Es war, als würde sie die Gegend neu entdecken, als hätte sie durch den ganzen Stress und

Kummer der letzten Zeit völlig vergessen, wie wundervoll ihre Heimat eigentlich war. Sie kamen an Toscolano Maderno, Bogliaco, Gargnano, Piovere und Gardola vorbei, während sie am Ostufer Castelletto und Brenzone erspähen konnten. Ein Ort war malerischer als der andere. Und je mehr sie sich Malcesine näherten, umso gewaltiger wirkte der Monte Baldo mit seinen teils weißen Gipfeln.

Allmählich löste das glühende Mosaik der Lampen in den Straßen, Häusern und Restaurants das letzte Tageslicht ab. Der blaue Streifen am Horizont wurde immer dunkler, und etwas weiter nördlich leuchtete das stolze *Castello Scaligero di Malcesine*, die mittelalterliche Höhenburg, die auch heute noch über die Stadt zu wachen schien. In lebendigem Kontrast zur wuchtigen Wehrhaftigkeit der Festungsanlage präsentierte sich der winzige Hafen in pittoreskem Flair, als Marco das Tempo verlangsamte und sie gemächlich hineintuckerten. Auf der linken Seite fiel Ricarda auf Anhieb das besagte Restaurant auf, das direkt am See lag und sehr romantisch wirkte. Gegenüber befanden sich die Piazza Guglielmo Marconi und das Hotel San Marco.

»Gefällt es Ihnen?«

»O ja«, gab Ricarda zu. »Es ist ewig her, seit ich das letzte Mal hier war.«

»Wann war das?«, wollte Mia wissen. »Mit Papa?«

»Nein, als Jugendliche mit Freunden.«

Geschickt steuerte Marco auf den Anleger zu, sprang leichtfüßig auf den Kai und vertäute das Boot.

Sie stiegen aus, schlenderten den Platz entlang und bogen nach links ab, wo sie auf dem uralten Kopfsteinpflaster unter dunklen Vouten und Torbögen hindurchliefen, bis sie an dem schicken, aber dennoch gemütlichen

Restaurant ankamen. Natürlich hatte Marco einen Tisch im verandaartigen, überdachten Außenbereich reserviert, direkt am Wasser, sodass man den Eindruck gewinnen konnte, sie bräuchten nur einen Schritt bis zum Boot zu machen, um wieder heimzufahren.

»Eine wundervolle Adresse«, schwärmte Ricarda ehrlich angetan, als sie Platz nahmen. »Muss ich mir unbedingt merken.«

»Es freut mich, dass es Ihnen gefällt«, sagte Marco und lächelte sanft. »Und dir?«, wandte er sich an Mia.

»Ja, es ist sehr schön hier.«

»Hier, schau mal«, sagte er und holte etwas unter seiner Jacke hervor, die er lässig über dem Arm getragen hatte.

Mias Schreibheft!

»Schon? Das ging aber schnell.« Ehrlich erstaunt wollte Mia es an sich nehmen, doch Marco hielt es weiter fest.

»Deine Geschichte ist wirklich sehr, sehr gut geschrieben. Und es sind nur ganz wenige Fehler drin.«

Ricarda freute sich für ihre Tochter, die wie ein Honigkuchenpferdchen strahlte. Wie stolz sie auf ihre kleine Autorin war …

»Danke«, hauchte Mia.

»Trotzdem ist einiges rot angestrichen. Das sind aber nur kleine Denkanstöße, hörst du? Nichts, was dich davon abhalten sollte weiterzumachen, ganz im Gegenteil. Einverstanden?«

»Einverstanden«, versprach Mia.

Marco ließ das Heftchen los, und Mia schlug es wie besessen auf und vertiefte sich sofort in die Bemerkungen, die Marco mit Rotstift an die Ränder gekritzelt hatte.

Ein Kellner brachte ihnen die Karte, servierte den Wein, den Marco bereits ausgewählt hatte, sowie ein Glas Zitronenlimonade für Mia. Alle drei entschieden sie sich für *Bigoli al Torchio allo Scoglio*, hausgemachte Spaghetti mit Meeresfrüchten in Knoblauchcremesoße, wobei Mia allerdings nicht wirklich bei der Sache war, weil ihre Aufmerksamkeit noch immer von Marcos Verbesserungsvorschlägen aufgesaugt wurde.

»Es ist unglaublich, was für einen guten Einfluss Sie auf Mia haben«, bekannte Ricarda verhalten, als sie sich zuprosteten. »Ich erkenne sie kaum wieder.«

Sie schielte zu ihrer Tochter hinüber: Mal lächelte sie, mal runzelte sie die Stirn, während ihr Blick über die Zeilen jagte.

»Och«, wiegelte Marco ab. »Das liegt nicht an mir, sondern an der Tatsache, dass sich jemand mit ihrer Leidenschaft auseinandersetzt, sie ernst nimmt.«

»Ja«, sagte Ricarda nachdenklich. »Das wird es wohl sein.«

»Meistens wird man Schriftsteller, weil man etwas zu sagen hat«, raunte Marco. »Etwas, das man auf andere Weise nicht ausdrücken kann, das man herauslassen muss, damit es einen nicht verrückt macht.«

»Geht es Ihnen denn auch so?«

Er schwenkte das Weinglas in seiner Hand. »Ja natürlich. Auch ich habe meine Dämonen. Sie etwa nicht?«

Stimmt, dachte Ricarda. *Auch ich habe solche Phantome, die mir auflauern und mich quälen.* Sie nickte. »Ja sicher. Wahrscheinlich muss jeder hin und wieder mit so etwas kämpfen.«

»Was machen Sie dagegen?« Er trank einen Schluck.

Leise lachte Ricarda, es klang unfroh. »Im Moment nichts, aber ich wollte ja eigentlich anfangen zu töpfern.«

Wissend schaute er ihr in die Augen. »Dann hoffe ich, dass Sie bald mit diesem Fall zu Potte kommen, damit Sie sich völlig Ihrer Leidenschaft hingeben können.«

Erneut prosteten sie sich zu.

»Das hier verstehe ich nicht«, sagte Mia plötzlich, offenbar betrübt, dass sie auf dem Schlauch stand. »Was meinen Sie mit *Show, don't tell*?«

»Ach das? Du hast doch sicher schon Englisch in der Schule, oder?«

»Ja schon, aber ich verstehe nicht, was Sie damit meinen.«

»Also damit spiele ich auf einen Fehler an, den fast alle werdenden Schriftsteller machen. Du hast geschrieben: Er hatte Angst. Besser wäre zu schreiben: Seine Hände zitterten, sein Herz schlug schneller. Verstehst du? Anstatt die Angst einfach nur zu benennen, solltest du sie lieber beschreiben.«

»O ja, das ist wunderbar«, erwiderte sie mit leuchtenden Augen und versank wieder in ihrem Werk.

»Sagen Sie, Ricarda. Wo sehen Sie sich in … sagen wir mal, fünf oder zehn Jahren?« Sein Blick wurde eindringlich.

»Oje«, stieß sie aus, verschluckte sich und hustete in ihre Stoffserviette, was ihr Tränen in die Augen trieb. »Verzeihen Sie … ich … Huch, das ist jetzt eine sehr überraschende Frage. Ich habe gerade eine ziemlich aufreibende Scheidung hinter mir, alles ist noch so frisch. Ich glaube, ich weiß nicht mal, was ich nächste Woche vorhabe, geschweige denn in fünf Jahren.« Sie lachte verlegen.

Er lächelte verständnisvoll, was seine Grübchen vertiefte. »Verstehe. Ich muss mich an etwas festkrallen, von etwas träumen, um weiterzumachen«, erklärte er. Das Wasser warf glitzernde Lichtreflexe auf seine Iris. »Ich muss gestehen, ich liebe es, mein Leben zu verplanen.«

»Ach ja? Wo sehen *Sie* sich denn in fünf Jahren?«, drehte Ricarda den Spieß um.

Er grinste, schien die Frage wohl erwartet zu haben. »Ich habe eine brach liegende Olivenfarm nördlich des Sees gekauft.«

»Oh, wo denn genau?«

»In Arco. Kennen Sie die Gegend?«

»Ob ich die kenne? Ich bin in Riva del Garda aufgewachsen. Um welches Anwesen handelt es sich denn?«

»Um die Madonna dell'Arco«, antwortete er nicht ohne Stolz.

»In der Tat ein prächtiger Landstrich«, bekannte Ricarda. »Gehörte das Anwesen früher nicht den ... na, wie hießen sie noch gleich? Ach ja, den Baldinis?«

»Genau, alle Achtung. Sie haben ein gutes Gedächtnis.«

»Warum haben die Baldinis denn verkauft? Lief der Betrieb nicht mehr gut?«

Er schüttelte bedauernd den Kopf. »Der Besitzer ist schon vor Jahren gestorben. Leberzirrhose, heißt es. Einige Zeit später ist seine Frau ihm gefolgt. Das Anwesen haben sie allerdings schon lange vorher vernachlässigt.« Mit Daumen und Zeigefinger deutete er eine Schluckspecht-Geste an.

»Hatten die nicht auch Kinder?« Ricarda grübelte, versuchte, sich an die Familie zu erinnern, die sie eigentlich nur dem Namen nach kannte.

»Ja, einen Sohn. Der wollte sein Erbe aber unbedingt loswerden. Kann man ihm nicht verdenken, so heruntergekommen, wie alles ist. Ich habe ihm also ein gutes Angebot gemacht, und so sehen Sie jetzt den zukünftigen Olivenbauern von Madonna dell'Arco vor sich«, sagte er und warf sich gespielt selbstherrlich in die Brust.

Ricarda lachte. »Darauf hebe ich mein Glas. Auf unsere Träume«, prostete sie ihm zu.

»Auf unsere Träume, *bellissima*«, raunte er und sah ihr über den Rand seines Glases hinweg tief in die Augen. Ein wohliger Schauer durchlief Ricarda. Eigentlich könnte alles so einfach sein ...

»Ich würde Ihnen gern etwas vorschlagen«, sagte er plötzlich leise und schaute sie genauso eindringlich an wie am Abend zuvor. Ricardas Herz setzte einen Schlag aus, um gleich darauf heftiger zu pochen. *Nein, bitte*, flehte sie innerlich, *verdirb es nicht. Es ist zu früh.*

»Wie wäre es, wenn *ich* mich um Mia kümmern würde?«

Völlig überrumpelt starrte Ricarda ihn an.

»Sie brauchen sich nicht sofort zu entscheiden. Aber sie wäre bei mir bestimmt besser aufgehoben als bei –«

»Sicher«, musste Ricarda zugeben. In ihrem Inneren brach ein Sturm aus Zweifeln los. Sie kannte ihn doch überhaupt nicht. Was, wenn er gewisse Veranlagungen hatte ... Oder lag es an ihrem Beruf, dass sie augenblicklich das Schlimmste befürchtete? Zu allem Überfluss wurde ihr ganz warm und ihr Bauch kribbelte. Unruhig trank sie etwas Wein. »Das ist sehr freundlich von Ihnen«, stammelte sie. »Ich werde tatsächlich darüber nachdenken.«

»Ich bin sehr bekannt hier«, sagte er, als hätte er ihr die Bedenken vom Gesicht abgelesen. Sie schämte sich etwas. »Sie können gerne Erkundigungen über mich einholen.«

»Nein, nein, das ist es ja gar nicht.« Wie sollte sie in Worte fassen, was sie selbst nicht so recht verstand? Schließlich gab Ricarda sich einen Ruck. »Marco, ich mag Sie unglaublich gerne. Auch fühle ich eine gewisse ... na ja, ein gewisses *Etwas* zwischen uns.« Sie schielte zu Mia, doch die war so tief in ihr Schreibheft versunken, dass sie wohl selbst eine Explosion nicht hätte herausreißen können.

»Das ist mir nicht entgangen«, sagte Marco ruhig, fixierte sie weiterhin mit seinem Blick. Ein verführerisches Lächeln tanzte auf seinen Lippen.

»Im Moment fühle ich mich wirklich nicht in der Lage, Erwartungen in dieser Hinsicht zu erfüllen. Es ist nicht so, dass ich nicht wollen würde. Sie sind ein sehr attraktiver Mann …«

»Aber?«

Sie seufzte tief.

»Aber ich kann es einfach nicht.« *Noch nicht*, hätte sie am liebsten hinzugefügt, wollte ihn aber nicht unnötig hinhalten, ihm keine falschen Hoffnungen machen, falls sie sich vielleicht niemals dazu in der Lage fühlen würde. So wohl sie sich in seiner Gegenwart auch fühlte, so wunderbar er auch mit Mia umging, konnte sie sich nicht vorstellen, weiter mit ihm zu gehen. Jedenfalls nicht sofort, nicht jetzt.

»Das ist kein Problem, Ricarda, wirklich. Ich verstehe Sie.« Aus den versöhnlichen Worten meinte sie trotz allem seine Enttäuschung herauszuhören. Wie sollte er es auch verstehen, wenn sie selbst nicht dazu in der Lage war? »Es ändert aber nichts an meinem Vorschlag. Das eine hat mit dem anderen nichts zu tun.«

»Was für ein Vorschlag?«, fragte Mia, die wieder ins Hier und Jetzt zurückgekehrt zu sein schien.

Ricarda zögerte. Sie saß in der Tinte, wusste aber nicht, wie sie ihrer Tochter es jetzt noch verschweigen könnte. »Marco hat vorgeschlagen, auf dich aufzupassen, während ich arbeite.«

Mia fiel die Kinnlade herunter. »Ja, bitte, *mamma*«, flehte Mia und hüpfte auf ihrem Stuhl auf und ab. »Stell dir nur vor, was ich alles von ihm lernen könnte.« Zwei

Augenpaare starrten Ricarda erwartungsvoll an. »Ich werde mir vor dem Essen auch immer artig die Hände waschen, großes Indianerehrenwort.«

Ricarda hielt angespannt die Luft an. In ihrem Magen meldete sich ein heftiges Ziehen. *Er ist dir fremd ... Ach was, Maria kennt und mag ihn doch, und sie weiß immer alles über jeden hier ... Und überhaupt: Kann es denn noch schlimmer sein als mit Bianca, die ich ja im Grunde auch nicht wirklich kenne und die mehr als dubios auf mich wirkt? Und Mia? Mein Gott, wenn ich ablehne, wird sie mir die Hölle heiß machen. Sie vergöttert ihr Idol, und an seiner Seite blüht sie geradezu auf ... Soll ich ihr diese einmalige Chance, Zeit mit ihm verbringen und von ihm lernen zu können, vermasseln, nur weil ich überängstlich bin? Hat Mia nicht schon genug gelitten?*

Tief in ihrem Inneren wusste sie, dass Mia sich ihr im Falle einer Ablehnung nur noch mehr entziehen würde. Hatte sie nicht alles tun wollen, um sich ihrer Tochter wieder anzunähern?

Ricarda lächelte resigniert und ließ langsam die Luft aus. »Nun, vielleicht wäre es ja tatsächlich einen Versuch wert«, lenkte sie ein.

»Super, *mamma*, danke, Marco. Ich freu mich so.«

»Aber«, gab Ricarda noch zu bedenken, »es wäre für eine ganze Woche. Falls Sie –«

»Kein Problem«, entgegnete Marco. »Ich habe zwar noch zwei Lesungen auf der Buchmesse, aber ich kann Mia ja mitnehmen, wenn Ihnen das recht ist«, schlug er vor. »Aber sind die Schulferien denn nicht morgen zu Ende?«

»Sicher, aber weil der Tag der Befreiung auf Donnerstag fällt, haben einige Schulen die Ferien verlängert. Mias neue Schule gehört leider auch dazu.«

»Soll ich dann morgen bei Ihnen vorbeikommen? So gegen sieben?«, schlug Marco vor. »Und morgen Nachmittag fahren wir auf die Buchmesse.«

»O ja«, begeisterte sich Mia.

»Aber ich möchte Ihnen wirklich keine Umstände machen«, insistierte Ricarda. Irgendwie hatte sie das Gefühl, seine Zuneigung auszunutzen. Vielleicht fühlte er sich ja einsam? Sicher war es nicht angenehm, immer allein zu arbeiten.

»Ganz im Gegenteil. Es ist mir ein Vergnügen, wirklich. Ich mag die quirlige Art und das Talent Ihrer Tochter sehr gerne. Es hat nichts mit dem Rest zu tun«, sagte er mit einem Augenzwinkern.

»Mia, du versprichst mir aber, dass du Marco nicht auf die Nerven gehst, ja? Wenn er arbeiten möchte, dann lässt du ihn in Ruhe, in Ordnung?«

»Jaaa, *mammaaa*«, sagte Mia gedehnt und seufzte theatralisch.

»Das kriegen wir schon hin«, versicherte Marco und schien sich ehrlich über Ricardas Entschluss zu freuen. »Dann ist es also abgemacht?« Er streckte Ricarda die Hand entgegen, und sie schlug ein. Mia juchzte.

»Abgemacht. Und wenn es Ihnen recht ist, würde ich mich Ihnen morgen Nachmittag gern anschließen, falls nichts dazwischenkommt.«

»Wunderbar«, antwortete Marco sichtlich erfreut. »So kann ich gleich mein Versprechen einlösen.«

Sie lachten, und wieder fühlte Ricarda dieses angenehme Prickeln in ihrem Bauch. *Es ist rein beruflich, dass wir morgen wieder etwas gemeinsam unternehmen werden*, rechtfertigte sie sich vor sich selbst.

Während des Essens unterhielten sie sich über Malcesines bewegte Vergangenheit, über Mailand und Ricardas Plan, mit dem Töpfern anzufangen. Nach einiger Zeit schien Mia der Unterhaltung nicht mehr richtig zu folgen. Sie zauberte eine lange Schnur aus dem Ärmel, wickelte sich diese um die Finger und hielt sie Ricarda hin.

Ah, das Abnehmspiel, erinnerte sie sich und streckte ihre Daumen und Zeigefinger in das Fadengebilde, ohne das Gespräch mit Marco zu unterbrechen.

Plötzlich stutzte sie. »Du, sag mal«, wandte sie sich in strengem Ton an Mia und sah ihre Tochter skeptisch an. »Ist das etwa das Häkelgarn, das du von Bianca stibitzt hast?«

Mia nickte und schlug die Augen nieder.

»Hast du es ihr denn nicht zurückgegeben?«

»Doch«, antwortete die 13-Jährige und grinste schelmisch. »Aber ich fand es albern, dass sie wegen dem bisschen Faden so einen Skandal gemacht hat. Also habe ich es mir wieder geholt. Was hätte Bianca mit dem abgeschnittenen Teil auch machen können?«

»Da magst du recht haben, aber trotzdem ist es Diebstahl, Mia. So habe ich dich nicht erzogen.«

»Sie häkelt so kitschige Sachen damit, Zierdeckchen, Untersetzer, sogar so einen spießigen Klorollenhut …«

In Ricarda schossen Erinnerungen an ihre Kindheit hoch. Auch ihre Mutter war dieser Freizeitbeschäftigung nachgegangen, es hatte in der Nachbarschaft sogar richtiggehende Häkelvereine gegeben. Es schien wohl so eine Art Volkssport in der Gegend zu sein.

»Auch ich habe meiner Mutter mal ein Stück von solch einem kostbaren Faden gemopst«, gestand Ricarda und fühlte sich bei der Erinnerung auf einmal ein wenig melancholisch.

»Und?«, fragte Mia aufgeregt. Alles, was ihre Großeltern betraf, interessierte sie ungemein.

»O weh, o weh. Sie wurde fuchsteufelswild, fast noch schlimmer als Bianca, weil es ein sehr teures Garn war.«

»Na, siehst du, auch du hast etwas gestohlen.«

»Der Unterschied ist, dass es sich um meine eigene Mutter gehandelt hat, verstehst du? Nicht um einen wildfremden Menschen, bei dem ich zu Besuch war und mich einfach bedient habe.« Mia maulte unwillig vor sich hin. »Und trotzdem war es falsch, dass ich meine Mutter nicht vorher gefragt habe. Betrachte es mal so, Mia: Wirst du Marco morgen etwa einen Kugelschreiber wegnehmen? Denn was ist schon so ein kleiner Kugelschreiber?«

»Natürlich nicht«, entrüstete sich Mia, warf die Arme in die Luft und ließ sie wieder zurück in ihren Schoß fallen. »*Ihn* mag ich doch.«

»Das hat aber nichts damit zu tun, Mia. Wir können doch nicht einfach jemanden beklauen, nur weil wir ihn nicht mögen«, ermahnte Ricarda ihre Tochter. »Wo kämen wir denn da hin?«

Beschämt senkte Mia den Blick. »Ich habe mich so schrecklich gelangweilt und wollte den Faden doch nur für das Abnehmspiel haben.«

»Das ist kein Grund.«

»Und ich wollte ihr für das dumme Gehabe auch eins auswischen ...«

»Mia, um Himmels willen«, zischte Ricarda empört. So kannte sie ihre Tochter gar nicht. Es war ihr überaus peinlich, dass Marco Zeuge dieser Szene wurde.

»Na gut«, gab Mia klein bei. »Morgen bringe ich ihr die Schnur zurück, versprochen, ja? Können wir jetzt weiterspielen?«

»Nein, von wegen. Das Ding ist beschlagnahmt«, sagte Ricarda, knäuelte den Faden zusammen und stopfte ihn in ihre Handtasche. »Verzeihung, Marco, aber das konnte ich nicht einfach durchgehen lassen.«

»Keine Sorge«, sagte er gelassen. »Erziehung muss sein.«

»Ich finde es übertrieben«, gab Mia patzig zurück.

Ricarda zwang sich zur Ruhe. »Es geht hier nicht um das alberne Stück Faden, es geht ums Prinzip, Mia. Wer ein Ei klaut, klaut auch ein Huhn.«

Bedrückt nickte Mia, sagte aber nichts mehr. Die Stimmung war dahin. Eine unwiderstehliche Müdigkeit erfasste Ricarda plötzlich. Sie gähnte verhalten. »*Scusi.*«

»Schon in Ordnung. Es ist spät, und Sie hatten sicher einen anstrengenden Tag. Ich zahle und bringe Sie nach Hause. Wäre Ihnen das recht?«

Wie zur Bestätigung musste nun auch Mia gähnen.

Sie lachten.

Nur Marco zeigte keinerlei Anzeichen von Müdigkeit.

Ricarda spürte ein leichtes Bedauern in sich aufsteigen. Warum gehörte sie nicht zu den Frauen, die sich einfach mal eine Nacht mit einem attraktiven Mann gönnten, wenn sich die Gelegenheit dazu bot? Warum mussten ihre Dämonen – wie Marco sie so treffend genannt hatte – ihr Dasein auch weiterhin überschatten und sie daran hindern, ihr Leben neu zu beginnen?

Als sie aus dem Restaurant traten, hatte sich ein bauschiger Nebeldunst am Boden des Hafenviertels angesammelt. Es war, als wateten sie durch Wolken. Das wabernde Gespinst schien Mia ungemein zu inspirieren, denn sie begann ganz überraschend eine Gruselgeschichte zu erzählen. Der Streit war vergessen, und die Stimmung lockerte sich allmählich wieder auf. Zwischen Ricarda und Marco hatte sich eine kaum merkliche Distanz geschoben, die ihr aber im Grunde ganz recht war. Gemeinsam lachten sie über Mias unwahrscheinlich starke Vorstellungskraft. Doch Ricarda schauderte bei dem Gedanken an die Realität, die schon am folgenden Tag auf sie wartete. Malcesine bei Nacht und Nebel war genau der richtige Ort, um sich grausame Dinge vorzustellen …

KAPITEL 18 – ZWISCHENSPIEL

»Komm doch näher«, sagt sie. Ihre Stimme ist wie der Engelsgesang in der Kirche, weich und silbern. Ich gehorche. Setze einen Fuß vor den anderen, schaue auf meine schmutzigen Schuhe; sie sind mir peinlich. Jeden Moment rechne ich mit einem Schlag auf den Hinterkopf. *»Dämel, tritt vor!«* Aber nichts dergleichen geschieht. Nur ganz kurz habe ich zu *ihr* aufgeschaut, als sie die Tür geöffnet hat, doch ihr Anblick war so blendend, dass ich abrupt wieder fortsehen musste. Im Raum umhüllt mich alsbaldig ein wohliger Duft, so leicht wie eine Wolke in einem schönen Traum, süßlich, edel. Ihr Duft … zu edel … Nie möchte ich ihn vergessen. Wenn ich groß bin, möchte ich auch so riechen …

»Weißt du, warum du hier bist?«, fragt sie, und ich erschauere. Es klingt wie das herrliche Rascheln von Weihnachtslametta. *Es ist wie schweben*, denke ich, *wie auf einem riesigen Wattebausch fortgetragen zu werden.*

»Ja. Weil ich eine Niete bin«, murmele ich, den Blick noch immer auf meine Schuhe gerichtet. Schlamm, Kruste, Lehm …

»Aber nein, nicht doch«, erwidert sie sanft. »Du bist hier, um zu lernen, wie man es besser macht.«

Ich schweige. Ein leichtes Zittern erfasst mich. Haben sie nicht schon alles mit mir versucht? Sie wollten die Buchstaben aus mir herausprügeln, ohne Erfolg …

»Ich bin mir sicher, dass wir mit etwas Geduld weiterkommen. Meinst du nicht auch?« Lametta-Gesäusel.

Ich zucke mit den Achseln. Alles, was ich will, ist, hierbleiben zu dürfen, nicht mehr zurückzumüssen. Wenn ich dafür so tun soll, als ob ich daran glauben würde, dann ja …

»Setz dich zu mir«, fordert sie mich auf.

Ich wage es noch immer nicht, die Augen zu heben. Doch ich trete näher. Nackte, gepflegt schimmernde Füße tauchen in meinem Blickfeld auf. *Wo sind ihre Schuhe?*, schießt es mir durch den Kopf. Doch es scheint sie nicht zu stören, deren schamlose Blöße vor mir zur Schau zu stellen. Im Gegenteil, sie rekeln sich geradezu wollüstig auf dem flauschigen hellgrauen Teppich, scheinen in seiner Weichheit zu versinken. Ich will es ihr gleichtun.

O ja, ich möchte fühlen, wie es ist … Ich stelle es mir genauso angenehm vor, wie im Sommer barfuß im warmen Sand am Seeufer zu laufen. Manchmal tue ich es heimlich auf dem Heimweg von der Schule, auch wenn ich weiß, dass ich hinterher dafür bezahlen muss, denn ich komme dann zu spät und habe obendrein auch noch Sand in den Strümpfen …

»Schau, was ich hier habe«, lockt sie mich wie ein böser Geist in Gestalt einer griechischen Nymphe, wie der Gesang der Meerjungfrauen, der unvorsichtige Seefahrer anzieht oder wie das Licht die Mücken.

Ich werde verbrennen, doch ist das noch von Bedeutung? Durch alle Feuer der Hölle möchte ich gehen, wenn ich nur nicht aufwachen muss. Nie wieder … Vorsichtig hebe ich den Blick zu der Schale, die sie in ihren schlanken Fingern hält. Ein buntes Bonbonparadies funkelt mir wie unzählige farbige kleine Edelsteine entgegen: gelb, blau, grün, silber, gold und rot. Ja, rot! Genauso kräftig wie das Rot ihres Nagellacks …

Ich schlucke nervös. Soll ich wirklich? Es scheint mir dreist, als würde ich mir glitzernde Diamanten aneignen wollen, die nicht für jemanden wie mich geschliffen wurden.

»Bediene dich nur«, fordert sie mich auf.

Ich habe das Gefühl, unbefugt ins Reich einer Fee eingedrungen zu sein. Gleich wird man mich entdecken, mich am Kragen packen und hinauswerfen, um mich wieder in die stinkende dunkle Kammer zu sperren. Jeden Augenblick erwarte ich es. Ich fühle mich schmutzig. Zu verdreckt, um meine schmuddeligen Finger in die Schale zu tauchen. Wie es sich wohl anfühlen würde?

»Komm schon, die Schale wird langsam schwer. Du möchtest doch wohl nicht, dass ich einen Krampf im Handgelenk bekomme, oder?«

Um Himmels willen, nein! Ich bin entsetzt. Das hat sie nicht verdient. Ich weiß, wie schmerzhaft so etwas ist. Meine Finger schnellen vor, grapschen nach dem erstbesten Bonbon, das sie erwischen können, und ziehen sich eilends wieder zurück.

»Nun iss es, dann fangen wir an.«

Wieder gehorche ich, pelle die verheißungsvolle Delikatesse aus dem rot-goldenen Papier, das Wasser läuft mir fast schmerzlich im Mund zusammen. Dann stopfe ich sie mir in den Mund. Innerhalb kürzester Zeit explodiert ein Feuerwerk in meinem Gaumen, so etwas Köstliches habe ich noch nie geschmeckt. Ich will, dass es nie wieder aufhört. Überhaupt möchte ich nie wieder fort von hier.

»Also gut. Jetzt schau mich an.«

Der Singsang ihrer lieblichen Stimme hüllt mich ein, lässt mich langsam daran glauben. Glauben, dass mich niemand fortreißen wird. Glauben, dass ich diesmal wirklich das große Los gezogen habe. Glauben, dass sich mein Schicksal wendet …

Ich hebe den Kopf und schaue ihr das erste Mal direkt ins Gesicht. Sanfte blaue Augen strahlen mich gutmütig an. »Na siehst du, so schlimm ist es doch nicht, oder?«

Schlimm? Beim Herrn und allen Heiligen, es ist alles außer schlimm! Sie ist eine Göttin, so schön, so gutmütig, so sanft. Anders kann ich mir das alles hier nicht erklären. *Bin ich etwa … tot?*

Nein, ich spüre noch die Schläge am ganzen Leib. Und der Pfarrer sagt, dass man im Himmel keine Schmerzen mehr leiden muss. Ich nicke, schmecke noch immer die exquisite Süße in meinem Mund. Doch soeben habe ich etwas noch Wundervolleres entdeckt. Etwas, das man nicht schmecken kann, nur fühlen: Mir gegenüber sitzt ein Engel. Alles um sie herum strahlt: die Wände, die Möbel, die Gardinen, die sanft in der Nachmittagsbrise wehen. Sogar ihre Kleidung ist blendend weiß wie das Fell eines flauschigen Kaninchens.

Wie im Bann setze ich mich vorsichtig neben sie auf das cremefarbene Sofa, in dem ich wie in einer weichen Wolke versinke. Unvermittelt packt mich das unwiderstehliche Verlangen, mich in ihre Arme zu kuscheln, sie nie wieder zu verlassen. Hoffnung keimt in mir auf. Ich stinke, aber sie hat mich nicht fortgeschickt; ich bin hässlich und doch lädt sie mich ein, mich zu ihr zu setzen; ich bin eine Niete, aber sie bleibt sanft und lächelt ihr bezaubernd rotes Lächeln. Rot wie das Papier des Bonbons, das mir solchen Genuss verschafft, rot wie ihre Fingernägel. Sie ist so wunderschön, so weich, so gut …

»Mein Name ist Lilly, ich bin deine Logopädin. Du wirst ab sofort zweimal die Woche zu mir kommen.«

Hätte mir jemand einen Lottogewinn angekündigt, ich hätte nicht seliger sein können. Zweimal die Woche? Ich kann mein Glück kaum fassen. Sie meint sicher zweimal die Woche arbeiten, ich höre nur: zweimal die Woche Flausch, zweimal die Woche Licht, zweimal die Woche Gaumenlust.

Lilly, Lilly, Lilly. So heißt doch kein Mensch. Ich bin mir sicher, bei einem überirdischen Lebewesen zu sitzen.

Das göttliche Elixier schmilzt langsam auf meiner Zunge. Ich will es nicht gehen lassen, es behalten. Was auch immer ich jemals für Signora Valentino empfunden habe, es kann keine Liebe gewesen sein. Denn das, was ich jetzt empfinde, ist so stark, dass es keine Steigerung mehr geben kann. Nie mehr.

Ja, ich liebe dieses engelhafte Wesen … Sie gehört mir. Ich will für immer bei ihr bleiben, wünsche mir nichts sehnlicher, als dass sie mich auch liebt …

KAPITEL 19 – DER NEBEL VON MALCESINE

Malcesine, Gardasee, Ostküste, Ostersonntag, 21. April – 3.18 Uhr

In die liebliche Stille der lauen Nacht getaucht, liegt die Perle des Gardasees, wie man Malcesine zu nennen pflegt, im tiefen Schlaf der Unwissenden versunken, nicht ahnend, dass all die Ruhe und Schönheit nur Trug ist. Über dem sonst so belebten Örtchen mit seinen niedlichen Souvenirgeschäften, gemütlichen Eisdielen und den engen, kopfsteingepflasterten, hübschen Gässchen der verträumten Altstadt schwebt eine unheimliche Stille. Nicht mal das Flattern eines Wimpels an den Masten der Jollen, die im idyllischen Hafen vertäut friedlich den folgenden Tag abwarten, ist zu vernehmen. Den Tag, an dem die aufgehende Sonne das Zwielicht des Morgengrauens und mit ihm die Ängste, Schreie, Schmerzen und Albträume der Nacht wieder verscheuchen wird. Den Tag, an dem Zwergtaucher, Kormorane und Blesshühner zu neuem Tatendrang erwachen und sich lebensfroh in die Lüfte erheben werden. Den Tag, an dem das Wechselspiel von kühler Bergluft und einer milden mediterranen Brise aus dem Süden aufs Neue für die willkommenen, erfrischenden Winde sorgen wird …

Doch es ist Nacht. Und Malcesine schläft den Schlaf der Guten und Gerechten, den Schlaf der Blinden und Tauben.

Denn ja, durch die Nebeldecke, die sich wie ein schützender Mantel über den Hafen und die malerische Altstadt gelegt hat und die Scaligerburg wie ein Märchenschloss wirken lässt, das aus dem Dunst auferstanden ist, sieht und hört es nicht die unschönen Dinge, die sich gerade zwischen seinen Mauern abspielen. An der lachsroten Wand des Hotels San Marco, dort, wo die Gedenktafel angebracht wurde, um einen der größten Dichter und Schriftsteller aller Zeiten zu ehren, wird die Geschichte der Stadt gerade neu geschrieben. Eine dunkle Geschichte von einer düsteren Gestalt im Neoprenanzug mit eng anliegender Kapuze, die einen sperrigen schwarzen Kleidersack auf der rechten Schulter schleppt, um ihn direkt unter besagter Widmung abzulegen, als wollte sie dem bereits lang verstorbenen Künstler eine Opfergabe darbringen. Diese Gestalt bin ich.

Mein unterdrücktes Keuchen, das von den dicht beieinanderstehenden Mauern des Vicolo Cieco di Mezzo widerhallt, klingt unheimlich. Unwillkürlich huscht ein hässliches Grinsen über mein verzerrtes Gesicht. Es ist wieder mal so weit, der Augenblick des höchsten Genusses ist da … Es ist nicht mein Geburtstag, Gott behüte, er wäre wahrlich kein Grund zum Feiern. Auch ist es nicht Weihnachten. Noch nie durfte es für mich etwas bedeuten. Nein, es ist der Tag der »Perle des Gardasees«. Nicht Malcesine, nein, sondern meiner köstlichen roten Perle der Erfüllung …

Ein letzter Blick hinter mich zum Hafen und die enge Gasse hinauf, die rechts am Hotel San Marco vorbei in Richtung Altstadt verläuft. Alles ist still. Nur die Straßenlaternen spenden ein fahles Licht, das durch die dicke Nebelschicht abgestumpft und gespenstisch wirkt. Auf der

Stelle mache ich mich an die Arbeit, öffne behutsam, fast liebevoll den Reißverschluss, schiebe die Plastikhülle beiseite und hole den gekrümmten Inhalt heraus. Ein ehemaliges Lebewesen. Ich kichere vor mich hin. Du hast bekommen, was du verdient hast. Mit Genugtuung betrachte ich das Werk, das ich geschaffen habe. Ein Kunstwerk, wie ich finde. Die wundervollen Nähte, die ich gleichmäßig durch das Fleisch gezogen habe, Stich für Stich. Kein Gekreische, keine Proteste mehr. Du willst nicht lernen? Also musst du gehen. Im Leben ist kein Platz für Mittelmäßigkeit …

Es stimmt: Du warst schön. Du warst die Schönste, alle wollten sie dich. Aber es war Irrsinn. Ja genau. Du hast richtig gehört: Irrsinn! Denn sie sahen nur deine Hülle. Die langen braunen Haare, das liebliche Gesicht, das Funkeln deiner Augen. Ach, und dieser Mund. Hm, dieser Mund. Dieses tückische Ding, aus dem nur Abscheuliches gekommen ist. Denn in Wahrheit bist du einfach nur schlecht. Du lügst! Du bist dieser Schönheit nicht würdig. Die Worte, die aus dir heraussprudeln, sind der Herrlichkeit deiner Lippen nicht würdig …

So, jetzt setz dich gefälligst richtig hin. Ja, hopp, den Kopf nach oben gedreht, voller Demut. Schau, da steht es: *Goethe hat hier übernachtet.* Sei dir dieser Ehre bewusst. Auch du wirst hier den ewigen Schlaf finden. Ach nein? Sie werden dich wegholen? Oh, wie schade. Daran ist die Polizistin schuld, nicht ich. Ich nicke bestimmt, und ein selbstgefälliges Grinsen legt sich auf mein Gesicht.

Als Nächstes winkle ich deine Beine an, streichle ein letztes Mal über die nackten Füße. Nie wieder werden sie einen flauschigen Teppich berühren, hörst du? Ich nehme die rechte Hand und positioniere sie in einer unnatürlichen Stellung. Aua, aua, armes Handgelenk, ist gebrochen, das tut weh? Und erst die Finger … Welche Finger? Oh, richtig, da fehlen ja drei … Zum Glück brauchst du sie jetzt nicht mehr. Ich habe sie behalten, gut vergraben. In meinem Garten der Sonderbarkeiten haben sie einen Ehrenplatz bekommen, das sollst du wissen.

Gedankenversunken hole ich die Gänsefeder aus meiner Jackentasche, lege sie behutsam in deine geschundene Hand. Eine kleine Nachricht. Wird sie die verstehen? Nein, die große »Berühmtheit« ist sicher zu sehr mit sich selbst beschäftigt, um zu begreifen. Schert sich nicht darum, was andere sagen wollen oder empfinden. Weder mit Zeichen noch mit Worten. Hält sich für etwas Besonderes, war sogar schon im Fernsehen. Pah, na und?

Nur ihre Kleine, die erinnert mich an … Ich seufze. Will sie für mich. Seit ich gelernt habe, mich einfach zu bedienen, bekomme ich auch immer, was ich will. Aber noch ist das Spiel im Gange. Es ist erquicklich, ich fühle mich lebendig, wichtig, einmalig … Wann wird sie es erkennen?

Erneut zaubere ich einen kleinen Gegenstand aus meiner Jackentasche hervor, schaue ihn im Mondlicht lange an, drehe und wende ihn. Ein Ritual, das so befriedigend ist wie feuriger Sex. Nein, falsch. Es ist sogar noch befriedigender … Vorsichtig schiebe ich mit dem Daumen die Kapsel ab und drehe das weiche Rot langsam nach oben, bis es wie ein Turm herausragt. Ein roter Turm. Nein, ein rotes Bonbon, hm. Ich rieche daran. Erdbeeraroma, das liebst du doch auch so, oder? Nein? Ich aber, also hier, nimm es. Los, bediene dich. Herrje, stell dich doch nicht so an. Es wird dich schon nicht beißen. Los, schau nur, wie verlockend es dich anstrahlt, wie köstlich es riecht. Du willst nicht? Also gut, dann muss ich eben etwas nachhelfen.

Ich beuge mich über den leblosen Körper und ziehe die Lippen mit dem knallroten Balsam nach, langsam, sinnlich. Sooo … Oh, du siehst aber komisch aus. Ein unwiderstehlicher Drang zu lachen steigt in meiner Kehle auf, schadenfroh, höhnisch, doch ich unterdrücke ihn, beuge mich noch weiter vor und hauche einen Kuss auf deinen malträtierten Mund. Für einen Moment verharre ich so. Jetzt weißt du, wie es ist, hässlich zu sein. Jetzt weißt du, wie es ist, nicht geliebt zu werden. Jetzt weißt du, wie es ist, wenn sich alle angewidert von dir abwenden. Jetzt können sie dein wahres Ich sehen, deine Unvollkommenheit, deine Hässlichkeit und deine Boshaftigkeit.

Genüsslich schließe ich die Augen und lecke über meine Lippen. Im Inneren spüre ich sie wieder, diese unwiderstehliche Erregung, die von mir Besitz ergreift. Ein Verlangen, das mich fast von innen heraus zerreißt. Meine Hand fährt an meiner Hose entlang, sucht in der Tasche nach dem Objekt meiner Lust. Ich ergreife es, hole es heraus. Ah, da bist du ja. Leuchtend rot glitzert es im Mondlicht. Genießerisch wickle ich es aus, wie damals, als ich noch unerfahren war, streichle es. Durch die Handschuhe fühlt es sich nicht so gut an, aber ich habe keine Wahl. Bei seinem Anblick schießen mir warme Schauer durch den Körper. Schlimmer, es in meiner Hand zu halten, versetzt mich geradezu in Ekstase. Schau nur hin. Ja, es gehört mir, mir allein, ist ein Teil von mir. Ich brauche deine Erlaubnis nicht mehr. Das Verlangen wird unerträglich. Langsam, fast in Zeitlupe, schiebe ich mir das Objekt meiner Begierde zwischen die Lippen. Wieder und wieder erlebe ich das explosionsartige Feuerwerk an meinem Gaumen, spüre das Wasser, das mir fast schmerzlich im Mund zusammenläuft, empfinde das absolut höchste Entzücken, das ich jemals erlebt habe. Da sitze ich, im Schutze des Nebels von Malcesine, neben der Verräterin, die niemandem mehr Leid zufügen wird, und lutsche an meinem Lieblingsbonbon …

KAPITEL 20 – IM ZEICHEN DES DÄMONS

Bornico, Gardone Riviera, Gardasee, Westküste, Ostermontag, 22. April – 05.02 Uhr

Nach einer Nacht, in der sie kaum Schlaf gefunden hatte, gab Ricarda gegen fünf Uhr morgens den Kampf auf und pellte sich resigniert aus den Laken. Sie fühlte sich wie gerädert. Seufzend schlüpfte sie in ihren Morgenmantel und tapste in die Küche, wo sie sich erst einmal einen starken Kaffee aufbrühte. Noch immer mehr Zombie als Mensch, begab sie sich mit der dampfenden Tasse auf die Terrasse.

Vom morgendlichen Vogelgezwitscher umwoben, versetzte sie der friedliche Anblick des aalglatten Sees, in dem sich der hoheitliche Monte Baldo wie ein eitler Gott spiegelte, umgehend in bessere Laune. Hier und da bildeten sich kleine vibrierende Ringe auf seiner Oberfläche, dort, wo Barsche, Hechte oder Lavarets gerade nach einer Mücke geschnappt hatten. Gemächlich wippte die Boje auf dem Wasser, und nichts mehr erinnerte an das grässliche Gewitter.

Wie kleine kichernde Kobolde schlichen sich jedoch die Erinnerungen an den letzten Abend in Ricardas Bewusstsein, spielten mit ihr Versteck, lugten unvorhergesehen hinter anderen Gedanken hervor, dort, wo Ricarda sie eigentlich nicht erwartet hätte, und zeigten ihr mal hier, mal da bezaubernde Bilder von einem romantischen Restaurant, einem charmanten Lächeln oder einem tiefgründigen Blick. Fast verschlug es ihr wieder den Atem, wenn diese Reminiszenzen unvermutet vor ihrem inneren Auge auftauchten. *Nein*, grummelte es in ihr. *Weg mit euch.* Mit einem wehmütigen Kopfschütteln versuchte sie, sich zu konzentrieren, um sich auf den kommenden Tag vorzubereiten.

Zunächst einmal würde sie Bianca Bescheid geben müssen, dass ihre Babysitter-Dienste nicht mehr gebraucht wurden. Mit einem mulmigen Gefühl spähte sie zum Nachbarhaus hinüber. Sie war unsicher, wie Bianca die Nachricht aufnehmen würde, wollte es aber so schnell wie möglich hinter sich bringen, um sich von dieser Last zu befreien. Doch dort regte sich nichts. Ob Bianca entgegen ihrer sonstigen Gewohnheiten noch schlief? Jetzt erinnerte Ricarda sich auch wieder daran, dass sie mitten in der Nacht gehört hatte, wie ein Wagen die Auffahrt hinaufgekommen war und vor Biancas Haus geparkt hatte. Im Halbschlaf hatte Ricarda sich gefragt, wer ihre Nachbarin wohl um diese Uhrzeit besuchen mochte. Sie konnte sich nur schwer vorstellen, dass die schrullige und wenig anziehende Bianca zu später Stunde amourösen Abenteuern nachging.

Jedenfalls war Ricarda heilfroh, dass sie ihre Tochter dieser Frau nicht mehr anvertrauen musste. Auch wenn es ihr leidtat, dass Bianca so eine scheußliche Kindheit gehabt hatte – in der wahrscheinlich auch die Eigenheiten der Erwachsenen wurzelten –, so jagte ihr der Gedanke, die vielen sonderbaren Macken der Frau könnten einen schlechten Einfluss auf ihre Mia haben, einen Schauer über den Rücken. Je mehr sie darüber nachdachte, desto mehr kam sie zu der Überzeugung, dass Marco wirklich die bessere Wahl darstellte. Vielleicht würde seine positive Art ja ein wenig auf Mia abfärben?

Als hätten ihn Ricardas Gedanken herbeigezogen, stand Marco pünktlich um sieben Uhr vor der Tür. Er hatte seinen Laptop dabei und ein breites Lächeln im Gesicht, strahlte eine Aura der Frische und Vitalität aus, die Ricarda nur bewundern konnte. *Wie macht er das nur?*, fragte sie sich. *Wir sind doch vom gleichen Jahrgang, oder?*

»Alles klar?«, flüsterte er. »Mia schläft sicher noch?«

Ricarda nickte. Sie lächelten sich an. »Ja, alles in Ordnung. Kommen Sie doch herein. Es ist noch Kaffee da. Bedienen Sie sich einfach«, sagte Ricarda und trat zur Seite. »Fühlen Sie sich ganz wie zu Hause.«

»Wunderbar, danke …« Marco zögerte. »Ricarda?«

»Hm?«

Er trat ein wenig näher an sie heran und legte seine Hand sanft auf ihren Arm. Die Berührung sandte wohlige Wellen durch Ricardas Inneres.

»Liegt es an Mia?«, raunte er.

»Ja, auch, aber nicht nur«, antwortete sie in dem Versuch, Klarheit über die Verwirrung, die in ihr tobte, zu gewinnen. »Ich fühle mich einfach noch zu … zu verletzlich.«

»Natürlich, verstehe«, sagte er und lächelte wohlwollend.

»Ich … ähm … ich muss jetzt wirklich los. *Ciao*, Marco, bis später.« Geschäftig schob sie sich an ihm vorbei.

»*Ciao*, Ricarda«, kam es sanft zurück.

Ricarda hielt inne, wandte sich noch einmal zu ihm um und schaute ihn einen langen Moment an. Dann machte sie sich mit gemischten Gefühlen auf den Weg. Ihr neues Ich, das vorsichtige, fast gehemmte, gefiel ihr gar nicht, aber sie wusste auch nicht, wie sie über ihren eigenen Schatten springen sollte.

Als sie vor Biancas Gartentor ankam und auf den Klingelknopf drückte, hatte das nagende Bewusstsein der unangenehmen Aufgabe, die ihr bevorstand, die Spannung, die zwischen ihr und Marco herrschte, erfolgreich aus ihren Gedanken verdrängt. *Lächerlich*, schalt sich Ricarda. *Du tust ja fast so, als wäre Bianca ein Ungeheuer.* Wieso fiel es ihr nur so schwer, der Nachbarin die Absage zu überbringen?

Wie gewohnt wurde die Tür fast auf Anhieb geöffnet, was Ricarda aus ihren Grübeleien riss.

»*Buongiorno*, Ricarda«, begrüßte Bianca sie. Falls sie tatsächlich noch spätnachts Besuch empfangen hatte, sah man ihr den Schlafmangel jedenfalls nicht an. »Wo ist denn Mia?« Neugierig spähte sie hinter sie.

»Ich habe eine gute Nachricht, Bianca«, setzte Ricarda betont fröhlich an. »Jemand anderes hat angeboten, auf Mia aufzupassen. So musst du dir keine zusätzliche Arbeit mehr mit ihr aufhalsen. Nochmals vielen Dank für alles.«

»Ich habe dir doch gesagt, dass es mir nichts ausmacht«, entgegnete Bianca. Es klang gekränkt.

»Schon, aber ich hatte doch den Eindruck, dass du Mühe –«

»Gut, wie du meinst. Schönen Tag.« Mit einem lauten Knall fiel die Tür ins Schloss, so heftig, dass Ricarda unwillkürlich zusammenzuckte.

Sie schüttelte den Kopf, einmal mehr verblüfft über Biancas mangelnde soziale Kompetenzen. Doch es war, als hätte sich eine schwere Last von ihren Schultern gelöst. Erleichtert fuhr sie ins Präsidium.

»Na, hattest du einen angenehmen Abend?«, neckte Andrea sie, als er sie sah.

»Ja, sehr angenehm«, antwortete Ricarda, darum bemüht, gleichgültig zu wirken.

»Soso«, entgegnete Andrea grinsend und hob vielsagend die Augenbrauen. »Sehr angenehm also ...«

»Wenn du es genau wissen willst: Wir waren im Da Nikolas in Malcesine. Kennst du das?«

»Wer kennt es nicht?« Andrea schien beeindruckt. »Eine gute Wahl. Aber ganz schön weit.«

»Wir hatten ein Boot.«

»Oh, *signorina la principessa*«, frotzelte er und grinste. Jetzt musste auch Ricarda lächeln. »Neidhammel«, konterte sie.

Er zwinkerte ihr vergnügt zu, und sein Grinsen wurde noch eine Spur breiter. Gleich darauf klatschte er jedoch energisch in die Hände, um die Aufmerksamkeit der versammelten Teammitglieder einzufordern. »Also gut«, fing er an, als das leise Murmeln verstummt war. »Punkt Nummer eins auf der Tagesordnung –«

Ricardas Telefon klingelte. Sie schaute aufs Display. *Antonio?!* Hatte er vielleicht etwas Neues entdeckt? »Entschuldige bitte, es wird nicht lange dauern, und es könnte durchaus von Wichtigkeit für uns sein«, raunte sie Andrea zu.

»Keine Sorge, wir warten auf dich.«

Rasch verließ sie den Raum und nahm das Gespräch entgegen. »Antonio?«

»*Buongiorno*, Ricarda«, antwortete er. Etwas in seiner Stimme ließ sie aufhorchen.

»*Buongiorno*, Antonio. Wie geht es dir?«

»Gut, und dir? Hattest du gestern einen angenehmen

Abend?« Es klang, als würde er mit zusammengepressten Lippen sprechen.

»Äh … ja, den hatte ich«, antwortete sie verwirrt. »Warum?« Hatte er zuvor im Präsidium angerufen und mit ihrem Bruder gesprochen? War Andrea vielleicht zu redselig gewesen?

»Nur so.«

»Rufst du mich nur an, um dich nach meinem Wohlbefinden zu erkundigen?«, stieß sie ungläubig aus.

»Ja, darf ich das denn nicht? Ich habe dir doch gesagt, dass ich mich um dich sorge.«

O nein, nicht auch das noch, dachte Ricarda beklommen und schloss kurz die Augen, atmete tief durch. *Geht das jetzt wieder los?* Alte Erinnerungen, die sie verdrängt hatte, wurden wieder wach. Die ständigen Anrufe, die zahllosen Textnachrichten, die wehleidigen, schmachtenden Blicke, die endlosen Gespräche, in denen sie versucht hatte, ihn zur Vernunft zu bringen. War es nicht auch ein bisschen das gewesen, was zu ihrem Zusammenbruch beigetragen hatte? Sie schüttelte den Gedanken wieder ab, fragte sich, ob das neuerliche Wiedersehen vielleicht alte Gefühle in ihm geweckt hatte …

»Das ist wirklich lieb von dir, Antonio. Mach dir aber bitte keine Sorgen, ja? Ich bin nie allein, und es gibt keinen Grund, gleich das Schlimmste zu befürchten –«

»Auch nicht nachts?«

»Wie bitte?«

»Du sagst, du seist nie allein«, keuchte er in den Hörer.

Fassungslos hielt Ricarda die Luft an. »Das … das geht dich eigentlich nichts an.«

Stöhnen. »Das weiß ich doch, es ist nur … Ich weiß, dass du mit Mia allein bist, und unter den gegebenen Umständen macht mich das ganz hibbelig.«

»Das bin ich nicht. Ich habe einen Freund«, log sie instinktiv. *Wenn es doch nur so wäre*, dachte sie betrübt, und wieder einmal kam ihr Marco in den Sinn. Plötzlich sehnte sie sich nach ihm.

»Oh.«

»Es tut mir leid, aber ich war davon überzeugt, dass ich dir gegenüber mehr als eindeutig gewesen bin. Zwischen uns kann und wird es nichts geben ...«

»Ist ja schon gut, du missverstehst mich.«

»Hör zu: Wie du weißt, stecke ich mitten in der Aufklärung einer Mordserie. Du hast mich gerade aus einer wichtigen Besprechung gerissen, und das Team wartet auf mich, nur weil du wissen wolltest, ob ich einen schönen Abend verbracht habe.« Warum machte sie das nur so wütend? Irgendetwas störte sie. Ein unangenehmes Kribbeln kroch ihr die Wirbelsäule entlang.

»Warum bist du dann überhaupt drangegangen?«, verteidigte Antonio sich. »Ich hätte doch auch einfach eine Nachricht hinterlassen können.«

»Weil ich dachte, es sei vielleicht wichtig und hänge mit dem Fall zusammen«, entgegnete sie gepresst.

»Kein Problem. Das nächste Mal nimm halt einfach nicht ab«, schnauzte er zurück. »*Ciao!*«

»*Ciao*, Ant–« Er hatte bereits aufgelegt. Ricarda seufzte, kehrte jedoch schleunigst zu ihren Kollegen zurück.

»Alles in Ordnung? Du siehst so blass um die Nase aus«, wollte Andrea wissen.

»Jaja, nichts Erwähnenswertes.«

»Also gut, wo waren wir stehen geblieben? Ach ja, die Tagesordnung –«

Wieder läutete ein Telefon, diesmal das von Andrea.

»Pronto«, rief Andrea leicht unwirsch. Sicher hatte er

darum gebeten, nicht gestört zu werden. Wie ein schleichendes Gift kroch eine dunkle Vorahnung in Ricarda empor: Irgendetwas musste geschehen sein …

»Hm … Hm … Hm … Scheiße! Hm …« Er stellte auf Lautsprecher. »Wo?«

»In Malcesine, am Hotel San Marco«, drang es aus dem Gerät.

Wie vom Donner gerührt starrte Ricarda das blinkende Telefon an, als würde gleich ein Geist wie aus Aladins Wunderlampe daraus emporsteigen. In Malcesine? Sollte das ein Witz sein? Und noch dazu nur wenige Meter entfernt von dem Restaurant, wo sie am Abend zuvor gegessen hatten. Ein Zufall? Nein, so viele Zufälle konnte es einfach nicht geben. Ein kalter Schauer lief ihr den Rücken hinab.

»Irgendwelche Besonderheiten?«, fragte Andrea mehr der Form halber und schenkte Ricarda einen betrübten Blick. *Natürlich*, dachte sie, *zugenähter Mund, abgehackte Finger …*

»Allerdings«, kam es prompt aus dem Apparat. »Der Mund des Opfers wurde furchtbar zugerichtet und rot angemalt.«

Andrea wischte sich mit der Hand über die Augen, stöhnte leise. Es war also so weit … »Lassen Sie mich raten: Er wurde mit einer grünen Schnur zugenäht?«

»Genau«, sagte der Polizist auf der anderen Seite der Leitung verblüfft. »Was hat das zu bedeuten?«

»Ist in der Nähe irgendwo ein Denkmal?«, überging Andrea die Frage.

»Nein«, kam zögerlich die Antwort.

Überrascht schauten Ricarda und Andrea sich an.

»Aber sie sitzt direkt unter einer Gedenktafel für Goethe. Meinen Sie so etwas?«

Ricarda schloss kurz die Augen, Andrea stöhnte leise.
»Wer ist vor Ort?«, fragte er um Fassung bemüht.
»Die Spurensicherung sowie Einheiten aus Malcesine und Verona.«
Ach ja, richtig, dachte Ricarda. *Das wird die Sache zusätzlich erschweren, da das Ostufer nicht mehr zum Bezirk Brescia gehört sondern zu Verona und somit außerhalb von Andreas Zuständigkeitsbereich liegt.*
»Also gut«, sagte Andrea. »Es handelt sich hier eindeutig um einen Serienmörder, verstehen Sie? Einen Se-ri-en-mör-der. Das ist bereits sein viertes Opfer. Hören Sie, ich werde mit der zuständigen Profilerin in etwa einer Stunde bei Ihnen sein. Sorgen Sie bitte dafür, dass so lange niemand etwas anrührt. Ist das möglich? Die Fotos können natürlich schon gemacht werden.«
Lautes Rascheln, als ob jemand die Hand vor die Muschel hielte, dann drang ein gedämpftes »Haaalt!« aus dem Hörer. »Alle zurückrufen! Wir warten auf die zuständige Mannschaft aus Salò ...«
»Und – hören Sie mich?«, rief Andrea in den Apparat. Sein Kopf war vor Aufregung knallrot. »Halten Sie um Himmels willen die Paparazzi fern.«
»In Ordnung.«
»Das ist überaus wichtig.«
»D'accordo«, kam erneut die Bestätigung.
Andrea knallte den Hörer auf die Gabel und schaute in betretene Gesichter. Es war erst früh am Morgen, und er schwitzte bereits. *Armer Andrea*, dachte Ricarda. Auch wenn es sicher kaum noch etwas gab, das ihn als langjährigen Kriminalbeamten schockieren konnte, so brachte ein Serienmörder auch die erfahrensten Ermittler an ihre Grenzen. Das wusste Ricarda nur zu gut. Die Verantwor-

tung, die plötzlich auf ihm lastete, schien ihn schier zu erdrücken. In Ricardas Fingerspitzen kribbelte es. *Ich kriege dich*, schwor sie sich. *Wer auch immer du bist, wie sicher du dich auch fühlen magst, ich werde dir das Handwerk legen …*

Andrea schnippte mit den Fingern und zeigte auf die Polizistin, die ihm den Anruf mit der Hiobsbotschaft angekündigt und übermittelt hatte.

»Lassen Sie auf schnellstem Weg ein Boot der Carabinieri kommen.« Die Angesprochene nickte und verließ betriebsam den Raum.

»Jeder weiß, was er zu tun hat?«, fragte Andrea in die Runde.

»Ja, Chef«, kam es wie aus einem Mund.

»Ricarda, da du dich mit Serienmorden weitaus besser auskennst als ich, würde ich dir ab sofort gern freie Hand lassen. Bist du damit einverstanden?«

»Ja natürlich. Allerdings bräuchte ich jetzt vielleicht doch eine Waffe«, gab Ricarda zu bedenken.

»Selbstverständlich.« Andrea gab Nicolò ein Zeichen.

»Wird umgehend erledigt«, sagte dieser und sprintete los.

Ricarda schaute auf ihre Armbanduhr. »Es ist jetzt 8.30 Uhr. Um zehn werden wir schätzungsweise vor Ort sein …« In ihrem Kopf rechnete sie nach. »Trommel die Verantwortlichen aller Einheiten rund um den Gardasee für eine Krisensitzung um elf Uhr zusammen. Ich werde bis dahin ein komplettes Täterprofil erstellen.«

»Kannst du das denn schon?«

Ricarda wiegte unschlüssig den Kopf hin und her. »Ich habe keine Wahl, wir müssen jetzt den Turbo einschalten.« Eindringlich schaute sie Camilla, Leonardo, Fiona und die anderen an. »Alles klar?«

Sie nickten.

»Dann mal los.«

Auf Ricardas Kommando hin liefen alle an ihren Arbeitsplatz. Unterdessen hatte Nicolò ihr eine Beretta 96 samt Gürtelholster und doppelreihigem Magazin besorgt. Ricarda unterzeichnete das Aushändigungsformular und schnallte sich die Waffe um.

»Die Carabinieri sind da«, teilte Camilla ihnen mit.

Einen Augenblick hielten Andrea und Ricarda inne, sahen sich an. Die Jagd hatte begonnen. Die Jagd auf ein Monster, das mit Sicherheit noch öfter zuschlagen würde. Die Jagd auf einen kranken Menschen, der es sich anscheinend zum Ziel gesetzt hatte, Ricarda herauszufordern. Warum? Sosehr sie auch versuchte, diese Frage zu beantworten, sie konnte sich keinen Grund vorstellen. Sie nickten sich zu und machten sich auf den Weg.

Draußen stand ein Streifenwagen bereit, um sie zur Anlegestelle zu bringen, wo das Polizeiboot sanft auf den Wellen schaukelte. Abermals war Ricarda von der Diskrepanz der glitzernden Schönheit des Sees und der grausamen Realität an seinen Ufern beeindruckt.

Kaum waren sie an Bord, da setzte das Boot auch schon ab und peitschte in atemberaubender Geschwindigkeit davon. *Goethe*, dachte Ricarda, während ihr die kühle Gischt ins Gesicht spritzte. Auch er war auf dem Wasserweg nach Malcesine gekommen, damals auf seiner »italienischen Reise«. Spontan schaute sie zu Nicolò hinüber, der ihre Gedanken wohl erraten hatte und sich ein Schmunzeln zu verkneifen schien.

»Erzählen Sie endlich«, forderte Ricarda ihn auf. »Sie platzen ja fast vor Lust, es loszuwerden. Was wissen Sie über Goethe und seine Italienreise?«

Andrea lachte.

»Nun, da Sie mich so freundlich darum bitten«, legte Nicolò los. »Nachdem Goethe frühmorgens mit zwei Ruderern von Torbole aufgebrochen war, hat der starke Gegenwind die kleine Mannschaft bewogen, einen ungeplanten Zwischenstopp in dem malerischen Örtchen einzulegen. Diese Gelegenheit hat der vielseitig talentierte deutsche Dichter genutzt, um eine Zeichnung der Scaligerburg anzufertigen, was ihm prompt den Vorwurf eingebracht hat, im Auftrag der Österreicher die Verteidigungsanlagen auszuspionieren. Nur seiner rhetorischen Begabung und einem Fürsprecher – dem Freund eines Bekannten – hatte es der Künstler zu verdanken, dass sein Aufenthalt in Malcesine nicht im Kerker endete.«

»Sie sind einfach unglaublich«, lobte Ricarda ihn und nickte anerkennend. »Woher wissen Sie das alles?«

»Ich habe schon immer eine Schwäche für Geschichte gehabt«, antwortete er achselzuckend.

Nach einer im Vergleich zum Vorabend kurzen Überfahrt erreichten sie Malcesine. Schon aus der Ferne konnte Ricarda die Veränderung erkennen, die mit dem sonst so friedlichen Städtchen vor sich gegangen war. Dort, wo um diese Uhrzeit normalerweise Einheimische wie Touristen auf den Terrassen der Cafés hockten, um im Schatten der altehrwürdigen Gebäude zu frühstücken, während sich die kleinen Schaluppen im winzigen Hafenbecken harmonisch vom Wasser hin und her schaukeln ließen, schrie ihnen jetzt das reinste Chaos entgegen: Rund um das Hafengelände waren Absperrbänder gezogen worden, die grellgelb in der Morgenbrise wippten. Unzählige Polizisten hatten den Platz umstellt, um ihn vor neugierigen Gaffern abzuschirmen, die aus dem ganzen Ort zusammengelaufen sein mussten, so groß war das Gedränge in den umliegenden Gassen. Wie das Brummen eines gigantischen Hornissennests hallte der Geräuschpegel der aufgeregt Durcheinanderredenden übers Wasser bis zu ihnen herüber. Die Anwohner beugten sich weit aus ihren Fenstern, um sich auch ja nichts von dem faszinierenden Spektakel entgehen zu lassen. Auf der Terrasse des Hotels San Marco wartete die Spurensicherung ungeduldig darauf, dass sie endlich mit ihrer Arbeit beginnen durfte. Und natürlich wimmelte es bereits von Presseleuten, unter ihnen die ach so liebliche Signora Tiziana Franco.

Bei ihrem Anblick stöhnte Ricarda. Ekel stieg in ihr auf, wenn sie daran dachte, wie diese Paparazzi sich auf Tod und Elend stürzten, um ihr sensationshungriges Publikum mit möglichst morbiden Details zu füttern, alles unter dem Deckmantel der unantastbaren Pressefreiheit. Wie gierige Schmeißfliegen kamen sie ihr vor, angezogen vom Geruch nach Verwesung.

Das Boot verlangsamte die Fahrt und tuckerte gemächlich bis zur Anlegestelle heran. Noch bevor es vollständig zum Stillstand gekommen war, sprangen Ricarda und Andrea auf den Kai und eilten im Laufschritt zum gegenüberliegenden Hotel. Während des kurzen Sprints knotete sich Ricarda die Haare wie üblich zu einem Dutt zusammen.

»Auf ein Wort, Signora Antonini«, hörte sie das schrille Organ der lästigen Reporterin aus dem allgemeinen Stimmengewirr herausstechen. »Wollen Sie noch immer behaupten, dass das Ganze nichts mit Ihnen zu tun hat?«

Ricarda ignorierte die Ruferin und schritt forsch an der Phalanx aus Journalisten und Fotografen vorbei. Plötzlich fühlte sie sich um ihre Erinnerung an einen wundervollen Abend betrogen. Beklommen schluckte sie die aufsteigende Magensäure hinunter, wappnete sich für das, was unweigerlich auf sie zukam. In ihrem Nacken spürte sie die bohrenden Blicke der Reporter.

Nachdem sie sich ausgewiesen hatten, gingen sie schnurstracks zu den wartenden Beamten der Spurensicherung, um sich dort den Vorschriften entsprechend ausstaffieren zu lassen. Dann brachte Commissario Papetti, der Leiter der Veroneser Mordkommission, sie zu der Toten. Ein Herr in weißer Schutzkleidung trat Ricarda entgegen.

»Enrico Danuzzi«, stellte er sich vor. »Leiter der Spurensicherung Verona.«

»Angenehm. Ricarda Antonini –«

»Jeder hier weiß, wer Sie sind, Signora«, sagte er und neigte leicht den Kopf zum Gruß. Es klang fast ehrfürchtig. »Wir haben auf Sie gewartet. Die Fotos wurden bereits gemacht, aber sonst haben wir nichts angerührt.«

»Wer hat die Leiche gefunden?«, wollte Ricarda wissen.

»Ein Jogger, ein junger Mann namens Giovanni Monti, der sofort die Polizei verständigt hat«, antwortete Danuzzi und hielt eine Asservatentüte hoch, in der sich ein knallroter Papierfetzen befand. »Ich weiß nicht, ob es von Bedeutung ist, aber auf dem Bauch des Opfers haben wir dieses Bonbonpapier gefunden. Laut Monti lag es schon da, als er die junge Frau gefunden hat. Wir haben es sofort vor dem aufkommenden Wind in Sicherheit gebracht.«

Ricarda schaute sich das zerknitterte Stanniol eingehend an. Es handelte sich um die Verpackung eines Rossana-Bonbons. Na, so was, es war ewig her, dass sie so eines gegessen hatte. Sie war sich nicht einmal sicher, ob diese Sorte überhaupt noch hergestellt wurde.

»Es könnte natürlich auch von einer Windböe auf die Leiche geweht worden sein. Sie wissen ja, wie diese Touristen sind, lassen überall ihren Müll rumliegen«, setzte Danuzzi noch hinzu.

»Das würde mich sehr wundern. Ich glaube vielmehr, dass uns der Täter damit etwas sagen will. Es sieht ganz danach aus, dass er sich für sehr viel intelligenter hält als die Polizei und absichtlich Indizien hinterlässt, um uns zu provozieren.«

Nicolò schnaubte leise. »So nach dem Motto: Der süße Tod am Lago di Garda«, warf er lässig ein. Prompt erntete er Ricardas und Andreas strenge Blicke. »Verzeihung, das war wohl unbedacht«, murmelte er betroffen.

Danuzzi nickte und trat beiseite, um sie vorbeizulassen. Nur Andrea und Nicolò folgten ihr in einigem Abstand.

Ricarda blieb in der schmalen Gasse vor der Leiche stehen. Wie ein Scanner peilte sie die Umgebung ab. Sie blickte ringsherum an den hohen Wänden empor, registrierte, was es zu registrieren gab. *Er ist tatsächlich schlau*, dachte sie. *Ja, er glaubt sich schlauer als die Polizei …* Ricarda konzentrierte sich auf das Opfer. Da lag sie, schön und grässlich zugleich. Das knallige Rot ihres Mundes stach aus dem Gesamtbild hervor. Wie Marina Russo in Mailand und Laura Rizzo in Gardone Riviera und die Unbekannte aus Sirmione war sie Mitte bis Ende 20, schlank, brünett. Sie musste einmal sehr hübsch gewesen sein. Ihre starren Augen waren auf die marmorne Gedenktafel an der Mauer des Hotels gerichtet: *Johann von Goethe* übernachtete *in diesem alten Gasthaus des Gemeinwesens unter dem Zeichen des heiligen Markus*, stand dort mit dem Datum des 13. auf 14. Septembers 1786 zu lesen. »L'Aquila Nera« hatte das Hotel damals geheißen, »Der Schwarze Adler«. *Wie passend*, dachte Ricarda und nickte grimmig. Ja, wie ein dunkler Greifvogel über der Beute war der Mörder über seinem ahnungslosen Opfer gekreist, um im geeigneten Moment heimtückisch herabzustoßen und es zur Strecke zu bringen. Aber warum? Womit hatte diese junge Frau die Aufmerksamkeit des Raubvogels auf sich gezogen? Wieder spürte Ricarda diesen unglaublich heftigen Drang des Täters, das Opfer zu bestrafen. Doch es war nicht nur Strafe, was er mit seiner Inszenierung vermitteln wollte, sondern auch … *Wertlosigkeit*, schoss es Ricarda in den Sinn. *Du bist nichts, schau auf zum Meister der Worte und halte den Mund.*

Ein kalter Schauer überlief Ricarda. Sie näherte sich der Toten, wie man sich einem verletzten Tier näherte: vorsichtig, abwägend, auf leisen Sohlen.

»Schau her«, murmelte sie vor sich hin. »Da liegt die Unwürdige. Aber nicht nur sie soll bestraft werden, sondern auch du …« Ricarda schloss für einen Moment die Augen. *Ich? Warum ich? Was hat das zu bedeuten?* »Ja, du!«, flüsterte sie wieder. »Du, die eingebildete Profilerin aus dem Fernsehen. Du wirst mich nicht finden. Du wirst diesen Fall niemals lösen. Letzten Endes bin ich doch gescheiter als du.«

Ricarda bebte innerlich, kam noch ein Stück näher und beugte sich über die Leiche. Auch dieses Opfer war wieder barfuß. Wie bei den anderen waren ihre Beine zur Seite angewinkelt, eine Hand lag im Schoß und die andere seltsam verkrümmt auf dem Steinpflaster. Natürlich würden auch ihr die Finger fehlen, die man zum Schreiben brauchte, daran hatte Ricarda keinen Zweifel. Als sie die Hand vorsichtig anhob, erhielt sie umgehend die Bestätigung für ihre Vermutung. Plötzlich löste sich etwas aus dem malträtierten Körperteil, segelte zu Boden. Das war etwas, das von den vorherigen Morden abwich. Eine Feder!

Ricarda nahm sie auf, betrachtete sie ein paar Sekunden und ließ ihren Fund dann in dem Tütchen verschwinden, das Andrea ihr hinhielt. »Ich habe dir ein Zeichen hinterlassen, denn ich bin sicher, dass du zu dumm bist, um es zu deuten, ja um es überhaupt als solches zu erkennen. Ich liebte sie so sehr, und jetzt hasse ich sie, weil sie mich abgewiesen hat … oder belogen?« Ricarda grübelte. Es könnte auch etwas Verbales gewesen sein. Ein Wortbruch? Abrupt stand sie auf und wandte sich ab.

»Bist du schon fertig?«, fragte Andrea etwas verwundert darüber, dass es so schnell ging.

»Ja«, sagte Ricarda knapp. »Ich habe alles gesehen, was es zu sehen gibt.«

Mit der Hand machte Andrea Danuzzi ein Zeichen, der daraufhin seine Mannschaft zusammentrommelte. Unverzüglich eilten Weißvermummte mit ihren Koffern an ihnen vorbei, als hätten sie wie Sprinter in den Startlöchern gestanden und auf das Signal gewartet. Ricarda ging zum Vordereingang des Hotels und blieb davor stehen. Ihr Blick wanderte von der Gasse, in der die Tote hockte, zu den anderen Sträßchen, die auf den Platz führten, dann hinunter zum Hafen.

»Er oder sie muss die Leiche mit einem Boot hergeschafft haben«, stellte sie fest.

»Warum?«, fragte Nicolò neugierig.

Er weiß ungeheuer viel, dachte Ricarda, *aber beim deduktiven Denken hapert es wohl noch ein wenig.*

»Was meinen *Sie*, warum?«, warf Andrea ein.

Nicolò zog grübelnd die Augenbrauen zusammen. Unerwartet hellte sich seine Miene auf.

»Hier ist eine Fußgängerzone, und es ist unwahrscheinlich, dass der Täter oder die Täterin das Risiko eingegangen wäre, die Leiche mehrere Hundert Meter weit durch die Stadt zu tragen.«

»Na also«, sagte Andrea zufrieden, und Ricarda konnte sich ein Schmunzeln nicht verkneifen. Doch als sie den wohlbeleibten Herrn mit Halbglatze bemerkte, der auf einem Stuhl auf der Hotelterrasse kauerte, wurde sie wieder ernst.

Sein Gesicht war fast so bleich wie das der Leiche, und er schien vollkommen aufgelöst. »*Mamma mia, mamma mia*, was für ein Unglück«, stammelte er unentwegt vor sich hin, schien sich gar nicht mehr zu beruhigen.

»Der Rezeptionist des San Marco«, raunte Andrea ihr zu.

»*Buongiorno, signore*«, wandte Ricarda sich an die bedauernswerte Gestalt. »Ich bin Ricarda Antonini von der Polizei in Brescia. Darf ich Ihnen ein paar Fragen stellen?«

»*Sì, sì*, natürlich«, sagte der Angesprochene und schüttelte den Kopf. »Wie ist das nur möglich?«

»Ich weiß«, sagte Ricarda mitfühlend. »Es ist unvorstellbar. Wie ist Ihr Name, bitte?«

»Diego, Diego Borello«, japste er. »Ich konnte gar nicht hinschauen.«

»Signor Borello, wollen wir nicht reingehen? Wir hätten ein paar Fragen an Sie, und hier draußen versteht man ja kaum sein eigenes Wort.«

Wie benebelt erhob er sich, schritt, sich am Türrahmen abstützend, ins Hotel und schleppte sich hinter den Tresen der Rezeption, als suchte er dahinter Schutz und Trost.

»Signor Borello, haben Sie heute Nacht etwas Ungewöhnliches bemerkt?«, begann Ricarda die Befragung.

»Nein.« Erneut schüttelte er den Kopf. »Wir haben den

Restaurantbetrieb um 23 Uhr geschlossen. Ich hatte zwar Nachtschicht, aber ich habe an der Rezeption ferngesehen, dadurch habe ich nichts gehört. *Dio mio*, wenn ich mir vorstelle, dass währenddessen …« Er erzitterte.

»Vermissen Sie jemanden von den Gästen?«

Erschrocken riss er die Augen auf, dachte einen Moment nach. »Sie glauben …?« Er keuchte.

»Bitte, wir müssen alle Möglichkeiten in Erwägung ziehen.«

»Es ist schwierig, das zu sagen, bei all dem *tumulto*«, gestand er. Der Stress schien Borellos Sinne zu benebeln, es fiel ihm sichtlich schwer, sich zu konzentrieren. Er runzelte angestrengt die Stirn, schüttelte dann jedoch abermals den Kopf. »Tut mir leid, ich weiß es nicht genau …«

»Anders gefragt: Befindet sich unter Ihren Gästen eine junge Frau, die ungefähr vor – sagen wir mal – ein oder zwei Tagen angereist ist und die Sie heute Vormittag noch nicht gesehen haben?«

Wieder krauste er grübelnd die Stirn. Urplötzlich glättete sie sich wieder, und sein Zeigefinger schoss nach oben.

»Ja natürlich, da ist eine junge Signorina, eine sehr hübsche Frau. Warten Sie … ich glaube, sie ist seit gestern hier.« Er nickte, schaute gewichtig von Ricarda zu Andrea und wieder zurück. »Warum? Sie glauben doch nicht etwa …? Das wäre ja furchtbar.«

»Ist sie allein angereist?«, überging Ricarda die Frage.

»Ja«, bestätigte er. »Sie war ganz aufgeregt, weil sie heute einen wichtigen Termin hatte … oder erst morgen? Ich weiß es nicht mehr so genau.«

Volltreffer!, dachte Ricarda und seufzte innerlich.

»Andrea, wir brauchen jemanden von der SpuSi«, sagte

sie und an den Rezeptionisten gewandt: »Dürften wir bitte den Schlüssel zum Zimmer der Dame haben?« Es war eigentlich keine Frage.

»Oh, ich weiß nicht, ob ich dazu berechtigt bin«, wich ihr Gegenüber zurück. »Die Direktion wird es sicher nicht gutheißen, wenn Sie jetzt auch noch in die Privatsphäre der Gäste eindringen, sie vielleicht sogar aus dem Schlaf reißen –«

»Bei diesem Trubel?«, unterbrach Ricarda den Redeschwall.

Er verzog den Mund, wackelte mit dem Kopf hin und her, als würde er etwas abwägen, musste sich schließlich aber eingestehen, dass sie recht hatte. »Ja, glauben Sie denn, sie könnte etwas damit zu tun haben?«

Ricarda seufzte. *Armer Mann*, dachte sie und versuchte, es ihm so schonend wie möglich beizubringen. »Es könnte sich bei ihr um das Opfer handeln …«

Sein Gesicht, das während des Gesprächs annähernd seine normale Tönung zurückgewonnen hatte, wurde erneut kreidebleich. Er wandte sich ans Schlüsselbrett, suchte es ab. Schließlich reichte er Ricarda mit bebenden Händen einen Schlüssel, an dem einer der typischen schweren Metallanhänger baumelte, wie sie in den meisten Hotels verwendet wurden, die noch nicht auf moderne Chipkarten umgestellt hatten. »Das ist ein Universalschlüssel. Ihr Zimmerschlüssel ist nicht da«, krächzte der Mann. »Sie hat die Nummer zehn.«

»Hatte sie Besuch?«, fragte Ricarda.

»Wie? Äh, nein … Ach doch, Moment, gestern hat sie jemand abgeholt.«

»Handelte es sich um einen Mann oder eine Frau?«

»Keine Ahnung, die Person war ziemlich groß und trug

eine tief ins Gesicht gezogene Baseballmütze und darunter eine Brille«

»Wurde sie erwartet?«

»Ja, ich glaube schon.« Nachdenklich fuhr er mit der Hand über das Register, als könne es die Antwort enthalten. »Ja, die junge Frau schien nicht sonderlich überrascht, als sie hinunterkam.« Er zuckte mit den Achseln.

»Was genau hat sie gesagt?«

Er überlegte. »Ein fröhliches *Buongiorno* – etwas in der Art.«

»Um wie viel Uhr war das ungefähr?«

»So gegen 14 Uhr.«

»Haben Sie Signorina Alberto seitdem noch einmal gesehen?«

Er grübelte. »Nein, ich glaube nicht«, sagte er betroffen. »Bei all den Gästen kann man nicht auf jeden Einzelnen ein Auge haben, wissen Sie.«

Ricarda schaute über ihm an die Decke. »Funktioniert die Kamera?«

»Leider nicht«, antwortete er mit schuldbewusster Miene. »Es ist nur eine Attrappe.«

»Bestimmt gibt es Außenkameras«, raunte Andrea ihr zu.

»Zerstört«, erwiderte Ricarda.

»Wie bitte?«

»Die hat der Täter zerstört«, erläuterte sie, denn das war eines der Dinge, die ihr bei der Ankunft auf Anhieb aufgefallen waren, als sie mit ihrem Blick gewohnheitsmäßig die Mauern abgesucht hatte.

Sie ließen den schneeweißen Signor Borello an der Rezeption zurück, stiegen die enge Treppe in den ersten Stock hinauf und schlossen die Tür mit der Nummer zehn auf. Es war ein freundlicher kleiner Raum mit Parkettboden und einem Doppelbett, dessen Überwurf im gleichen geblümten Stoff gehalten war wie die Gardinen. Eine Fenstertür führte auf einen Balkon, von dem aus man einen guten Blick auf den idyllischen Hafen hatte.

Das Bett war unberührt, ansonsten wirkte alles so, als wäre Stefania Alberto eben erst aus dem Zimmer gegangen. Über dem Schreibtischstuhl hing ein Abendkleid, das die junge Frau sich zurechtgelegt hatte, und auf dem Schreibtisch lagen einige bekritzelte Schreibblätter, die aussahen, als hätte sie sich schnell ein paar Ideen für ihren nächsten Roman notiert.

Ricarda schob die Zettel ein Stück beiseite, und darunter kam eine Eintrittskarte für die Buchmesse in Bergamo zum Vorschein. Sie seufzte. Aus der Leiche wurde plötzlich wieder eine Person. Eine junge Frau mit Träumen und Wünschen, Hoffnungen und enttäuschten Erwartungen. Trotz Ricardas jahrelanger Erfahrung empfand sie es immer wieder wie einen Schlag ins Gesicht. *Da sind wir also*, dachte sie, *mittendrin im Grauen …*

»Bei der Zimmerbewohnerin handelt es sich eindeutig um das Opfer«, bestätigte Andrea. »Aber das Zimmer war nicht der Tatort.«

»Hm«, stimmte Ricarda zu.

»Es unterstreicht deine Theorie mit dem Boot«, fügte Andrea hinzu.

Sie nickte. »Ja. Außer er oder sie hätte nicht weit von hier eine Bleibe, was ich für unwahrscheinlich halte. Es braucht Ruhe, um das Ritual durchzuführen, was sicher einige Zeit in Anspruch nimmt.«

»Keine Papiere?«, wandte sie sich an Andrea, der unterdessen den Schrank und den Koffer durchsucht hatte.

»Nein, die muss sie mitgenommen haben, als sie das Hotel verlassen hat.«

Der Dämon der Nacht hatte aufs Neue zugeschlagen, und diesmal konnte Ricarda nicht die Augen vor der Tatsache verschließen, dass der Täter sie persönlich damit ansprechen wollte, aus welchen Gründen auch immer …

KAPITEL 21 – LANGE REDE, KURZER SINN …

Versammlungssaal der Carabinieri, Comando Stazione Malcesine, Via Scuisse, Gardasee, Ostküste, Ostermontag, 22. April – 11 Uhr

Wie selbstverständlich hatte der Kommandant der Carabinieri von Malcesine ihnen einen geräumigen Versammlungssaal zur Verfügung gestellt, der mittlerweile schon brechend voll war. Aus allen Polizeistationen des Gardasees waren Beamte gekommen, um der Krisensitzung beizuwohnen.

Als Ricarda den Saal betrat, verstummten die Anwesenden fast zeitgleich, und alle Blicke richteten sich erwartungsvoll auf sie. Sie räusperte sich, straffte die Schultern. Plötzlich trat ein Beamter ein, reichte ihr einen Umschlag. »Es soll wichtig sein«, raunte er. Sie schielte darauf, erkannte den Stempel der Mailänder Polizei. *Antonio!* Sie stöhnte innerlich. Es musste eben warten …

»*Buongiorno, signore e signori.* Mein Name ist Ricarda Antonini. Ich möchte mich – auch im Namen von Commissario Antonini und dem ganzen Team – bei Ihnen bedanken, dass Sie unserem Aufruf so zahlreich gefolgt sind. Ich muss wohl nicht extra erwähnen, dass alles, was wir hier besprechen, streng vertraulich behandelt werden muss.« Sie legte eine kurze Pause ein. »Wir haben uns heute hier versammelt, weil wir seit gestern mit Sicherheit wissen, dass es sich bei dem Mailänder Opfer, Marina Russo –«, sie zeigte auf die Pinnwand hinter sich, auf der Fotos der Toten befestigt worden waren, »– ebenso wie bei dem Opfer aus Gardone Riviera vor zwei Tagen, Laura Rizzo, der jungen Frau aus Sirmione, deren Identität wir leider noch immer nicht ermitteln konnten, und dem heutigen Opfer, Stefania Alberto, um ein und denselben Täter handelt. Wir haben es also mit einem Serienmörder zu tun.«

Ein leises Raunen ging durch die Reihen der Anwesenden.

»Ich habe mich in meiner Funktion als Profilerin intensiv mit den Morden und der Vorgehensweise des Täters beschäftigt, und es steht leider zu erwarten, dass es nicht bei diesen vier Opfern bleiben wird.« Totenstille lag über dem Saal. Jeder schien die Information für sich allein verarbeiten zu wollen. »Zur Unterstützung haben wir die bekannte Psychologin Elena Puddu, Spezialistin für Gewalttäter, als Beraterin hinzugezogen.« Mit einem Kopfnicken wies Ricarda auf die zierliche Frau, die in einem geblümten Kleid und sorgfältig frisiert zu ihrer Rechten stand. Neben dieser gepflegten Erscheinung kam Ricarda ihr eigenes leicht derangiertes Äußeres erst so richtig zu Bewusstsein; auch die halb durchwachte Nacht hatte unweigerlich Spuren hinterlassen. »Vielen Dank, dass Sie sich so schnell freimachen konnten.«

»Das ist doch selbstverständlich«, wehrte Elena Puddu ab.

Zustimmendes Nicken, ein Hüsteln hier und da, ein Stuhl knarrte. Die Luft im Raum war jetzt schon so dick, dass Ricarda sich fragte, ob genug Sauerstoff für alle vorhanden sein würde.

Erneut setzte sie an. »Um zum Wesentlichen zu kommen: Der zeitliche Abstand zwischen den letzten drei Morden hat sich drastisch verringert. Wir müssen also davon ausgehen, dass sich der Rhythmus noch weiter erhöhen wird. Es könnte einerseits bedeuten, dass der Täter oder die Täterin – nennen wir ihn oder sie im Moment der Einfachheit halber X – an Selbstsicherheit gewinnt, weil er glaubt, dass wir nicht viel in der Hand haben. Es könnte aber auch sein, dass er die Kontrolle verliert und immer öfter zuschlagen muss, um seinen stärker werdenden Trieb zu befriedigen.«

»Es handelt sich also um einen Triebtäter?«, wollte ein älterer Polizist aus der letzten Reihe wissen.

Ricarda nickte, ließ sich ihren Unmut über den Zwischenruf nicht anmerken. »In der Tat. Zu Beginn hatte ich Zweifel, aber jetzt bin ich mir ziemlich sicher. Darauf komme ich aber später noch zu sprechen. Zurück zu den Opfern: Es handelt sich ausschließlich um junge Frauen um die Ende 20, Anfang 30, die nicht aus dieser Gegend stammen. Alle waren sie nebenberuflich als Schriftstellerinnen tätig, die ihre Romane im sogenannten Selfpublishing herausgebracht haben, allerdings recht erfolglos. Wir haben allen Grund zu vermuten, dass sie von einem Literaturagenten – oder jemandem, der sich dafür ausgibt – unter Vorspiegelung falscher Tatsachen hierhergelockt wurden, indem er ihnen einen Vertrag mit einem renommierten Verlag in Aussicht gestellt hat. Wir haben einen Namen und sind dabei, die Daten auszuwerten. Es könnte natürlich auch sein, dass es sich lediglich um eine falsche Identität handelt. Ferner haben wir bei fast allen Opfern Eintrittskarten für die Buchmesse in Bergamo gefunden.«

Ricarda räusperte sich und nahm einen Schluck Wasser. »Womöglich sind auch die zukünftigen Opfer bereits angereist und warten auf ihren vermeintlichen Termin. Deshalb ist es zwingend notwendig, alle Hotels und Pensionen der Region zu kontaktieren, um herauszubekommen, ob sie weibliche Gäste haben, auf die die folgende Beschreibung zutrifft: etwa 30 Jahre alt, schlank, brünett.« Erneut legte Ricarda eine kurze Pause ein, damit die Anwesenden sich Notizen machen konnten. »Nun zum Verletzungsbild der Opfer: Sie alle weisen die gleichen Verstümmelungen auf, was auf ein Strafritual schließen lässt. X handelt also aus Wut, wodurch er früher oder später Fehler machen könnte und sicher machen wird.« Ricarda deutete auf die Fotos. »Der zugenähte Mund bedeutet wohl, dass X eine Person im Visier hat, die zu viel gesprochen hat. Es könnte aber auch die Strafe für eine Beleidigung, eine Lüge oder ein gebrochenes Versprechen sein. Da X den Frauen die Münder ante mortem zugenäht hat, ist davon auszugehen, dass er sadistisch veranlagt ist, sich an der Pein und der Angst seiner Opfer weidet. Dagegen spricht, dass die Opfer vorher mit einer hohen Dosis Propofol betäubt wurden, was letztendlich auch zum Ableben geführt hat.«

Wie gebannt hingen die Versammelten an ihren Lippen, schienen jedes Wort in sich aufzunehmen. Ricardas Zeigefinger schwenkte hinüber zu den Aufnahmen mit den verstümmelten Fingern.

»Wie vom Gerichtsmediziner bestätigt wurde, sind den Frauen die Finger bei lebendigem Leib abgetrennt worden. Laut dem Professore wurde dies maschinell bewerkstelligt, mit so etwas wie einem Hebelschneider. Auch hier gehe ich von einer symbolischen Strafe aus. Während beim zugenähten Mund das gesprochene Wort eine Rolle spielt, ist hier mit Sicherheit das geschriebene gemeint.« Zur Demonstration hob Ricarda ihre Hand, führte die entsprechenden drei Finger zusammen und schob einen Kugelschreiber dazwischen.

»Wie können Sie sich da so sicher sein?«, wollte eine junge Polizisten wissen. »Könnte das nicht für alles Mögliche stehen?«

»Nun«, ging Ricarda geduldig auf den Einwand ein, »theoretisch wäre auch eine andere Deutung möglich. Aber in Zusammenhang mit der Tätigkeit als Autorinnen und der Tatsache, dass jedes der Opfer vom Mörder unter dem Denkmal eines berühmten Schriftstellers drapiert wurde, ist es die naheliegendste Assoziation.«

Die Fragestellerin nickte einsichtig.

»Dazu kommen noch die Hinweise, die der Täter beziehungsweise die Täterin hinterlässt, wie um ganz sicherzugehen, dass wir auch ja den Zusammenhang begreifen. Dem letzten Opfer wurde zum Beispiel eine Feder in die Hand gedrückt.« Ricarda zeigte auf das Foto mit der Asservatentüte, die besagtes Beweismaterial enthielt. »Um genauer zu sein, handelt es sich hierbei um eine Gänsefeder, die in vorigen Jahrhunderten als Schreibutensil verwendet wurde. Einem anderen Opfer wurde die rechte Hand in Tinte getaucht. Die Nachricht ist also eindeutig: Es geht hier ums Schreiben.« Gewichtig ließ sie das Gesagte bei den Anwesenden sacken.

»Ich rekapituliere also: Hier wird jemand für Worte bestraft, zum einen für gesprochene, zum anderen für geschriebene. Die Körper werden so in Szene gesetzt, dass es aussieht, als würden sie sich in Demut vor berühmten Literaten üben. Man könnte annehmen, dass es sich bei X um einen verbitterten Leser handelt, einen Neider, der vielleicht insgeheim vom Schreiben träumt, den Schritt selbst aber nie gewagt hat. Oder auch um einen erfolglosen Schriftsteller, der die Werke der anderen ›Stümper‹ als unerträgliche Anmaßung empfindet. Es könnte sich aber auch um einen Lektor oder einen Agenten handeln, der an einer eigenen Karriere als Autor vorbeigegangen ist.« Einen Augenblick hielt Ricarda inne und dachte an Mia und Marco. »Ich habe mir sagen lassen, dass für manche Leser Rechtschreibfehler in einem Roman als unerträglich empfunden werden, weil sie den Lesefluss hemmen und das Lesevergnügen stark beeinträchtigen. Wo normale Menschen wie Sie und ich einen solchen Roman einfach nur genervt beiseitelegen oder höchstens eine schlechte Rezension schreiben würden, könnte der Täter sich in einen krankhaften Wahn der Vergeltung hineingesteigert haben. In seinem sadistischen Rachefeldzug will er mit den ›Frevlern‹ abrechnen. Er will auch, dass die ganze Welt sein Anliegen begreift, es als das ›Kunstwerk‹ anerkennt, für das er sein Schaffen ganz sicher hält.«

Betretene Stille umgab Ricarda. Auch sie hatte während ihrer Ansprache eine Gänsehaut bekommen. »Wir kennen jetzt also sein Motiv. Kommen wir zu seinem Profil: Die wenigen Videoaufnahmen, die wir haben, legen den Schluss nahe, dass es sich bei X vielleicht um eine Frau handeln könnte. Dies wird auch durch Zeugenaussagen untermauert, die besagen, dass das erste Opfer kurz vor seinem Verschwinden mit einer Frau um die 50 Kontakt hatten. Sie ist groß, hat kurze dunkle Locken und trägt eine Brille. Außerdem soll sie markante Gesichtszüge aufweisen. Allerdings könnte es sich durchaus auch um zwei Komplizen handeln – einen ›Meister‹ und seinen ›Lehrling‹ zum Beispiel. Letzteres halte ich aber für unwahrscheinlich. Sie sehen also, dass wir bei der Fahndung all diese Möglichkeiten in Betracht ziehen müssen.«

Erneut legte sie eine Pause ein, trank einen kräftigen Schluck Wasser und bereitete sich innerlich auf den Höhepunkt vor. »Jetzt zum psychologischen Profil des Täters. Danach werde ich das Wort an Signora Puddu weitergeben, und im Anschluss dürfen Sie mir gerne Fragen stellen. Vorweg so viel: Wir haben es hier ohne Zweifel mit einem hochgradigen Psychopathen zu tun. X ist noch dazu hochintelligent, aller Wahrscheinlichkeit nach gut in der Gemeinschaft verankert, und man merkt ihm seine Krankhaftigkeit im Alltag sicher nicht an. Es spricht allerdings viel dafür, dass es sich bei X um einen ausgesprochenen Pedanten handelt. Er braucht Kontrolle, weil etwas in seinem Leben mal schrecklich schiefgelaufen ist. Also sorgt er dafür, dass bei seinen Taten alles penibel vorausgeplant ist und nichts dem Zufall überlassen bleibt. X ist ein Triebtäter, der sich zwar nicht im herkömmlichen Sinne an den Opfern vergeht, aber trotzdem ein sexuelles Ritual an ihnen durchführt. Das Nachziehen der Lippen muss für ihn ein hocherotischer Akt sein, gleichzeitig zieht er auch sadistische Genugtuung aus seinem Vorgehen. Was für einen Sadisten allerdings, wie gesagt, ungewöhnlich ist: Er betäubt seine Opfer, bevor er die Verstümmelungen vornimmt. Möglicherweise ist es vor allem das psychologische Leid der Opfer – ihre Angst und Hilflosigkeit, ihr völliges Ausgeliefertsein –, das ihm Befriedigung verschafft. Darüber hinaus markiert X gewissermaßen seinen Besitz, zeigt uns, dass er allein die Macht hat. Er straft, weil das Opfer – oder diejenige, die es symbolisch darstellen soll – in seiner Wertschätzung zu tief gesunken ist. Die Inszenierung der Toten ist ihm ausgesprochen wichtig und stellt einen wesentlichen Aspekt des Rituals dar. Er drückt sich damit aus, ich möchte fast sagen, auf künstlerische Weise.« Mit den Zeige- und Mittelfingern beider Hände zeichnete sie Gänsefüßchen in die Luft. »Außerdem behält er sicher auch Trophäen. Ich gehe davon aus, dass es sich dabei um die abgetrennten Finger der Opfer handelt. Bestimmt bewahrt er diese in seiner Nähe auf, sodass er sich durch das Betrachten und Betasten jederzeit ein Echo der Erregung verschaffen kann, die er bei der Tat empfunden hat. Ferner scheint die grüne Schnur eine ganz besondere Symbolik zu besitzen, die sich aber nur ihm selbst erschließt.« Ricarda schaute ernst in die betroffenen Gesichter. »Jetzt überlasse ich Signora Puddu das Wort. Sie wird Ihnen noch etwas mehr zum generellen Verständnis des psychopathischen Charakters sagen. Bitte, Elena.«

Mit einem Nicken dankte die Angesprochene Ricarda. »*Buongiorno*. Lassen Sie mich zunächst vorbringen, dass es mir eine Ehre ist, meinen bescheidenen Beitrag zu Ihren Ermittlungen leisten zu dürfen.« Nervös strich die Psychologin sich eine vorwitzige Haarsträhne hinter das rechte Ohr. »Wie bereits erwähnt, befasse ich mich schwerpunktmäßig mit dem Innenleben von Gewaltverbrechern, insbesondere Serienmördern.« Daraufhin folgte ein ausführlicher Vortrag über die suchtvollen Verhaltensweisen von Serienmörder, über verschiedene Studien, die sich teilweise widersprachen. Sie erläuterte, dass Psychopathen völlig unberechenbar seien, ihre Taten im Wahnzustand begingen, es ihnen nicht schwerfalle, ihre Umwelt zu täuschen, und so etwas wie Reue nicht kannten. »Alle Hinweise, die uns vorliegen – insbesondere das planvolle, mitleidlose Vorgehen und die geradezu unverschämte Zurschaustellung der Opfer –, sprechen dafür, dass es sich bei X um einen solchen Psychopathen handelt.«

Wieder bekam Ricarda eine Gänsehaut. Sooft sie diese Sätze auch schon gehört hatte, sooft sie deren Wahrheit in der Realität vor Augen geführt bekam – noch immer war es nahezu unbegreiflich für sie, dass es Menschen gab, die anderen Leid zufügen konnten, ohne etwas dabei zu empfinden.

»Es wäre sicher noch interessant zu erwähnen«, setzte Elena ihre Ausführungen fort, »dass es sich bei den Psychopathen, die zu Serienmördern werden, meist um Menschen handelt, die eine schwierige, oft gewalttätige Kindheit erlebt haben, also selbst einmal misshandelte, vergewaltigte oder vernachlässigte Kinder waren.«

Ein untersetzter dunkelhaariger Beamter mit breiten Schultern und tiefen Nasolabialfalten meldete sich zu Wort. »Wäre es nicht ratsam, in den Archiven nach solchen Kindern zu suchen?«

»Das tun wir bereits«, ging Ricarda auf die Frage ein. »Allerdings gibt es viele misshandelte Kinder, und nicht alle Fälle gelangen zur Kenntnis der zuständigen Stellen. Aber wir kreuzen diese Informationen mit unserer Datenbank, um zu sehen, wer von ihnen in der Vergangenheit straffällig geworden ist.«

»Das kann ich nur bestätigen«, nahm Elena Puddu den Faden wieder auf. »Zumal in den meisten Fällen schon sehr früh Anzeichen vom Hang zur Gewalttätigkeit bei diesen Kindern zu bemerken sind, die sich durch Grausamkeiten an Mitschülern, Geschwistern oder Tieren äußern.« Elena neigte leicht den Kopf. »Zuletzt möchte ich noch auf die Wichtigkeit der Tatsache hinweisen, dass es sich bei den Opfern ausschließlich um Frauen handelt. Wie bei vielen anderen Serienmördern – vom berühmten Jack the Ripper über den Russen Nikolai Schumaghalijew, besser bekannt unter dem Spitznamen Kolja, den Menschenfresser, bis zum österreichischen Prostituiertenmörder Helfried Berger – könnte dies auch bei unserem Täter auf eine tief verwurzelte misogyne Ader hindeuten: X hat einen immensen Hass auf Frauen; vielleicht auf seine Mutter oder eine andere Bezugsperson, von der er sich hintergangen oder auf sonstige Art ungerecht behandelt fühlte – ob zu Recht oder nicht. Diesen Hass überträgt er stellvertretend auf alle Frauen. Allerdings ist auch dies kein zwingender Beweis, dass es sich bei X um einen Mann handelt. Es gibt auch Frauen, die einen Hass auf ihr eigenes Geschlecht entwickeln.«

Teils erschüttert, teils von ihrem Fachwissen fasziniert schienen die Anwesenden ganz in ihrem Bann zu stehen.

»Ich bedanke mich für Ihre Aufmerksamkeit. Wenn Sie noch Fragen zu diesem Thema haben, wenden Sie sich gerne an mich«, beendete Elena Puddu ihre Ausführungen.

Ricarda sprach der Psychologin ebenfalls ihren Dank aus und richtete sich noch einmal an die Versammelten. »Nun zu unserem weiteren Vorgehen: Da sich die zeitlichen Abstände der Taten drastisch verringern, müssen wir alles daransetzen, X die Arbeit zu erschweren. Wie gesagt, müssen wir die Hotels kontaktieren, des Weiteren ausgewählte Informationen an die Presse weitergeben, damit die Bevölkerung gewarnt ist. Außerdem sollten alle Kulturdenkmäler, die zu Ehren eines Schriftstellers errichtet wurden, ab sofort nachts bewacht werden.«

Bedrücktes Schweigen legte sich über den Saal, verstohlene Blicke wurden ausgetauscht. Alle schienen das Gleiche zu denken, doch keiner wagte es auszusprechen; zu ernst war die Situation. Ricarda wusste natürlich, dass sie ihnen damit sehr viel abverlangte, waren die Einheiten doch seit Jahren schon wegen des strengen Budgethaushaltes der Regierung unterbelegt.

»Gibt es noch Fragen?«, wollte sie deshalb in fast mütterlichem Tonfall wissen. Eine Hand schoss in die Höhe. Ricarda nickte dem grau melierten Herrn zu.

»Stimmt es denn, dass Ihnen der Täter aus Mailand hierher gefolgt ist?«, wollte der Polizist mit heiserer Stimme wissen, bevor er sich lange und aufwendig räusperte.

Ricarda zuckte zusammen. Zwar hatte sie durchaus mit einer solchen Frage gerechnet, doch trotzdem traf sie der darin mitschwingende Vorwurf unerwartet heftig.

»Ich kann Ihren Einwand durchaus nachvollziehen«, antwortete sie ruhig und überlegt. »Aber bis jetzt konnten wir noch nicht ermitteln, aus welchem Motiv heraus er das hätte tun sollen. Auch meine alten Fälle wurden alle überprüft.«

Ricarda meinte, jähe Feindseligkeit in den Gesichtern der Beamten zu lesen. Brüsk schien ihr unverhohlene Ablehnung entgegenzuschlagen.

»Vielleicht will er sich rächen, weil Sie seinen Fall nicht bearbeiten wollten«, mutmaßte eine Polizistin in der hinteren Reihe.

»Das ist möglich«, gab Ricarda zu.

»Dann wäre es doch bestimmt keine schlechte Idee, die Gegend einfach wieder zu verlassen«, schlug der Graumelierte vor und verschränkte die Arme provozierend vor der Brust.

Irgendwie konnte Ricarda den Unmut der Beamten nachvollziehen. Sie hatten sicher Angst um ihre Angehörigen, und vielleicht sorgten sie sich auch um die wirtschaftlichen Folgen, da die Vorkommnisse dem Tourismus schaden könnten.

»Leider steht zu befürchten, dass das jetzt nicht mehr viel ändern würde«, kam ihr Elena prompt zu Hilfe. »Zum einen ist davon auszugehen, dass der Täter bereits ein oder mehrere Opfer in seiner Gewalt hat. Zum anderen könnte es ihn erst recht provozieren, wenn Signora Antonini den Fall sausen lässt und X gewissermaßen erneut zurückweist, sodass er in Zukunft noch brutaler vorgeht.«

Das saß. Betreten senkte der Sprecher den Blick und nickte verlegen. Dankbar schielte Ricarda zu Elena hinüber, die ihr kaum merklich zunickte.

»Noch Fragen?«

Wieder schossen ein paar Hände hoch, doch die Erkundigungen drehten sich nur mehr um die praktische Durchsetzung der Maßnahmen. Die meisten Anwesenden hüllten sich in Schweigen, und die allgemeine Betroffenheit überwog. Vielen der Beamten schien – trotz ihrer Erfahrung und dem, was sie tagtäglich an Vandalismus, Gewalt und Drogendelikten zu sehen bekamen – die Vorstellung, dass in ihrer Region eine derartige Bestie umherging, sichtlich zu schaffen zu machen.

Nachdem sie auch diese Fragen geduldig beantwortet hatte, sammelte Ricarda ihre Unterlagen ein, verabschiedete sich von den Versammelten und verließ gemeinsam mit Elena, Andrea und Nicolò den Saal. Kaum hatten sie die Tür hinter sich geschlossen, brach dort ein kleiner Tumult los. Andrea und Ricarda wechselten einen wissenden Blick: Der Stein war ins Rollen gekommen …

Erneut spürte sie das nervöse Kribbeln in der Wirbelsäule aufsteigen. Was hatte sie übersehen? *Antonio!*, kam es ihr prompt wieder in den Sinn. Sie holte den Umschlag hervor und öffnete ihn. Der offizielle Briefbogen der Mailänder Mordkommission kam zum Vorschein. Es waren aber nur ein paar Zeilen mit Computer darauf geschrieben:

Da meine Anrufe nicht mehr erwünscht sind, wollte ich dir auf diese Weise mitteilen, dass ich mal ein paar Nachforschungen über deine Nachbarin angestellt habe. Du solltest vorsichtiger sein, wem du dein Kind anvertraust. Auch solltest du zum Schutz einen Streifenwagen anfordern, denn das mit deinem Freund war wohl ein Scherz. Grüße, Antonio.

Hastig ließ Ricarda das Schreiben wieder im Umschlag verschwinden. Innerlich wand sie sich. Verdammt, was lief da gerade schief? Es war ja fast schon … *Ja, es gleicht Stalking.* Was sie anfänglich als kleine Schwärmerei abgetan hatte, wuchs sich allmählich zu etwas sehr Beängstigendem aus. Wie hatte es nur so weit kommen können? Verflixt, sie hatte von Anfang an gefühlt, dass es ein Fehler sein könnte, Antonio einzuschalten. Aber hatte sie denn überhaupt eine andere Wahl gehabt? Wie kam es, dass er nicht merkte, dass er völlig am Abtriften war?

Ricarda dachte daran zurück, was er ihr mal über seine schwierige Kindheit erzählt hatte, über das Gefühl, immer verlassen worden zu sein. Das war es! Er fühlte sich von ihr verlassen, und ihr Abschied vom Job musste ein altes Trauma geweckt haben. *Oje …* Jetzt würde sie dieses Problem auch noch angehen müssen. Sie seufzte. Und woher wusste er überhaupt, dass Mia in Biancas Obhut gewesen war? Angestrengt versuchte sie, sich daran zu erinnern, ob sie in ihrem letzten Gespräch etwas davon erwähnt hatte. Sie entsann sich nicht mehr genau, zuckte müde die Achseln.

»Was ist denn, Schwesterherz?«, fragte Andrea, nachdem sie sich von der Psychologin verabschiedet hatten.

»Du warst doch fantastisch.« Er lächelte aufmunternd. »Ich bin sehr stolz auf dich. Wow, ich muss sagen, ich hatte richtig Gänsehaut.«

»Ja, ich fand Sie auch toll«, stimmte Nicolò ihm mit glühenden Wangen zu.

Ricarda winkte verlegen ab. »Lange Rede, kurzer Sinn: Mit Worten fängt man keinen Serienkiller.«

Oder etwa doch?

KAPITEL 22 – BLUTSCHWÜRE

Polizeipräsidium, Salò, Gardasee, Westküste, Ostermontag, 22. April – 14.30 Uhr

Mittlerweile hatte ihnen der Vice Questore zu dem bisherigen Team zwei weitere Mannschaften aus Brescia abgestellt, die bereits im Präsidium in Salò auf sie warteten, als sie von der Versammlung aus Malcesine zurückkehrten. Jedem war eine andere Aufgabe zugeteilt worden. Mit einer Espressotasse mit frisch gemahlenem, brühheißem Milani-Kaffee trat Ricarda vor die Versammelten und ließ sich – wie es ihrer Gewohnheit entsprach – auf der Kante eines Schreibtischs nieder.

»*Buongiorno*, alle zusammen«, grüßte sie und pustete in ihr Getränk. »Wer möchte beginnen?«

»Die Auswertung der Bonbonverpackung liegt uns vor«, antwortete Leonardo.

»Na, das ging jetzt aber zügig. Auf die Ergebnisse der Schnüre und Lippenstiftabstriche warte ich schon seit Tagen«, merkte Ricarda mit heruntergezogenen Mundwinkeln an, wandte sich ihrem Kollegen jedoch aufmerksam zu. »Und?«

»Leider waren weder Fingerabdrücke noch DNA darauf zu finden.«

»Hab ich mir fast schon gedacht.«

»Aaaber –«, fuhr er mit erhobenem Zeigefinger fort.

Erwartungsvoll schaute Ricarda ihn an, wagte noch immer nicht, ihre Lippen an die heiße Tasse zu setzen.

»– es handelt sich um Mangelware …«

»Wie das?« Gespannt zog Ricarda die Augenbrauen hoch.

»Nun, wir konnten inzwischen herausfinden, dass die Rossana-Bonbons von der Marke Perugina in der Schweiz hergestellt wurden.«

»Wurden?« Ricardas Interesse war geweckt.

»Ja. Der Nestlé-Konzern hat die Fabrik 2016 aufgekauft und die Produktion der Rossana-Bonbons seither eingestellt, um sich ganz auf die Herstellung von Edelschokolade zu konzentrieren.«

»Interessant.« Ricarda nickte nachdenklich. »Das heißt dann also, dass unser Exemplar entweder aus den Restbeständen des Täters stammt oder aus einem der wenigen Delikatessenläden, in denen noch Restbestände erhältlich sind, solange der Vorrat eben reicht …«

»Genau. Als Nächstes werden wir alle Geschäfte am Gardasee ausfindig machen, die diese Sorte noch in ihrem Warenbestand führen. Oder vor Kurzem noch geführt haben.«

»Wunderbar«, lobte Ricarda. »Das sieht mir nach einer vielversprechenden Spur aus. Es dürften nicht allzu viele sein, denn diese Bonbons waren sehr beliebt.«

Mit einem auffordernden Blick wandte sich Ricarda an die Mitglieder der Computerabteilung. »Was gibt es bei euch? Schon weitergekommen?«

»Ja, wir glauben, endlich etwas Ausschlaggebendes gefunden zu haben«, frohlockte Sergio, der Neue. Mit seiner unordentlichen Frisur, dem ausgeleierten Colombine-T-Shirt und der großen Nerd-Brille verkörperte er nahezu perfekt das wandelnde Klischee eines Computerfreaks.

»Schieß los. Etwa einen gemeinsamen Bekannten aller Opfer?«

»Nein, leider nicht. Jedenfalls nicht direkt. Aber wir haben uns die Rezensionen ihrer Bücher auf der Internetplattform noch einmal genauer vorgenommen«, begann er.

Während sie gespannt lauschte, nippte Ricarda vorsichtig an ihrem dampfenden Kaffee, der mittlerweile auf ein erträgliches Maß abgekühlt war.

»Allen vier Opfern wurden vom selben User fürchterliche Kritiken hinterlassen.«

Fast hätte Ricarda sich verschluckt. »Ehrlich?«

Sergio nickte gewichtig.

»Aber«, überlegte Ricarda, »ist das so außergewöhnlich?

»Nein, das stimmt schon«, mischte sich Luca in das Gespräch ein. »Aber in diesem Fall überschreiten der bissige Ton, die mitschwingende Überheblichkeit und die Intensität der Kritik schon irgendwie das normale Maß. Ich zitiere: *Dieses Machwerk, das sich selbst großspurig ›Roman‹ nennt, enthält unzählige Rechtschreib- und Zeichensetzungsfehler, der Schreibstil bewegt sich auf primitivstem Grundschulniveau. Es ist eine Schande, dem Leser so etwas vorzusetzen. Wie so jemand auf die Idee kommen kann, Schriftstellerin werden zu wollen, wird mir für immer ein Rätsel bleiben.* Oder hier: *Man sollte solchen Selfpublishing-Möchtegern-Autoren verbieten, die Menschheit mit ihren Ergüssen zu quälen. Es raubt einem den letzten Nerv, sich solch einen hanebüchenen Schwachsinn reinzuziehen.* Oder: *Es war einfach entsetzlich! Zu schade, dass man bei einem eBook nicht die Möglichkeit hat, zur altbewährten Methode der Bücherverbrennung zu schreiten, um die Welt von dieser Schande zu befreien.*«

»O Gott«, unterbrach Ricarda ihn. »Das erinnert einen ja an eine ganz furchtbare Vergangenheit. Das sind ja richtige Blutschwüre …«

Luca nickte, las weiter: *»Welcher geistig gesunde Mensch kommt denn auf die Idee, solch einen Schund abzusondern, geschweige denn, ihn auch noch zu veröffentlichen, um die Öffentlichkeit an seiner offenkundigen Verblödung teilhaben zu lassen?! Nicht mal die grundlegendsten Grammatikregeln hat diese selbst ernannte ›Autorin‹ verinnerlicht. Statt Bücher zu schreiben, sollte sie lieber noch einmal die Schulbank drücken oder besser gleich Äpfel pflücken oder Mist wegschaufeln. Damit würde sie der Gesellschaft immerhin noch einen kleinen Dienst erweisen.* Oder: *Wie kommt es nur zu so vielen positiven Bewertungen? Hat sie die gekauft? Oder stammen die von Freunden, die ihr noch einen Gefallen schulden? Möglicherweise verfügt die Dame ja über gewisse andere – fleischliche – Begabungen und sollte sich auf diese konzentrieren, statt ihr Glück in geistigen Gefilden zu suchen – denn das Schreiben gehört definitiv nicht zu ihren Talenten. Die Rezensenten, die dieses Desaster auch noch unterstützen, sollten sich in Grund und Boden schämen.* Und hier: *Was geht bloß im Kopf einer solchen Person vor? ›Ich bin zwar Legastheniker, aber ich versuche es trotzdem mal, irgendein Trottel wird meinen Mist schon lesen‹ – oder wie soll man das verstehen? Ein fehlergespicktes, geschmackloses Konglomerat an ausgelutschten Klischees auf Groschenroman-Niveau der untersten Kategorie …«*

»Mannomann«, sagte Ricarda beeindruckt. »Das geht ganz schön unter die Gürtellinie.« Sie grübelte. »Und du meinst, dass das arg ungewöhnlich ist?«

»An sich vielleicht nicht. Es stimmt schon, solche Verrisse kommen immer wieder mal vor. Aber es ist doch seltsam, dass dieser Rezensent *ausschließlich* Ein-Stern-Bewertungen schreibt und dass *alle* Opfer davon betroffen sind. Außerdem rezensiert er einzig weibliche Schriftsteller ...«

»In der Tat«, antwortete Ricarda noch immer nachdenklich. Das stimmte ja auch perfekt mit Elenas Theorie des Frauenhassers überein. »Man hat direkt Lust, ihn zu fragen, warum er nicht einfach keine Werke von Selfpublishern mehr liest.«

Die anderen nickten zustimmend.

»Sie haben doch sicher bereits die jeweiligen Daten überprüft?«

»Ja, aber das hat nichts ergeben«, antwortete Sergio. »Die Rezensionen sind relativ alt, manche schon mehrere Monate. Sollte es sich tatsächlich um unseren X handeln, dann plant er das alles schon seit sehr langer Zeit.« Mit der rechten Hand strich er sich den Haarwust aus der Stirn.

»Hm, das würde ja zu seinem Profil passen«, stimmte Ricarda zu. »Also wenn ich das jetzt richtig verstanden habe, dann könnte man über seine Rezensionsseite doch alle potenziellen zukünftigen Opfer ausfindig machen?«

»Theoretisch schon. Allerdings sind es Hunderte von Bewertungen. So viele, dass ich mich frage, ob er die Romane überhaupt wirklich gelesen hat.«

»Hunderte?«, wiederholte Ricarda erschüttert. Es würde Wochen dauern, die alle durchzukämmen. Um das richtige Opfer zur richtigen Zeit zu ermitteln, bräuchten sie mehr Glück als Verstand. Sie würden die sprichwörtliche Stecknadel im Heuhaufen finden müssen. »Scheiße«, entfuhr es ihr. »Muss man die Romane eigentlich nicht vorher kaufen, um sie bewerten zu dürfen?«

»Nein, nicht zwingend. Wenn man alle sechs Monate für 50 Euro etwas bei der Plattform ersteht, dann darf man alles rezensieren, auch Bücher, die man nicht gelesen hat.«

Ricarda schnippte mit den Fingern. »Dann müssten Sie doch eine Lieferadresse von ihm haben, oder nicht?«

»Schon geprüft: Es handelt sich natürlich um eine falsche.«

»Also kauft er nur etwas, um zu rezensieren?«

»So sieht es aus.«

»Das ist echt ziemlich krank«, stieß Ricarda aus. »Derjenige – nennen wir ihn mal ›Blutrezensent‹ – scheint ein Pedant zu sein. Ein Pedant mit Geltungsdrang und einem gewaltigen Minderwertigkeitskomplex. Das würde ja zu meiner Theorie über X passen, nämlich dass es sich um jemanden handelt, der gerne schreiben würde, es aber selbst nicht wagt. Er entwickelt einen Hass auf all diejenigen, die es trotz ihrer Schwächen versuchen. Gute Arbeit. Wie heißt denn das Profil?«

»Fehlerteufel«, antwortete Sergio und verzog vielsagend das Gesicht. »Und wir haben schon recherchiert, die Plattform angeschrieben, aber es hat uns nicht weitergebracht: Es ist ein Fake-Profil, unter einer falschen Identität angelegt.«

»Und das Zahlungsmittel?«

»Entwendete Kreditkartendaten«, kam die Antwort wie aus der Pistole geschossen. »Wurde mittlerweile von der Betroffenen gesperrt.«

»Das heißt, er hat eine Karte geklaut?«, fragte Nicolò.

»Nicht direkt«, setzte Camilla zu einer längeren Erklärung an. »Er braucht einfach nur den Computer eines beliebigen Internetnutzers zu hacken, um anschließend dessen Kreditkartennummer und den falschen Namen zu verwenden, bis der Bestohlene es bemerkt und die Karte sperren lässt. Das kann mitunter mehrere Wochen dauern, falls es sich um jemanden handelt, der seine Kontoauszüge nicht regelmäßig überprüft. Noch dazu hat der Täter nur eine relativ geringe Summe abgebucht, was seine Chancen, unentdeckt zu bleiben, erheblich erhöht hat. Anders als bei einem echten Kartendiebstahl hat das Opfer die Karte ja noch bei sich, also erst einmal keinen Grund, misstrauisch zu werden.«

»Wenn diese Person aber doch schon ein Konto auf der Plattform hatte?«, gab Nicolò weiter zu bedenken. »Ich weiß aus Erfahrung, dass man nicht zweimal dieselbe Kreditkartennummer verwenden kann. Wenn X also mit gestohlenen Kreditkartendaten ein Konto auf der Plattform einrichtet, darf der eigentliche Kartenbesitzer mit der Karte noch nicht bei ihr registriert sein."

Es freute Ricarda, dass er allmählich anfing aufzutauen und sich über seine lexikalen Einwürfe hinaus auch an Diskussionen über Themen beteiligte, von denen er weniger verstand.

»Genau«, erwiderte Camilla freundlich. »Deshalb hat er sicher so lange eine Karte gesucht, bis es geklappt hat.«

»Also ist er nicht nur sehr gewieft, sondern noch dazu ein Computerprofi?«, wunderte sich Nicolò.

»So sieht es jedenfalls aus«, bestätigte Sergio.

»Haben Sie etwas über den Agenten herausfinden können?«, wandte sich Ricarda an Camilla, in der Hoffnung, nicht mit leeren Händen zur Buchmesse zu fahren. Gleichzeitig schielte sie unauffällig auf ihre Armbanduhr; es wurde langsam Zeit, dass sie aufbrach.

»Ja, darauf wollte ich gerade zu sprechen kommen«, antwortete Camilla und reichte Ricarda ein Blatt Papier mit einer Adresse. »Es gibt tatsächlich einen Agenten mit Namen Alfonso Rimini. Ihm gehört die Agentur Rimini in Mailand.«

»Haben Sie seine Vergangenheit schon überprüft?«

»Ja, er stammt aus … warten Sie … ah, hier: aus Riva del Garda«, antwortete Camilla.

Ricarda schnappte nach Luft. Konnte das ein Zufall sein? »Dann müsste ich ihn doch eigentlich kennen. Haben Sie ein Foto?«

»Ja, sein Ausweisfoto, hier.« Sie drehte den Bildschirm um.

Lange starrte Ricarda auf das Bild. Er hatte ein recht gepflegtes Aussehen mit den halblangen, dunklen Locken und der Brille mit der schlichten schwarzen Fassung. Ricarda runzelte die Stirn. Er war aus ihrem Jahrgang und sie schienen tatsächlich auf die gleiche Schule gegangen zu sein, bevor er zum Literaturstudium nach Mailand gezogen war. Ansonsten war er weder beim Sozialamt bekannt, noch hatte er sich etwas zuschulden kommen lassen. Falls er jemals im Vorstrafenregister gestanden haben sollte, dann waren die Taten heute wohl verjährt. Angestrengt versuchte Ricarda, ihn einzuordnen, einen Gesichtszug wiederzuerkennen, Erinnerungen an ihn als Jungen wachzurufen … Nichts! *Herrje, warum kann ich mir Gesichter nur immer so schlecht einprägen?* Sie kaute nervös auf ihrer Unterlippe herum.

»Habt ihr sonst noch etwas über ihn?«

»Seit Tagen versuchen wir, ihn zu erreichen, doch wegen der Osterfeiertage ist seine Agentur natürlich geschlossen. Auf dem Anrufbeantworter heißt es, dass er sich zurzeit auf der Buchmesse in Bergamo befindet, und sich zumeist am Stand vom Ruiscito-Verlag aufhalten würde.«

»Gut«, entgegnete Ricarda und lächelte. Na also, endlich kamen sie weiter. So hätte sie einen guten Anhaltspunkt. »Ich werde ihn gleich heute Nachmittag unter die Lupe nehmen. Haben Sie seine richtige Handynummer herausbekommen?«

»Ja, die steht im Impressum der Webseite. Stimmt aber natürlich nicht mit der Nummer überein, die sich das Opfer notiert hatte. Und auch da konnten wir nur den Anrufbeantworter erreichen.«

Ricarda nickte, sie hatte nichts anderes erwartet.

Fast ein wenig schüchtern hob Nicolò die Hand.

»Ja?«, bat Ricarda ihn zu Wort.

Er räusperte sich verlegen. »Ist es nicht ein wenig zu … na ja, zu *offensichtlich*? Ich meine … würde der Täter tatsächlich seinen eigenen Namen benutzen, um die Opfer anzulocken?«

»Sie haben recht«, antwortete Ricarda mit einem ungeduldigen Blick auf die Uhr. »Natürlich ist es möglich, dass sich der Täter nur des Namens bedient.« Nicolò lächelte zufrieden. »Allerdings wäre es auch durchaus vorstellbar, dass unser X so selbstsicher und überheblich ist, dass er damit rechnet, dass wir genau das denken.«

»Ja natürlich.« Mit einem verlegenen Nicken senkte Nicolò den Kopf.

»Bleibt dran, Leute«, sagte Ricarda, stürzte den Rest ihres mittlerweile kalten Espressos in einem Zug hinunter und stand auf. Ihr Hintern schmerzte bereits von der harten Schreibtischkante. »Nehmt euch die Liste aller von Fehlerteufel rezensierten Autorinnen vor und versucht, sie zu kontaktieren. Wir haben nicht viel Zeit, und es ist im Moment das Einzige, was wir tun können.« Insgeheim wusste Ricarda, dass es so gut wie aussichtslos war. *Nur ein Tropfen auf dem heißen Stein*, dachte sie betrübt. Aber irgendwo mussten sie ja anfangen …

Die Angesprochenen nickten mit ernsten Gesichtern, schienen sich der Verantwortung, die auf ihren Schultern lastete, mehr als bewusst zu sein.

Nachdenklich verließ Ricarda den Raum. Allmählich taten sich im komplizierten Gefüge des Täters winzige Lücken auf. *Oder*, fragte Ricarda sich, *will er bloß, dass ich das glaube?*

KAPITEL 23 – WIE EIN WORT AUF DER ZUNGE …

Buchmesse Bergamo, Ostermontag, 22. April – 17.03 Uhr

Nach eineinhalbstündiger Fahrt über die A4, während derer Marco und Mia lange Gespräche über das Schreiben im Allgemeinen und von Krimis im Besonderen geführt hatten, fand Ricarda ohne viele Umstände einen Parkplatz an der *Via Guido Galli* nicht weit vom Eingang des Messezelts.

»Na, so was, Fortuna meint es wohl gut mit Ihnen, wie?«, staunte Marco. »Ich muss immer erst 20 Minuten um den Block kurven, um einen Parkplatz zu ergattern.«

Ricarda lächelte, und ihre Blicke kreuzten sich. Schon die ganze Fahrt über schien er in ihren Augen nach einer Antwort gesucht zu haben. Einer Antwort, die sie selbst nicht kannte. »Das hat mit Glück nichts zu tun«, konterte sie wie beiläufig. »Sondern damit, dass die meisten Besucher die Messe um diese Uhrzeit bereits wieder verlassen, sodass ich eine frei gewordene Parklücke erhaschen konnte.«

Mia hibbelte aufgeregt auf dem Rücksitz herum. »Wohin gehen wir zuerst?«

Marco überlegte einen Augenblick. »Na, zuallererst werde ich euch die Buchstände zeigen, dann könnten wir uns eine Lesung anhören, an Debatten teilnehmen und unser Glück im Lesesaal versuchen.«

Mia jubelte.

»Hui, das ist ja ein gewaltiges Programm, das Sie sich da vorgenommen haben. Ich schlage vor, dass wir uns drinnen erst einmal trennen«, sagte Ricarda. »So könnt ihr euren Gruselgelüsten nachgehen, und ich kann mich um mein Anliegen kümmern.«

Aufgeregt weiteten sich Mias Augen. Sie würde Marco ganz für sich allein haben. »Geht es um den Killer, *mammina*?«, flüsterte sie.

Ricarda seufzte. »Du weißt doch, dass ich darüber nicht sprechen darf, Liebes.«

»Na gut. Aber du kommst dann hinterher wieder zu uns, ja?«

»Versprochen. Ich versuche mich zu beeilen.« Plötzlich musste Ricarda an die Opfer denken, junge Frauen, deren einziger Fehler es gewesen war, von einer Laufbahn als Schriftstellerin zu träumen. Hoffnungsvoll waren sie dem Ruf eines Agenten gefolgt, erwartungsvoll hatten sie die Messe besuchen wollen, im Gepäck den sehnlichen Wunsch, endlich entdeckt zu werden. Bedrückt schaute Ricarda zum Eingang. *Nuovi Mondi* stand in großen rosafarbenen Lettern auf dem Plakat, das die ganze Breite der Fassade einnahm. Das diesjährige Thema wurde darauf mit einem Astronauten und Ufos in einem dschungelartigen Umfeld dargestellt. Eine »Neue Welt«, die Marina, Laura, Stefania und die Namenlose niemals erobern würden.

»Fiera dei Librai Bergamo«, las Mia ehrfürchtig. »Ich komme …«

Das Innere der Messehalle war hell und ansprechend. Abwechselnd säumten hohe Fenster und riesige Bücherregale die Wände. Alle paar Meter standen Wühltische, die mit gelben Tüchern ausstaffiert waren. Ricarda ließ sich von Marco erklären, wo sie die Verlagsstände finden würde, dann überließ sie die beiden ihrem Vergnügen und machte sich auf die Suche. Ihr Weg führte sie direkt zum Riuscito-Verlag.

»*Buongiorno, signora*«, sprach Ricarda eine junge Frau mit Dauerwelle an. »Signorina Tesconi?«, verbesserte sie sich gleich darauf, als sie das Ausweisschildchen gelesen hatte, das am weißen Shirt der Angesprochenen direkt über dem Logo der Buchmesse baumelte. Offenbar gehörte sie zum Veranstaltungsteam des Verlags.

»*Buongiorno, signora*«, grüßte die junge Frau zurück. »Womit kann ich Ihnen behilflich sein?«

»Ich suche einen Agenten namens Alfonso Rimini«, antwortete Ricarda ohne Umschweife.

»Oh, Alf?« Ihre Augen blitzten. »Ja natürlich. Warten Sie …« Sie schaute sich um. »Eben war er doch noch hier … Ah, dort drüben bei der Konkurrenz«, rief die Angestellte so laut, dass der Gesuchte den Kopf hob und sie fragend anlächelte. Mit einer Kopfbewegung gab sie ihm zu verstehen, dass nach ihm verlangt wurde.

Ricarda musterte den knapp 50-Jährigen in seinem eleganten Prada-Anzug aufmerksam. Er war hochgewachsen, hatte wie auf dem Foto halblange dunkle Locken und trug noch immer die gleiche schlichte Brille mit schwarzer Fassung. Sogar aus der Entfernung fiel ihr auf, dass er äußerst selbstsicher wirkte, ja geradezu selbstgefällig. Mit seinem Lächeln schien er alle um den Finger zu wickeln, besonders Signorina Tesconi. *Das würde ja schon mal zum Profil passen*, dachte Ricarda interessiert. Der Agent wechselte noch schnell ein paar Worte mit der Angestellten des Nachbarstandes und kam dann breit lächelnd auf Ricarda zu. Zur Begrüßung streckte sie ihm die Hand hin, die er annahm und herzhaft drückte. Noch immer wollte sich keine klare Erinnerung einstellen. *Vielleicht hatten wir damals nie etwas miteinander zu tun?* Falls er sie erkannt haben sollte, gelang es ihm ausgezeichnet, dies zu überspielen.

»Alfonso Rimini«, sagte er gewichtig. »Falls es um einen Roman geht, den Sie geschrieben haben, dann muss ich Sie leider gleich enttäuschen, denn für dieses Jahr sind wir schon vollkommen ausgelastet. Versuchen Sie es einfach im nächsten Jahr wieder.« Damit wandte er sich zwinkernd der Angestellten zu. »Wegen heute Abend«, raunte er, »was würdest du denn –«

»Verzeihung«, unterbrach Ricarda die beiden und hielt Rimini ihren Ausweis unter die Nase. »Ricarda Antonini von der Kriminalpolizei Brescia. Ich muss in einer wichtigen Angelegenheit mit Ihnen sprechen.«

Ricarda meinte, die Feindseligkeit in Riminis Blick geradezu auf der Haut zu spüren. Das charmante Lächeln hatte sich restlos aufgelöst.

»Dürfte ich erfahren, um was genau es sich handelt?« Er musterte sie eingehend. »Warten Sie mal! Ricarda Antonini?«

Ihr wurde warm. »Ja, es –«

»Donnerwetter, das Mädchen aus meiner Klasse, das zum Fernsehstar geworden ist?«

Verdammt, er hat mich also erkannt. Warum sagt er mir so gar nichts? Rimini, Rimini … Noch immer konnte Ricarda ihn nicht einordnen. Er schien es ihr anzusehen.

»Hey, ich bin es, Nini, erinnerst du dich denn nicht? Der begehrteste Junge der Schule.«

Nini? … O Gott! Ein Schreck durchfuhr Ricarda. Dieser Angeber und Aufschneider war tatsächlich Literat geworden? Jetzt erkannte sie ihn wieder: dieses fiese Grinsen, das eitle Gehabe. *Brrr.* Es schüttelte sie regelrecht. Vergessen geglaubte Bilder traten vor ihr inneres Auge. Die Art, wie er mit Mädchen umgegangen war, die Gerüchte, die in der Schule über ihn in Umlauf gewesen waren … Sie hatte immer irgendwie Angst gehabt, ihm einmal allein zu begegnen. Auf Anhieb hatte sie ihn nicht leiden können, obwohl sie es an nichts Bestimmtem hatte festmachen können. Er hatte sich ihr gegenüber eigentlich immer korrekt verhalten – auch wenn seine schleimige Freundlichkeit einen misstrauisch machte …

Ricarda rang um Fassung. »Es wäre vielleicht besser, diese Unterhaltung unter vier Augen zu führen«, schlug sie vor. Doch Signorina Tesconi verstand sofort und entfernte sich ein paar Schritte. Ricarda räusperte sich, um die scheußlichen Erinnerungen fortzuwischen. *Bleib auf der Hut …* »Ich werde nicht um den heißen Brei herumreden: Wir ermitteln in einer Mordserie, und es gibt Hinweise darauf, dass Sie sich mit einem der Opfer am Gardasee treffen wollten.«

»Glaubst du wirklich, dass ich bei der vielen Arbeit, die wir hier haben, noch Zeit finde, um an den Gardasee zu fahren? Mit Verlaub, liebe Ricarda, aber das ist völliger Nonsens.«

»Vielleicht ja am Abend?«

»Hör zu, auch am Abend habe ich Besseres zu tun«, antwortete er abweisend.

»Sagt Ihnen der Name Laura Rizzo etwas?«

»Nein, nie gehört.«

»Sie hatte sich Ihren Namen notiert, zusammen mit –«

»Meinen Namen?« Verständnislos blickte er Ricarda an. »Den kann sich doch jeder X-Beliebige rausschreiben. Weißt du eigentlich, wie viele hoffnungsfrohe Nachwuchsautoren mich täglich kontaktieren?«

»Sie hatten also nicht geplant, sich mit Signorina Rizzo zu treffen? Und haben ihr auch keine Karte für diese Messe zukommen lassen?«

»Nein, natürlich nicht. Meinst du, ich schmeiße mit Tickets um mich? Wie gesagt, ich kenne diese Frau nicht. Sonst noch was? Ich habe wirklich viel zu tun. Wenn du mal einen trinken gehen willst, Rica, dann gerne.« Er zwinkerte vielsagend. »Aber was das andere angeht, da bist du bei mir definitiv an der falschen Adresse.«

»Nicht so eilig, bitte. Ich bin noch nicht mit Ihnen fertig: Was haben Sie an den Abenden und in den Nächten vom 20. bis heute gemacht?«

Er lief knallrot an. *Na, so was? Wut oder Scham?* Ricarda musterte ihn eindringlich.

»Ich weiß zwar nicht, was dich das angeht, aber an den Messe-Abenden gehe ich immer ins Restaurant. Später bin ich dann auf meinem Zimmer, um mich für einen weiteren anstrengenden Tag auszuruhen«, erklärte er genervt. »Alles klar, sind wir jetzt fertig?«

»Kann das jemand bezeugen?«, überging Ricarda die Frage.

»Was faselst du denn da? Du meinst, ob ich ein Alibi habe?«, brauste er auf.

»Genau, Signor Rimini. Bitte beruhigen Sie sich. Es handelt sich, wie gesagt, um eine polizeiliche Ermittlung.«

»Ach, geh doch zum Kuckuck! Ich habe mir nichts vorzuwerfen. Das wird ja immer besser. Kommst daher und beschuldigst mich einfach …«

»Ich beschuldige Sie nicht, aber leider sind Sie zurzeit unser Hauptverdächtiger.«

»Wie bitte?!« Er starrte Ricarda fassungslos an. »Jetzt hör mir mal gut zu: Da kann ja jeder kommen und meinen Namen auf ein Stück Papier schreiben. Das ist doch einfach lächerlich. Hast du irgendwelche Beweise?« Er wurde auf einmal ganz ruhig. Von seinem Ärger war von einem Moment auf den anderen nichts mehr zu spüren.

Hut ab, dachte Ricarda. Er verzog keine Miene mehr, wurde weder bleich noch brach ihm der Schweiß aus. Ein Musterbeispiel an totaler Beherrschung. Oder einer psychopathischen Störung? »Hören Sie, wir haben triftige Gründe anzunehmen, dass der Täter Verbindungen zur Literaturbranche hat. Außerdem wurden bei den Opfern Eintrittskarten für die Buchmesse gefunden. Wir gehen also davon aus, dass sie für ein erstes Vorstellungsgespräch an den Gardasee gelockt wurden, und da kommen eben Sie ins Spiel.«

»Glaubst du denn im Ernst, dass ich meinen eigenen Namen verwenden würde, um solche morbiden *Vorstellungsgespräche* zu führen?«, zischte er.

Auch wenn er damit nicht unrecht hatte, wäre ihm diese Arroganz durchaus zuzutrauen, fand Ricarda. »Signore, wenn Sie doch unschuldig sind, warum kooperieren Sie dann nicht einfach? Das würde Ihnen und uns viel Ärger ersparen. Wir prüfen einfach Ihr Alibi, und wenn es nachweisbar ist, hören Sie nie wieder von uns.«

»Und wenn nicht?«, fragte er.

Es sollte sich beiläufig anhören, doch Ricarda erkannte auf Anhieb, dass da etwas faul war. So leicht konnte man ihr nichts vormachen. Irgendetwas hatte dieser Saubermann zu verbergen, aber was?

»Nun, dann werden wir einen Haftbefehl und einen Durchsuchungsbeschluss anfordern«, antwortete sie schlicht. »Es gibt genug Übereinstimmungen.«

Jetzt bildeten sich doch noch feine Schweißperlen auf seiner gerunzelten Stirn, und sein rechtes Augenlid zuckte mehrmals nervös. Mit der Linken fuhr er sich durch die Haare, schaute wie Rat suchend an die Giebeldecke der Messehalle. Ricardas Blick blieb an seiner gebräunten Hand hängen, wo eine freie weiße Stelle am Ringfinger einiges über ihn verriet.

»Das ist doch echt der Hammer! Ich habe das Gefühl, in einem schlechten Roman die Hauptrolle zu spielen: der unschuldig Verurteilte, der für den echten Täter den Kopf hinhalten muss. Einfach absurd.« Er verschränkte die Arme vor der Brust. *Abwehr*, erkannte Ricarda. *Langsam knacken wir die Hülle.*

»Ihnen ist sicherlich klar, dass wir als Nächstes Ihre Frau befragen müssen?«, versuchte Ricarda es auf gut Glück.

Volltreffer! Riminis rechtes Lid zuckte erneut. »Im Ernst?«, fragte er mit bebender Stimme.

Befriedigt sah Ricarda zu, wie die Risse in seinem Schutzwall immer größer wurden, wie die Mauer bröckelte. Sie nickte, ließ ihn nicht aus den Augen.

»Ich … also …«, druckste er herum. »Wäre es möglich, dass meine Frau nichts von dem erfährt, was ich dir jetzt anvertraue?«

»Solange ich nicht aus irgendwelchen Gründen dazu gezwungen bin, besteht dazu eigentlich kein Anlass«, antwortete Ricarda, ohne sich wirklich festzulegen.

»Ich war mit Signorina Tesconi zusammen.« Er wies mit dem Kopf in Richtung der Genannten, die gerade damit beschäftigt war, einen Besucher zu beraten.

»Jeden Abend?«

Er nickte.

»Kann sie das bestätigen?«, fragte Ricarda und schaute ihn prüfend an.

Er nickte eifrig. Sieh an, so schnell verwandelte sich ein arroganter Schnösel in einen äußerst zugänglichen Menschen.

Tatsächlich bestätigte Signorina Tesconi das Alibi ohne Umschweife, als Ricarda sie danach befragte. Enttäuscht bedankte sie sich bei den beiden und machte sich auf die Suche nach Mia und Marco. *Scheiße*, dachte sie, *es war unsere einzige vielversprechende Spur.*

Aufgrund des Lärms der vielen durcheinanderredenden Besucher hörte Ricarda ihr Handy nicht. Es war das Vibrieren, das sie auf den eingehenden Anruf aufmerksam machte. *»Pronto?«*, rief Ricarda in den Hörer, ohne vorher Zeit gehabt zu haben, auf das Display zu achten.

»Ricarda? Wo bist du?«

Antonio! *O Gott, bitte nicht …* Das hatte gerade noch gefehlt.

»Was ist?«, fragte sie kurz angebunden.

»Hast du mir nicht einmal etwas von einem Agenten namens Rimini erzählt?« Seine Frage wurde von einem unangenehmen Schmatzen begleitet.

Ricarda grübelte. Wenn sie sich richtig entsann, hatte sie ihm zwar von einem Agenten erzählt, aber niemals seinen Namen genannt. »Nein, das habe ich nicht.« Ihr wurde mulmig. Was hatte das jetzt schon wieder zu bedeuten?

»Dann muss es Andrea gewesen sein …« Wieder schien Antonio an etwas zu lutschen.

»Du … du sprichst mit Andrea?« Was war denn das? Es wurde ja immer schöner.

»Na ja, da du nicht mehr möchtest, dass ich dich so oft anrufe, habe ich mir eben erlaubt, meinen Kollegen aus Brescia zu kontaktieren.« Schlürfen. Ricarda hasste es, wenn jemand am Telefon aß. Einfach widerlich ... »Er war übrigens hocherfreut, dass ich mir für seine Schwester den Kopf zerbreche ...«

Ricarda schluckte. »Okay, na dann weißt du ja sicher schon alles«, patzte sie. Der Gedanke, dass Antonio jetzt auch noch Andrea belästigte, widerstrebte ihr gewaltig. Sonderbar, dass er gerade jetzt in diesem Moment anrief, als könnte er hellsehen ... Wie nach dem Abend mit Marco in Malcesine ... Ob Andrea dahintersteckte?

»Nimm dich vor Rimini in Acht, meine Liebe.« Erneutes Schmatzen.

Ricarda verzog angeekelt das Gesicht. »Ich war gerade bei ihm, er scheint sauber zu sein.«

»Unfug. Wusstest du, dass ihr in dieselbe Schule gegangen seid?«

»Ja.« Ricarda suchte sich eine abgeschiedene Ecke, in der es etwas weniger laut zuging.

»Glaub ihm kein Wort. Ich kenne ihn.«

Ricarda merkte auf. »Wie bitte?«

»Ja, wir haben ein paar Semester Jura zusammen studiert.«

»Und?«

»Er ist mit allen Wassern gewaschen und legt ein sehr dubioses Verhalten gegenüber Frauen an den Tag.«

Das tust du zurzeit allerdings auch, wäre es ihr fast herausgerutscht. »Das weiß ich, aber er hat leider ein Alibi«, sagte sie stattdessen.

Stille.

»Überprüfe es. Bleib am Ball. Der hat Dreck am Stecken, darauf verwette ich mein letztes Hemd …« Erneutes Schmatzen und Saugen.

»In Ordnung, das werde ich tun. Sag mal, was isst du denn da die ganze Zeit?«

»Ich esse nicht, ich lutsche bloß gerade ein Bonbon«, sagte er und lachte leise.

Das Wort »Bonbon« brachte Ricarda abrupt wieder zu ihrem Fall zurück. »Egal, am anderen Ende der Leitung hört sich das jedenfalls nicht besonders schön an«, bemerkte sie patzig.

»Nun, nichts, was ich im Moment tue, findet Gnade vor deinen hervorragenden Profiler-Augen. Dabei bin ich dir mit Haut und Haaren ergeben …«

»Jedenfalls danke für deinen Tipp«, überging sie rasch die mehrdeutige Bemerkung.

»Gerne. Na dann, *ciao.*« Und schon hatte er das Gespräch wieder beendet.

Nachdenklich starrte Ricarda auf ihr Handy, als könnte die Antwort jeden Augenblick auf dem Display erscheinen. Irgendetwas stimmte da nicht … War es wirklich nur Einbildung, oder wurde der gute Antonio tatsächlich immer aufdringlicher? Nein, das entsprang nicht bloß ihrer übereifrigen Vorstellungskraft: Antonio verhielt sich von Mal zu Mal sonderbarer! Ob auch er am Rande eines Nervenzusammenbruchs stand? Sie nahm sich vor, dem Ganzen mal ordentlich auf den Grund zu gehen, und rief umgehend Andrea an.

»Pronto?«

»*Ciao*, Andrea.«

»Schwesterchen! Und? Die Buchmesse?«

»Ach, ein Reinfall. Stell dir nur vor: Bei diesem Agenten handelt es sich um einen alten Klassenkameraden von mir, den ich nie leiden konnte. Er ist immer um mich herumgeschlichen, sodass es mir nicht verwunderlich erschien, wenn der Typ ein paar Leichen im Keller gehabt hätte …«

»Echt? Das macht ihn gleich noch verdächtiger.«

»Ja, schon …«

»Ich spüre, dass es ein Aber gibt.«

»Ja, er hat ein hieb- und stichfestes Alibi.«

Lautes Prusten. »Na, dann können wir vorläufig nichts unternehmen.«

»Sag mal, Andrea …«

»Hm?«

»Ruft Antonio dich ab und zu an?«

»Ja, warum?«

»Und was erzählst du ihm so?«

»Och, weiß nicht mehr. Halt so dies und das. Er macht sich Sorgen um dich und möchte wissen, wie es mit dem Fall vorangeht. Hat mir gesagt, dass du im Moment irgendwie allergisch auf ihn reagierst.«

Ricarda lachte unfroh in sich hinein, schüttelte den Kopf. »Hast du mit ihm über Marco oder Rimini oder Bianca gesprochen?«

»Bianca … ja sicherlich, Rimini, das kann sein. Über Marco … das weiß ich nicht mehr. Was ist denn los?«

Sie seufzte. »Könntest du bitte mal ganz diskret ein paar Nachforschungen über Antonio einholen?«

»Ist das dein Ernst?«

»Ja.«

»Darf ich fragen, warum?«

»Ich weiß nicht. Er ruft mich ständig an, lässt mir sogenannte Tipps zukommen …«

»Das ist doch eigentlich ziemlich nett von ihm, oder nicht?«

»Hm, ja, schon. Aber er ist irgendwie so abgedreht …«

»Aha … Okay. Klar, mach ich. Pass auf dich auf.«

»Danke, Bruderherz.«

Sie legten auf.

Als das Handy erneut vibrierte, zuckte Ricarda zusammen. *»Pronto?«*, antwortete sie müde.

»Buongiorno, Signora Antonini. Hier ist Maya Ferrari vom Labor. Wir haben die Ergebnisse, die Sie vor ein paar Tagen angefordert haben.«

»Buongiorno, Maya. Prima, ich höre?«

»Bei dem Lippenstift handelt es sich leider um ein Allerweltsprodukt, das in so gut wie jedem Supermarkt erhältlich ist. Die einzige Besonderheit, die Ihnen vielleicht nützlich sein könnte, ist, dass es sich um eine Sorte mit Erdbeeraroma handelt.«

»Ist es bei allen der gleiche?«

»Also bei den ersten beiden jedenfalls. Bei den anderen sind wir noch nicht so weit. Es wird aber sicherlich schneller gehen, da wir nur noch zu vergleichen brauchen.«

»Gut, in Ordnung.«

»Die Fasern der Fäden, mit denen die Münder der beiden Opfer zugenäht wurden, sind ebenfalls identisch. Es handelt sich um ein ziemlich seltenes Garn aus Seide und Baumwolle, das in der Lombardei meist zur Herstellung von handgemachten Ziertextilien verwendet wird. Wir sind noch dabei, den Hersteller zu ermitteln«

»Wunderbar, vielen Dank.« Das war zumindest ein kleiner Lichtblick.

»Sobald ich etwas Neues habe, melde ich mich wieder«, fügte Maya hinzu.

»Vielen Dank, Maya.«

Sie legten auf. In Ricardas Kopf brummte es. Ein leises Surren, das immer lauter wurde. Wie angewurzelt blieb sie stehen, spürte, dass ihr etwas entgangen war. Es war ganz nah, fast greifbar, fühlte sich an wie ein Wort, das einem auf der Zunge lag, aber partout nicht einfallen wollte. Sie wagte nicht, sich zu rühren, aus Angst, es könnte ihr entschlüpfen. Fast mechanisch glitt Ricardas Rechte in die Handtasche, um das Handy zu verstauen. Sie runzelte die Stirn. Ihre Hand fuhr tiefer, wühlte, ertastete die seidige Textur des Gesuchten und holte es langsam heraus. Vor ihrer Nase baumelte die Schandtat ihrer Tochter. Rot, nicht grün. Aber ebenfalls Baumwollseide … Sie fixierte die feine Schnur des Abnehmspiels. Der Gedanke schien völlig irrsinnig. Sie würde sich wahrscheinlich nur lächerlich machen. Aber trotzdem … Wieder nahm sie ihr Handy aus der Tasche und drückte auf die Wiederwahltaste.

»Kriminaltechnisches Labor Brescia, Maya Ferrari am Apparat.«

»Maya, hier ist noch einmal Ricarda Antonini.«

»Ja?«

»Sagen Sie: Wie lange würden Sie mit der Auswertung brauchen, wenn ich Ihnen noch heute Abend ein weiteres Stück Schnur zur Analyse zukommen lassen würde?«

»Oh, wie gesagt, könnte das jetzt ziemlich schnell vonstattengehen, da wir es nur noch vergleichen müssen. Wann wollen Sie es mir denn schicken?«

»Ich bin gerade in Bergamo unterwegs und könnte es Ihnen auf dem Rückweg vorbeibringen. Wäre das in Ordnung?«

»Sicher. Ich werde um sieben abgelöst. Lassen Sie es dann einfach bei meinem Kollegen Tony Brambilla, ich sage ihm Bescheid.«

»Einverstanden«, sagte Ricarda und verabschiedete sich. Mit der freien Hand kramte sie eine Asservatentüte aus ihrer Tasche, ließ das Garn hineingleiten und verschloss das Tütchen. Ja, es war wie ein Wort, das einem auf der Zunge lag und partout nicht einfallen wollte, weil es nicht von Bedeutung schien … Oder etwa doch?

KAPITEL 24 – IM BANN DES TANZES

Bornico, Gardone Riviera, Gardasee, Westküste, Nacht von Ostermontag, 22. April, auf Dienstag, 23. April – Gegen 04.07 Uhr

Schweißgebadet fuhr sie im Bett hoch. Hatte sie da nicht eben ein Geräusch gehört? Oder war das nur im Traum gewesen? Sie keuchte. Verflixt, die Albträume suchten sie aufs Neue heim. Ricarda stand auf, schlüpfte in ihre Hausschuhe und warf sich den Morgenmantel über. Vorsichtig tastete sie den Nachttisch nach ihrer Pistole ab, deren Griff sich geschmeidig in ihren feuchten Handballen schmiegte. Gleich fühlte sie sich etwas sicherer, schlich im Halbdunkel zur Zimmertür, machte sie einen Spalt weit auf und lugte in den Flur.

Klack!

Da! Ricarda fuhr zusammen. Sie hatte es nicht bloß geträumt. Tatsächlich schien jemand ins Haus eingedrungen zu sein. Ihr Atem ging schneller, und ihr Herz trommelte schmerzhaft gegen die Rippen. Mia! Hektisch streifte sie ihre Pantoffeln wieder ab und schlich barfuß zum Zimmer ihrer Tochter, drückte die Klinke behutsam hinunter. Leises Schnarchen kam ihr entgegen. Keuchend stieß Ricarda die angehaltene Luft aus, ging hinein und prüfte die Fensterläden.

So ein Unsinn, dachte sie. *Sicher handelt es sich nur um ein Tier, das auf dem Dach herumgelaufen ist. Eine Katze oder ein Marder. Warum sollte der Killer hierherkommen? Ich passe doch gar nicht in sein Beuteschema*, versuchte sie, sich zu beruhigen. Da ließ sie ein weiteres Klacken herumfahren. Kam es etwa aus der Diele? Es hatte sich angehört, als hätte jemand die Haustür ins Schloss gedrückt. Oder war es aus einem der anderen Räume gekommen? *Verflucht.* Regungslos horchte Ricarda in die Dunkelheit hinein. Ihr ganzer Körper stand unter Hochspannung. In ihren Ohren rauschte das Blut. *Konzentration, Ruhe, Selbstkontrolle*, mahnte sie sich und atmete tief durch.

Nichts. Kein Laut war mehr zu vernehmen. Langsam bewegte sie sich vorwärts. Das Tapsen ihrer nackten Füße auf dem Parkett erschien ihr ungewöhnlich laut, es ärgerte sie. Noch immer hielt sie die Pistole im Anschlag, bewegte sich Stück für Stück vorwärts, automatisch alle Winkel und Ecken prüfend, so wie sie es vor so vielen Jahren auf der Polizeischule gelernt hatte. Sie erreichte die Wohnungstür. Der Schlüssel steckte im Schloss. Hatte sie tatsächlich vergessen, ihn umzudrehen? Vorsichtig legte sie die linke Hand auf die Klinke, konnte das Zittern nicht verhindern. Ganz langsam drückte sie sie hinunter, und die Tür schnappte auf. Mist.

Ohne lange zu fackeln, riss sie sie ganz auf, sprang hinaus in den Nieselregen und wirbelte erst nach rechts, dann nach links herum, während ihr Blick über das Gelände flog. Da war niemand. Zumindest jetzt nicht mehr. Alles lag still da, die Auffahrt, die Hecken, der Vorgarten. Nur das Mondlicht warf sein fahles Licht auf die Umgebung. Nichts Ungewöhnliches. Auch bei Bianca schien alles ruhig. Keuchend ließ Ricarda die Waffe sinken.

In diesem Moment fasste sie den Entschluss, Andrea

am nächsten Tag als Erstes um einen Streifenwagen vor ihrem Haus zu bitten. *Damit hatte Antonio dann wohl doch recht*, dachte sie beklommen. Ob er auch mit dem Rest richtiglag? So konnte das nicht weitergehen. Mia musste beschützt werden, und Ricarda brauchte ihren Schlaf, um diesen scheußlichen letzten Fall zu lösen. Sollte sie Mia nicht besser doch zu ihrem Vater oder Onkel in Sicherheit bringen lassen? Sofort verwarf sie den Gedanken wieder. Tief im Inneren hatte sie das Gefühl, dass Mia bei ihr am sichersten war. So gut organisiert, wie der Täter vorging, musste sie in Erwägung ziehen, dass er Mias neuen Aufenthaltsort ausfindig machen könnte, und dann wäre sie nicht zur Stelle, um ihr Kind zu beschützen. Müde und durchnässt schlich sie ins Haus zurück, schloss leise die Tür hinter sich und drehte den Schlüssel zweimal im Schloss herum. Ihre Füße prickelten unangenehm vor Kälte.

Noch immer leicht unter Schock schaltete sie das Licht ein. *Eine heiße Milch oder besser einen Whisky?*, fragte sie sich. Sie entschied sich für die Milch und tappte in Richtung Küche. Jäh trat sie in etwas Feuchtes. Zuerst nahm sie an, ihre Füße würden so triefen, dass sie Wasserlachen hinterlassen hatten. Aber sie war doch noch gar nicht hier entlanggegangen …

Ricarda hielt inne und schaute hinunter zum Fußboden. Erschrocken starrte sie die nassen, erdigen Schuhabdrücke auf dem Parkett an. In ihr krampfte sich etwas zusammen. Sie konnte noch so viele Jahre Erfahrung als Ermittlerin haben, diesmal betraf es sie persönlich, brachte ihre Tochter in Gefahr. Mit rasendem Herzen hob sie die Waffe wieder an und folgte der Spur bis in die Küche.

Nichts. Erleichtert knipste sie auch hier das Licht an. Plötzlich riss sie die Augen weit auf. Ein unkontrolliertes Zittern erfasste ihren Körper. Entsetzt starrte Ricarda auf den Küchentisch. Was war das? Ungläubig näherte sie sich dem verschrumpelten Etwas. Ihr Hirn lief auf Hochtouren, versuchte zu begreifen. Mia? Nein, unmöglich. Ihr Verstand hatte Schwierigkeiten, sich darauf etwas zusammenzureimen. Sollte das ein Scherz sein? Nein, ganz im Gegenteil: Das hier war bitterer Ernst …

Ricarda betrachtete es von allen Seiten, war versucht, es anzufassen. *Bloß nicht!*, schrie die Polizistin in ihr. *Eine Asservatentüte muss her, Verstärkung, die Spurensicherung.* Doch anstatt zum Telefonhörer zu greifen, setzte sie sich wie in Trance an den Küchentisch und starrte auf das, was ganz sicher ein Symbol sein sollte. Es musste die Verkörperung dessen sein, was er oder sie ihr sagen wollte. Nur was? Marcos Worte schossen ihr durch den Sinn: *Meistens wird man Schriftsteller, weil man etwas zu sagen hat. Etwas, das man anders nicht ausdrücken kann. Denn würde man es nicht tun, würde man halb verrückt werden.* Ja, X wollte ihr etwas mitteilen. Es war eine Aussage, ein Zeichen, eine Aufforderung. Eine Aufforderung zum Tanz, zum Tanz der Abscheulichkeiten …

Da lag es, klein, unscheinbar und so schmuddelig, dass es seine eigentliche Farbe fast verloren hatte wie ein alter Lumpen, der jahrelang Unaussprechliches aufgesaugt hatte. Es schien steinalt, als stammte es aus einer anderen Epoche … Ricarda bebte am ganzen Körper. Da sind wir also. Sie wusste weder wie noch warum, aber sie schien mittendrin im Horror zu stecken. Sie zwang sich zur Nüchternheit, musterte es eingehend. Nur hier und da konnte man mit viel Vorstellungskraft noch erkennen, dass es sich einmal um ein dickes, kordelähnliches Garn gehandelt haben musste; ein grünes …

KAPITEL 25 – KATZ UND MAUS

Hafen von Torri del Benaco, Viale Guglielmo Marconi, Dienstag, 23. April – 9.30 Uhr

Ratlos starrte Ricarda auf das, was trotz des immanenten Grauens der Szene allmählich zu einem gewohnten Anblick geworden war. Diesmal hatte X sich ein ganz besonderes Denkmal ausgesucht, nämlich eines, das nicht bewacht wurde: das Monumento all'Alpino. Der Grund für diesen Missstand lag sicher darin begründet, dass diese Statue nicht zu Ehren eines Schriftstellers, sondern der Gebirgsjäger, der sogenannten Alpini, errichtet worden war. Trotzdem hatte auch dieses Monument einen indirekten Bezug zu Büchern. Innerlich fluchte Ricarda, dass dieses Detail den Einheiten völlig entgangen war.

Diese Tatsache zeugte wieder einmal von der überdurchschnittlichen Intelligenz des Mörders und bewies, dass er ihnen noch immer ein paar Schritte voraus war. Trotz der Warnungen in der lokalen Presse, der genauen Beschreibung seiner Vorgehensweise, war ihm eine weitere junge Frau in die Falle getappt, hatte sich wie ein Lamm zur Schlachtbank führen lassen. Wie war das möglich? Es untermauerte Ricardas Vermutung, dass diejenigen, die X als Opfer auserkoren hatte, sich bereits in seiner Gewalt befanden.

Wehmütig schaute Ricarda sich um. Erneut hatte X es geschafft, einen Ort von atemberaubender Schönheit mit der Abartigkeit seiner Taten zu entstellen. Die herrliche Uferpromenade des historischen Hafens glitzerte mit ihren zahlreichen Bänken und den verschnörkelten schmiedeeisernen Laternen in der Sonne, strahlte trotz allem eine Aura der heiteren Sorglosigkeit aus. Normalerweise bummelten hier Touristen bis spät in die Nacht am See entlang oder genossen die lauen Abendstunden bei einem Aperitif. Hinter dem malerischen Städtchen erstreckte sich die immergrüne Landschaft; weiter südlich wurde der See breiter, und die Berge wichen zurück.

Ricarda richtete ihren Blick wieder auf das Denkmal. Es stand dort, wo der Viale Guglielmo Marconi und der Viale Fratelli Lavanda aufeinandertrafen, einem Ort direkt am Fuße der Scaligerburg, der zum Ausruhen und Innehalten einlud; an Markttagen wimmelte es hier von Ständen, die lokale Erzeugnisse und Krimskrams für Touristen anboten. Ein hüfthohes Mäuerchen umgab den grob behauenen Steinquader, auf dem zwei lebensgroße Bronzefiguren hockten: ein Mann und ein Kind. Nein, ein Soldat und ein Kind. Sein Sohn vielleicht? Statt den Anblick des funkelnden Sees und der Schatten spendenden Olivenbäume im Hintergrund zu genießen, konzentrierte sich der Mann mit der typischen federgeschmückten Kopfbedeckung der Alpini auf den neben ihm sitzenden Jungen, der seinerseits gebannt zu ihm aufsah. In der Linken hielt der Gebirgsjäger ein großformatiges Buch, aus dem er dem Kind vorzulesen schien, die andere Hand hatte er erhoben, wie um seinem jungen Zuhörer etwas in der typisch ausufernden Gestik des Südländers zu erklären. *Wie passend*, dachte Ricarda. *Was ist es nur, das der Mörder mir verdeutlichen will?*

Die Faszination, mit der das Kind an den Lippen des Mannes zu hängen schien, versetzte ihr einen Stich, denn spontan musste sie an Mia und Marco denken, an die Anbetung, die ihre Tochter dem Schriftsteller entgegenbrachte. Der Bildhauer hatte die Szene perfekt eingefangen: die staunenden Augen des Kindes, die väterliche Aura des Soldaten. Es hätte berührend sein können, wäre da nicht ... Ja, würde da nicht direkt zu Füßen der beiden wundervollen Bronzestatuen ein weiteres Opfer des Denkmal-Mörders kauern, das fünfte mittlerweile.

Die Körperhaltung der Leiche glich haargenau der Position der anderen Opfer: Auch sie stierte auf den Leser, doch ihr gebrochener Blick wirkte um ein Vielfaches leerer als der der Metallmenschen. Ihr verstümmelter Mund leuchtete rot in der Morgensonne, und auch ihr fehlten wieder die drei Schreibfinger. Doch da war keine Nachricht. Nichts fiel aus den Händen der Toten, als Ricarda sie vorsichtig untersuchte, nichts lag neben dem Opfer auf dem Boden. Ricarda runzelte die Stirn. Ihre Augen suchten die nähere Umgebung ab. Kein Bonbon-Papier, das eventuell von einem Windstoß weggetragen worden war? Oder ... kam die Nachricht vielleicht von dem Monument selbst? Was wollte X ihr sagen? Instinktiv spürte sie, dass da mehr dahinterstecken musste ...

Sie näherte sich dem Soldaten, betrachtete das Buch. Auf der linken Bronzeseite stand geschrieben: *CONOSERE IL PASSATO PER CONSTRUIRE IL FUTURO.* Ricarda schloss die Augen. *Die Vergangenheit kennen, um die Zukunft aufzubauen.* Ha! Hatte sie es doch gewusst. Deshalb hatte X dieses Denkmal gewählt. Die Symbolik, immer wieder diese vermaledeite Symbolik. Die Vergangenheit. *Was ist in meiner Vergangenheit bloß vorgefallen, an das ich mich erinnern soll?*, fragte sie sich. *Nichts, rein gar nichts. Die Jahre meiner Kindheit und Jugend hätten banaler nicht sein können.* Abermals zog Ricarda die Stirn kraus.

»Nicolò?«, wandte Ricarda sich an den Gehilfen. »Was können Sie uns über dieses Denkmal sagen?«

Halb belustigt, halb erstaunt schaute Andrea sie an, doch Ricarda zuckte nur mit den Achseln. Wenn man schon so ein Genie dabeihatte, warum nicht davon profitieren? Außerdem fing sie an, ihn richtig gernzuhaben.

»Ähm, ja … natürlich«, druckste Nicolò zuerst ein wenig herum. Er hatte wohl nicht damit gerechnet, dass Ricarda ihn erneut mit einbeziehen würde. Doch die Lust, sein Wissen zu teilen, gewann augenblicklich die Oberhand über seine Verwirrtheit. »Die Alpini sind eine Untereinheit des italienischen Heeres und wurden 1872 gegründet. Unter Mussolini sind sie bis in die russische Tundra vorgerückt, und auch heute noch bestreiten sie Auslandseinsätze, insbesondere in Afghanistan. Wenn ich mich richtig entsinne, ist dieses Denkmal zum Gedenken an die Alpentruppen im November 2016 von der Gemeinde Torri del Benaco und von der Nationalen Alpenvereinigung der Sektion Verona eingeweiht worden.«

»Alle Achtung«, sagte Ricarda aufs Neue ehrlich beeindruckt.

»Ist dir etwas aufgefallen?«, wollte Andrea vorsichtig wissen. Es hörte sich ungeduldig an. Jäh wurde Ricarda sich wieder bewusst, dass sie nicht allein waren. Um sie herum standen die Kollegen der Spurensicherung und warteten darauf, dass sie ihre Untersuchung beendete, um sich dem Fall anzunehmen. In den engen Latexhandschuhen wurden Ricardas Hände feucht. Der Gedanke, möglicherweise etwas zu übersehen oder falsch zu interpretieren, quälte sie.

Langsam schüttelte sie den Kopf, schnalzte missmutig mit der Zunge und las laut weiter: »An dem jetzt fast dunklen Himmel jagten sich leuchtende Markierungskugeln einander hinterher. In diesem Himmel war Gott: Ich stand still und grau vor ihm, in der großen Kälte. Neben mir waren mein Elend und mein Wille, trotz allem weiterhin ein Mann und ein Anführer von Männern zu sein.«

Mein Elend … ein Mann und ein Anführer von Männern, wiederholte sie in Gedanken. War X also ein Mann? Oder hatte es nichts damit zu tun? Fühlte sich der Mörder allen anderen Menschen überlegen? Verdammte ihn das zu Einsamkeit und Elend? Hatte er als Kind gelitten? Litt er jetzt?

Frustriert ließ Ricarda die Arme sinken. Sie wusste nicht mehr weiter. Ein Engpass. Resigniert machte sie den Wartenden ein Zeichen und trat beiseite, starrte aufs Wasser. Ein Schwanenpärchen glitt friedvoll in der Morgensonne dahin, viel zu schön, um zu dieser abstoßenden Szenerie zu passen. Ihr Blick schweifte ab, huschte entlang der weitläufigen hübschen Uferpromenade, die sich durch helle und prachtvoll blühende, verträumte Olivenhaine bis nach Malcesine schlängelte. Überall schmückten bunte Blumen die Gemäuer – sah *er* diese Schönheit denn nicht? War X blind für alles außer seinen kranken Rachefeldzug, oder bereitete es ihm ein perverses Vergnügen, die Idylle zu schänden?

Plötzlich fühlte Ricarda sich nutzlos. War es ein Fehler gewesen, diesen Fall anzunehmen? Alle erwarteten ein Wunder von ihr, aber sie hatte es mit jemandem zu tun, der um einiges gewiefter schien als sie selbst. Doch da war auch das Surren der Zahnräder …

»Er weicht ab«, entfuhr es ihr. Sie hob den Zeigefinger in die Luft wie jemand, der gerade einen wichtigen Gedanken verfolgte und ihn nicht wieder verlieren wollte.

»Wie bitte?« Andreas Neugier schien geweckt. Er winkte Nicolò noch näher heran, damit er auch ja kein Wort verpasste.

»Er weicht von seiner normalen Vorgehensweise ab«, wiederholte sie. »Diesmal hat er kein Schriftstellerdenkmal gewählt. Vielleicht absichtlich, vielleicht aber auch weil die anderen Monumente rund um den See bewacht werden.«

Nachdenklich strich sich Andrea über die Spitze seines Bartes, zwirbelte sie hin und her.

»Das muss ihn wütend machen«, fuhr Ricarda fort. »Denn er kann seine Nachricht nicht mehr so übermitteln, wie er will, wie er es ursprünglich geplant hat. Das setzt ihm bestimmt ganz schön zu. Wahrscheinlich macht es ihn halb wahnsinnig. Jetzt wird er Fehler begehen.«

»Bist du dir da sicher?«

»Ja, denn er braucht das Gefühl, die Kontrolle zu haben. Er ist manisch. Es müssen immer die gleichen Rituale vollzogen werden.« Spontan musste sie an Bianca denken und stutzte. In ihrem Inneren rumorte etwas, das sich melden wollte. Irritiert sprach sie weiter: »X weicht nur dann davon ab, wenn er … oder sie … uns eine Nachricht hinterlassen will.« Absichtlich sagte sie nicht *mir*, weil sie befürchtete, ihr Bruder könnte glauben, dass sie durchdrehte, das Ganze zu persönlich nahm. »X ist ein Mensch, der alles vorausplant. Ich wette, er hat sich dieses Denkmal als Ausweichmanöver bereitgehalten, für den Fall, dass die anderen Möglichkeiten durch unsere Maßnahmen ausfallen. Es könnte auch sein, dass diese junge Frau gar nicht in einem Hotel untergekommen ist, sondern auf seine Empfehlung hin ein Zimmer bei einem Anwohner gemietet hat.«

»Dann genügt es jetzt also nicht mehr, nur die Hotels zu überprüfen? O Mann, weißt du, wie viel bei solchen Vermietungen bei Privatleuten unter der Hand abläuft?«

»Ja«, bestätigte Ricarda bedauernd. »Und wir werden auch die überregionale Presse einschalten müssen, schließlich kommen die Opfer aus ganz Italien, und wenn sie erst einmal hier am Gardasee sind, ist es schon zu spät.«

»Glaubst du wirklich, dass das eine gute Idee ist?«

Ricarda nickte bekümmert.

»Wird dann nicht eine allgemeine Panik ausbrechen? Schau nur, was die Franco bereits angerichtet hat.«

»Es ist vielleicht besser, unsere eigene Version zu bringen, anstatt weiterhin Raum für die verheerenden Spekulationen und Angriffe dieser Frau zu lassen. Ich wüsste auch nicht, was wir sonst noch machen könnten. Außerdem wird es jetzt sowieso nicht mehr lange dauern, bis sie die Geschichte aufgreifen.« Ein tiefer Seufzer entrang sich ihrer Brust. »Wir werden X also den Gefallen tun und ihn ins Fernsehen bringen. Sicher legt er es genau darauf an.«

Sie hatten diesen Schritt vermeiden wollen, indem sie die Hotels per Fax und Telefon kontaktiert hatten, um dem Täter nicht die Genugtuung zu verschaffen, die das damit einhergehende Aufsehen ihm bereiten musste – aber auch, damit die anbrechende Touristensaison nicht allzu sehr in Mitleidenschaft gezogen wurde. Auf der anderen Seite war das Kind dank Tizianas Artikeln bereits in den Brunnen gefallen.

Seufzend gab Andrea Nicolò eine entsprechende Anweisung.

»Ach, und Nicolò?«, fügte Ricarda hinzu. Fragend blickte er sie an. »Es wäre gut, wenn die Nachricht bestimmte Reporter erst sehr viel später als ihre Konkurrenz erreichen würde.«

»Oh«, antwortete Nicolò und sein verschmitztes Lächeln zeigte ihr, dass er ihren kleinen Racheakt verstanden hatte. »Sicher wird es bei der Weiterleitung ein paar technische Probleme geben. E-Mails sind nicht immer so zuverlässig, wie man meint.«

Es war zwar nur eine geringe Vergeltung für das, was die Frau ihr angetan hatte, aber immerhin würde es diese so von sich selbst eingenommene Dame unmäßig ärgern. Dankbar erwiderte Ricarda Nicolòs Lächeln, bevor sie sich gedanklich wieder dem Fall widmete. Die Zeit lief ihnen davon. Ricarda meinte, geradezu zu spüren, wie sie ihr durch die Finger rieselte. Vielleicht war das nächste Opfer schon in den Händen des Mörders? Vielleicht lebte die Frau schon nicht mehr? Oder vielleicht war er gerade dabei, ihr den Mund zuzunähen, legte ihre Finger in dieser Sekunde unter den Hebelschneider? Ein Schauer durchlief Ricarda.

Jeder in seine eigenen Grübeleien versunken, ließen sie sich von den Carabinieri wieder nach Gardone Riviera übersetzen, kehrten noch immer schweigend ins Präsidium zurück.

In ihrem Büro sank Ricarda mutlos auf ihren Sessel und starrte trübsinnig vor sich hin. Sie spürte die durchwachte Nacht in den Knochen, fühlte sich wie zerschlagen. Bis in die frühen Morgenstunden hatte es in ihrem Haus nur so von Polizisten gewimmelt, die SpuSi hatte jeden Stein im Garten umgedreht. Ein Wunder, dass Mia während des ganzen Trubels so brav in ihrem Zimmer geblieben war. Kurz kam Ricarda der Gedanke, ob ihre Tochter wohl die ganze Zeit heimlich an einer neuen Geschichte gearbeitet hatte. Ein Lächeln umspielte ihre Mundwinkel, erstickte aber schon im Keim. Der mangelnde Erfolg ihrer Investigationen trug sicher auch seinen Teil zu ihrem Unwohlsein bei. Das Gefühl, an etwas vorbeigeschlittert zu sein, ließ Ricarda nicht mehr los. Eine dunkle Wolke schien ihren Verstand zu vernebeln. Was hatte sie übersehen?

Sie wusste, dass X mit ihr spielte. Ein perfides Katz- und Mausspiel, bei dem er ihr immer einen Zug voraus war. Sollte nicht eigentlich sie die Katze sein? Langsam fragte Ricarda sich, wer hier wem nachstellte? Er war die Katze, lauernd, blitzschnell, grausam. Am liebsten hätte Ricarda bei dem Gedanken mit der Faust auf den Tisch gehauen, um ihren Frust abzulassen. Dann würde sie eben die Maus sein, verflucht noch mal. Sie war flink, wendig, schlau und konnte in Löcher kriechen, in denen er sie niemals vermuten würde. Von dort aus konnte sie Dinge beobachten, ohne dass er es auch nur ahnte. Ihr stand ein ganzes Team zur Verfügung, ach was: eine Armee! Die Mannschaften des gesamten Gardasees, das Labor, die Ärzte, Wissenschaftler, Spurenermittler – alle unterstützten sie. Und in seinem Wahn würden X Fehler unterlaufen, denn eine vorschnellende Katze riss Tischtücher mit sich, schlug mit dem wütenden Schwanz gegen Vasen, die laut scheppernd am Boden zersprangen. *Was habe ich übersehen?*, fragte Ricarda sich erneut.

Das laute Bimmeln des Telefons riss sie aus ihren Grübeleien.

»*Pronto?*«

»Signora Antonini?«, fragte eine bebende Männerstimme.

»Ja?«

»Diego Borello, der Rezeptionist vom San Marco am Apparat … mir ist da noch etwas eingefallen.«

Ricarda zückte sofort einen Stift. »Ich höre?«

»Die Brille hatte dicke Gläser.«

»Wie bitte?«

»Na, die Brille der Person, die auf die junge Frau gewartet hat ... die Brille hatte so Gläser, die Glupschaugen machen.« Ricarda verschlug es die Sprache. »Hallo, Signora Antonini? Sind Sie noch dran?«

»Äh, ja, vielen Dank, Signor Borello«, antwortete Ricarda hastig. »Das ist eine sehr nützliche Information. Behalten Sie diese bitte im Augenblick noch für sich.«

»In Ordnung.«

Sie legten auf. Wie versteinert starrte Ricarda vor sich hin. War das wirklich möglich? Es schien so unglaublich und doch so naheliegend. Sie spürte ihren Puls heftig durch ihre Adern pumpen. Schweiß brach ihr aus. Würde das als Beweis reichen? Das neuerliche Klingeln des Telefons ließ sie heftig zusammenfahren.

»*Pronto?*«, rief sie gereizt in den Hörer, bereute den aggressiven Tonfall aber bereits, während ihr das Wort entschlüpfte.

»*Buongiorno*, Ricarda, hier ist Maya«, stotterte die Frau am anderen Ende der Leitung ein wenig verwirrt.

»Verzeihen Sie, Maya, ich habe gerade eine schlechte Nachricht erhalten.«

»Ich habe die Ergebnisse, vielleicht hilft Ihnen das ja weiter.«

»Ja, sehr gut, ich bin ganz Ohr ...«

»Die Auswertungen der Schuhabdrücke sind eingetroffen«, berichtete Maya. Als Ricarda in der Nacht zuvor ihre Sinne wieder einigermaßen beisammengehabt hatte, hatte sie ohne lange zu überlegen Andrea und die Spurensicherung informiert. Doch außer den feuchten Stellen auf dem Boden und seinem »Geschenk« hatte der Eindringling nichts zurückgelassen. Weder Fingerabdrücke noch Fasern seiner Kleidung. Nicht dass Ricarda ernsthaft damit gerechnet hätte …

»Das ging aber schnell.« Unbewusst ballte Ricarda die freie Hand zur Faust.

»Es handelt sich um Gummistiefel der Marke Trento, Größe 43 bis 45. Ein Herrenmodell.«

»Hm, das ist die Marke, von der so gut wie jeder Italiener, der etwas auf sich hält, mindestens ein Paar in seiner Garage stehen hat«, überlegte Ricarda laut. »Besonders hier am Gardasee.«

»Außerdem könnte dieses Fabrikat durchaus auch von einer Frau mit großen Füßen getragen werden«, warf Maya ein.

Ricarda bebte. »Was gibt es sonst noch?«

»Wie bereits vermutet, ist der Lippenstift des vierten Opfers mit dem der ersten drei identisch.«

»Gut«, sagte Ricarda ungeduldig.

»Und was das Garnstück betrifft, das Sie bei sich zu Hause auf dem Küchentisch gefunden haben –«

»Ja?«

»Die Fasern sind sehr alt, schätzungsweise 30 Jahre, wenn nicht sogar noch älter. Ansonsten ist es quasi identisch mit den anderen.«

»Was heißt ›quasi‹? Könnten Sie bitte etwas präziser werden?«

»Die anderen Fäden stammen alle von derselben Charge. Nicht so dieses Teil, dafür ist es zu alt. Jedoch bestehen alle untersuchten Garnproben zu 100 Prozent aus Naturfasern, und wir konnten ermitteln, dass sie von einem alteingesessenen Familienbetrieb in Mailand hergestellt wurden.

Heute werden die Materialien von Maschinen bearbeitet. Auch wird die Baumwolle heutzutage vor der Verarbeitung gründlicher gereinigt, die Fasern sind weicher.«

»Hm, weiter?« Das leise Summen in Ricardas Ohren setzte wieder ein.

»Die Fasern bei dem Stück aus Ihrer Küche hingegen sind etwas gröber, ansonsten weist es aber doch ziemlich genau die gleiche Zusammensetzung auf wie das Garn, das bei den Opfern verwendet wurde. Das muss jedoch nicht viel heißen, denn das Fabrikat ist bei uns recht verbreitet.«

»Gut, danke, Maya.« Ricarda seufzte. Also wieder eine Pleite, die sie kein Stückchen weiterbrachte.

»Das ist aber noch nicht alles«, fügte Maya rasch hinzu.

»Oh, was denn noch?«

»Der rote Faden, den Sie mir vorbeigebracht haben –«

»Ja?« Ricardas Stimme bebte.

»Er hat nicht nur genau die gleiche Beschaffenheit wie die anderen –«

»Sondern?« Ihr Puls raste, sie zitterte.

»Er stammt ebenfalls von dem Familienbetrieb in Mailand, dem Haus Appiani & Figlio. Und es kommt noch besser: Er ist aus genau derselben Produktreihe wie die Fäden, die der Mörder verwendet hat.«

Es traf Ricarda wie ein Schlag. Ihre Gedanken wirbelten durcheinander.

»Wie ... wie können Sie sich da so sicher sein? Ich meine, dass er von der gleichen Charge stammt?«

»Weil es bei der Herstellung dieses speziellen Garns bei unterschiedlichen Produktionslinien nie ganz die gleiche Zusammensetzung aus Seide und Baumwolle ergibt, da das Mischen noch immer von Hand geschieht.«

»Das passiert vor dem Färben?«

»Ja.«

»Aber sagten Sie nicht, dass es mittlerweile von Maschinen verarbeitet wird?«

»Hinterher schon, wenn die Ballen gerollt werden. Aber die Zusammensetzung erfolgt noch immer von Hand.«

Ricarda sprang auf. »Vielen Dank, Maya, *ciao*«, verabschiedete sie sich und legte auf. »Wir haben sie!«, brüllte sie.

Prompt tauchten neugierige Gesichter in ihrer Bürotür auf, als hätten ihre Mitarbeiter direkt daneben gelauert. Alle schauten Ricarda erwartungsvoll, fast furchtsam an; alle hofften sie, dass der Anrufer eine entscheidende Neuigkeit übermittelt hatte. »Wir haben sie!«, wiederholte sie, zitterte am ganzen Leib.

»Sie?«

»Bianca«, keuchte Ricarda. Ihre Stimme überschlug sich fast. »Jetzt haben wir endlich etwas gegen sie in der Hand ...« Kurz fasste Ricarda Mayas Bericht und die Geschichte mit dem Abnehmspiel für ihre Kollegen zusammen.

Andrea schüttelte den Kopf. »Das ist zu mager. Der Staatsanwalt wird uns wegen so einem Indizienbeweis niemals einen Haftbefehl ausstellen. Wahrscheinlich wird es nicht mal für eine Hausdurchsuchung reichen.«

»So ein verdammter Mist«, stöhnte Ricarda aufgebracht und ließ sich wieder auf ihren Sitz fallen. »Was brauchen wir denn noch? Alles weist doch darauf hin, dass Bianca unsere Täterin ist, *alles* ...«

»Wie meinst du das?«

»Sie soll eine schwierige Kindheit und sehr strenge Eltern gehabt haben. Sie ist seltsam und manisch. Mia hat mir erzählt, dass sie ständig irgendetwas im Garten vergräbt. Auch ich habe das schon mitbekommen. Als Mia sich den Faden genommen hat, ist Bianca geradezu ausgeflippt.«

»Das macht sie ziemlich verdächtig, stimmt schon, aber es beweist noch gar nichts.«

»Sie ist groß, trägt eine Brille mit dicken Gläsern, hat dunkle Locken –«

»Wie hundert andere Frauen auch, Ricarda.«

»Sie kennt mich von früher. Bestimmt hat sie einen Hass auf mich entwickelt, weil ich nicht ihre Freundin sein wollte.«

»Das sind alles nur Vermutungen, keine stichhaltigen Fakten.«

»Verdammt, das weiß ich ja ...« Wieder hatte Ricarda unwillkürlich die Stimme erhoben. »Aber es macht mich einfach wahnsinnig. Ich spüre es im Bauch. Nachts höre ich sie manchmal wegfahren. Ach ja, und sie wusste übrigens auch, dass ich am Vorabend des Mordes am Goethe-Denkmal mit Marco in Malcesine war. Soll das alles nur Zufall sein?«

Andrea schüttelte bedauernd den Kopf. »Nein, da stimme ich dir ja zu. Auch wenn ich mir diese graue Maus kaum als Serienmörderin vorstellen kann. Allein schon, um die schweren Körper zu tragen –«

»Das will nichts heißen. Unter Adrenalin entwickeln manche Täter unvorstellbare Kräfte, Andrea. Außerdem: Es steht solchen Leuten nie auf die Stirn geschrieben, wie du ja weißt.«

»Auch wieder wahr«, gab ihr Bruder zu. »Aber sie hat ja kein Boot, oder? Wir hatten doch ermittelt, dass der Mörder auf dem Wasserweg nach Malcesine gekommen sein muss ...«

»Sie hätte mit dem Auto zu einem nahen Anlegeplatz fahren können, um dort auf ein geliehenes Boot umzusteigen.«

»Hm.« Andrea dachte nach, nickte einsichtig. »Schon möglich.« Doch sein Blick verriet etwas anderes.

»Du glaubst es nicht?!« Sie keuchte leise. Wenn sie nicht einmal den eigenen Bruder von ihrer Theorie überzeugen konnte …

»Doch, auch ich finde sie sonderbar. Und nach dem, was da zusammenkommt, scheint alles zu stimmen: das Motiv, die Nähe zu dir, der Faden … aber …«

»Aber?«

»Bianca kann doch im Internet keine Daten hacken oder Kreditkartennummern stehlen.«

Für einen kurzen Augenblick stiegen Zweifel in Ricarda auf. »So sehe ich das nicht. Was, wenn sie sich nur so altbacken und beschränkt gibt? Was, wenn sie in Wirklichkeit hochintelligent ist? Außerdem könnte sie auch einen Komplizen haben.«

Andrea nickte einsichtig. »Auch wieder wahr.«

»Können wir sie denn nicht wenigstens mal verhören?«

»Natürlich könnten wir das. Aber bist du dir wirklich sicher, dass es nicht besser wäre, erst einmal so zu tun, als wüssten wir von nichts?«

Nachdenklich schaute Ricarda ihren Bruder an. Wieder mal hatte er ins Schwarze getroffen. *Reiß dich zusammen*, mahnte sie sich, *du verlierst den Kopf. Sollte Antonio also auch mit Bianca wieder recht behalten? O nein, wie unrecht ich ihm getan habe …* »Ja, stimmt«, sagte sie resigniert und schnalzte mit der Zunge. »Wenn Bianca wirklich unser X ist, würden wir sowieso nichts aus ihr herausbekommen. Sie würde nichts durchblicken lassen, sondern einen auf arme, verleumdete Hausfrau machen. Was ist nur los mit mir? Natürlich. Besser, sie wiegt sich in falscher Sicherheit.«

»Ein Streifenwagen steht ja schon vor deiner Tür, also –«

»Zieh ihn ab«, forderte Ricarda.

»Sicher?«

Sie nickte entschlossen. »Ja, Bianca soll sich vollkommen sicher fühlen. Setz stattdessen ein Team auf sie an, das ihr Tag und Nacht unauffällig folgen soll.«

Mit einem Nicken stimmte Andrea diesem Vorschlag zu.

Erleichtert rang Ricarda sich ein Lächeln ab. Es ging voran. Langsam, stockend, aber es war allemal besser, als weiter mit leeren Händen dazustehen. *Jetzt sitzt du in der Falle, meine Liebe*, dachte Ricarda. *Wie erwartet, hast du einen Fehler gemacht: der Faden!*

Das niederträchtige Spiel ging also in die zweite Runde. Nur würden sie den Spieß jetzt umdrehen. Aus der Jägerin wurde die Gejagte. Die Vase war am Boden zerschmettert und die Maus aus ihrem Loch gekrochen …

KAPITEL 26 – MUT DER VERZWEIFLUNG

Gardone Riviera, Gardasee, Westküste, 24. April – 19 Uhr

Wie üblich kam Ricarda an diesem Abend völlig erschöpft und frustriert nach Hause. Als sie an Biancas Vorgarten vorbeiging, kniete diese wieder einmal vor ihrem Blumenbeet und schüttete eine kleine Grube, die sie augenscheinlich gerade erst gebuddelt hatte, mit Erde zu. Ricarda musste all ihre Willenskraft aufbieten, um sie nicht ohne Umschweife zur Rede zu stellen, denn sie war sich fast sicher, dass dort die Finger der Opfer begraben lagen. Würden sie am nächsten Tag wieder eine Leiche finden? In Ricarda brodelte es. *Geduld, Geduld …*

Bianca hob den Kopf und schenkte ihr ein Lächeln, dessen Ausdruck Ricarda nicht recht zu deuten vermochte. Wissend? Schadenfroh? Triumphierend? Ihr wurde warm. Etwas verwirrt lächelte sie zurück, versuchte, so natürlich wie möglich zu wirken. *Ahnt Bianca, dass ich sie verdächtige?* Zuzutrauen wäre es ihr.

»Guten Abend«, grüßte Ricarda knapp.

»Guten Abend«, antwortete Bianca lakonisch. »Möge der Herr dir viel Kraft schenken, Ricarda.«

Ricarda runzelte die Stirn ob der seltsam altertümlichen Floskel. Bemüht, sich ihre Besorgnis nicht anmerken zu lassen, nickte sie kurz und hastete weiter. Was hatte Bianca damit sagen wollen?

Noch immer grübelnd trat sie ins Haus, wo sie Marco allein auf der Terrasse vorfand. Die Hände in den Hosentaschen vergraben, stand er da und blickte in die Ferne. Noch hatte er sie nicht bemerkt. Ricarda legte ihre Handtasche auf die Kommode, schnallte den Pistolengurt ab und verstaute die Waffe an ihrem üblichen Platz in der obersten Schublade. Dann ging sie in die Küche, holte zwei Weingläser und eine Flasche edlen Porto, bevor sie zu Marco auf die Terrasse trat.

Das leise Klirren schreckte ihn aus seinen Träumereien. Er fuhr herum und fasste sich an die Brust.

»Oh, Ricarda, ich habe Sie gar nicht kommen hören.« Er lachte erleichtert.

»Verzeihung, ich wollte mich nicht anschleichen. Alles in Ordnung? Wo ist denn Mia?«, fragte sie und konnte nicht verhindern, dass sich ein Hauch Besorgnis in ihre Stimme mischte. Sachte stellte sie die Gläser auf dem niedrigen Gartentischchen ab.

»Sie hat sich vor einer halben Stunde in ihr Zimmer zurückgezogen, um eine Idee niederzuschreiben.«

Kaum dass sie sich versah, stand er vor ihr. Da war sie wieder, diese unwiderstehliche Anziehung; das Ziehen in ihrem Bauch. Ihr Körper reagierte mit einer nicht erahnten Sehnsucht, wollte sich dem Strudel der Empfindungen hingeben. Ricarda blinzelte verunsichert. Sollte sie?

Er schien es zu spüren, kam sachte näher, so nahe, dass sie meinte, kaum noch atmen zu können. Langsam rückten seine Lippen heran, streiften die ihren. Lichterlohe Flammen züngelten in ihr auf, doch im nächsten Moment riss sie sich zusammen und erstickte den auflodernden Flächenbrand in ihrem Inneren.

»Ich spüre, dass Sie es auch wollen«, beharrte er. »Das irritiert mich ein wenig.«

Ricarda schluckte. *Ja*, dachte sie, *ich will es doch auch. Warum wehre ich mich dagegen?* Sie räusperte sich, wich ihm aus. »Möchten Sie auch ein Glas?«, fragte sie mit belegter Stimme.

»Porto? Immer gerne«, antwortete er und nahm auf dem Rattansessel ihr gegenüber Platz. Er schien es wegzustecken.

Nachdem Ricarda eingeschenkt und Marco sein Glas gereicht hatte, prosteten sie einander zu. Sie trank einen kräftigen Schluck, stieß einen langen Seufzer aus und lehnte sich in ihrem Sessel zurück.

»Harter Tag?«, fragte Marco mitfühlend, als wäre nichts gewesen.

Sie nickte. »O ja.«

»Kommen Sie nicht weiter?«

»Es ist zum Verrücktwerden. Ich bin so nahe dran, den Fall aufzuklären, aber …«

Er hielt inne und schaute sie fragend an. »Aber?«

»Nicht genug stichhaltige Beweise«, stöhnte sie, schüttelte den Kopf und starrte in ihr Glas.

Lange Zeit schwiegen sie.

»Kommen Ihre Ermittler auch mal in so eine Lage?«, wollte sie plötzlich wissen.

Er schmunzelte. »Das kommt vor, ja. Meistens sind die Schuldigen näher, als man denkt.«

Wenn er nur wüsste, wie recht er damit hat … Ricarda unterdrückte einen weiteren Seufzer. »Und wie halten es Ihre Protagonisten, wenn ihnen durch das Gesetz die Hände gebunden sind und sie mit legalen Mitteln nicht mehr weiterkommen?«

»Dann ermitteln sie einfach auf eigene Faust«, kam prompt die Antwort.

Ricarda stutzte. Natürlich ... Ein ungeheuerlicher Gedanke keimte in ihr auf. Nein, das konnte sie nicht tun. Aber warum denn eigentlich nicht?

Ihr Blick irrte rastlos umher, blieb an Marcos funkelnden braunen Augen hängen. Es wühlte sie innerlich auf, und unerwartet überkam sie der Impuls, in seinen Armen Vergessenheit zu suchen. Sie sehnte sich danach, nicht mehr nachdenken zu müssen, nur noch Frau zu sein, keine Profilerin, in deren Händen die Verantwortung für so viele Menschenleben lag. *Du liebe Zeit*, durchfuhr es Ricarda, *wenn Mia nicht wäre, würde ich mich hier und jetzt auf ihn stürzen.* Ihr ganzes Sein schien geradezu danach zu lechzen, sich einfach mal fallen zu lassen.

Aber es war ausgeschlossen ... Fiebrig schüttete Ricarda den Porto hinunter und schenkte sich nach.

Als sie ihm auch etwas anbot, legte er seine schlanke, braun gebrannte Hand auf das Glas und schüttelte freundlich den Kopf.

»Ich muss noch fahren«, erklärte er.

Langsam spürte Ricarda, wie sich die wohlige Wärme des Alkohols in ihren Adern ausbreitete. Ihre Zunge wurde schwer, aber auch freier.

»Sagen Sie, Marco, wie kommt es eigentlich, dass so ein gut aussehender Mann wie Sie noch nicht verheiratet ist und fünf Kinder hat?«, platzte es so überraschend aus ihr heraus, dass sie selbst einen Schreck bekam. Egal, sie wollte es endlich wissen.

»Ist das ein Verhör?«, witzelte er.

»Ja«, lallte sie und grinste frech.

»Eine ganz banale Geschichte, kaum der Rede wert«,

schien er der Frage ausweichen zu wollen und erwiderte das Grinsen.

Ricarda war davon überzeugt, dass sie mit der elektrisierenden Spannung, die zwischen ihnen in der Luft hing, eine Glühbirne zum Leuchten bringen könnte. »Ich mag banale Geschichten«, konterte sie. »Ist zur Abwechslung mal etwas anderes.«

»Hm, sie hat wirklich nichts Besonderes: Nach einer ersten enttäuschten Liebe habe ich niemanden mehr gefunden, der mich zum Vibrieren gebracht hat.«

»Niemals?«

Er schüttelte den Kopf. »Ein paar kleine Abenteuer ohne Bedeutung, nichts Ernstes.«

»Zwischenmahlzeiten?«

Marco lachte in sich hinein, nickte, leerte sein Glas. »Und Sie?«

»Ich?« Ricarda fühlte sich überrumpelt, lächelte, um ihre Verlegenheit zu überspielen. »Ich war über 20 Jahre lang verheiratet, aber eigentlich nie wirklich präsent in der Beziehung. Dann kam die Scheidung, gefolgt von meinem beruflichen Burn-out. Und jetzt bin ich hier.«

»Und Mias Vater? Was sagt er dazu, dass Sie so weit von Mailand fortgezogen sind?«

»Er hat es sogar selbst vorgeschlagen. Wissen Sie, ich war keine besonders gute Mutter, mein Job hat mich zu sehr in Anspruch genommen. Eigentlich habe ich mein Mädchen gar nicht richtig aufwachsen sehen. Die Jahre sind nur so an mir vorbeigerauscht, und als ich wieder hinschaute, war sie 13. Deshalb mein Wunsch nach einer Veränderung.« Sie nippte an ihrem Glas. Es tat gut, darüber zu sprechen. Marco war ein aufmerksamer Zuhörer. »Es war Robertos Idee, dass Mia mit mir kommt. Er findet, ein junges Mädchen braucht seine Mutter, besonders während der Pubertät … na, Sie wissen schon.«

Er lächelte verständnisvoll.

»Ich muss zugeben, dass ich meine Tochter erst jetzt richtig kennenlerne.«

Marco nickte. »Das finde ich äußerst großzügig von Ihrem Ex-Mann. Aber braucht ein Kind nicht auch seinen Vater?«

»Schon. Roberto ist Lehrer«, erklärte sie. »Er wird sich um eine Versetzung bemühen, um näher bei Mia zu sein.«

»Jetzt sind Sie der ursprünglichen Frage aber geschickt ausgewichen.«

»Da haben Sie mich wohl ertappt.« Ricarda kicherte. »Also, um ehrlich zu sein, steht mir seit der Scheidung der Kopf weder nach einer festen Beziehung noch nach einem unverbindlichen Abenteuer. Mit Letzterem habe ich persönlich übrigens noch keine Erfahrungen gemacht«, gab sie zu.

»Persönlich würde ich Sie auch eher als Hauptmahlzeit in Betracht ziehen«, nahm Marco ihre Metapher auf.

Sie lachten.

»So wie es aussieht, werde ich wohl noch an die fünf Jahre warten müssen, bis Mia erwachsen ist«, setzte er feixend hinzu.

Ricarda widersprach ihm nicht.

Ohne Übergang stellte Marco sein Glas ab, schlug sich auf die Schenkel und stand auf. »Ich mach mich dann mal auf den Weg.«

In seiner Stimme meinte sie, Bedauern mitschwingen zu hören. Ricarda nickte stumm, hatte das Gefühl, etwas Unwiederbringliches würde ihr durch die Finger rinnen.

Im Vorbeigehen legte er ihr für einen kurzen Augenblick die Hand auf die Schulter. Angenehm durchdrang die Wärme seiner Haut den leichten Stoff ihrer Sommerbluse, versprühte sekundenlang wohlige Funken in ihrem Körper, dann war er fort. Sie hörte die Eingangstür ins Schloss fallen. Es tat weh, aber es war besser so …

Träge erhob sie sich ebenfalls, trug die Gläser in die Küche zurück und ging zu Mias Zimmer. An der Tür hielt sie kurz inne, horchte, konnte aber nichts hören. Sie klopfte. Keine Antwort. Sie klopfte lauter. Wieder nichts. Behutsam machte sie die Tür auf und spähte hinein. Der Raum war leer! Ricardas Herz setzte einen Schlag aus. Im Handumdrehen vertrieb die einsetzende Panik die Schwere des Alkohols, und sie riss die Tür weit auf.

»Mia?«, rief sie. »Mia?!« Sie rannte zur Fenstertür des Kinderzimmers, rüttelte am Knauf, doch sie war gut verriegelt. »Mia?« Ihre Stimme bekam einen hysterischen Unterton.

Schlagartig kam ihr Biancas sardonisches Lächeln in den Sinn, sie sah vor ihrem inneren Auge, wie diese ganz gemächlich und ohne mit der Wimper zu zucken ihr Erdloch zuschüttete … Biancas Worte hallten in Ricardas Kopf wider, ein Echo des Grauens: *Möge der Herr dir viel Kraft schenken, Ricarda.* Was hatte sie getan? *O Gott, hilf mir! Nicht Mia, nicht Mia … Bitte, bitte, nicht Mia …*

Wie von Sinnen raste Ricarda durchs Haus, riss die Tür zum WC auf. Nichts. Badezimmer: nichts!

Langsam glitt die Schlafzimmertür auf.

»*Mammina*? Was ist denn los?«

Um ein Haar wäre Ricarda vor Erleichterung zusammengebrochen; ihre Knie wurden weich. »Um Himmels willen, Mia«, stammelte sie, rannte auf ihre Tochter zu, nahm sie in die Arme und küsste sie ab. Tränen stiegen Ricarda in die Augen. Hastig blinzelte sie diese fort. »Ich hatte solche Angst um dich.«

Verwundert blickte Mia zu ihr auf. »Ich wollte doch nur den Monte Baldo beschreiben. Deshalb bin ich in dein Zimmer gegangen, weil man ihn von dort aus besser sieht«, erklärte sie verwirrt. »Ich wollte euch nicht auf der Terrasse stören … Außerdem wollte ich auch ein bisschen allein sein, um mich besser aufs Schreiben zu konzentrieren.«

»Natürlich, mein Schatz, das ist doch völlig in Ordnung«, schniefte Ricarda, lachte gleichzeitig vor Erleichterung. »Meine Nerven sind mit mir durchgegangen, entschuldige.«

Es musste ein Ende haben. Während Ricarda so dastand und ihre Tochter in den Armen wiegte, fasste sie einen Entschluss.

Später hätte sie nicht mehr sagen können, ob ihre Entscheidung durch den gerade eben durchlebten Schrecken, das wachsende Bewusstsein, dass Mia in Gefahr schwebte, oder von der Wirkung des Portos hervorgerufen worden war, der noch immer wärmend durch ihre Adern floss …

KAPITEL 27 – AUGE IN AUGE

Gardone Riviera, Gardasee, Westküste, 24. April – 02.03 Uhr

Eine leichte Wolkendecke lag über den steilen Hängen und tauchte die Nacht in ein unheimliches Licht. Ab und zu zeigte sich der Mond, versank jedoch gleich wieder in der bauschigen Masse, wurde geradezu von ihr verschluckt. Ein gespenstischer Nebel hing in der Luft, schwebte mal als dicker Dunst, mal in rauchartigen Schwaden dahin. Biancas Auto stand friedlich auf dem Parkplatz vor ihrem Haus. Anstelle des Streifenwagens, der hier noch am Vorabend über sie und Mia gewacht hatte, war mittlerweile das zivile Überwachungsteam weiter unten an der Straße in Deckung gegangen, würde also bei ihrem unvernünftigen Vorhaben kein Hindernis darstellen.

Mia schlief bereits seit geraumer Zeit, als Ricarda auf Zehenspitzen aus dem Haus schlich. Sie hatte sich vermummt wie ein Einbrecher, zog die Kapuze ihres dunklen Sweatshirts noch tiefer ins Gesicht. Das Einzige, was diesem Eindruck auf geradezu groteske Art und Weise widersprach, waren das Kindereimerchen und die kleine Plastikschaufel, die sie in der linken Hand trug; Strandutensilien aus vergangenen Tagen, die sie im Schuppen gefunden hatte. Auf leisen Sohlen trippelte sie zum Nachbargarten. Alles war still. Nur ein Käuzchen ließ seinen Klagelaut erklingen.

Sachte drehte Ricarda den Knauf des Gartentörchens; das kleine Gatter schnappte auf. Uff! Bianca hatte es nicht verschlossen. Gut. Als sie eintrat, donnerte Ricardas Herzschlag wild in ihrer Brust, die sich plötzlich anfühlte, als läge ein tonnenschweres Gewicht darauf. Sie war sich durchaus darüber im Klaren, dass ihre Vorgehensweise genauso illegal wie gefährlich war. Außerdem fürchtete sie sich vor dem, was sie entdecken könnte … Doch der Drang, endlich Gewissheit zu bekommen, war so stark, dass sie nicht anders konnte, als alles Vernunftdenken über den Haufen zu werfen und die Regeln, die ihr 30 Jahre lang eingebläut worden waren, zu missachten. Im Geheimen wünschte sie sich, etwas zu entdecken, damit der ganze Spuk endlich ein Ende nehmen konnte.

Als sie schließlich vor dem Beet stand, an dem Bianca ständig herumgrub, schaute Ricarda sich noch einmal nach allen Seiten um. Nichts! Die Stille hätte sie warnen, hätte als Zeichen nahenden Unheils verstanden werden können. Doch Ricarda war taub für derlei subtile Untertöne, zu groß war der Wunsch, Klarheit zu bekommen.

Leise stellte sie das Eimerchen ab, kniete sich hin und löste ihre Taschenlampe vom Gürtel, knipste sie an und positionierte sie so, dass der Schein auf die Stelle fiel, an der Bianca am Vorabend gegraben hatte. Vorsichtig begann Ricarda zu buddeln. Noch immer war die Erde locker, es dürfte also nicht schwer sein, etwas zu finden.

Ein Geräusch ließ sie innehalten. Sie wartete gespannt. Nichts. Winzige Nebelschwaden waberten um sie herum, gaben dem Ganzen etwas Surreales. Eilig grub sie weiter, bis die Schaufel auf einen leichten Widerstand stieß. Behutsam hob Ricarda ihren Fund aus der Erde und legte ihn auf das kleine Sieb, das im Eimer steckte. Leise nahm sie es auf und schüttelte es. Das Ding hatte die Form und Größe … eines Daumens! Erschüttert starrte sie auf das erdverkrustete Relikt. *Mein Gott, mein Gott, ich habe sie. Jetzt habe ich sie!*

»Hey, was tun Sie denn da?«, zischte es auf einmal hinter ihr.

Ricarda fuhr herum und sah in Biancas unheimliche Fratze. Mit verzerrten Lippen und weit aufgerissenen Augen, in denen der Wahnsinn funkelte, beugte die Nachbarin sich über sie. Das riesige Metzgermesser in ihrer Hand fiel Ricarda erst auf, als es schon an ihrer Kehle lag – so schnell, dass sie keine Chance hatte, rechtzeitig zu reagieren. Erschrocken setzte Ricarda das Sieb ab und hob beschwichtigend die Hände. Ganz langsam stand sie auf. »Ich bin es: Ricarda«, sagte sie ruhig. »Tu nichts, was du später bereuen könntest.«

Auge in Auge standen sie sich gegenüber, stierten sich an. Ein inneres Zittern schoss durch Ricardas Körper. *Himmel hilf! Die Serienmörderin steht direkt vor mir …*

»Was soll das heißen? Was fällt dir ein, bei Nacht und Nebel in meinem Garten herumzuschleichen?« Bianca spie die Worte geradezu aus. Speichelfetzen flogen durch die Luft, einer blieb an ihrer Lippe hängen, ließ sie noch unheimlicher wirken.

Noch immer spürte Ricarda die scharfe Klinge, deren kalte Spitze sich tiefer und tiefer in ihre Haut bohrte. Es würde nur einer kleinen Bewegung bedürfen, um ihr die Kehle durchzuschneiden. *Ruhig, ganz ruhig …* »Mach keine Dummheiten, Bianca. Ich kann dir alles erklären. Nimm bitte das Messer fort, ja?«

»Erst sagst du mir, was du hier zu suchen hast! Du hast mich noch nie leiden können. Was vergräbst du da? Gift?

Damit meine Pflanzen verdorren? Reicht es dir nicht, dass du mich als Kind wie eine Aussätzige behandelt hast? Verhöhnt habt ihr mich, du und deine feinen Freunde.«

Langsam ließ Ricarda ihre Hand an den Gürtel gleiten. »Beruhige dich doch, ich werde dir alles erklären«, wiederholte sie, um Zeit zu gewinnen.

»Gut. Ich warte.« Biancas Hand zitterte, die Messerspitze stach schmerzhaft in Ricardas Hals.

Im Zeitlupentempo schnallte Ricarda ihr Pistolenhalter auf und zog die Waffe heraus. Dann ging alles ganz schnell. Mit einem geschickten Griff packte sie den Arm ihrer Angreiferin und bog ihn heftig zur Seite, sodass Bianca vor Schmerz aufschrie. Das Messer entglitt ihrer Hand und landete klirrend auf dem Gartenweg. »Wir wissen alles«, sagte Ricarda kalt, trat einen Schritt zurück und richtete die Pistole auf Bianca, die vor Schreck ebenfalls zurückwich. »Los!«, spie Ricarda aus. »Hände hoch, wird's bald?«

Entsetzt hob Bianca die Hände über den Kopf. »Was soll das? *Du* bist unbefugt auf *mein* Grundstück eingedrungen!« Ihre Stimme zitterte vor Empörung.

»Und da kommst du gleich mit einem Schlachtermesser und drohst, mir die Kehle durchzuschneiden?«

»Ich wollte mich verteidigen«, konterte Bianca aufgelöst. »Immerhin lebe ich allein, und man hört so schreckliche Sachen im Fernsehen.«

»Hör auf, dich zu verstellen, Bianca. Ich habe dich enttarnt, das Spiel ist aus.«

»Was?«

»Schau her, ich habe ihn gefunden.« Triumphierend deutete Ricarda mit einer knappen Kopfbewegung auf das Sieb. »Leugnen bringt nichts mehr.«

»Was hast du gefunden?«, stammelte Bianca. »Den Kadaver?«

Ricarda wurde bleich. Sie gab es tatsächlich einfach so zu? Hitze stieg in ihr auf. Oder war das nur eine Finte, ein Ablenkungsmanöver? *Achtung*, mahnte sie sich, *bleib auf der Hut. Sie macht einen auf dumme Nuss, damit du glaubst, die Oberhand zu haben. Jeden Moment kann sie ihr wahres Gesicht zeigen und auf dich losgehen.* Ricardas Sinne waren aufs Äußerste gespannt. »Ja genau«, sagte sie. »Los, vorwärts, ins Haus, damit ich den Posten verständigen kann. Und keine falsche Bewegung, ich würde nicht zögern, dich niederzustrecken.« In Ricarda brannte der Hass. Sie dachte an all die armen Geschöpfe, die wegen diesem Monster hatten leiden müssen und denen sie das Leben genommen hatte. Und sie hatte Mia bedroht ... Am liebsten hätte Ricarda kurz entschlossen abgedrückt, es kostete sie einiges an Überwindung, nicht den Abzug zu ziehen.

»Ich verstehe einfach nicht, was du von mir willst«, wimmerte Bianca.

Jaja, dachte Ricarda, *zieh nur deine Show ab.*

»Ist es etwa meine Schuld, dass Cesare zu viele Polizeiserien anschaut und jetzt unbedingt Gerichtsmediziner werden will?«

»Cesare? Was faselst du da?«

»Er seziert tote Tiere, die von unseren Katzen angeschleppt werden«, quengelte sie. »Ich kann die armen Geschöpfe doch nicht einfach in den Müll werfen, oder? Also begrabe ich sie und spreche ein paar Gebete.« Sie zeigte aufs Blumenbeet.

»Hör auf damit, Bianca. Ich kenne Menschen wie dich, kenne all eure miesen Tricks. Bei mir zieht das nicht. Und außerdem: Ich bin mal gespannt, wie du mir erklären willst, warum bei dir mitten in der Nacht ständig irgendwelche dubiosen Wagen vorfahren, he?«

Bianca wand sich. »Das ist der Notarzt«, flüsterte sie betroffen. »Ich … ich leide unter der Chron-Krankheit und bekomme oft sehr schmerzhafte Koliken.«

Ricarda blieb der Mund offen stehen. Lange war es her, dass jemand versucht hatte, ihr so einen Unsinn aufzutischen. »Du weißt, dass wir das überprüfen können, nicht wahr?«, zischelte sie.

Bianca bebte. Plötzlich ließ sie sich auf die Knie fallen. Weinend faltete sie ihre Hände, reckte sie Ricarda entgegen. Die Geste wirkte so melodramatisch und überzogen wie eine Szene aus einem alten Stummfilm, und doch schien echte Verzweiflung daraus zu sprechen. »So glaub mir doch, Ricarda! Ich weiß nicht, was du denkst, das ich getan haben könnte, aber ich schwöre bei Gott, dass ich mir nichts vorzuwerfen habe.«

In Ricardas Bauch rumorte es wie zuvor. Und wenn es stimmte? Wenn dort wirklich nur tote Kleintiere begraben lagen? »Dann beweise es mir. Los, steh auf und hol das Sieb und die Taschenlampe«, zischelte sie. »Und keine Faxen.«

Bianca nickte eifrig, wischte die Tränen fort und rappelte sich auf wie eine Verurteilte, der der Henker eine letzte Gnadenfrist gewährt hatte. Hektisch machte sie kehrt, um zu tun, was Ricarda von ihr verlangt hatte. Vorsichtig kam sie zurückgetappt, hob mit zittriger Hand den Eimer und beleuchtete das darauf liegende Sieb mit der Taschenlampe.

Misstrauisch beugte sich Ricarda vor, rechnete jede Sekunde damit, dass Bianca ihr den Lampenstiel über den Schädel ziehen könnte. In ihren Ohren rauschte es so laut, als würde neben dem Haus ein Wasserfall zu Boden donnern. Sie schluckte, als ihre Augen das Unvorstellbare aufnahmen und die Botschaft an ihr Gehirn weiterleiteten. Vor ihr auf dem gelben Plastiksieb lag ein längliches Etwas, plump und dreckverklebt, etwa daumengroß ... wenn man den langen dünnen Schwanz nicht mitzählte. Es war eine winzige tote Maus, deren Bauch leer aufklaffte. Nur eine Maus ... Von dem Tier ging der gleiche grauenvoll süßliche Verwesungsgestank aus, den Ricarda so gut vom Obduktionssaal her kannte. Sie hielt die Luft an und bedeutete Bianca mit der Waffe, die Maus wieder fortzuwerfen.

Noch immer am ganzen Körper bebend, stellte ihre Nachbarin den Eimer zur Seite. Ricarda ließ sie nicht aus den Augen, während sie unschlüssig dastand und nervös an ihrer Unterlippe nagte. Sie wusste nicht, was sie tun sollte, traute dem Frieden nicht. Auf der anderen Seite hatte sie nichts gegen Bianca in der Hand und war tatsächlich unbefugt bei ihr eingedrungen. *Sie hat die Wahrheit gesagt*, hämmerte es in ihrem Schädel. Es war nur eine verdammte Maus ... Innerlich fluchend ließ sie die Pistole sinken.

»Es ... tut mir leid«, stammelte Ricarda. »Wir ... ich stehe momentan stark unter Druck. Ich wollte mich nur vergewissern –«

Stark unter Druck?, schoss es ihr durch den Sinn. *Von wegen, du stehst völlig neben dir. Die Angst um Mia lässt dich überreagieren ...*

»Schon gut«, sagte Bianca. »Ich weiß. Sie haben es heute in den Nachrichten gebracht. Deshalb auch das Messer ...«

Ricarda nickte. Beide hatten sie vorschnell gehandelt, und es schien, als würden sie in stummem Einvernehmen darüber hinwegsehen wollen. Wie betäubt sammelte Ricarda ihre Sachen ein, warf die Maus zurück ins Beet und verließ den Garten.

»Nichts für ungut?«, fragte sie, als sie am Tor angelangt war. Was sollte sie sonst sagen?

»Du hast mich noch nie leiden können«, antwortete Bianca und zog die Nase hoch. »Aber ich vergebe dir, habe es ja immer schon getan. Ich hoffe nur, der da oben wird es auch tun.« Sie wies zur Wolkendecke über ihnen.

Ja, dachte Ricarda. *Wenn es ihn wirklich gibt, dann hoffe ich das allerdings auch …*

KAPITEL 28 – DER RUF DES WOLFES

Polizeipräsidium, Salò, Gardasee, Westküste, 24. April – 7.58 Uhr

Zerknirscht und schlecht gelaunt erschien Ricarda am nächsten Morgen auf dem Revier. Sie schämte sich für das, was sie in der Nacht angestellt hatte. Zwar hegte sie Bianca gegenüber auch weiterhin ein gewisses Misstrauen, doch sie musste sich eingestehen, dass ihre Nachbarin immer weniger als Täterin in Betracht kam. Sie hatte bei Bianca gestern echte Verzweiflung gespürt. So gut konnte sich ein Psychopath nicht verstellen, egal, was für ein begnadeter Schauspieler er auch sein mochte – da war sich Ricarda sicher. Außerdem riskierte sie, etwas Wichtiges zu übersehen, wenn sie sich zu sehr auf Bianca fixierte. Sie musste offen bleiben, auch andere Möglichkeiten in Erwägung ziehen.

Als sie den Raum betrat, kam Nicolò auf sie zugeeilt. »Hat Ihr Bruder es Ihnen bereits gesagt?«

Verwirrt blickte sie ihn an. »Nein, was denn?«

»Eine gewisse Grazia Amato hat sich gestern sehr spät im Präsidium gemeldet, um eine Aussage zu machen. Es handelt sich bei ihr um die Dame, die Laura aus der Diskothek geführt hat.«

Ricarda stöhnte innerlich. Ihr schwante eine unangenehme Eröffnung. »Und?«

»Sie behauptet, dass Laura in einem verheerenden Zustand war und sie aus mütterlicher Fürsorge lange auf sie eingeredet hat, um sie davon zu überzeugen, mit ihr an die frische Luft zu gehen. Als Laura sich dann schließlich überreden ließ, hätte sie sich dann auch tatsächlich in einer Seitengasse übergeben, woraufhin die Amato sie in ihr Hotel bringen wollte.«

Ungläubig starrte Ricarda ihn an. »Und weiter?«

»Ein Mann sei plötzlich aufgetaucht – wahrscheinlich sei er ihnen aus der Diskothek gefolgt – und habe behauptet, Lauras Begleiter zu sein.«

Ricarda schnalzte unwillig mit der Zunge. »Warum hat sie so lange damit gewartet, uns das mitzuteilen? Hat sie ein Alibi?«, fragte sie schlecht gelaunt.

»Sie sagte, sie sei ab dem nächsten Morgen mit einer schweren Grippe im Bett gelegen und habe von dem ganzen Trubel nichts mitbekommen.«

»Einer Grippe? Mitten im Sommer?«

»Wir haben es nachgeprüft, und es stimmt. Sowohl ihr Arzt als auch ihr Ehemann haben ihre Aussage bestätigt.«

»Dann wissen wir nun also, dass der Täter ein Mann ist«, stieß Ricarda frustriert aus. Na, wunderbar! Hätte sie das vorher gewusst, hätte sie sich die Blamage der letzten Nacht ersparen können. »Danke, Nicolò«, fügte sie zerknirscht hinzu und ging in ihr Büro.

Kaum hatte sie ihre dampfende Kaffeetasse auf dem Schreibtisch abgestellt und sich hingesetzt, da klingelte auch schon das Telefon. *»Pronto?«*, sagte sie mürrisch in den Hörer.

»Ein Anruf aus Torbole für Sie«, meldete Nicolò.

»Was wollen die?«

»Haben sie mir nicht gesagt. Sie wollen nur mit Ihnen sprechen.«

»Also gut … Stellen Sie durch.« Nicht mal mehr ihren Kaffee konnte sie in Ruhe trinken.

Es knackte und knisterte in der Leitung. *»Pronto?«*, wiederholte Ricarda.

»Signora Antonini?«

»Ja?«

»Hier ist das Polizeirevier von Nago-Torbole«, hallte eine weibliche Stimme aus dem Hörer.

Irgendetwas – ein mitschwingender Unterton, ein kaum wahrnehmbares Zögern oder vielleicht auch reines Bauchgefühl – verriet Ricarda, was die Anruferin ihr zu sagen hatte. Kurz schloss sie die Augen. Wollte es denn gar kein Ende mehr nehmen?

»Leider muss ich Ihnen mitteilen, dass heute Morgen eine weitere Leiche bei uns gefunden wurde.«

Während die Dame sprach, nickte Ricarda im Takt der Stimme. Die altbekannten Einzelheiten rauschten an ihr vorbei: zugenähter Mund, Lippenstift, abgetrennte Finger … Ricarda schluckte trocken. Sie hatte das Gefühl, in einem Albtraum festzustecken – einem von denen, wo man rannte und rannte und trotzdem nicht von der Stelle kam, oder wie in dem Film, in dem der Protagonist jeden Morgen aufwachte und denselben Tag noch einmal durchlebte … Sie hörte nur noch mit halbem Ohr zu, überlegte: Andrea würde den ganzen Vormittag außer Haus sein, weil er mit Fiona die drei Delikatessenläden aufsuchen wollte, die bis vor Kurzem noch Rossana-Bonbons geführt hatten. Sie musste also allein nach Nago-Torbole fahren. Ruckartig horchte sie auf.

»Was sagten Sie gerade?«

»Das Opfer sitzt auf der Piazza Goethe, direkt unter dem Zierbrunnen an der Casa Alberti.«

Schon wieder Goethe? Sie hatten doch alle Denkmäler überwachen lassen, verdammt noch mal. Wie hatte das passieren können? »Wurde der Brunnen denn nicht observiert?«, fragte Ricarda barsch.

»Doch, natürlich. Aber der Streifenwagen, den wir davor postiert hatten, musste nach dem Rechten sehen, als ganz in der Nähe ein Alarm losging und in einem Juwelierladen die Scheibe eingeworfen wurde …«

Zufall? Oder hatte X das Ganze inszeniert, um freie Bahn zu haben? Ricarda schüttelte den Kopf. Wieder war die Katze der Maus einen Schritt voraus gewesen. »Können Sie mir sagen, wie die Inschrift am Goethe-Brunnen lautet?«, fragte Ricarda seufzend. Sie hatte so eine Ahnung, dass sich auch hier eine Nachricht für sie verbergen könnte.

»Sie ist auf Deutsch, soll aber so viel heißen wie: *Heute habe ich im Angesicht des Sees an meinem Werk Iphigenie gearbeitet*«, zitierte die Beamtin. »Oder so ähnlich.«

War das die Botschaft? Iphigenie? Krampfhaft versuchte Ricarda, einen verborgenen Sinn darin zu erkennen. Ging es in diesem Theaterstück nicht um Tantalus? Einen König, der den Göttern seinen eigenen Sohn zum Mahl vorgesetzt hatte und deshalb verflucht worden war? Eine Geschichte über Mord aus purem Hass. »Sonst noch etwas, das ich wissen sollte?«

»Ja, deshalb wollte ich ja auch persönlich mit Ihnen sprechen: Er hat Ihnen eine Nachricht hinterlassen.«

»Eine Nachricht? Für mich?«, fragte Ricarda ungläubig.

»Ja. Es steht *alla signora Antonini, Riva del Garda* drauf.«

Unfassbar: Riva del Garda! Der Wohnort ihrer Kindheit …

»Wollen Sie, dass ich den Umschlag für Sie öffne?«

Innerlich trug Ricarda einen Kampf mit sich aus. Auf der einen Seite platzte sie fast vor Neugierde, umgehend den Inhalt der Nachricht zu erfahren, auf der anderen Seite wollte sie das Ganze so lange wie möglich von sich fernhalten. *Außerdem*, dachte sie, *könnten die Polizisten beim Öffnen etwas Wichtiges übersehen.* »Nein, warten Sie auf mich. Ich mache mich sofort auf den Weg«, entschied Ricarda und schaute auf ihre Armbanduhr. Es war acht Uhr. Mit dem Berufsverkehr auf der *Gardesana Occidentale* würde sie eineinhalb Stunden brauchen, mit den Carabinieri über den See eine Stunde. Doch bis sie diese angefordert hätte, könnte auch eine halbe Stunde vergehen. Außerdem drängte es sie, etwas zu tun, um sich von dem Chaos in ihrem Inneren abzulenken. Dabei würde das passive Herumsitzen auf einem Boot nicht helfen. Also würde sie das Auto nehmen. »Sagen Sie der Spurensicherung, dass sie ruhig schon ohne mich anfangen können, aber rühren Sie bitte auf keinen Fall die Nachricht an«, wiederholte sie eindringlich und verabschiedete sich hastig.

Nicolò schaute sie verwirrt an, als er sie aus dem Büro stürmen sah. »Ist etwas passiert?«

»Nicolò, ich fahre nach Torbole. Dort wurde eine weitere Leiche entdeckt. Der Mörder hat eine Nachricht bei ihr hinterlassen, die an mich persönlich adressiert ist. Bitte richten Sie es meinem Bruder aus, in Ordnung?«

»Soll ich nicht lieber mitkommen?«

Ricarda zögerte. Den überaus freundlichen, äußerst gescheiten, aber auch recht tollpatschigen Assistenten über Stunden hinweg ertragen zu müssen, würde ihre ohnehin schon arg strapazierten Nerven auf eine harte Geduldsprobe stellen. Das konnte sie im Moment wirklich nicht gebrauchen, auch wenn sie ihn und sein ungeheuer beeindruckendes Wissen mittlerweile zu schätzen gelernt hatte. »Solange Andrea nicht da ist, werden Sie hier im Präsidium benötigt«, sagte sie. Ganz gelogen war es nicht. »Ich zähle auf Sie, Nicolò.«

Andreas junger Assistent straffte kaum merklich die Schultern und nickte knapp. »Ach, Ricarda?«

Sie wandte sich ihm noch einmal zu. »Hm?«

»Ich hatte ganz vergessen: Andrea hat mir einen geschlossenen Umschlag für Sie mitgegeben.«

Sie nahm ihn entgegen. »Um was handelt es sich, wissen Sie das?«

»Keine Ahnung, er meinte, es wäre privater Natur.«

»Vielen Dank, Nicolò.« Während sie zum Wagen hastete, öffnete sie das Kuvert. Andrea hatte ihr eilig ein paar Zeilen hingekritzelt: *Bezüglich A. habe ich herausgefunden, dass er Halbwaise war, seine Mutter, eine Alkoholikerin, hat sich kaum um ihn gekümmert, und so wurde er schon als Kind von einer Pflegefamilie zur nächsten weitergereicht.* Ricarda schluckte erneut. Das klang alles andere als gut ... *Er wurde als äußerst schwierig beschrieben. Als Polizist hat er sich jedoch bewährt. Kein einziger Fehltritt ist zu verzeichnen.* Ja, das wusste sie. Er war ein guter Ermittler und Kollege gewesen. Hundert Prozent zuverlässig und sehr gewieft ... Seufzend las Ricarda weiter: *Außerdem ist er seit dem 21. April krankgeschrieben, also seit dem ersten Mordfall in Gardone Riviera, als er dir die alten Akten vorbeigebracht hat.*

Ricarda stutzte. Wie war er denn an die ganzen Akten gekommen? Sicher hatte er sich unbemerkt Zugriff verschafft. Ricarda keuchte, ihr wurde mulmig ... Es fühlte sich falsch an ... Zum ersten Mal stieg ein schier unaussprechlicher Gedanke in ihr hoch, so unaussprechlich, dass es ihr den Hals zuschnürte. Auch unter Polizeibeamten gab es hin und wieder Verbrecher ... *Ach was, nicht Antonio.* Sie wollte den Gedanken weit von sich weisen.

Einem Verbrecher steht das Schlechte nicht auf der Stirn geschrieben, meinte sie, seine Stimme zu hören. Sie schüttelte sich. Sicher gab es eine gute Erklärung für das Ganze. *Aus einem unglücklich Verliebten wurde doch nicht gleich ein Serienkiller ...*

Wenige Minuten später rauschte Ricarda in ihrem Wagen über die wohl schönste Straße Italiens einer Nachricht entgegen, die versprach, genauso geheimnisvoll und düster zu sein wie die zahlreichen Tunnel, die den herrlichen Panoramablick über die mediterrane Landschaft immer wieder unterbrachen. Eine Nachricht, die wie das Geheul eines Wolfes vom Nordwind über die Wälder und den See hinweg zu ihr getragen worden war und sie zu sich rief. Und wie beim Ruf des Wolfes wusste keiner, ob es eine Warnung, eine Klage oder eine Aufforderung war. Wahrscheinlich alles zusammen ...

KAPITEL 29 – ZWISCHENSPIEL

Der aromatische Duft, der sonst immer im Raum hängt, wird von den starken Ausdünstungen meines eigenen Schweißes überlagert. Ich sitze da und zittere vor Wut am ganzen Leib. Was ist geschehen? Wo ist die Fee, die mir einst das Himmelreich auf Erden versprochen hat? Oder habe ich mir das nur eingebildet? Nein, unmöglich. Vielleicht war es ja nur ein Lockmittel, ein hinterlistiger Köder, den sie ausgelegt hat, um mich in ihre Fänge zu bekommen? Weiß sie denn nicht, dass ich zu schlau bin, um so etwas nicht zu durchschauen? Weiß sie nicht, dass ich alle Tricks kenne und diese besser beherrsche als sie?

Neben mir sitzt die Hexe. Sie trägt dunkle Kleidung, wie passend. Ihr einst strahlendes Antlitz hat sich in eine verzerrte Fratze verwandelt. Mit gerunzelter Stirn und verkniffenen Lippen starrt sie auf das Blatt vor mir. Unerbittlich. Richtig hässlich sieht sie aus. Auch ihre Stimme hat sich verändert. Wo ist der herrliche Silberklang, der früher wohlige Schauer meinen Rücken hinabgejagt hat? Wohin sind Lillys Weichheit und Sanftmut verschwunden? Alles nur List und Täuschung! Ich dürfte eigentlich nicht überrascht sein. Seit meiner Geburt trachtet alles, was mich umgibt, danach, mich zu zerstören.

»Schreib, los, schreib! Ich weiß, dass du es kannst«, plärrt ihre Stimme durch den Raum.

Täuschung, alles nur Täuschung …

Sie ist die Grausamste von allen, denn sie hat mir Hoffnung gemacht. Wo andere mich als aussichtslosen Fall abgetan haben, hat sie mir vorgegaukelt, dass es das Gute wirklich gibt. Sie hat mir versprochen, dass ich die süßen Bonbons haben dürfe, sooft ich zu ihr käme. Lüge! Nur das erste Mal hat sie mir die Schale hingehalten, durfte ich meine begierigen Finger in das bunt-glitzernde Sammelsurium tauchen; seitdem nie wieder.

Es ist meine Schuld, behauptet sie, weil ich mir keine Mühe gebe. Keine Mühe gebe? Ist sie denn blind?

Nein, das ist sie nicht. Sie tut nur so, denn sie wollte von Anfang an nicht mit mir teilen. Von Anfang an wusste sie, dass ich versagen würde.

Mein Reich der Hoffnung hat sich in eine dunkle Höhle des Entsetzens verwandelt. Sie steckt mit meinen Eltern unter einer Decke, ich habe es gesehen! Sie haben miteinander getuschelt, und ich habe gelauscht. Und wie der Lauscher an der Wand hörte ich meine eigene Schand …

»Es ist aussichtslos«, hat sie gewispert. »Am Anfang dachte ich, es läge an etwas anderem …«

»An was denn?«, wollte meine Mutter wissen.

»Ich weiß nicht recht … Nun, um ehrlich zu sein, dachte ich zuerst an Missbrauch oder häusliche Gewalt … Verzeihen Sie, aber es ist meine Aufgabe, auf so etwas zu achten. Bei unserer ersten Begegnung war Ihr Kind so furchtbar schüchtern und zurückhaltend.«

In diesem Augenblick hätte meine Mutter ihr die Wahrheit sagen können, doch sie machte nur große, überraschte Augen und fasste sich erschrocken an den Hals, als würde sie allein der Gedanke an diese Möglichkeit erschüttern. Was für eine Schauspielerin …

»Aber keine Sorge«, raunte mein falscher Engel. »Ich weiß jetzt, dass es nicht an Ihnen liegt, sondern an einer tief sitzenden geistigen Zurückgebliebenheit. Obwohl ich manchmal Ansätze von hoher Intelligenz zu erblicken geglaubt habe. Aber ich muss mich da wohl geirrt haben.«

Erleichtert hat meine Mutter aufgeatmet. Es schien sie nicht zu stören, dass ich als Trottel hingestellt wurde, wenn nur die Machenschaften meines Vaters im Dunkeln blieben. Beides böse Giftspritzen!

»Was können wir denn sonst noch tun?«, piepste meine Alte.

»Ich glaube, ich kann da nicht mehr viel machen. Der Fall überschreitet meine Kompetenzen. Es tut mir leid.«

Meine Mutter brach in Tränen aus. Krokodilstränen.

»Bitte beruhigen Sie sich doch«, versuchte die eine Hexe, ihre Komplizin zu trösten. »Ich kann es ja gerne noch einmal versuchen, wenn Ihnen so viel daran liegt, aber ich wollte Ihnen vorher reinen Wein einschenken. Meiner Meinung nach ist es ... hoffnungslos ...«

Hoffnungslos, hat sie gesagt. Einfach so. Hat mein Luftschloss einfach zusammenbrechen lassen, mich meines einzigen Zufluchtsorts beraubt, an dem ich zum ersten Mal in meinem Leben etwas gegolten habe – oder zumindest geglaubt habe, dass es so sei. Ein schwarzer Schleier hat sich seitdem über das strahlende Leuchten ihrer Praxis gelegt. Aus dem glitzernden Engelreich wurde ein trügerischer Morast, in dem jeder Schritt zum Verhängnis werden, jeder Wimpernschlag einen tosenden Sturm hervorrufen kann, der droht, einen ins Nichts davonzutragen ...

Jetzt sitzt sie neben mir, hat ihre Maske abgelegt und zeigt ihr wahres, hässliches Gesicht. Das Gesicht einer Betrügerin, einer Heuchlerin, einer Hexe eben, die Kinder in ihr Knusperhaus lockt, wo sie vorgibt, ihnen Gutes tun zu wollen, sie mit Bonbons und Flauschigkeit ködert.

Alles nur, um sie in falscher Sicherheit zu wiegen. Und jetzt – der Gnadenstoß …

Meine Mutter hat geweint. Warum? Wer bin ich schon für sie, dass sie meinetwegen weint? Bin ich etwa nicht das Kind, das sie immer in den Schrank im Keller sperrt? Bin ich nicht das Kind, das vom Vater fast täglich grün und blau geschlagen wird, ohne dass sie etwas dagegen unternimmt?

Urplötzlich übermannt mich der Gedanke, dass ich die Katze vielleicht nicht hätte quälen dürfen. Ob es etwas damit zu tun hat? Ob sie mich nicht lieben, weil ich Lust dabei empfinde, andere Lebewesen leiden zu sehen? Doch das wissen sie ja gar nicht. Oder etwa doch? Aber woher, ich tue es doch nur heimlich. Nicht, weil ich mich schäme, sondern weil dieser Moment ganz allein mir gehört. Es ist mein einziger Genuss. Dann sage ich den Tieren alles, was ich den Menschen nicht sagen kann … Aber vielleicht findet dieser Gott, von dem sie immer sprechen, dass es eine Sünde ist? Vielleicht verwehrt er mir deshalb dieses Paradies, das himmlische Sofa, den flauschigen Teppich, die süßen Bonbons?

»Versuchen Sie es noch einmal«, hat meine Mutter gefleht. »Bitte.«

Und so kommt es, dass ich jetzt wieder hier sitze, im Feindesland, verlassen von den Meinen, auf dem harten Holz des Schandstuhls, um mir immer und immer wieder den gleichen Satz anzuhören: »Wenn du etwas im Leben erreichen willst, dann musst du endlich lernen, richtig zu schreiben …«

Ich ertappe mich dabei, ihr den Mund stopfen, ihr einen Knebel anlegen zu wollen. Meine Augen suchen das Zimmer nach etwas Brauchbarem ab, doch nichts scheint mir passend. Und außerdem: Der Gedanke gefällt mir zwar, doch er ist nicht perfekt. Zu … zu sanft …

Ich spüre in meinem Inneren eine Macht aufsteigen, fremd und doch sonderbar vertraut, etwas Kraftvolles, Finsteres, das mehr fordert, weitergehen will. Wie wäre es, wenn ich ihr den Mund mit einem starken Klebeband zukleistern würde, so fest, dass es beim Abreißen ihre zarten Lippen zerfetzt? Ja, schon besser. Es müsste durchsichtig sein, damit ich ihren Lippenstift noch sehe, der so gut nach Erdbeeren riecht. Ob man ihn durch das Klebeband überhaupt noch riechen kann? Dann muss ich ihn eben über dem Klebeband nachziehen. Ich weiß, wo sie ihn aufbewahrt: In der kleinen Schale auf dem Spiegelschrank am Eingang. Der Gedanke begeistert mich. Doch die befreiende Genugtuung will sich immer noch nicht so recht einstellen. Diese tiefe innere Ekstase, die ich sonst immer empfinde, wenn ich meinen dunklen Impulsen nachgebe. Ich will Rache dafür, dass mich die Hexe betrogen hat, totale Vergeltung, nicht wahr? Also warum so zimperliche Maßnahmen?

Mein Blick wandert weiter im Raum umher und bleibt an dem Nähkästchen hängen, das neben ihrem Sofa steht, dem Wundersofa, auf das ich mich bestimmt nie wieder setzen darf. Ein ungeheuerlicher Gedanke kriecht in mir hoch, genauso verrückt wie aufregend, genauso unheimlich wie erfüllend.

Nein, nicht stopfen, nicht kleben … Eine wohlige Gänsehaut prickelt auf meinem ganzen Körper. Immerzu muss ich auf den Kasten starren, aus dem bunte Fäden heraushängen, Fäden, die mich an etwas erinnern. Ich krame in meinem Gedächtnis. Da ist etwas … Es winkt mir zu wie mit dem Zaunpfahl. Was wäre befriedigender, als mir Vergeltung zu verschaffen mit dem schönsten Geschenk, das man mir jemals gemacht hat? Dem Symbol einer Rettung, das eine Freundschaft besiegelt hat …

Plötzlich kommt es wie eine heftige Eingebung über mich, wie ein Zeichen aus dem Universum: Nichts geschieht aus Zufall. Die Verheißung auf das, was ich alles mit ihrem Mund anstellen würde, kribbelt wild in mir, kriecht bis in meine Zehen und Fingerspitzen. Ein inneres Fieber ergreift von mir Besitz. Ich will ihn ihr zunähen, ja. Und ich weiß jetzt auch endlich, womit: mit einem Faden, einem ganz besonderen Faden …

KAPITEL 30 – SÜSSER TOD

Torbole, Nordspitze, Gardasee, 24. April – 9.30 Uhr

Mit zittrigen Fingern hielt Ricarda den Umschlag fest, auf dem tatsächlich in schönster schwarzer Schnörkelschrift ihr Name stand. Sie hatte nur einen kurzen Blick auf die Leiche geworfen. Wie immer stand die schreckliche Szene in krassem Gegensatz zu dem malerischen Schauplatz: Leise plätscherte ein dünner Strahl aus dem Mund des steinernen Wasserspeiers, der den kleinen Brunnen vor dem gewölbten Torbogen der Casa Alberti zierte. Darüber prangten eine rechteckige Tafel mit dem Goethe-Zitat und ein rundes Medaillon des Dichters an der olivgrünen Fassade. Hatte das ärmliche Fischerdorf damals auch keinen großen Eindruck auf den deutschen Besucher gemacht, heute war der turbulente Ferienort beliebter denn je – vor allem bei Windsurfern, die hier das reinste Paradies vorfanden. Anders als die junge Frau, die am Brunnensockel lehnte und mit leerem Blick nach oben starrte, blind für die pittoreske Schönheit der alten Häuser um sie herum, taub für das Geräusch der Wellen, die gegen den nahen Anleger an der *Via Benaco* schwappten. Die engen Gassen, in denen sich sonst die Touristen drängten, lagen verwaist, denn schon am frühen Morgen hatten die Anwohner mit Entsetzen feststellen müssen, dass der Denkmal-Mörder – wie man ihn inzwischen überall nannte – diesmal vor ihren eigenen Haustüren zugeschlagen hatte.

Behutsam entnahm Ricarda das weiße Din-A4-Blatt und faltete es auseinander. In der gleichen fein säuberlichen Schnörkelschrift wie auf dem Kuvert stand dort ein mehrzeiliges Gedicht geschrieben. Ricarda las:

Quasi troppo tardi …
Per quanto riguarda la notte
Dove si sveglia la solitudine oscura
Vicino come il tuo essere
Attaccato al naso
Appeso sulla punta dopo la tempesta,
L'inchiostro nero come la mia forza
Ciondola la perla del tuo cuore su una corda,
Così leggero come un'impresa il dolce giuramento
E poi, lasciato in eredità al lettore dell'altra banca,
In modo che il grande freddo si svegli,
Inoltre, sacrificato al genio,
E infine, con questa poesia il tuo futuro è stato concepito …
Mignolo, mignolo, vuoi essere la mia espiazione?
Indovina, la mia pecorella
Ciò che ho amato di più
Sbrigati, è ora di venire da me …

Was hatte das zu bedeuten? Ratlos hielt Ricarda das Blatt in der Hand, wendete es unschlüssig hin und her. Auf den ersten Blick ergab das Gedicht keinen Sinn. Sie fotografierte den Text mit ihrem Handy ab, faltete den Zettel wieder zusammen und übergab ihn einem Beamten von der Spurensicherung. Nachdem sie sich vom zuständigen Kommissar über die Einzelheiten hatte ins Bild setzen lassen, nahm sie die Szene noch einmal genauer in Augenschein, was ihr jedoch auch nichts Neues verriet. Dann streifte sie die Schutzkleidung ab und ging zum Wagen zurück. Noch immer völlig verwirrt von dem seltsamen Text setzte sie sich auf den Fahrersitz, stützte einen Fuß auf dem Armaturenbrett ab und las das Gedicht ein weiteres Mal:

Fast zu spät …
So fern wie die Nacht,
Dort, wo die finstere Einsamkeit wacht,
So nah wie Dein Sein,
Vor Deiner Nase angebracht,
Am Zipfel hängend nach dem Sturm,
Die Tinte so schwarz wie meine Macht,
Baumelt die Perle Deines Herzens an einer Schnur,
So federleicht der süße Schwur,
Und dann, am anderen Ufer dem Leser vermacht,
Damit die große Kälte durchwacht,
Weiter, dem Genie als Opfer gebracht,
Und endlich, mit diesem Gedicht Deine Zukunft erdacht …
Fingerlein, oh Fingerlein, sollt ihr meine Sühne sein?
Rate doch, mein Schäflein,
Was Dir am liebsten, ich Dir genommen,
Beeile Dich, es ist Zeit, zu mir zu kommen …

Das Klingeln ihres Handys riss Ricarda aus ihren Grübeleien heraus.

»Pronto?«

»Wir haben etwas!«, rief Andrea.

Ricarda setzte sich kerzengerade auf.

»In den drei Delikatessenläden wurden *alle* Rossana-

Bonbons von ein und demselben Mann aufgekauft.« Andreas Stimme überschlug sich fast vor Begeisterung.

»Donnerwetter«, sagte Ricarda beeindruckt. »Und?«

»Es handelt sich um einen gewissen Francesco Baldini. Einer der Ladenbesitzer meint, ihn erkannt zu haben.«

Ricarda stutzte. Baldini, Baldini ... »Den kenne ich«, sagte sie mehr zu sich selbst.

»Wie bitte?«

»Wenn es der ist, an den ich denke, dann ist er ein ehemaliger Klassenkamerad von mir«, antwortete Ricarda verstört. *Noch einer ...*

Stille. Sie hörte Andrea schwer atmen. »Mist. Und weiter? Was ist damals vorgefallen? Hattest du was mit ihm, gab es einen Streit?«

»Nein, nichts dergleichen. Ich hatte nie wirklich etwas mit ihm zu tun. Er war ziemlich merkwürdig, ein Außenseiter. Die anderen haben ständig auf ihm herumgehackt, heute würde man wohl von Mobbing sprechen ... O Gott.« Wie ein Blitzschlag durchfuhr es Ricarda, als ihr bewusst wurde, dass es haargenau auf das Profil des Täters passen könnte. »Wenn ich mich richtig erinnere, habe ich ihn einmal sogar vor den anderen in Schutz genommen ...«

»Sergio und Camilla sind gerade dabei, alles Wissenswerte über ihn herauszufinden.«

»Gut, ich warte«, sagte Ricarda. Sollte sie Marco warnen?

»Bist du in Nago-Torbole?«, wollte Andrea wissen.

»Ja. Der Mörder hat mir eine Nachricht hinterlassen.«

»Was für eine?«

Ricarda las ihm das Gedicht vor.

Stille.

»Seltsam«, befand Andrea schließlich. »Hast du eine Ahnung, was er damit sagen will?«

»Ich denke, es ist eine Nachricht an seine Opfer … oder auch an diejenige, für die sie alle sterben mussten.«

»Aber du hast doch gesagt, sie sei an dich gerichtet?«

»Schon … Du meinst …?« Erneut überflog sie die Zeilen. »Also die ersten vier Zeilen ergeben für mich keinen Sinn«, sagte Ricarda nachdenklich. »*Nach dem Sturm … die Tinte …* Er spricht vielleicht von dem Mord in Sirmione nach der Gewitternacht«, murmelte sie. Ein Schauer durchfuhr sie. »Und im nächsten Vers könnte von der Perle des Gardasees die Rede sein: Malcesine! *Federleicht* – die Schreibfeder … *Der süße Schwur* – das Bonbon?«

»Ich habe Gänsehaut«, flüsterte Andrea. »Weiter, du hast es.«

»Er zählt die Morde auf«, erkannte Ricarda mit einem Schlag. »Hör zu«, rief sie aufgeregt. »*So nah wie dein Sein, vor deiner Nase angebracht.* Das ist der Mord in Gardone Riviera, vor meiner Nase. Und warte … die erste Strophe … *So fern wie die Nacht, dort, wo die finstere Einsamkeit wacht* … das müsste dann der Mord in Mailand sein.«

»Das hört sich fast so an, als wirft er dir vor, dass du nach Mailand gegangen bist …«

Ricarda runzelte die Stirn. »Und dann hier: *am anderen Ufer dem Leser vermacht, damit die große Kälte durchwacht.*«

»Das Monumento all'Alpino«, erkannte Andrea, »der lesende Mann in Torri del Benaco. Es liegt am anderen Ufer. Stand da nicht auch etwas von der *großen Kälte* auf der Tafel?«

»Du hast recht«, stöhnte Ricarda. *»Weiter, dem Genie als Opfer gebracht, und endlich, mit diesem Gedicht deine Zukunft erdacht …«*, murmelte sie. »Das Genie wäre dann also Goethe.«

»Spricht er da von *deiner* Zukunft?«

»Warte …« Richarda durchblitzte ein ungeheuerlicher Gedanke. »In seinem Theaterstück setzt Tantalus den Göttern sein eigenes Kind zum Mahl vor … *Deine Zukunft erdacht* … Das hört sich doch fast so an, als ob … Mein Gott! Als hätte ich das Gleiche getan, ihm meine Tochter zum Fraß vorgeworfen –« Ricardas Stimme versagte.

»Quatsch«, versuchte Andrea, sie zu beruhigen. »Auch wenn es an dich gerichtet ist, du hast nichts dergleichen getan, also beruhige dich und behalte einen klaren Kopf.«

»Fingerlein, oh Fingerlein, sollt ihr meine Sühne sein?«, las sie weiter. *»Rate doch, mein Schäflein, was dir am liebsten, ich dir genommen, beeile dich, es ist Zeit, zu mir zu kommen …«*

»Himmel«, stieß Andrea aus. »Meint er …?«

»Mia!« Ricardas Blut schien in ihren Adern zu gefrieren. Das konnte nicht sein. Das durfte nicht sein! Es war so ungeheuer abscheulich, dass es außerhalb alles Vorstellbaren lag …

»Sie ist bei Marco in Sicherheit«, stammelte Ricarda mehr zu sich selbst als an Andrea gewandt.

»Zwar bin ich gerade auf dem Weg von Lazise nach Salò, aber ich schicke vorsichtshalber schon mal einen Streifenwagen zu dir nach Hause.«

»In Ordnung, ich rufe Marco an.« Noch während sie es sagte, ließ Ricarda den Motor an. »In eineinhalb Stunden bin ich da.«

Sobald sie aufgelegt hatten, stellte Ricarda ihr Mobiltelefon in die Halterung der Freisprecheinrichtung, setzte ihre Sonnenbrille auf und fuhr los. Sofort versuchte sie, Marco zu erreichen, doch sein Handy war nicht eingeschaltet.

»Siri«, sagte Ricarda mit bebender Stimme, »ruf zu Hause an.«

Prompt stellte das Handy die Verbindung her. Das monotone Tuten beruhigte Ricarda ein wenig. Doch auch hier ging niemand an den Apparat. Vielleicht waren die beiden auf der Terrasse? Oder sie waren noch mal zur Buchmesse gefahren? Hatte Marco nicht erwähnt, dass er diese Woche noch Lesungen hatte? Sie erinnerte sich nicht an den genauen Termin … Hatte er ihn ihr überhaupt genannt? Bestimmt, nur hatte sie zu viele andere Dinge im Kopf, verflucht noch eins. Mit einem Schlag fielen ihr Marcos Worte wieder ein. Er kannte Baldini, hatte die Farm von ihm gekauft … *O Gott!* Wenn er versuchte, Marco zu überwältigen, um an Mia heranzukommen? Ricardas Knie wurden so wabbelig wie die berühmte Cyber-Clean-Masse. *Vielleicht ist es ja sogar besser, wenn sie nicht im Haus sind, wer weiß …* Ricardas Gedanken rasten. Ihr Hals war plötzlich so trocken, dass ihr das Schlucken schwerfiel, und sie spürte ein Ziehen und Kribbeln in den Händen – Anzeichen, die sie nur zu gut kannte und die nichts Gutes verhießen. *Jetzt ist nicht der richtige Moment, um die Nerven zu verlieren*, mahnte sie sich.

Hektisch kramte sie mit der rechten Hand in ihrer Tasche nach der kleinen Wasserflasche, die sie am Morgen eingesteckt hatte. Zwischen ihren Fingern fühlte sie auf einmal etwas sonderbar Glattes, Knisterndes. Es raschelte wie Papier. Stirnrunzelnd holte sie die sonderbaren Fetzen heraus. Ein paar Sekunden weigerte sich ihr Bewusstsein, den Anblick dessen, was sie in der Hand hielt, zu verarbeiten. Doch es war tatsächlich das, wonach es aussah: etliche Rossana-Bonbonpapierchen! Erneut glitten ihre Finger in die Tasche, wühlten tiefer und förderten schließlich eine ganz Handvoll davon zutage. Einige lösten sich, segelten aus ihrer feuchten Hand und verteilten sich über den Beifahrersitz.

Tränen schossen Ricarda in die Augen. Angst, Wut, Verzweiflung: Alles vermischte sich zu einem glühenden Feuerball, der ihre Eingeweide versengte. Wieder war er in ihr Zuhause eingedrungen. Vielleicht war er sogar noch da gewesen, als sie am Morgen das Haus verlassen hatte? *O Gott!*

Nein, Marco war groß und stark. So einfach würde er sich nicht überwältigen lassen. Ein dicker Knoten bildete sich in ihrem Bauch. Jäh klingelte das Handy, und Ricarda fuhr zusammen, als hätte man ihr einen Schlag versetzt.

Es war das Präsidium.

»Andrea?«, fragte sie mit zittriger Stimme.

»Nein, Sergio, *scusi* …« Der Internetspezialist klang leicht verwirrt.

»Oh, verzeihen Sie, ich erwarte eine dringende Nachricht von meinem Bruder«, stammelte sie und versuchte, sich zusammenzureißen. Ein Sportwagen schoss an ihr vorbei und hätte sie fast von der Straße gedrängt. Sie musste sich konzentrieren, wenn sie in einem Stück ankommen wollte.

»Er hat mir gesagt, dass ich Sie auf dem Laufenden halten soll.«

»Ja natürlich. Was haben Sie herausgefunden?«

»Francesco Baldini war anscheinend ein ziemlich schwieriges Kind. Bereits während seiner Schulzeit wurden beim Direktor etliche Beschwerden wegen sexueller Belästigung gegen ihn eingereicht, aber er wurde nie belangt.«

Ricarda runzelte die Stirn. Das hätte sie diesem unscheinbaren Jungen gar nicht zugetraut.

»Außerdem soll er Tiere gequält und die Kadaver im Schulhof und in der Knabentoilette zur Schau gestellt haben.«

Ricarda verzog das Gesicht. Alles rückte unerwarteterweise in ein neues Licht. Bianca war also wirklich unschuldig? *Gott, ich bin so vernagelt gewesen …*

Und was hatte Antonio mit dem Ganzen zu tun? Urplötzlich kam ihr das Telefonat mit ihm in den Sinn: *Ich esse nicht, ich lutsche bloß gerade ein Bonbon …* Mit einem Schlag wirkte es wie eine perverse Provokation. Eine Gänsehaut kroch ihr den Rücken entlang.

Himmel! Hatte er absichtlich so ekelerregend laute Geräusche gemacht? Wieder wallte dieser unglaubliche Gedanke in ihr auf. Vielleicht hatte es ihm ja einen Heidenspaß gemacht, sie zu provozieren, fast mit der Nase hineinzustupsen … *Und ich bin so verdammt blind gewesen …*

Gab er sich vielleicht für Francesco aus, um sie irrezuführen? Hatte ihn der Korb, den sie ihm damals gegeben hatte, ausrasten lassen, weil er sich wieder verlassen und abgeschoben gefühlt hatte? Hatte er diesen Plan ausgeheckt, sich die Unterlagen von misshandelten Kindern herausgesucht, um diesen speziellen Fall für seine Zwecke zu missbrauchen? Es klang so an den Haaren herbeigezogen … Und doch …

»Mehrmals wurde der Verdacht geäußert, er sei von seinen Eltern misshandelt worden, aber bei einer Untersuchung des Jugendamts kam heraus, dass wohl alles in Ordnung war. Auch der Junge selbst stritt die Vorwürfe ab. Er soll wegen seiner Legasthenie große Schwierigkeiten im Unterricht gehabt haben. Deshalb haben seine Eltern ihn zu einer Logopädin geschickt, doch nach ein paar Wochen hat sie sich geweigert, ihn noch länger zu behandeln.«

»Was hat die Logopädin denn für einen Grund angegeben?«

»Sie sagte, dass der Junge soziopathische Verhaltensweisen an den Tag gelegt und sie sich von ihm bedroht gefühlt hat. Sie empfahl damals eine psychiatrische Behandlung.«

Ricarda nickte, bemühte sich, ihre Sinne zu sammeln. »Gut«, sagte sie schließlich. »Treiben Sie mir diese Logopädin auf, ja? Wie heißt sie eigentlich?«

»Liliane Antuzzi. Sie ist mittlerweile im Ruhestand.«

»Egal, finden Sie heraus, wo sie ist, rufen Sie sie an und stellen Sie sie sofort zu mir durch, in Ordnung?«

»In Ordnung.«

»Haben Sie ein Foto von Baldini?«

»Nein, es ist sehr schwierig, eines aufzutreiben. Man könnte meinen, er sei völlig von der Bildfläche verschwunden. Es muss schon lange her sein, dass er seinen Ausweis erneuert hat ...«

»Vielleicht hat er ja auch nie einen beantragt ...«

»Das ist natürlich auch eine Möglichkeit. Oder es liegt so weit zurück, dass zu diesem Zeitpunkt noch keine digitalen Register geführt wurden. Deshalb suchen wir jetzt in den alten Ablagen, das braucht etwas Zeit.«

Wieder kam Ricarda ihre Unterhaltung mit Marco in den Sinn. »Er hat vor Kurzem die Olivenplantage seiner Eltern verkauft. Sucht mal in dieser Richtung.« Ricarda fuhr in einen Tunnel, die Verbindung wurde schlecht.

»Ei – o – ter«, hörte sie nur noch, dann brach das Gespräch ab. Sie seufzte, schaute kurz auf die Bonbonpapiere neben sich, bevor sie sich wieder auf die Fahrbahn konzentrierte. Was hatte das alles mit ihr zu tun? Wieder und wieder versuchte sie, sich den Wortlaut des Gedichtes in Erinnerung zu rufen, während sie über die *Gardesana* sauste. Die sonst so wundervollen Berge, die sich über ihr auftürmten, wirkten auf einmal bedrohlich, wie Mahnmale, die ihr etwas sagen wollten: Was heute als schön empfunden wird, kann dich morgen erdrücken. Ärgerlich verscheuchte sie die finsteren Gedanken.

Klingeln.

»*Pronto?*«

»*Buongiorno*, Signora Antonini«, sagte eine leise Frauenstimme. »Mein Name ist Liliane Antuzzi. Sie wollten mit mir sprechen?«

Das ging aber zügig. »Ach, wunderbar. Vielen Dank, dass Sie so schnell reagiert haben.«

»Was hat Francesco angestellt?«, fragte die Anruferin ängstlich. »Ist er etwa der berüchtigte Denkmal-Mörder?«

»Darüber darf ich Ihnen leider keine Auskunft erteilen –«

»Ja, ich verstehe, *scusi*. Wie kann ich Ihnen denn behilflich sein?«

»Können Sie mir bitte genau darlegen, was sich damals ereignet hat? Insbesondere, was Sie dazu bewogen hat, von Ihrem Rückzugsrecht Gebrauch zu machen?«

»Ach, das sind unschöne Erinnerungen, wissen Sie ... Also, am Anfang wirkte Francesco wie ein vernachlässigter, schüchterner Junge, der es kaum gewagt hat, mich anzuschauen. Er litt unter einer ausgeprägten Legasthenie, die ihm große Probleme beim Schreibenlernen bereitet hat.«

»Und beim Lesen?«

»Nein, das ging. Es handelte sich bei ihm um eine isolierte Rechtschreibstörung. Anfangs habe ich große Hoffnungen in ihn gesetzt, denn er wirkte irgendwie ... auf seine Weise –«

»Intelligent?«, half Ricarda ihr weiter.

»Ja genau. Ich war überzeugt, dass es ihm nur an der nötigen Willenskraft mangelte, nicht an der Kapazität. Zunächst schien er sich bei mir sehr wohlzufühlen, taute mit der Zeit immer mehr auf. Irgendwann vertraute er mir an, dass sein Vater ihn schlägt, weshalb er sich immer in einem Geheimversteck im Keller vor ihm verbarg. Aber wer weiß, ob das nicht erfunden war.«

»Und dann?«

»Mit der Zeit wurde mir klar, dass es viel schlimmer war, als ich ursprünglich angenommen hatte. Seine Schreibschwäche schien seine Art zu sein, sein Unwohlsein auszudrücken. So habe ich seinen Eltern dann auch mitgeteilt, dass es keinen Sinn hätte, weiterzumachen, dass es besser wäre, zuerst seine psychischen Probleme behandeln zu lassen. Ich war überzeugt, dass sich damit auch die Schwierigkeiten mit dem Schreiben quasi von selbst auflösen würden.«

»Aber Sie haben trotzdem weitergemacht?«

»Ja, denn auf der anderen Seite tat er mir irgendwie leid. Seine Eltern schienen ihn, wie gesagt, zu misshandeln. Einmal kam er sogar mit einem gebrochenen Handgelenk zur Sitzung.«

Alles passt, dachte Ricarda aufgeregt.

»Und als seine Mutter mich so eindringlich bat, es weiter mit ihm zu versuchen, habe ich mir halt ein Herz gefasst und es noch einmal mit Francesco probiert.«

»Was geschah dann?« Ricarda war ganz hibbelig. Bald würde der nächste Tunnel kommen. »Ist er ausfallend geworden?«

Pause, ein Räuspern.

Ricarda spürte, dass Liliane sich nur ungern an die Zeit mit ihm erinnerte.

»Nicht wirklich, nein«, sagte die ehemalige Logopädin leise. »Es war subtiler. Außer einmal, da hat er mich gebeten, ihm etwas aufzuschreiben, ihm zu zeigen, wie er den Füller richtig halten soll.« Sie seufzte. »Als ich mich zu diesem Zweck auf den Kinderstuhl setzte, hat er mir plötzlich den Füller entrissen und ihn mit einer solchen Wucht in die Tischplatte gerammt, dass ich einen riesigen Schreck bekam. Ein bisschen wie ein Messer …«

Ricarda zog die Augenbrauen hoch. »Wie haben Sie reagiert?«

»Es war nicht das erste Mal, dass ein junger Patient aus schwierigen Verhältnissen sonderbare Reaktionen an den Tag legte. Aber bei ihm war es anders. Wenn ich ihn zum Beispiel aufforderte, etwas zu schreiben, saß er eine gefühlte Ewigkeit regungslos da und starrte mich an. Da war etwas Düsteres, Kaltes in seinen Augen, dass sich mir bei dem Gedanken daran noch heute die Nackenhärchen aufstellen.«

»Sonst noch etwas?«

Liliane stieß hörbar die Luft aus. »Ja, da war noch eine andere Szene, die mir in unangenehmer Erinnerung geblieben ist. Ich bediente mich damals eines Hebelschneiders, um Lernbroschüren für die Eltern zusammenzustellen.«

Ricarda schluckte heftig. »Ja, ich weiß, was Sie meinen.«

»Einmal sah er mir dabei zu, wie ich ihn benutzte, und fragte mich mit einem Blick, der fast fanatisch wirkte, ob man nicht aufpassen müsse, sich nicht einen Finger abzutrennen. Dabei machte er das passende Geräusch dazu. Ich erklärte ihm sachlich, dass die Maschine einen Fingerschutz besitze, doch er hörte mir gar nicht richtig zu, starrte nur fasziniert auf den Apparat. Seit diesem Vorfall schien er von dem Ding wie magisch angezogen, wenn er zu mir kam. Nicht einmal die Bonbons interessierten ihn mehr.«

»Die Bonbons?«, hakte Ricarda nach.

»Ja, ich habe für die Kinder immer eine Schale Leckereien bereitgehalten, zum Ansporn sozusagen, warum?«

Ricarda räusperte sich. »Waren darunter auch Rossana-Bonbons?«

»In der Tat, sie waren seine Lieblingssorte«, antwortete Liliane und lachte unfroh.

Ricarda presste die Lippen aufeinander. *Der süße Tod am Lago di Garda*, erinnerte sie sich an Nicolòs dahingesagte Worte. Da war er also, der direkte Zusammenhang zwischen der Süßigkeit und dem Hass, den der Täter nach all den Jahren auslebte. Betroffen schielte sie abermals neben sich auf den Sitz, auf dem die unschuldig daliegenden Knitterpapierchen plötzlich eine neue Bedeutung bekamen.

Liliane lachte verlegen. »Wissen Sie, er war zwar ziemlich klein und schmächtig – aber auf seine Weise hat er mich tatsächlich eingeschüchtert.«

»Und wie haben seine Eltern reagiert?« Ricarda bemühte sich, Ruhe zu bewahren, doch die Spannung wuchs in ihr. »Ich nehme an, Sie haben sie über sein Verhalten informiert?«

»Ja natürlich, aber die waren völlig überfordert, das war ja das Schlimme.« Liliane seufzte schwer. »Sein Vater hat ihn manchmal so hart angepackt, dass ich dachte, er bricht ihm gleich einen Arm. Und die Mutter … sie hat nur hilflos dagesessen und sich immer wieder entschuldigt, wenn Francesco mal wieder aggressiv war.«

»Und daraufhin haben Sie ihn ans Jugendamt gemeldet.«

»Genau. Es wurde ein Sozialarbeiter eingeschaltet, der

die Eltern anwies, den Jungen in Therapie zu geben. Allerdings ist das sicher wie so oft im Sand verlaufen.« Liliane wirkte, als würde sie nach den richtigen Worten suchen. »Im Grunde war ja auch nichts Nennenswertes passiert, außer ein Wutanfall und ein paar sonderbare Blicke.«

»Sonst noch etwas Bemerkenswertes?«

Liliane schien zu zögern. »Nein, reicht das nicht?«, stieß sie leicht gereizt aus.

Eine kurze Pause entstand, und Ricarda konnte sich des Gefühls nicht erwehren, dass Liliane ihr aus welchen Gründen auch immer etwas verschwieg. Doch im Grunde hatte sie bereits erhalten, wonach sie so lange gesucht hatte: das Motiv! »Vielen Dank für Ihre Hilfe, Signora Antuzzi.«

»Ach ja, da war noch etwas.«

»Ich höre?«

»Er sprach häufig von seiner besten Freundin. Warten Sie ... Ich glaube, er nannte sie Rica!«

»Rica?!«, flüsterte Ricarda. So war sie nur von ihren besten Freunden genannt worden. Hastig verabschiedete sie sich und legte auf. Mittlerweile war sie bereits bei Limone sul Garda. Herrgott, konnte es nicht schneller gehen?

Ihr Handy klingelte schon wieder. Andrea!

»Ja?«

»Sie sind nicht da, Ricarda.«

Der Schweiß brach ihr aus. »Haben die Männer auch wirklich überall nachgeschaut?«

»Ich wollte auf Nummer sicher gehen und mich lieber selbst vergewissern.«

»Bist du im Haus?«

»Ja, aber es ist leer.«

Ricardas Herzschlag beschleunigte sich. Sie kämpfte gegen die aufsteigende Panik an.

»Es sieht zumindest nicht so aus, als hätte hier ein Kampf stattgefunden.«

»Schau bitte an den Kleiderständer am Eingang. Ist Mias rosafarbene Jacke noch da?«

»Nein«, kam prompt die Antwort. »Vielleicht sind sie ja nur mal kurz ins Dorf gegangen?«

»Ja, vielleicht zu Maria …«

»Gibt es die noch?«, fragte Andrea erstaunt.

»Ja. Kannst du bitte mal nachsehen gehen?« Ihr Handy vibrierte und zeigte eine Nachricht an: *Haben endlich ein Foto gefunden.* »Warte bitte einen Moment, Andrea. Sergio und Camilla haben ein Foto von Francesco aufgetrieben.« Mit zittrigen Fingern öffnete sie die Nachricht. Im selben Moment fuhr sie wieder in einen Tunnel, und die Verbindung zu Andrea brach abrupt ab. Verdammt!

Übrigens, stand weiter in der SMS, *das Grundstück der Baldinis in Arco ist nach wie vor im Besitz des Sohnes.*

Stirnrunzelnd öffnete Ricarda das angehängte Bild. Es dauerte ein paar Sekunden, bis es ihr leuchtend und klar vom Bildschirm entgegensprang. Schockiert starrte sie auf das Gesicht – das charmante Lächeln, die braunen Augen –, konnte es nicht glauben. Es musste sich um einen Irrtum handeln. Keuchend nahm sie die nächste Ausfahrt und hielt bei der ersten Parkmöglichkeit an. In ihrem Kopf tobten die Gedanken wild durcheinander, und in ihrem Bauch brannte der Feuerball mit nie gekannter Intensität. Abermals klingelte das Telefon. Es war Sergio.

»Sergio, was soll das?«, keifte sie in den Apparat. »Das ist Marco Fillini, der Schriftsteller.« Fassungslos starrte sie auf den Bildschirm, dann hinunter zu den Bonbon-Papierchen. Ihr Herz zog sich schmerzhaft zusammen.

»Ja genau. Wir haben herausgefunden, dass es sich dabei um ein Pseudonym handelt, in Wirklichkeit heißt er Francesco Baldini.«

Stille.

»Sind Sie noch dran?«

Gequält krümmte sie sich auf dem Fahrersitz zusammen. *O Gott, o Gott, o Gott!*

»Ist alles in Ordnung?«

Was Dir am liebsten, ich Dir genommen, beeile Dich, es ist Zeit, zu mir zu kommen …

»Nein, nein, nein, nein!«, brüllte sie und schlug aufs Lenkrad. Wie von Sinnen startete sie den Motor. »Nichts ist in Ordnung! Er hat meine Tochter, verdammte Scheiße!« Kurzerhand fuhr sie los, raste die *Gardesana* in entgegengesetzter Richtung entlang. »Rufen Sie sofort Andrea an! Ich mache kehrt. Sagen Sie ihm, dass er mir folgen soll.«

»Wohin?« Es knackte und knisterte in der Leitung.

»Zum Grundstück der Baldinis –«

»Wie bitte? … Ricarda? … Hallo? Gehen Sie … Risiko …, ja?«, versuchte Sergio, sie zur Vernunft zu bringen. »Fordern … Verstärkung …«

»Kümmern Sie sich bitte darum«, forderte Ricarda, doch das Gespräch war bereits abgebrochen, obwohl sie nicht einmal durch einen Tunnel gefahren war. Egal, sie würden schon wieder anrufen. Sie wollte die Nummer der Polizei in Arco heraussuchen, doch sie hatte keine Verbindung mehr. Also gut, sie würde es später noch einmal probieren. Mit zitternden Händen umklammerte sie das Lenkrad, trat das Gaspedal durch. Jede Sekunde zählte. *Fast zu spät*, hallten die Worte in ihrem Kopf wider.

Wie hatte sie nur so blind sein können? *Meistens sind die Schuldigen näher, als man denkt … Verflucht!* Er hatte wirklich Katz und Maus mit ihr gespielt, auf eine Weise, die sie nie für möglich gehalten hätte. Ihr wurde übel. Sie musste all ihre Selbstbeherrschung aufbieten, um sich auf die Straße vor ihr zu konzentrieren.

Was war damals nur geschehen, dass Marco … nein, *Francesco* sie so sehr hasste? Oder hatte es etwas damit zu tun, dass sie nicht auf seine Avancen eingegangen war?

Ricarda, der Mann ist ein Psychopath!, schoss es ihr durch den Kopf. *Kontrolliert, charmant, strukturiert, ein guter Zuhörer, Meister der Manipulation …* Es passte wie die Faust aufs Auge. Nur eines war nicht schlüssig: Wie hatte solch ein Mensch nur ein berühmter Schriftsteller werden können?

Und was habe ich *damit zu tun?*, fragte sie sich erneut. Sosehr sie sich auch bemühte, einen klaren Gedanken zu fassen, es huschten nur unzusammenhängende Bildfetzen an ihrem inneren Auge vorbei; wie zerrissene Puzzleteile ergaben sie nicht einmal annähernd einen tieferen Sinn. An sein Gesicht konnte sie sich nur schemenhaft erinnern. Ein schmutziger kleiner Junge mit einem merkwürdig abwesenden Blick. Niemand hatte ihn sonderlich gemocht, immer hatte er in der Pause allein im Schulhof herumgestanden. Sie hatte ihm kaum je Beachtung geschenkt. Außer das eine Mal …

KAPITEL 31 – ZWISCHENSPIEL

38 Jahre zuvor …

Ich hetze um die Ecke, doch sie bleiben mir dicht auf den Fersen. Eine Abreibung soll ich bekommen, hat Jacopo gesagt, damit ich die Mädchen endlich in Ruhe lasse. Als ob das so einfach wäre, sie sind schließlich meine Spielgefährtinnen. Ich habe mich doch auch nur ein bisschen mit ihnen amüsieren, sie ein wenig erschrecken wollen, damit ich in ihren glänzenden Kulleraugen diese himmlische Furcht lesen kann. Es macht mich stark. Machtvoll. Ich liebe dieses Gefühl, wenn sie mich anstarren, wenn sie anfangen zu betteln, ja wenn ihnen ganz allmählich aufgeht, dass etwas seltsam ist, sie langsam begreifen, dass ich nicht wie die anderen bin, dass sie mir ausgeliefert sind … Dann haben sie dieses gewisse Flackern in den Augen …

Anfangs haben die Mädchen Mitleid mit mir, halten mich für einen armen Jungen, der es nicht leicht hat. Das ist ja auch so, aber es stört mich nicht. Im Gegenteil. Denn sie scheinen es zu mögen, dem Hilfsbedürftigen zur Hand zu gehen. Das Schwache zieht sie an. Also spiele ich meine Karten aus, bis sie mir vertrauen, mich als Freund sehen. Bislang sind sie alle darauf hereingefallen. Ich bitte sie, mich nach der Schule nach Hause zu begleiten, mache ihnen weis, dass ich Angst vor den anderen habe. Natürlich wohne ich viel zu weit weg, aber das wissen sie ja nicht.

Und dann, auf dem Heimweg, streife ich meine Maske ab, zeige ihnen mein wahres Gesicht, verwandle mich in den echten Francesco. Es ist einfach wundervoll …

Dass ich dafür jetzt von den anderen Jungs verfolgt werde, ist zwar lästig, aber ich nehme es als unvermeidliche Begleiterscheinung meiner Vergnügungen in Kauf. Auch wenn ich nicht verstehe, was es sie eigentlich angeht. Sind sie eifersüchtig? Vielleicht würden sie ja auch gerne mal mitmachen. Dabei tue ich nicht mal etwas Schlimmes. Jedenfalls nicht das, was man mir nachsagt …

Ich schiele um die Ecke. Da kommen sie. Ich spurte los. Doch diesmal schließt Jacopo zu mir auf, schnellt vor, packt meinen Ranzen und schleudert mich zu Boden. Hart schlage ich mit den Knien auf, sofort setzt ein höllisches Brennen ein. Sie bluten, und meine Kniestrümpfe sind auch kaputt. Meine Mutter wird fuchsteufelswild werden. Doch wie immer wird sie sie vor Vater verstecken, denn sie ist schwach. Sie hat Angst vor ihm, will nicht, dass er sie schlägt. Ich verachte sie dafür. Sie benimmt sich wie ein Wurm, kriecht vor ihrem Herrn, dem Geier.

»Jetzt hab ich dich!«, keucht Jacopo. Allmählich sammeln sich seine Freunde um uns, blicken hämisch auf mich herab. »Jetzt bekommst du deine Abreibung.«

»Hey!«, ruft unverhofft eine silberhelle Stimme. »Was tut ihr da?« Zwei Ärmchen drücken sich durch die Menge der dicht beieinanderstehenden Rabauken, ein ebenso schlanker Körper folgt. Ich erkenne ein Mädchen aus meiner Klasse, aber ihr Name fällt mir nicht ein. Für so etwas interessiere ich mich nicht. Überhaupt interessiere ich mich nicht für die anderen, außer wenn sie mir nützlich sind.

»Kümmere dich nicht darum, der braucht eine Lektion.« Um es anschaulicher zu machen, krempelt Jacopo seine Ärmel hoch.

»Das ist Unsinn!« Schützend stellt sie sich vor mich. Fasziniert starre ich zu ihr empor. Ich habe sie nicht mal um den Finger wickeln müssen, und schon ist sie mein. Sie ist sehr hübsch, anmutig, scheint aus gutem Hause zu stammen. »Lasst ihn in Ruhe. Was hat euch der arme Kerl denn getan?«

Arm? Ich jubiliere. Auch sie ist in die Falle getappt …

»Armer Kerl? Spinnst du, Rica? Hast du nicht mitbekommen, was er mit den anderen Mädchen angestellt hat?«

»Er hat ihnen ein bisschen Angst eingejagt, na und? Lasst das den Direktor klären.«

Die Umstehenden rumoren.

»Pah, der Direktor unternimmt doch nichts. Der hat viel zu viel Angst um den guten Ruf der Schule«, bellt Jacopo.

»Quatsch, wenn er nichts unternommen hat, dann doch nur deshalb, weil nichts Erwähnenswertes passiert ist.« Sie verschränkt die Arme vor der Brust. »Selbstjustiz zu üben, ist falsch.«

»Lass uns durch«, befielt Jacopo und tritt einen Schritt auf das Mädchen zu. »So redest du nur, weil dein Vater ein Bulle ist.«

»Und wenn schon. Ich werde euch allesamt melden, wenn ihr ihm auch nur ein Haar krümmt. Also verschwindet lieber.«

Schnaufen. Die anderen werfen sich Blicke zu, wispern verhalten miteinander. Die Tatsache, dass ihr Vater bei der Polizei ist, scheint wohl ein einschlägiges Argument zu sein, denn einige unter ihnen ziehen sich bereits zaghaft zurück.

Hasserfüllt schaut Jacopo an ihr vorbei auf mich hinunter und streckt den Zeigefinger nach mir aus.

»Wart's nur ab, dich krieg ich schon noch!« Er spuckt vor mir aus. »Und du«, wendet er sich an meine Retterin. »Hoffentlich bereust du das nicht irgendwann mal …«

»Soll das etwa eine Drohung sein?«, fragt sie und stiert ihn herausfordernd an.

»Nein, eher eine Warnung«, antwortet Jacopo und nickt vielsagend in meine Richtung. Dann zieht die Bande endlich ab.

Rica wendet sich mir zu, lächelt aufmunternd. Sie ist entzückend. So weich und süß wie ein Stück Sahnetorte. Mir läuft das Wasser im Mund zusammen. Selbst ihre Verpackung erinnert irgendwie an ein Bonbon: ein knallroter kurzer Rock, ein gelbes T-Shirt und schneeweiße Kniestrümpfe. Ja, wirklich: fast wie die rot-goldene Verpackung von den Bonbons, mit denen *sie* mich angelockt hat. Die blöde Ziege, die mich nicht wollte. Wenn ich an diese Beleidigung zurückdenke, an diese Schmach, schießen heiße Wellen des Hasses durch meinen Körper. Gerne hätte ich sie noch länger gepiesackt, diese blöde Kuh mit ihrer besserwisserischen Art. »Du wirst niemals vernünftig schreiben können, Francesco, wenn du so unartig bist.« Pah! Unartig. Ich habe ihr mal so richtig gezeigt, was *unartig sein* heißt, dieser aufgetakelten Pute mit ihrem roten Lippenstift. Zum Narren hat sie mich halten wollen. Hat mir vorgegaukelt, ich sei ihr wichtig, sie wolle mir helfen. Wie bei den Engeln habe ich mich gefühlt, umgarnt, behütet, verwöhnt.

Und dann kamen die Forderungen: *Mach dies, schreib das, nein, kein Bonbon, du hast es dir nicht verdient.* Heuchlerin! Sie hat mich betrogen und musste dafür bezahlen. Sie war die Erste. Na ja, die erste Frau. In den Augen von Tieren habe ich schon oft die Qual wahrnehmen können, doch bei Menschen ist es noch viel vollkommener, aufregender, belebender. Mein ganzes Sein kribbelt, wenn ich den Schrecken und das Entsetzen im Blick meiner Opfer lese. Ich kann ihre Gedanken geradezu körperlich spüren, fast funktioniert es wie Telepathie. Und jetzt steht sie vor mir, meine neue Auserwählte: lieblich, perfekt, *mein*. Wenn sie vernünftig ist, werde ich sie ewig lieben.

»Ich habe Angst«, lüge ich. »Kannst du mich bitte nach Hause begleiten?« Zaghaft lächle ich sie an, so wie das arme, vernachlässigte Wesen, für das sie mich hält.

»Wo wohnst du denn?«, fragt sie abwesend, kniet sich zu mir auf den Steinboden und sammelt meine herumliegenden Stifte und Hefte auf.

»Nicht weit von hier«, schwindle ich und helfe ihr beim Einsammeln. *Sie beißt an, sie beißt an*, jubiliere ich innerlich. »Bitte, ja?«, setze ich nach.

»Aber sie werden dir jetzt bestimmt nichts mehr tun, Francesco«, sagt sie. Ich bin überrascht. Sie kennt meinen Namen? Flehend schaue ich meine neue Errungenschaft an. Sie scheint zu zögern. Oder denkt sie nach? Plötzlich beugt sie sich zu mir, um mir den schief hängenden Ranzen von den Schultern zu ziehen. Dabei streifen ihre Haare über meine Wange. Sie fühlen sich weich und wundervoll an, duften so frisch wie eine Blumenwiese. Ich möchte mit den Fingern hindurchfahren, sie noch länger auf der Haut spüren.

»Der Verschluss ist kaputt«, stellt sie fest und verzieht ihren hübschen Mund zu einer reizenden Schnute. »Warte, da fällt mir was ein.« Sie nimmt ihre eigene Schultasche ab, wuselt mit flinken Fingern darin herum. Konzentriert fährt sie sich mit der Zunge von einem Mundwinkel zum anderen, starrt ein paar Sekunden in die Luft, als müsste sie sich den Inhalt des Ranzens vor ihrem geistigen Auge heraufbeschwören, um zu finden, wonach sie sucht. Ich will sie küssen. Einfach so. Stelle mir ihre Lippen auf den meinen vor. So etwas ist mir noch nie passiert. Wie sie wohl mit Lippenstift aussieht? Ohne Vorwarnung zuckt ein Bild an meinem inneren Auge vorüber: Ihr schöner Mund, zusammengepresst und breitgedrückt unter durchsichtigem Klebeband, knallrot bemalt – und ich küsse sie auf das groteske Gebilde. Wohlige Schauer durchlaufen mich.

»Da«, ruft sie auf einmal und holt eine grüne Schnur hervor.

Ich runzele die Stirn, fühle Unzufriedenheit in mir aufsteigen. Sie hat mich meinen berauschenden Fantasien entrissen, das hätte sie nicht tun dürfen. Doch ich nehme mich zusammen und blicke sie verwundert an. Was hat sie vor?

Ohne weiter von mir Notiz zu nehmen, räumt sie meine Sachen zurück in die Schultasche, hält sie mir anschließend hin, damit ich die Stifte, die ich noch immer in der Hand halte, hineinschieben kann. Dann schließt sie die Klappe, und ihre zierlichen Finger befestigen das Ganze geschickt mit dem Faden.

»So«, sagt sie. »Den kannst du behalten, den brauche ich nicht mehr. Meine Mutter hat ganz viele davon.«

»Gut«, brumme ich. »Kommst du jetzt?«

»Nein«, sagt sie so unverblümt, dass ich nach Luft schnappen muss. Es versetzt mir einen Stich. Meine wundervolle Fantasiewelt bricht zusammen, und ich fühle mich ganz elend.

»Ich habe leider keine Zeit«, setzt sie hinzu. »Meine Freunde warten auf mich. Aber mach dir keine Sorgen, die anderen werden dir nichts mehr tun.« Lachend wendet sie sich ab.

Jedes einzelne Wort ihrer Ablehnung trifft mich so heftig wie der pickende Schnabel einer Krähe, der unerbittlich auf ein auf der Straße verendetes Tier einhackt, das rohe Fleisch Stück um Stück herausreißt, bis am Ende nur noch ein Gerippe übrig bleibt: nackt und verstümmelt, ein groteskes Zerrbild des einstigen Lebewesens. Mir bricht der Schweiß aus. In meinem ganzen Leben habe ich mich noch nie so jämmerlich gefühlt. Nicht einmal, wenn mein Vater mich verprügelt hat, auch nicht, wenn ich vor dem Direktor saß und mir seine Vorwürfe anhören musste, ja nicht einmal, als die blöde Pute mich drangsaliert hat. Was tut sie da? Warum widersteht sie mir? Sie läuft einfach davon.

»Wie heißt du?«, rufe ich ihr nach.

Abrupt bleibt sie stehen und dreht sich zu mir um.

»Ricarda«, antwortet sie, runzelt die Stirn. »Ich bin in deiner Klasse.« Es hört sich fast vorwurfsvoll an.

Umso besser. Sie soll nicht denken, dass ich mich für sie interessiere oder dass ihre Abfuhr mir etwas ausmacht …

»Dann eben ein andermal«, sage ich so gelassen wie möglich, doch innerlich kocht es in mir. Ich spüre die brodelnde Hitze in meinen Eingeweiden.

»Ja, sicher«, ruft sie.

Ich weiß, dass sie es nicht ernst meint. Hält sie mich für blöd? Doch sie hat mich schon vergessen, schwebt lachend und herumalbernd mit ihren dämlichen Freunden davon, die die ganze Zeit über an der nächsten Ecke auf sie gewartet haben. Machen sie sich lustig über mich? Lachen sie mich aus, den Trottel, der sich hinter einem Mädchen verstecken muss?

In mir explodiert etwas. Meine Innereien stehen in Flammen, schreien nach Rache … Du hattest deine Chance. Doch irgendwann, Ricarda, irgendwann werde ich die meine bekommen …

KAPITEL 32 – MIT KALTEN KRALLEN

Zur selben Zeit auf der Gardesana, 24. April – 10 Uhr

Nach etlichen gescheiterten Versuchen, ihren Bruder, das Revier oder die Polizei in Arco zu erreichen, machte Ricardas Handy plötzlich völlig schlapp, der Bildschirm wurde schwarz. Hatte sie vergessen, den Akku aufzuladen? Wie war das möglich? Normalerweise lud sich das Telefon doch im Auto auf. Herrje, jetzt war absolut nicht der richtige Augenblick, um ohne Handy auskommen zu müssen. Doch Ricarda hatte keine andere Wahl, als einfach weiterzufahren. Sicher war Andrea schon unterwegs, hatte wahrscheinlich auch schon eine Mannschaft aus Arco angefordert. Ricarda betete, dass sie recht hatte. Denn sollte er noch nicht eingetroffen sein, würde sie nicht auf ihn warten können. Mia war in den Händen des Serienmörders! Jedes Mal, wenn dieser Gedanke wie ein flammendes Schwert durch ihren Verstand schnitt, überfiel sie erneut Übelkeit. Sie wurde von heftigen Magenkrämpfen geschüttelt, doch sie riss sich zusammen. Das Adrenalin half ihr dabei.

Bislang hat er noch keine Kinder gefoltert, redete sie sich ein. Sein Beuteschema sind erwachsene Frauen um die 30, sicher sollen sie Liliane darstellen. Gleichzeitig war sich Ricarda darüber im Klaren, dass Psychopathen keine

Hemmschwelle kannten, wenn es darum ging, ihre kranken Gelüste zu befriedigen. Sie hatte also nur eines im Sinn: eintreffen, bevor ... Sie keuchte. *Mein kleines Mädchen, mein Gott, mein kleines Mädchen ...*

Bei Linfano entfernte sie sich vom Ufer, fuhr über die SS240 ins Landesinnere und dann die SP118 am Fluss Sarca entlang, der sich durch das weitläufige grüne Tal schlängelte. Nach und nach änderte sich das Landschaftsbild, wurde rustikaler, einsamer. Von den immer präsenten Alpen umringt, erstreckten sich ausgedehnte Olivenhaine, Weinberge und landwirtschaftliche Flächen. Überall auf den Feldern und in den Gärten sprühte und blühte das bunte Leben, doch Ricarda hatte keinen Blick für diese Idylle.

In der Ferne, am Fuße der Alpen, thronte hoch oben am Hang die majestätische Ruine des *Castello di Arco*, dessen oberster Turm umgeben von Zypressen in den Himmel ragte. Sehnsüchtig wanderten Ricardas Augen zum Burgfelsen hinauf. Wenn sie doch nur schon am Ziel wäre ... Wie ein träger Wurm wand sich die Straße durch die Landschaft, schien kein Ende nehmen zu wollen. Die Zeit rannte Ricarda davon und doch war es, als würde sie so langsam dahinrinnen wie das Tröpfeln eines lecken Wasserhahns.

Ricarda entschloss sich, nicht die Hauptstraße zum Gut zu benutzen, sondern das Auto ein Stück abseits stehen zu lassen und sich vom angrenzenden Wäldchen aus an das Grundstück heranzupirschen. Nach wenigen Minuten hatte sie einen passenden Platz gefunden, stellte den Wagen im Schatten der Bäume ab und stieg mit klopfendem Herzen aus. Querfeldein lief sie los, hielt sich zwischen dem Waldrand und den verwahrlosten Feldern. Als das Haupthaus in Sicht kam, ging Ricarda in Deckung und lief zwischen den Bäumen weiter. Sie atmete stoßweise. Alle ihre

Sinne waren geschärft. Um sie herum wirkten die Bäume immer riesiger, die Blätter grüner, das Gebüsch dichter. Wie bedrohliche Riesen ragten die Stämme über ihr auf, als würde sie sich einem verwunschenen Märchenhaus nähern. Die Äste griffen nach ihr, dünne Zweige verhakten sich wie lästige Kletten in ihrem Haar und ihrer Kleidung. Wollten die Gewächse sie zurückhalten, um sie zu schützen, oder endgültig ins Verderben reißen? Ricarda wusste, dass es vollkommen unvernünftig war, ihm allein gegenüberzutreten. Und doch konnte sie nicht anders …

Ich hätte vorher zur Polizei in Arco fahren können, um Hilfe zu holen, flüsterte eine kleine Stimme in ihrem Ohr. *Und dann? Würde ich kostbare Minuten vergeuden, während er Mia vielleicht schon einen Finger nach dem anderen abquetscht …* Ricarda musste würgen. Keuchend versuchte sie, die aufsteigenden Bilder zu vertreiben. *Nein*, durchfuhr es sie, *er will mich! Warum auch immer, er will nicht Mia. Sonst hätte er sie ja schon lange mitnehmen können, die Tür hat ihm ja wahrlich weit genug offen gestanden.* Bei diesem Gedanken wollte sie die pure Verzweiflung packen. *O Gott …* Wenn Ricarda jetzt daran zurückdachte, wie naiv sie gewesen war, wie vertrauensvoll, erschauerte sie. Um ein Haar hätte sie ihn sogar geküsst … Sie schämte sich wie nie zuvor in ihrem Leben. Sie, die erfahrene Profilerin, hätte doch eigentlich am besten wissen müssen, dass *jeder* verdächtig war. Er hatte von ihrer Schwäche profitiert, von ihrem noch fragilen Zustand, musste im Voraus gewusst haben, wie sie reagieren würde. Wie hatte sie nur auf seine Maskerade hereinfallen können? Ricarda war außer sich vor Angst, Scham und Erschütterung. Sie würde sich bis in alle Ewigkeit vorwerfen, dass sie Mia diesem Psychopathen ausgesetzt hatte…

Wie war das noch gewesen? *Diesmal musste sie da durch, koste es, was es wolle?* Ihre Eingeweide schienen sich brutal zusammenzuziehen, ihre Ohren rauschten. Ein Zweig peitschte ihr ins Gesicht, der Schmerz riss sie aus ihren Selbstvorwürfen heraus. Sie schmeckte Blut. Mit der Hand betastete sie ihre aufgeplatzte Lippe. *Nicht schlimm, nur weiter, nur Mia retten …*

Als sie endlich das Wohngebäude erreicht hatte, hielt sie inne und versuchte, zu Atem zu kommen, während sie die Lage peilte.

In großen Brocken blätterte die schmutzig-gelbe Farbe von der heruntergekommenen Fassade ab, einige Fenster waren zersplittert, und die Läden hingen schief in den Angeln. In der Mitte des Hofes stand eine altertümliche Olivenpresse aus Stein, die seit Jahrhunderten nicht mehr in Gebrauch gewesen zu sein schien. Vor einem niedrigen roten Nebengebäude – es handelte sich offenbar um die ehemalige Olivenölfabrik – standen mehrere Zierfässer, auf denen runde Blumentöpfe mit verdorrten Pflanzenresten in der Sonne schmorten. Weit und breit war kein Auto zu sehen, weder vor dem Haus noch dahinter. Hatte sie sich etwa geirrt? War sie auf dem falschen Grundstück? Sie schaute zu dem Schild über dem Plantageneingang auf. *Madonna dell'Arco*, stand in großen ausgeblichenen Lettern darauf. Nein, es gab keinen Zweifel, das hier war die Farm der Baldinis. War Francesco vielleicht gar nicht hierhergekommen? Es gab nur einen Weg, das herauszufinden …

Also gut, vorwärts. Sie zog die Waffe aus dem Holster, entsicherte sie und hielt sie mit beiden Händen vor sich, während sie sich im Laufschritt dem Haus näherte. Außer Vogelgesang war nichts zu hören. Sie eilte über den staubigen Hof, drückte sich seitlich an der Mauer entlang bis zum Eingang. Auf der Veranda knarrten die Dielenbretter. Sie hielt inne, lauschte. Nichts tat sich. Vorsichtig öffnete sie die quietschende Eingangstür, trat ins Innere. Es dauerte ein paar Sekunden, bis ihre Augen sich an die Dunkelheit gewöhnt hatten. Alles schien ruhig. Langsam schlich sie vorwärts, prüfte jede Ecke, suchte jeden Winkel ab. Nichts! Hier war niemand … Entsetzt ließ sie die Pistole sinken. Hatte sie etwas falsch verstanden? Erwartete er sie woanders?

Knack!

Ricarda fuhr herum. Da stand er, wie aus dem Boden gewachsen. Blitzschnell hob sie die Waffe, doch er war schneller. Das Letzte, was sie wahrnahm, war der große Holzbalken, der auf sie zusauste. *Mia*, schoss es ihr noch durch den Kopf, dann wurde alles schwarz …

KAPITEL 33 - WORTFETZEN

Polizeipräsidium, Salò, Gardasee, Westküste, 24. April – 10 Uhr

»Verdammt, was hat sie Ihnen *genau* gesagt?« Wie ein Racheengel stand Andrea vor Sergio, der sich schuldbewusst die Haare raufte. Er roch nach Schweiß. Seit gut zehn Minuten drangsalierte der Kommissar seinen Untergebenen, der immer wieder das Gleiche wiederholte.

»Es tut mir leid, Commissario, wirklich, die Verbindung wurde unterbrochen, und ich habe nur noch Bruchstücke mitbekommen, Wortfetzen, es klang wie Bald-fasa«, beteuerte er ein weiteres Mal.

»Wortfetzen, Wortfetzen«, äffte Andrea ihn aufgebracht nach. Er war außer sich. Konnte er sich nicht mal einen Vormittag vom Präsidium entfernen, ohne dass sich eine Katastrophe anbahnte, schneller, als man das Wort überhaupt aussprechen konnte?

»Dann hat es nur noch in der Leitung geknackt, und sie war weg. Sicher ist sie in einen Tunnel gefahren.«

»Das würde mich wundern. Ein Tunnel endet auch irgendwann mal wieder. Sie hätte zurückgerufen.«

»Vielleicht war ja ihr Akku leer? Oder kaputt?«

»Hm«, brummte Andrea. Plötzlich fielen ihm Ricardas letzte Worte ein. »Zeigen Sie mir die Nachricht, die Sie ihr geschickt haben«, forderte er Sergio auf.

Ohne lange zu fragen, flogen dessen flinke Finger über die Tastatur und holten die Nachricht vergrößert auf den Bildschirm. Er wandte den Laptop Andrea zu.

Verbittert blickte Andrea auf das Foto des Mannes, der Mia in seiner Gewalt hatte, vielleicht auch Ricarda. Er atmete tief durch, las die Nachricht: Übrigens, das Grundstück der Baldinis in Arco ist nach wie vor im Besitz des Sohnes.

»Was meinten Sie damit?«

»Bei unserem ersten Telefongespräch hat Ricarda gesagt, dass das Grundstück der Baldinis verkauft worden sei. Sie hat mich gebeten, das mal nachzuprüfen. Ich habe aber nichts gefunden.«

»Also ist die Plantage noch immer Francescos Eigentum?!«

»Ja, er war nach dem Tod seiner Eltern der Alleinerbe.«

»Es geht los, alle zusammen!«, rief Andrea lauthals in die angespannt wartende Runde. »Ich brauche alle Einheiten, die zur Verfügung stehen.« Noch während er sprach, schnallte er sich seine Dienstwaffe um. »Ich weiß, wo sie sind, Sergio. Sie benachrichtigen schon mal die Einheiten in Arco. Aber sagen Sie ihnen, sie sollen vor Ort erst mal in Deckung gehen und auf mich warten, also nichts Unüberlegtes tun. Hören Sie?«

»Wäre es nicht besser, sie würden unverzüglich eingreifen?«, meldete sich Nicolò zu Wort.

Andrea zögerte. Auch er durchlebte einen inneren Zwiespalt. »Normalerweise würde ich das auch so sehen«, gab er zu. »Aber mein Bauchgefühl sagt mir, dass dieser Mann anders ist. Wir haben es nicht mit einem gewöhnlichen Entführer zu tun, sondern mit einem Serienmörder, der seine Felle wegschwimmen sieht. Ein unüberlegter Schritt, ein falsches Wort unsererseits und er läuft Amok …« Eiskalt lief es ihm bei seinen eigenen Worten den Rücken hinunter. *Und wir haben keine Profilerin mehr*, hätte er fast noch hinzugefügt, verkniff es sich aber. Sein Pessimismus brachte niemanden weiter. »Ich hoffe darauf, dass Ricarda mit ihm umzugehen weiß.«

»Und wenn das lange Abwarten die beiden das Leben kostet?«, insistierte Nicolò.

»Verdammt!«, brüllte Andrea. »Glauben Sie, dass mir das nicht bewusst ist? Glauben Sie, ich nehme diese Entscheidung auf die leichte Schulter?«

»Nein, natürlich nicht«, stammelte Nicolò. »Es tut mir leid …«

Ja, dachte Andrea erzürnt, *hast mal wieder eine Möglichkeit vertan, einfach den Mund zu halten.* »Ich kann doch die örtliche Polizei nicht einfach so auf die Plantage spazieren und dort ein Massaker auslösen lassen. Die haben keinerlei Erfahrung mit Tätern dieses Kalibers, und dieser Typ ist eine wandelnde Zeitbombe …«

»Wie wollen Sie vorgehen?«, flüsterte Sergio.

»Auf der Fahrt habe ich genügend Zeit, mir darüber Gedanken zu machen«, antwortete Andrea mit bebender Stimme. Er wusste, dass jetzt alles von ihm abhing. »Wir müssen uns an alles erinnern, was wir von Ricarda über den Mörder gelernt haben. Müssen uns fragen, wie sie wohl reagieren würde, welche Worte sie wählen würde …«

»Ich habe alles aufgeschrieben«, antwortete Nicolò eifrig und hielt seinen Notizblock in die Höhe, offenbar bemüht, seinen Fauxpas von eben wiedergutzumachen. »Er ist fast voll.«

»Sehr gut«, sagte Andrea versöhnlich.

»Und dann?«, wollte Sergio wissen.

»Dann muss ich mich in den Mann hineinversetzen, versuchen, seine Handlungsweise vorauszusehen, wie er werden. Wenn es dafür nicht schon zu spät ist …«

KAPITEL 34 – DIE SCHWINGEN DES TEUFELS

Arco, Gardasee, Hinterland, 24. April – 11 Uhr

Wie ein loses Pendel schlenkerte Ricardas Kopf auf ihrer Brust hin und her. Im Rhythmus ihres rasenden Pulses hämmerte es schmerzhaft in ihren Schläfen. Langsam kehrten ihre Sinne zurück, und vorsichtig hob sie ihren dröhnenden Kopf, der Zentner zu wiegen schien. Ein Stöhnen entrang sich ihr. Wo war sie? Was war passiert? Blitzartig kamen die Erinnerungen zurück: *Mia … und Marco … nein … Francesco.*

Mit aller Kraft zwang sie sich, die Augen zu öffnen, versuchte, ihr Umfeld zu begreifen. Auch ihre Handgelenke taten weh. Ricarda schaute an sich herab. Allmählich sickerte die Erkenntnis in ihr Bewusstsein, dass sie an einen Stuhl gefesselt war. Ihre Hände lagen im Schoss und waren an den Gelenken so fest zusammengebunden, dass die Blutzirkulation gehemmt wurde. Das Ende des Stricks schien wiederum mit dem Seil verknotet, mit dem ihr Oberkörper an der Rückenlehne des Stuhls festgezogen war, sodass jeder Versuch, sich zu befreien, aussichtslos erschien. Wie ein blitzschnelles, brutales Schrapnell-Geschoss riss die Erkenntnis, versagt zu haben, Ricardas Innereien in Fetzen; der Schmerz, der in ihr aufflammte, war schier unerträglich. In ihrem Hirn klimperten die

Gedanken wie ungeübte Finger auf Klaviertasten, die wahllos schräge Töne von sich gaben, ohne wirklich eine Melodie zu erzeugen. Ein Durcheinander von Klängen, das Kopfweh bereitete, in einem Schädel, der so schon vor Schmerz zu bersten drohte.

Wo ist Mia? Lebt sie noch? Was hat er vor? Wo ist er? Ruhig, Ricarda, ruhig. Sie schloss die Augen, holte tief Luft, stieß sie langsam wieder aus. Panik würde ihr jetzt auch nicht weiterhelfen. Es war genau das, was er erreichen wollte. Als sie die Augen wieder öffnete, schaute sie sich um. Sie schien allein in einem düsteren Kellerloch zu sitzen. Vor ihr zeichneten sich die Umrisse eines kleinen Tisches ab. Der Stuhl, auf dem sie saß, war ein alter Kinderstuhl, wie man sie in Grundschulen verwendete.

Er will mich mürbe machen, meinen Widerstand brechen, totale Macht über mich erlangen. Vorsichtig bewegte sie ihre Füße, sie waren nackt und fühlten sich fettig an. *O Gott!* Das perverse Zeremoniell war bereits im Gange … *Er hat Mia*, schoss es ihr erneut durch den Sinn. *Wenn ich sie retten will, muss ich so kalt werden wie er, darf mir nichts anmerken lassen. Das ist die einzige Chance zu überleben.*

Hinter ihr ertönte ein Knacken. Sie atmete tief ein, wappnete sich.

»Na, *Marco*? Oder soll ich Francesco sagen? Was ist dir lieber?« Sie duzte ihn absichtlich, als Zeichen fehlender Wertschätzung. Es verfehlte seine Wirkung nicht.

»Ach, schau an. Du willst, dass wir uns duzen?« Die Stimme war vertraut, der Tonfall hatte sich jedoch auf erschreckende Weise verändert, war so kühl und emotionslos wie ein Eisbrocken.

»Na ja, so wie früher, oder?«

»Du erinnerst dich also?« Es klang fast triumphierend.

»Nur vage. Ich habe dich mal vor einer Schlägerbande gerettet, war es nicht so?«

Sie versuchte, sich zu ihm umzudrehen. Er saß an einem Tisch, dessen Oberfläche von drei Computerbildschirmen und allerlei technischem Firlefanz nahezu vollständig bedeckt war. Also doch. Er schien wohl tatsächlich auch ein Hacker zu sein.

In Ricarda brodelte es. Sie wollte ihn anschreien, fragen, wo Mia war, was er mit ihrer Tochter angestellt hatte, aber sie fühlte instinktiv, dass das ein Fehler wäre. Jetzt und hier ging es ums Ganze. Der kleinste Fehltritt – eine Fehleinschätzung, ein falsches Wort – könnte Mia und ihr zum Verhängnis werden.

»In der Tat, so war es. Obwohl ich eher sagen würde, dass du meine wohlverdiente Bestrafung verhindert hast, Rica.«

Er stand auf, trat langsam auf sie zu und blieb genau unterhalb der kleinen Fensterluke stehen, sodass das einfallende fahle Licht sein Gesicht erhellte. Das Gesicht, das sich nicht verändert hatte: noch immer dieselben hübschen Grübchen, das anziehende Lächeln, die funkelnden Augen. Man musste schon ganz genau hinsehen, um das gefährliche Flackern in ihnen zu erkennen. Ricarda schauderte innerlich, mahnte sich zur Ruhe, als ihr Blick auf den kleinen Finger seiner linken Hand fiel. An der Stelle, an der zuvor der Siegelring geprangt hatte, hob sich von der Bräune ein grellweißer Streifen ab, den eine wulstige Narbe durchzog. Schlagartig erkannte sie den Zusammenhang mit dem Vorfall, den ihr der Gerichtsmediziner beschrieben hatte. *Ein Junge hatte sich angeblich aus Versehen einen Finger mit einem Hebelschneider abgetrennt*, gingen ihr seine Worte durch den Kopf. Ob Liliane ihr also doch etwas verschwiegen hatte? Rasch schob sie den Gedanken wieder beiseite. »Ach, dann stimmt es also, dass du Mädchen misshandelt hast?«

»Na, na, gleich so starke Worte … Sagen wir, ich habe mich ein wenig mit ihnen amüsiert, das ist alles. Damals habe ich meine Begierde noch nicht so ausgelebt, wie ich das heute tue.« Ricarda antwortete nicht. »Aber fragst du dich denn gar nicht, wie es deiner Tochter geht?«

Ihr Herz tat einen Satz. Sofort konzentrierte sie sich darauf, ihren Puls unter Kontrolle zu halten. »Da ich weiß, dass du nur darauf wartest, es mir auf die Nase zu binden, brauche ich das ja wohl nicht, oder?«, antwortete sie scheinbar gelassen.

Das Flackern in seinen Augen wurde stärker. »Ach so«, sagte er und grinste. »Du willst den Spieß umdrehen, indem du einen auf cool machst. Bravo! Leider muss ich dir aber sagen, dass das bei mir nicht funktioniert.« Er lachte leise. »Weißt du, wie oft meine Profiler diese Methode schon angewandt haben?«

Scheiße. Ricarda spürte, wie ihr kalter Schweiß den Rücken hinablief. Natürlich, als Autor von Kriminalromanen kannte er alle Kniffe. Vermutlich hatte er sogar selbst die Polizei interviewt, wie Schriftsteller es oft zu tun pflegten. *Nicht verzweifeln*, mahnte sie sich. *Gib ihm nicht, was er haben will.* Es galt, Zeit zu schinden, bis Andrea kam.

»Also gut: Wo ist sie?«

»Das geht dich nichts mehr an«, zischelte er. »Sie gehört jetzt mir. Übrigens hast du sie sehr gut vorbereitet, oder sollte ich eher sagen: Roberto hat sie sehr gut vorbereitet? Sie gehorcht aufs Wort.«

Ricarda überging die Provokation, wandte den Blick ab.

»Schau mich an«, befahl er.

Stur starrte sie auf das Pult vor sich.

»Ach, so willst du es angehen, ja? Gehorche.«

»Nein«, konterte Ricarda plötzlich, spürte, dass er kaum merklich zusammengezuckt war. »Mich würde ungemein interessieren, wie es zu alldem gekommen ist.«

»Oh, das ist aber lieb. Du interessierst dich für mich? Ich fühle mich geschmeichelt, ach, was sage ich da: geradezu geehrt. Die berühmte Profilerin will vor ihrem Ableben das Profil ihres Mörders verstehen«, rief er theatralisch und lachte laut. »Einfach zu köstlich.« Er machte eine Kunstpause und sah sie mit einem maliziösen Lächeln an. »Du hältst mich wirklich für einen Vollidioten, oder? Glaubst du im Ernst, ich wüsste nicht, dass du deine letzte Karte ausspielen willst, um Zeit zu gewinnen, bis dein dämlicher Bruder von einem Polizisten auftaucht?«

Ricarda verzog keine Miene. »Du irrst dich, Francesco. So gut scheinst du die Menschen wohl doch nicht zu durchschauen. Wie auch? Ein Psychopath hat bekanntlich große Schwierigkeiten, sich in andere hineinzuversetzen.«

Er schnaubte. »Blödsinn, das kann man lernen. Man braucht seine Mitmenschen nur genau zu beobachten, um zu verstehen, was sie gern hören möchten. Hat bei dir doch prima geklappt. Du hast mich gewollt, gib es zu.«

»Ja, das habe ich,«, sagte sie gelassen, was sie schier übermenschliche Überwindung kostete. »Welche Frau hätte das nicht?«

»Jetzt überraschst du mich doch, Rica. Ich hätte darauf gewettet, dass du alles abstreitest, mich ankeifst oder mir vor die Füße spuckst.« Er nickte anerkennend. »Alle Achtung.«

Das würde ich auch gerne, du Schwein, schrie es in Ricarda, doch sie lächelte sanft. »Na, siehst du? Wenn ich sage, dass mich dein Werdegang interessiert, dann geschieht das nicht, um Zeit zu gewinnen. Mein Bruder weiß nicht einmal, wo ich bin.«

»Richtig, ich konnte dein Telefon ja gerade noch rechtzeitig abschalten.«

Diesmal war es Ricarda, die anerkennend nickte. »Also nicht nur erfolgreicher Autor und Gedankenleser, sondern auch noch ein gewiefter Hacker?«, schmeichelte sie ihm.

Stolz blitzte in seinen Augen auf. »Also gut, Ricarda. Weil du die klügste Frau bist, die ich jemals kennengelernt habe, werde ich dir alles erzählen: Schon als Kind war ich nicht wie die anderen. Meine Eltern waren total überfordert mit mir. Ich habe es ihnen auch nicht gerade leicht gemacht, das gebe ich gern zu. Als mein Vater dann mit dem Saufen angefangen hat, schlug er zuerst meine Mutter und dann mich. Ich muss wohl seine Gene geerbt haben«, sagte er und gluckste, als hätte er soeben den besten Witz aller Zeiten gerissen. »Für jeden Unsinn, den ich verzapft habe, musste sie den Kopf hinhalten. Jedes Mal, wenn er sie schlug, habe ich eine Mischung aus Ekel und Freude empfunden, eine wohlige Erwartung. Als meine Noten, besonders im Italienischunterricht, stark abgefallen sind, weil ich nicht richtig schreiben konnte, haben sie mich zu einer Logopädin geschickt … zu dieser Verräterin.« Die letzten Worte spuckte er regelrecht aus. »Sie hat mich drangsaliert, ich solle schreiben, immer schreiben, schreiben, schreiben«, giftete er und schnaubte bei der Erinnerung abfällig.

Abrupt musste Ricarda daran denken, was Liliane ihr erzählt hatte.

»Das weiß ich längst. Aber was habe ich mit alldem zu tun?«, fragte sie stattdessen, um Fassung bemüht.

»Willst du nicht erst wissen, was ich gerne mit ihr gemacht hätte damals?« Der Gedanke, seine Taten beschreiben zu dürfen, schien ihn zu erregen. Jetzt konnte sie den Wahnsinn klar und deutlich in seinen Augen erkennen.

»Doch, natürlich«, log sie innerlich schauernd.

Und er erzählte. Malte jede noch so kleine Einzelheit bildhaft aus, als würde er einen Roman diktieren, verlor sich geradezu in seinen Worten – wie ein Künstler in seinem Gemälde, der den Pinsel nicht mehr niederlegen konnte, aus Angst, das innere Bild könnte abhandenkommen, bevor er es auf die Leinwand gebannt hatte. Ricardas Gedanken schweiften ab. Mit einem Ohr lauschte sie seinen kranken Ergüssen, gleichzeitig versuchte sie, sich den nächsten Schritt vorzustellen, probierte, vorsichtig die Fesseln zu lösen, doch sie saßen so fest, dass die Flucht schier unmöglich erschien. Mit Andrea würde sie wahrscheinlich nicht rechnen können. Doch allmählich schlich sich eine Idee in ihren Kopf, eine Idee, die sich völlig verrückt anfühlte und doch die einzige plausible Möglichkeit darstellte.

»... und dann hast du mich aus den Klauen meiner Verfolger gerettet«, sagte er gerade. »Ricarda, die Ordnungshüterin. Auch du musst es in den Genen haben, diesen Sinn für Gerechtigkeit, oder?« Er lachte das laute, ausgelassene Lachen, das sie vor einem Tag noch so anziehend gefunden hatte.

»Sicher«, antwortete sie ruhig.

»Was würde der Papa wohl sagen, wenn er dich hier so sehen könnte?«

Achtung, brachte Ricarda sich erneut zur Vernunft, *nicht darauf eingehen.* »Er würde sich wahrscheinlich im Grab umdrehen«, sagte sie noch immer gelassen. In ihrem Inneren kochte es.

Schlagartig verfinsterte sich Francescos Antlitz, wurde zu einer wutverzerrten Fratze. »Aber du musstest mir ja widerstehen, nicht wahr? Hast dich wohl für etwas Besseres gehalten?«

»Nein, ich –«

»Schweig!«, keifte er und kam näher, in seiner rechten Hand blitzte ein Messer auf. »Du hast es nicht verdient zu sprechen. Wie Lilly, wie all die anderen Biester. Haben sich für Schriftstellerinnen gehalten, pah, dass ich nicht lache!«

Sie spürte, dass er sich langsam in seinen Wahn hineinsteigerte. *Zeit gewinnen, herrje, ich muss Zeit gewinnen …*

»Warum jetzt, nach all den Jahren?«

Ihr Häscher fletschte die Zähne. »Das würdest du wohl gerne wissen, wie?« Leises Keuchen. »Also werde ich es dir verraten: Es hat in mir geschlummert, ja. Jahrelang. Ich habe meinen Hang in meinen Romanen ausgelebt, immer wieder und auf die abscheulichste Art. Aber sobald ein Buch fertig war, hat mir etwas gefehlt. Etwas Entscheidendes. Etwas, das selbst der große Erfolg mir nicht geben konnte. Es fühlte sich jedes Mal wie das Lutschen eines geschmacklosen Bonbons an …« Er grinste, schien sehr zufrieden mit seinem Vergleich. »Und weißt du, warum?«, flüsterte er, ohne wirklich eine Antwort zu erwarten. »Weil es nicht du warst. Und weil ich die Furcht und Panik in den Augen der Opfer nicht wirklich sehen konnte.«

Ricardas Herz raste. Sie versuchte, trocken zu schlucken, doch ihr Mund war so verklebt, dass es ihr nicht gelang. »Und dann?«, fragte sie heiser. *Zeit gewinnen …*

Er grinste abermals wissend. »Dann habe ich dich im Fernsehen gesehen«, hauchte er. *Also doch …* »Da hat sie gestanden, die *große* Profilerin, Meisterin der Toten und Verstümmelten, Künstlerin des Grauens«, sagte er hämisch. »Es hat mich beschwingt, dich nach all den Jahren wiederzusehen, weißt du, Rica. Beschwingt und aufgewühlt … Ja, richtiggehend aufgewühlt. Du hast es sogar geschafft, mich in Wut zu versetzen. All die vergeudeten Jahre, in denen du hättest mir gehören sollen. All die Jahre, in denen ich mich mit virtuellen Frauen habe abgeben müssen … All die verdammten Jahre des Nicht-befriedigt-Seins. Das musste gesühnt werden … Ist doch verständlich, mein Engel, nicht wahr?«

Ricarda starrte ihn an. »Ich –«

»Scht … du willst doch endlich die Wahrheit kennen, oder? Die Wahrheit, die ganze Wahrheit und nichts als die Wahrheit …« Er kicherte vor sich hin. »Also unterbrich mich nicht, klar?« Sie nickte hastig. »Als ich dich da in der Glotze gesehen habe, wie du so selbstgefällig große Sprüche gerissen hast, ist in mir plötzlich das unwiderstehliche Verlangen, mit dir zu spielen, aufgestiegen, verstehst du? Und was wäre da naheliegender gewesen, als dir ein paar Mordfälle unterkommen zu lassen? In wenigen Tagen und ein paar schlaflosen Nächten hatte ich alles geplant, wollte die Leichen von Milano bis zum Gardasee streuen, um dich in deine Heimat zu locken, zu mir zurück …« Ricarda stöhnte leise in sich hinein, schloss die Augen. *Konzentriere dich, verdammt. Zeige keine Regung.* »Und das Fantastische daran war, dass ich zwei Fliegen mit einer Klappe geschlagen habe. Ach, was sage ich da, gleich drei …«

Ricarda runzelte die Stirn, war ehrlich überrascht. »Wie meinst du das?«

»Na ja. Obendrein habe ich mich endlich auch an diesen widerlichen Selfpublisherinnen für die Beleidigung ihrer bloßen Existenz und deren unverfrorene Dreistigkeit rächen und wieder und wieder dieses schöne Erlebnis mit meiner Logopädin durchleben können.« Wie zahllose wirre Füßchen eines Tausendfüßlers lief ihr das Grauen kribbelnd die Wirbelsäule hinab. »Und dann …«, zischte er urplötzlich, sodass sie zusammenzuckte. »Dann hast du mich einfach wieder sitzen lassen.« Francesco hechelte nervös, eine Mischung aus unterdrücktem Lachen und empörtem Keuchen. »Signora Antonini, die Wunderbare, hat sich gedrückt, hat einfach so das Handtuch geworfen.« Er schnaufte wild. »Das hat mich so verdammt wütend gemacht, Rica, so verdammt wütend …«

»Ich war … krank, Francesco. Ich habe mich nicht gedrückt«, antwortete sie um Sachlichkeit ringend. »Das kannst du doch verstehen?«

»Verstehen?«, keifte er. »Verstehen? O ja, ich habe dich verstanden. Alle sind es wert, nur ich nicht …«

Scheiße, er ist dabei, in seine Welt abzurücken. Wieder dieses vielsagende Grinsen auf seinem Gesicht …

Ohne Übergang trat er hinter sie und beugte sich tief zu ihr hinunter, kam ihr so nah, dass sie den wohlbekannten Duft nach Amber wahrnehmen konnte – seines Parfüms, das ihre Sinne noch vor Kurzem zum Vibrieren gebracht hatte. Fordernd und nahezu unwiderstehlich schoss der Wunsch in ihr hoch, ihm eine Kopfnuss zu verpassen; nur mühsam gelang es ihr, den heftigen Impuls zu unterdrücken.

»Ich habe Jahre gebraucht, um das zu werden, was ich heute bin. Nach dem Tod meiner Eltern habe ich Abendkurse besucht, Tag und Nacht geübt, bis ich endlich richtig schreiben konnte. Aber das war mir nicht genug. Ich habe so lange weitergemacht, bis ich jede Feinheit dieser vermaledeiten Rechtschreibregeln aus dem Effeff beherrschte«, redete er sich erneut in Fahrt und richtete sich wieder auf. »Ich wollte sie beherrschen, um sie in den Dienst meiner geheimsten Gedanken zu stellen. Nie hätte ich geahnt, dass meine Schandschriften, die nur so vor Blut und Gewalt strotzen, jemals jemandem gefallen könnten. Aber weißt du was?« Mit verrücktem Blick sah er Ricarda an und lachte abermals laut. »Sie lieben es. Je perverser und blutrünstiger, desto besser. Sie können gar nicht genug davon bekommen. Sogar Mia mochte meine Werke, ein dreizehnjähriges Mädchen.«

Ricarda blinzelte, Hitzewellen schossen in ihr hoch. *Mia! Warum spricht er in der Vergangenheitsform von ihr? Absicht?* Ihr Herz raste.

»Und jetzt bist du dran«, vollendete er seine Ausführungen. »Du, die es gewagt hat, mich links liegen zu lassen und mit deinem Roberto nach Mailand zu gehen. Du hast mir das Herz gebrochen.«

»Hast du denn eines?«, rutschte es ihr heraus.

»Aber ja doch, natürlich. Auch ich kann lieben, Ricarda. Bringt man euch das denn nicht in der Ausbildung bei? Ich liebe nicht auf die gleiche Weise, auch nicht aus den gleichen Gründen, aber ich liebe.«

Eine Pause entstand.

»Was hast du mit mir vor?«, fragte Ricarda geradeheraus, um die Unterhaltung aufrechtzuerhalten.

Ohne ein Wort ging er zu einer alten Kommode, holte eine Schreibfeder, ein Blatt Papier und ein Tintenfass aus der obersten Schublade und legte alles vor ihr auf dem Pult ab. Schließlich griff er nach einer langen, gebogenen Nadel und – Ricarda traute kaum ihren Augen – einen alten, vergammelten Faden, den sie für den Rest des Garns hielt, von dem sie ein Stück bei sich auf dem Küchentisch gefunden hatte.

»Erinnerst du dich jetzt?«

Sie runzelte die Stirn. »Nein …«

»Du hast ihn mir geschenkt, um meinen Ranzen zu reparieren.«

Vor Ricardas innerem Auge entstanden plötzlich Szenen aus der Vergangenheit, erst nur verschwommene Bruchstücke, dann wurden sie schärfer, setzten sich zusammen wie ein Puzzle. Jetzt fiel es ihr wie Schuppen von den Augen. Das seidene Häkelgarn, das sie ihrer Mutter stibitzt hatte, der kaputte Ranzen. Der bemitleidenswerte Junge, der sie angebettelt hatte, sie nach Hause zu begleiten, weil er angeblich Angst gehabt hätte. Alles gelogen … Das Grauen griff mit eisigen Klauen nach ihr. Sie las Genugtuung in Francescos Blick, als er mehrmals heftig nickte.

»Na also, jetzt dämmert es dir endlich. Gut. Dann können wir ja anfangen.« Erneut trat er hinter den Stuhl und beugte sich über sie. Seine Haare streiften ihre Wange. Sie hätte ihn ins Ohr beißen können. Wieder musste sie all ihre Willenskraft aufbieten, um sich zu beherrschen. Fast behutsam durchtrennte er mit dem Messer die Fesseln an ihren Händen. Reflexartig rieb sie über die schmerzenden Gelenke, fühlte, wie das Blut in ihr taubes Fleisch zurückströmte und ihre Haut zum Kribbeln brachte.

»Das nutzt nicht viel, ich werde es dir ja doch brechen«, sagte er so sachlich, als würde ein Arzt seinem Patienten mitteilen, dass er an einer unheilbaren Krankheit litt.

Tränen schossen Ricarda in die Augen. *Verdammt, nein. Gib ihm nicht, was er will.* In ihrem Inneren spürte sie die Panik aufsteigen, ihre Fingerspitzen kribbelten jetzt nicht mehr nur vom Blutfluss. Ihre Lippen bebten. Sie keuchte.

»Na also, endlich kommt sie, die Angst. Fantastisch. Ich dachte schon, du würdest mich um mein Vergnügen bringen.«

Wieder ging er zur Kommode, holte aus einer anderen Schublade eine Spritze mit einer milchigen Flüssigkeit heraus und legte sie bereit. Ricardas Gedanken liefen auf Hochtouren, suchten fieberhaft nach einem Ausweg, irgendetwas, was sie sagen oder tun könnte, um ihn aufzuhalten. Doch ihr fiel nichts ein. Die Stricke um ihren Oberkörper hielten bombenfest. Der Ausgang schien unabwendbar. Wo blieb nur Andrea? Wo blieben die Einheiten?

Er legte ihr die Feder in die Hand. »Schreib, Ricarda. Wenn du leben willst, dann schreib«, flüsterte er ihr eindringlich ins Ohr. Ihre Hand zitterte wie Espenlaub, es war unmöglich, sie still zu halten. *Du musst dich auf seine Ebene begeben, auf seine Ebene*, schoss es ihr wie ein Mantra durch den Kopf.

»Ich kann nicht schreiben«, jammerte sie. »Ich bin ganz schlecht darin, mache nur Fehler. Deshalb erdreiste ich mich auch niemals, Berichte zu tippen.«

Seine Oberlippe zuckte gefährlich, es schien, als wollte er wie ein Raubtier die Zähne fletschen.

»Schreib, Ricarda«, insistierte er. »Zwing mich nicht, mein Zeremoniell zu ändern. Zur Strafe könnte ich versucht sein, dir die Prozedur ohne Betäubung zuzumuten.«

Ihre Hand ließ den Federkiel los. Sie senkte das Haupt und weinte leise vor sich hin. »Aber Francesco, erinnerst du dich denn nicht, wie schön es zwischen uns war?«, wimmerte sie. »War denn wirklich *alles* nur gespielt?« Sie hielt den Kopf gesenkt.

Er kam näher, schnalzte mit der Zunge.

»Aber, aber, hast du etwa Herzweh, Rica? Wo ist denn die stolze Profilerin geblieben?« Er seufzte theatralisch und schüttelte bedauerlich den Kopf. »Natürlich war es auch für mich irgendwie schön ... besonders, weil ich wusste, was noch kommen würde. Deshalb habe ich unsere gemeinsame Zeit außerordentlich genossen.«

»Hast du denn nie wirklich mit mir schlafen wollen?«, flüsterte sie nun. »Was wäre geschehen, wenn ich nachgegeben hätte?«

»Dann hätten wir sicher einen angenehmen Moment verlebt«, wisperte er ihr die Antwort ins Ohr. »Aber weißt du, dafür brauche ich dich nicht, für so etwas habe ich andere.«

Blitzartig riss Ricarda ihren Kopf herum, griff mit beiden Händen in seine Haare und schlug ihm die Stirn mit aller Kraft, die sie nur aufbringen konnte, ins Gesicht. Ein lautes Knirschen ertönte, als sein Nasenbein brach. Blut spritzte auf Ricardas Schulter. Vor Schmerz brüllend hielt Francesco sich die Nase und taumelte zurück. Entsetzt starrte er sie an. Sie nutzte diesen Moment des Chaos, stemmte den kleinen Stuhl, der an ihrem Hintern hing, hoch und ließ sich mit voller Wucht zu Boden krachen. Knackend barst das morsche Holz in Stücke. Hektisch versuchte sie, die Fesseln abzustreifen, doch das Seil hielt sie wie eine hungrige Boa constrictor umschlungen.

Francesco rappelte sich wieder auf. Verzweifelt suchten seine Augen den Boden nach der Spritze ab. Als er sie zu fassen bekam, schwenkte er sie wie ein Messer drohend in der Luft und wollte sich auf Ricarda stürzen. In letzter Sekunde konnte sie sich von den Fesseln befreien, hob ein abgebrochenes Stuhlbein auf und ließ es mit voller Kraft auf die Hand niedersausen, mit der er das tödliche Utensil festhielt. Mit einem Fluch ließ er die Spritze los. In seinen Augen funkelte der Wahn, und aus seiner Nase lief weiterhin Blut. Noch einmal holte Ricarda zum Schlag aus, doch er stürzte sich auf sie, und gemeinsam gingen sie zu Boden. Instinktiv glitten seine Hände zu ihrem Hals, wollten zupacken, doch mit einem geschickten Abwehrgriff konnte sie sich gerade noch befreien. Augenblicklich rollte sie sich auf die Seite, sprang auf und sprintete los, die Treppe hoch, durch den Flur, ins Freie.

Sie stolperte in Richtung Wald. Hinter sich hörte sie seinen gehetzten Atem, sein angestrengtes Keuchen. Er musste direkt hinter ihr sein. Sie wagte nicht, sich umzudrehen, aus Angst, er könnte ihr so nahe sein, dass sie den Mut verlor. Sie rannte. Rannte um ihr Leben. Bloß nicht zusammenbrechen, bloß nicht hinfallen. Wie tausend Nadeln stach der Waldboden in Ricardas nackte Fußsohlen, die in kürzester Zeit von tiefen Kratzern und Schrammen übersät waren und wie Feuer brannten. Doch das Adrenalin trieb Ricarda weiter. Francesco holte auf. Sie hörte es an seiner hektischen Atmung, die sekündlich näher zu kommen schien. Panisch blickte sie sich nun doch um. Ein Fehler … Ricarda strauchelte, fiel hin, rappelte sich sofort wieder auf und lief weiter. Doch sie hatte ihren Vorsprung eingebüßt, wie die Schwingen des Teufels griffen seine Hände nach ihr, um sie mit sich ins Reich der Verdammnis zu reißen. Als er Ricarda packte, ging sie hilflos in die Knie und schlug flach auf dem Bauch auf. Sie schmeckte Erde auf ihren Lippen. Er setzte sich auf ihren Rücken, legte seine Finger von hinten um ihre Gurgel und drückte erbarmungslos zu. Sie schlug um sich, röchelte und hustete, spürte, wie ihre Augäpfel aus den Höhlen traten. Aussichtslos. Ihre Beine fingen an, spastisch zu zucken. Langsam verschwamm die Welt um sie herum, alles war vorbei … *Mia* …

KAPITEL 35 – WAS DIR AM LIEBSTEN …

Arco, Gardasee, Hinterland, 24. April – 11.15 Uhr

Der Schuss hallte durch den Wald, scheuchte die friedlich auf den Bäumen verweilenden Vögel auf, die aufstoben und unruhig über den Baumwipfeln kreisten.

»Ricarda? Ricarda?«

Lasst mich schlafen, lasst mich gehen …

»Fühlen Sie einen Puls?«, hörte sie Nicolòs bebende Stimme.

»Ja, sie lebt. Und er?«

Stille.

»Ja, aber nicht mehr lange. Bauchschuss.«

»Scheiße.«

Hustend und würgend kam Ricarda wieder zu sich. In einem säuerlichen Schwall übergab sie sich auf den Waldboden.

»Meine Schwester, *sorella mia*«, sagte Andrea mit Tränen in den Augen und küsste sie auf die Wangen. »Ich hätte es mir nie verziehen, wenn …«

Auch Nicolò schien von seinen Emotionen überwältigt, wischte sich mit dem Hemdsärmel über die Augen und schniefte verräterisch.

»Hätten Sie nur auf mich gehört und mich mitkommen lassen«, sagte er leise.

Ricarda verzerrte vor Schmerz das Gesicht, keuchte gepeinigt, als die Erinnerung in ihr aufstieg. »Mia«, japste sie. »Habt ihr sie gefunden?«

»Nein.« Ihr Bruder biss sich auf die Unterlippe und blickte beschämt zur Seite.

»Wir haben alles abgesucht, nach ihr gerufen, aber keine Spur von ihr entdeckt,« antwortete Nicolò an Andreas Stelle, da dieser unfähig schien, ein weiteres Wort herauszubringen.

»Auch nicht im Keller?«, fragte Ricarda verstört. Dabei hätte sie gewettet, dass …

»Nein, auch nicht im Keller. Zwei Hundestaffeln sind schon unterwegs, um ihre Spur aufzunehmen und den Wald zu durchforsten«, versicherte Nicolò.

»In meinem Auto liegt ein altes Stofftier von ihr, vielleicht hilft es«, stieß Ricarda aus. *O Gott, mein Kind, mein Kind.* Es durfte nicht wahr sein. »Frag ihn.« Mit einer Kopfbewegung deutete sie auf Francesco, der sich gequält zusammenkrümmte.

»Du hast recht. Ich werde es aus diesem Bastard herausprügeln«, zischte Andrea plötzlich zornig.

»Nein«, fauchte Ricarda leise.

»Was? Du verteidigst ihn noch?«, raunte er ungläubig.

»Nein, natürlich nicht. Aber wenn du ihm zeigst, dass du wütend bist, dann wird er sich nur an deiner Machtlosigkeit weiden. Negative Emotionen sind für ihn wie ein Lebenselixier. Hilf mir auf.«

»Nein, das kommt gar nicht infrage! Du bleibst schön hier liegen, bis der Krankenwagen kommt –«

»Spinnst du? Es geht um das Leben meiner Tochter.«

Mit einem Seufzen half Andrea ihr auf. Mühsam und noch immer ächzend schleppte sie sich zu dem verletzten Serienmörder.

»Francesco, sag mir, was du mit Mia angestellt hast.«

Seine Augen leuchteten.

»Halt's Maul, du unfähige Fotze«, schrie er. Blut schwappte zwischen seinen Lippen hervor. »Du wirst sie nie wiedersehen, hörst du? Sie wird elendig verrecken. Ihr Bullen glaubt, ihr seid schlauer als ich? Ha!« Erneut lief ein Schwall Blut aus seinem Mund. »Ich werde das Geheimnis mit ins Grab nehmen.« Er lachte röchelnd und blickte triumphierend zu dem Stückchen Himmel empor, das zwischen den Baumwipfeln hindurchblitzte, als ob dort die Antwort auf eine Frage geschrieben stünde, die keiner je gestellt hatte.

»Ach was, bedauernswerter Francesco. Ich kenne dein Versteck, weißt du? Es ist dort, wo dich deine Eltern früher immer eingesperrt haben, nicht wahr?« Wie erhofft huschte ein Schatten über sein Gesicht. *Bingo, Volltreffer …* »Irgendwo im Keller, stimmt's?«

Er drehte den Kopf zur Seite, sicher, um sich nicht zu verraten. »Blödsinn«, keuchte er. »Du wirst sie niemals wiedersehen, Ricarda. Mia gehört jetzt mir. Du warst eine schlechte Mutter, sie will bei mir bleiben –« Er hustete und spuckte wieder Blut.

»Ja, ich meine, es war im Keller«, sagte Ricarda wie zu sich selbst, jedoch laut genug, damit er es mitbekam. »Liliane sprach von einem Geheimversteck dort unten.«

Francescos Kopf flog herum. »Liliane?« Es klang hysterisch. »Die Hure gibt es noch?«

Ricarda nickte Andrea zu, gab ihm ein Zeichen, dass der Keller noch einmal aufs Gründlichste durchsucht werden sollte. Im selben Moment erschien der Krankenwagen. Die grell blinkenden, rotierenden Lichter bereiteten Ricarda noch mehr Kopfschmerzen. »Kümmert euch um ihn, ich bin okay«, sagte sie und folgte humpelnd ihrem Bruder. Francesco ließen sie unter Aufsicht der Polizisten und Krankenpfleger zurück.

»Du wirst sie nicht finden«, brüllte er ihr hinterher, würgte laut und erbrach sich.

Plötzlich erkannte sie Antonio, der mit verheulten Augen hinter den Absperrbändern neben einem Streifenwagen stand. Sie schienen ihm untersagt zu haben, sich der Szene zu nähern. Ihre Blicke trafen sich für den Bruchteil einer Sekunde und erleichtert ließ er die Schultern hängen. Hastig wandte Ricarda sich ab, stolperte weiter in Richtung Haus.

Als sie endlich an der Kellertür ankam, um erneut in den dunklen Schlund hinabzusteigen, der sie noch eine halbe Stunde zuvor mit Haut und Haaren hatte verschlingen wollen, stürmte sie die Treppen hinunter und wäre fast gestolpert. Ein halbes Dutzend Polizisten klopfte jeden Zentimeter der schadhaften Wände ab. Auch Ricarda machte sich fiebrig ans Werk, ging in einen anderen Raum und begann, den Stein zu drücken und zu pressen, als wollte sie Berge versetzen. Sie hämmerte dagegen, horchte nach Hohlräumen. Nichts. Verzweiflung wollte sie packen, doch sie arbeitete sich mechanisch weiter vor, ignorierte ihren brummenden Kopf, die Schmerzen am Hals, die wunden Füße. Nichts war mehr von Bedeutung. Nichts, außer Mia … Plötzlich hallte ein Jubelschrei durchs Gemäuer. Gänsehaut überlief sie.

»Wir haben sie!«, rief Andrea jauchzend. Ricarda flog mehr, als dass sie lief, und hielt abrupt vor dem Schauspiel inne. Tränen liefen ihrem Bruder übers Gesicht. »Wir haben sie«, wiederholte er und strahlte sie mit feuchten Augen an. Er grinste von einem Ohr zum anderen.

Neben ihm stand Mia, völlig durcheinander. Unter der Kellertreppe befand sich eine geöffnete Wandtür, an deren Rückseite zur Tarnung ein Regal angebracht worden war. Ein kleines Loch, das eher an einen Tierbau erinnerte, klaffte wie eine hässliche Bauchwunde, aus der Mia wie gewundene Innereien herausgequollen sein musste. *O mein Gott.* Ricarda keuchte. *Dort hat meine Kleine stundenlang gesessen? In diesem düsteren, engen, stickigen Rattenloch?* Sie stürzte zu ihrer Tochter und zog sie in ihre Arme.

»Ich habe die Probe bestanden«, japste Mia.

»Die Probe?«

»Ja, es war ein Spiel«, sagte sie. »Er hat gesagt, dass ich nur eine wirklich gute Schriftstellerin werden kann, wenn ich mich selbst in die Situation eines Opfers versetze.«

»Du meinst, du hast dich freiwillig dort einsperren lassen?«

Mia nickte. »Es war besser so …«

»Ja, sicher«, antwortete Ricarda erschüttert. »Verzeih mir, Mia, bitte verzeih mir, dass ich dich so in Gefahr gebracht habe«, stammelte sie, und Tränen quollen aus ihren Augen. »Hat er dir auch nichts getan?« Hektisch tastete sie Mia ab, hob ihre Hände an. Alle Finger waren noch da.

Mia kniff die Lippen zusammen und schüttelte den Kopf. »Wo ist Francesco?«, fragte sie ängstlich.

»Er ist verletzt, mein Schatz. Jetzt kann er dir nichts mehr anhaben.« Sie nahm ihre Tochter in die Arme und wiegte sie hin und her. Mia vergrub das Gesicht an ihrer Schulter.

Ricarda fragte sich gerade, ab wann Mia begriffen hatte, wer Marco wirklich war, als ein Beamter am Treppenabsatz erschien.

»Signora Antonini?«

Sie wandten sich zu ihm um.

»Es ist vorbei, er ist tot.«

Ricarda nickte.

Mit großen Kulleraugen starrte Mia sie fassungslos an. »Er …?«

Abermals nickte Ricarda, diesmal erleichtert. »Ja, er ist von seinen Qualen erlöst, dieser Unmensch.«

Mia wurde von Schluchzern geschüttelt.

Mein armes Kind, wie hättest du auch wissen sollen, dass dein Idol so ein kranker Mensch war? Ricarda bekam weiche Knie und zitterte am ganzen Leib. Es war vorbei, es war tatsächlich vorbei …

Der Beamte räusperte sich verlegen. Fragend schaute sie ihn an. »Seine letzten Worte galten Ihnen«, setzte er noch hinzu. Vorsichtig legte Ricarda die Hände auf Mias Ohren. Was immer es war, Mia musste das nicht auch noch ertragen müssen. Sie nickte dem Mann auffordernd zu.

Er räusperte sich verlegen. »Was Dir am liebsten, ich Dir genommen …«

EPILOG

Schulaula, Scuola Primaria, Gardone Riviera, Jahresabschlussfeier, ein Jahr später …

Die sanfte Brise, die durch die offenen Fenster in den festlich dekorierten Saal strömte, ließ die grünen, weißen und roten Luftballons und Girlanden hin und her wippen und sorgte dafür, dass die hohen Temperaturen des angehenden Sommers erträglich blieben. Die Wände der Aula waren mit bunten Kunstwerken der Schüler geschmückt, stellten Szenen des täglichen Lebens am Gardasee dar – Segelboote auf glitzerndem Wasser, Olivenhaine in der Abenddämmerung und die majestätischen Berge im Hintergrund.

Ricarda saß neben Roberto auf einem der vielen Klappstühle, die in langen Reihen vor der kleinen Bühne aufgebaut worden waren, und schaute gebannt auf die Darbietungen der einzelnen Schülergruppen. Ein Chor sang fröhliche Lieder vom Gardasee, andere rezitierten Gedichte über die Schönheit und die Anmut ihrer Heimat.

Als das letzte verklungen war, klatschten die Eltern, die zu diesem Ereignis zahlreich erschienen waren. Und nachdem der Vorhang ein weiteres Mal hinuntergelassen worden war, trat die Schulleiterin ans Mikrofon, um eine neue Ankündigung zu machen. Dahinter war leises Getuschel und Rascheln zu vernehmen, Gegenstände wurden leise quietschend verrückt.

Ricarda, die sich vorgenommen hatte, ihre Gefühle im Zaum zu halten, spürte ihre innere Anspannung noch um ein Vielfaches ansteigen.

»Werte Besucherinnen und Besucher, wir kommen jetzt zum Höhepunkt unserer Aufführungen. Es ist ein kleiner Diamant, und wir sind sehr stolz, Ihnen das diesjährige Theaterstück, das von unserer lieben Mia Antonini geschrieben wurde, vorzustellen.«

Abermals wurde geklatscht, dann trat erwartungsvolle Stille ein. Ein Hüsteln hier, ein Räuspern dort, ein Säugling, der leise quäkte. Die Spannung stieg. Es geschah nichts.

Verunsichert wechselte Ricarda einen Blick mit Roberto, der nervös die Hände knetete. Sie wussten, wie wichtig diese Vorführung für Mia war, wie viel Herzblut sie in das Schreiben und die Inszenierung hineingelegt hatte. Wochenlang war sie nur zum Essen aus ihrem Zimmer gekommen, hatte die Wochenenden mit ihrem Vater abgesagt, um rechtzeitig fertig zu sein. Und jetzt saßen sie hier, inmitten der vielen anderen Eltern, verharrten mit klopfenden Herzen in der Erwartung auf die Enthüllung dieser unermüdlichen Arbeit.

Ricarda war froh gewesen, dass Mia sich überhaupt wieder für etwas interessiert hatte. Seit den Geschehnissen auf Francescos Landgut war ihre Tochter sehr verschlossen und wortkarg geblieben. Mitunter hatte Ricarda sogar befürchtet, Mia könnte unter dem Stockholm-Syndrom leiden; niemand wusste, was sich zwischen Mia und Francesco innerhalb der düsteren Mauern des Anwesens abgespielt hatte. Immer wieder hallten seine letzten Worte in ihr wider: *Was Dir am liebsten, ich Dir genommen …* und ließen sie keine Ruhe finden. Es ärgerte sie, denn es war genau das, was er damit hatte bezwecken wollen. Oder steckte da doch mehr dahinter? Würde sie es jemals erfahren?

Seit den furchtbaren Ereignissen hatte Mia niemandem anvertraut, was sich damals in den finsteren Räumen zugetragen hatte. Selbst nachdem Ricarda von den Anwohnern und der Presse als Heldin gefeiert worden und allmählich wieder Ruhe eingekehrt war, hatten sie das Thema niemals angesprochen. Instinktiv hatte Ricarda gespürt, dass Mia dazu noch nicht bereit gewesen war.

Und obwohl ihre Tochter äußerlich keinen Schaden genommen zu haben schien, hatten sie sie vorsorglich in die Obhut einer Psychologin in Therapie gegeben. Leider hatte ihnen die Therapeutin aber auch nur das Nötigste mitgeteilt, nämlich dass Mia auf dem besten Weg zur Genesung sei und sie beide sich keine Sorgen um sie zu machen bräuchten. Ricarda seufzte. Erwartungsvoll schaute sie auf den geschlossenen Vorhang der Schulaula, bemüht, ihren holpernden Puls in den Griff zu bekommen.

Als das Licht im Saal endlich gedimmt wurde, verstummten die leisen Gespräche. Ricarda hielt den Atem an, während sich der Vorhang hob. Dahinter war die Bühne jedoch derart verdunkelt, dass man kaum etwas zu erkennen vermochte. Nur das sanfte Plätschern einer Quelle war zu vernehmen, ein lauschiges Säuseln, das an den Garten Eden denken ließ.

Die Zuschauer raunten, als mit einem zischenden Ploppen plötzlich ein Scheinwerfer aufflammte und seinen Lichtkegel auf die hintere Kulisse warf, die unverkennbar den imposanten Monte Baldo darstellen sollte. Zu seinen Füßen saß ein junges Mädchen mit langen türkisblauen Haaren, und im Hintergrund erklang Vogelgezwitscher.

Ein weiteres Gemurmel ging durchs Publikum, als eine groß gewachsene Göttergestalt mit wehenden Stoffen und huldvollen Bewegungen leichten Schrittes auf die Bühne schwebte. »Sei gegrüßt, Nymphe Engardina«, sagte die Gestalt mit tiefer Stimme. »Weißt du, wer ich bin?«

»Natürlich! Du bist Benacus, der Gott der Seen und Ozeane«, antwortete das Mädchen sichtlich bewegt. »Was treibt den mächtigsten aller Götter an einen so einsamen und unbedeutenden Ort?« Zum Publikum gewandt, fügte sie etwas leiser hinzu: »Er ist mein Idol! Viele behaupten, dass er böse Absichten hat und der unbarmherzige Gott der Zerstörung ist. Angeblich soll er Nymphen ihrer Fähigkeiten berauben, um die Unglücklichen anschließend in Stein zu verwandeln.« Verzückt zwirbelte sie sich eine Haarsträhne um den Zeigefinger. »Aber ich kann nicht glauben, dass sich ein so erhabener Gott zu solch unschönen Taten hinreißen lässt.«

Ricarda schluckte trocken. Bildete sie sich das nur ein, oder gab es tatsächlich Parallelen? Ein ungutes Gefühl kroch in ihr empor.

»Nymphe Engardina«, säuselte Benacus plötzlich gefährlich lieblich. »Ich habe von deiner Gabe des Wasserfärbens erfahren und fordere nun deinen Tribut.«

»Ich tue alles, was du von mir verlangst, oh du Mächtiger«, rief die Nymphe ergeben. »Du bist mein Held, meine Leitfigur, und ich bete dich an.«

Bestürzt stockte Ricarda der Atem. Schweißperlen bildeten sich auf ihrer Stirn. Etwas in Mias Darbietung schien mit einem Schlag die eben noch verdrängten Ängste zu bestätigen, ließ die Schatten der vergangenen Monate greifbar werden. Die Anbetung ihres Idols, die Unterwerfung … *Um Himmels willen, nein. Mia, mein Mädchen …*

»Gut«, sagte Benacus und lachte schelmisch in Richtung Saal. »Deine hübschen Zotteln sollen deine Opfergabe für deinen Herrscher sein. Schneide sie ab!«

»Abschneiden?«, fragte Engardina erschrocken. »Aber warum sollte ich das tun?«

Missmutig stemmte Benacus die Hände in die Hüften. »Was fragst du so dumm?«, knurrte er. »Ich brauche sie, um damit alle Seen meines Reiches zu färben. Willst du deinem Herrscher etwa diesen Wunsch ausschlagen?«

»O nein, du göttlichster aller Götter«, stammelte die Nymphe. »Es ist nur …«

»Sprich endlich, bevor ich die Geduld verliere!« Ein rumpelndes Donnergrollen erfüllte den Saal.

»Wenn ich sie abschneide, dann verlieren sie ihre Wirkung für immer!«, erwiderte Engardina ängstlich.

Erschrocken wich Benacus zurück und lief ein paar Schritte auf und ab. »Ist das wahr?«

»So wahr ich Engardina heiße und auf dieser Alm lebe, göttlicher Benacus«, beteuerte sie. »Ohne meine innere Energie funktioniert meine Gabe nicht. Und ich will dir doch ewig dienen.«

Benacus schien einen Geistesblitz zu haben. »Oh, du schönste, klügste und heiligste aller Nymphen meines Reiches«, dröhnte er. »Dann bist du anders als alle anderen. Das ist ein Zeichen. Du sollst mit mir kommen. Nimm mein Herz und meine Seele. Alles, was mein ist, soll ab sofort auch dir gehören. Wir sind füreinander erschaffen!«

Eiskalte Schauer liefen Ricarda über den Rücken. *Was Dir am liebsten, ich Dir genommen*, schoss es ihr durch den Sinn. Ungläubig starrte sie auf die Darbietung, die sich vor ihr abspielte, als handelte es sich um die exakte Kopie der bis dahin geheim gehaltenen Vorkommnisse. Es war, als hätte sich plötzlich der Vorhang der Ungewissheit gehoben und grelles Licht auf die kranke Wahrheit geworfen. Unerwartet, ungeschönt und knallhart klatschte sie ihr entgegen wie eine schallende Ohrfeige, die Ricarda ins Gesicht geschleudert wurde. Hatte sie zu sehr die Augen verschlossen? Sich von ihrem eigenen Wunschdenken beflügelt in Illusionen gewiegt? Was für eine Närrin sie gewesen war. Ricarda japste leise, und als Roberto sich ihr zuwandte, konnte sie in seinen Augen die gleiche Erschütterung lesen, die sie selbst erfasst hatte.

Die blauhaarige Schöne ließ sich anmutig zu Füßen des Gottes nieder. »Oh, mein Gebieter, wie großmütig du bist«, schmeichelte sie ihm, sichtlich glücklich über seine Entscheidung. Doch plötzlich wirkte sie traurig. »Aber …«

»Sprich nur, mein Kind«, forderte der Gottesherrscher selbstgefällig.

»Oh, mein liebster Benacus«, wimmerte die Nymphe plötzlich. Das Plätschern wurde lauter. »Ich liebe meine Alm, meinen kleinen See und meinen Berg. Ich kann sie nicht verlassen. Meine Haare machen das Wasser rein, und dieses nährt die Heide und den Berg. Wenn ich gehe, wird alles verdorren. Außer …«

Grollender Donner ertönte. Mit gerunzelter Stirn trat Benacus auf sie zu. Er wirkte verärgert, fast bedrohlich. »Außer was?« Er schien Hoffnung zu schöpfen. »Nenn mir deinen Preis.« Behutsam nahm er eine ihrer blauen Haarsträhnen auf, ließ sie sanft zwischen seinen Fingern hindurchgleiten.

»Es heißt, dass du aus bloßem Gestein Seen zu erschaffen weißt. Schenke mir einen der tiefsten, schönsten und größten Seen, die die Menschheit jemals gesehen hat, auf dass viele Siedler hierherziehen, es meiner Alm an nichts mehr fehlt, und ich werde mit dir kommen.«

Unversehens streckte er den Zeigefinger in die Luft und sah auf die Nymphe hinunter, die lieblich mit den Augen klimperte.

Verhaltenes Gelächter ertönte hier und da.

Fragend schaute der Gott in die Runde und hob mehrmals die Augenbrauen, womit er erneutes Glucksen provozierte. »Warum meine Macht nicht für den guten Zweck einsetzen?« Er nickte. »So soll es sein, anbetungswürdiges Wesen«, proklamierte er. »Deine Alm soll einen See erhalten, um den dich die ganze Welt bis in alle Ewigkeit beneiden wird. Noch in Tausenden von Jahren wird man über uns sprechen, und sie werden sogar Theaterstücke über uns schreiben.« Er machte eine Pause und zwinkerte vielsagend ins Publikum, wodurch er erneute Lacher erzeugte.

»Jaja, bitte. Wenn du das für mich tust, dann folge ich dir in die Welt.« Sie setzte ein betörendes Lächeln auf.

Mit einem selbstzufriedenen Grinsen hob Benacus erneut seinen Arm in die Höhe, fuchtelte damit energisch in Richtung des Berges durch die Luft, holte weit aus und spaltete mit einem Schlag den gewaltigen Monte Baldo in zwei Hälften. Die beiden Pappteile der Bühnendekoration fielen theatralisch in sich zusammen und kippten schließlich zur Seite, was ein weiteres Raunen im Saal auslöste. Geräusche von tosenden Wassermassen erklangen daraufhin, und auf der Bühne breitete sich ein großer See in Form einer Plastikplane aus. Donnernder Applaus ertönte.

Breitbeinig stellte Benacus sich an den Rand der Bühne und setzte erneut zum Sprechen an, sodass das Getöse allmählich wieder verstummte. »Hier, meine Angebetete, ich lege ihn dir zu Füßen, den *Lago di Benaco*«, jubilierte er.

»Oh, Benacus, sei mein Herr und Gebieter bis in aller Gezeiten Ewigkeit, leite mich, mach mit mir, was dir beliebt, denn ich bin glücklich«, rief die Nymphe begeistert. »Jetzt weiß ich erst, wie stark unser Band in Wirklichkeit ist und dass du mich zur Größten machen wirst. Aber vor unserer Vermählung möchte ich mich noch etwas erfrischen.« Anmutig ließ sie ihren Umhang fallen und stieg in den See hinein, legte sich auf den Rücken und imitierte Schwimmbewegungen.

Wie durch Geisterhand wechselte das Licht, und die Unterlage färbte sich türkisblau wie Engardinas Haare. Das Publikum jauchzte.

»Oh, Engardina, schau! Schau, was du mit deinen azurfarbenen Haaren bewirkt hast. Wer soll diesem See jemals widerstehen können?«, schwärmte der Gott andächtig.

Abermals erklangen Plätschern und liebliches Vogelgezwitscher, als plötzlich in flauschige Wölkchen verkleidete Kinder über die Bühne huschten. Das Publikum kicherte verzückt.

Plötzlich stutzte Benacus. »Engardina?«, rief er. »Wo bist du? Meine Schöne? Mein Weib?« Es klang verzweifelt.

Regungslos blieb die Nymphe liegen. »Es hat geklappt, durch meine Haare werde ich im Wasser unsichtbar«, frohlockte sie in Richtung Publikum.

Benacus brach am Ufer zusammen und klagte kummervoll. »Engardina, oh, Engardina, was habe ich nur getan?« Er wandte sich den Zuschauern zu. »Sie ist in meinem gewaltigen See ertrunken. Niemals werde ich mir meine Protzerei verzeihen. Ich wollte ihr imponieren und das habe ich nun davon. Niemals werde ich an diesen vermaledeiten Ort zurückkehren. Niemals …« Er erhob sich und schritt, genauso plötzlich wie er erschienen war, mit flatternden Gewändern davon.

Zögerlich hob Engardina den Kopf. »Ist die Luft rein?«, fragte sie die Zuschauer.

»Ja«, kam die Antwort wie einstimmig zurück.

Also stand die Nymphe auf und breitete die Hände aus.

»Und ab sofort wird alles Leben ein friedliches Dasein am Ufer dieser wundervollen Schöpfung fristen können.«

Benommen saßen alle da, starrten auf das Mädchen, das mit ausgebreiteten Armen dastand und sich schließlich verbeugte.

Ricarda riss sich aus dem tranceähnlichen Zustand, in den das Bühnenstück sie versetzt hatte. Unsagbare Erleichterung packte sie, auch wenn sie es noch nicht so recht greifen konnte. Zaghaft klatschte sie in die Hände, dann immer kräftiger. *»Bravissima!«*, rief sie heiser und rang nach Fassung. *»Bravissima!«* Gänsehaut überströmte sie. Die Nymphe hatte den Kerl ausgetrickst, hatte über ihn gesiegt … Nur das zählte.

Unmittelbar schien der Saal wie aus dem Schlaf zu erwachen und euphorischer Applaus brach aus. Die Anwesenden erhoben sich von ihren Stühlen, klatschten wie besessen in die Hände. Jubel und Bravorufe hallten zur Bühne hinüber, auf der sich mittlerweile auch der Darsteller des Benacus und die Wolkenkinder wieder eingefunden hatten. Kurz darauf kam die Direktorin und gesellte sich zu ihnen, gefolgt von … Mia!

Unwillkürlich schossen Ricarda Tränen in die Augen, und ihr Hals wurde eng. »*Bravissima*, Mia, mein Mädchen«, wiederholte sie so leise, dass es vom stetig lauter werdenden Getöse verschluckt wurde. Doch Mia musste es von ihren Lippen abgelesen haben, denn sie lächelte ihr wissend zu.

»Ein ganz großes Dankeschön an unsere liebe Mia, deren schriftstellerisches Können unbestreitbar ist«, sprach die Direktorin ins Mikrofon, sodass der Applaus ein weiteres Mal anschwoll. »Das Theaterstück hat sowohl durch seine inhaltliche Tiefe als auch durch die kreative Inszenierung überzeugt. Und von wem sie die Gabe und List zur Überführung von Straftätern hat, ist ja wohl kein Geheimnis.«

Abermals brandete Applaus auf und gefühlt Hunderte von Augenpaaren richteten sich unvermittelt auf Ricarda, die nach allen Seiten dankbar nickte. Innerlich jedoch wand sie sich. Es war Mias Moment, nicht ihrer.

Flüchtig wechselte sie einen Blick mit Roberto, der ähnlich zu denken schien. Beide wussten sie, was dieses Theaterstück für Mia bedeutete. Es hatte wenig mit ihrem Talent zu tun und noch weniger mit einer möglichen Karriere als Schriftstellerin. Vielmehr schien es sich hier eindeutig um die Aufarbeitung der jüngsten Ereignisse zu handeln. Die Wiedergabe dessen, was Mia in den Momenten allein mit Francesco auf seinem Familienanwesen erlebt hatte. Es war, als hätte Mia mit dem Stück ihr Inneres nach außen gekehrt und es der Welt zu Füßen gelegt, ohne dass diese begriff, welche Nachricht sich wirklich darin verbarg.

Sowohl Ricarda als auch Roberto begriffen, dass diese Bühnenvorstellung die Offenbarung war, die sie sich so lange erhofft, aber niemals zu erfragen gewagt hatten. Jetzt war Ricarda sich sicher, dass Mia etwas getan oder gesagt haben musste, was Francesco aus dem Konzept gebracht hatte. So sehr, dass er von seiner üblichen Vorgehensweise abgewichen war, was Mia ohne Zweifel das Leben gerettet hatte.

Für Mia hatte er den Berg gespalten und ihr sein Reich zu Füßen gelegt. Sein Reich, in dem nur eine Leidenschaft zählte: das Grauen in den Augen der Gepeinigten. Doch Mia war schlauer gewesen. Sie hatte sich seine krankhafte Gier nach Dominanz und Anerkennung zunutze gemacht, ihre eigene schöpferische Überlegenheit entfaltet, die so majestätisch, vollkommen und erhaben war wie der Monte

Baldo, so tiefgründig und saphirblau, herrlich und anmutig wie der geliebte *Lago di Garda* …

»Sie scheint deine analytischen Fähigkeiten zu haben«, flüsterte Roberto ihr zu, ohne sie anzuschauen.

Erstaunt wandte sie sich ihm zu. Jetzt, da er den Gedanken aussprach, wirkte es plötzlich furchterregend realistisch. Und aus Robertos Mund kommend, schien es doppelt wahr zu sein. Denn wer, wenn nicht ihr Ex-Mann, der jahrelang unter Ricardas Begabung und der damit verbundenen Karriere gelitten hatte, hätte einen besseren Grund, eine solche Möglichkeit zu leugnen und vehement von sich zu weisen?

Erneut kreuzten sich ihre Blicke. In dem seinen las Ricarda eine Mischung aus Stolz und Schmerz, Widerwillen und resignierter Ergebenheit gegenüber dem Unausweichlichen.

Als sich das Tosen langsam legte, sprach die Schulleiterin weiter: »Sag mal, liebe Mia, wie bist du denn überhaupt auf die Idee gekommen, unsere schöne Legende auf diese Weise umzuschreiben?«

Ricarda stockte der Atem, als die elegante Rektorin Mia das Mikrofon hinhielt. Auch Mia schien überrumpelt, fing sich aber wieder und lächelte gewinnend. »Für mich gibt es keinen Zweifel, dass die Nymphe Engardina sehr intelligent war und den Gardasee niemals verlassen haben kann«, behauptete sie so selbstverständlich, als könnte es sich tatsächlich nicht anders verhalten haben. »Sonst wäre er nicht blauer als all die anderen Seen dieser Welt.«

Begeistertes Klatschen und Jubelrufe erklangen aufs Neue, die Augen der Zuschauer klebten geradezu an Mias Lippen.

»Das ist wahrlich eine wundervolle Erklärung«, erwiderte die Leiterin. »Auf jeden Fall scheinen dir alle Türen für eine große Karriere offen zu stehen.«

»Das hoffe ich«, entgegnete Mia ernst. »Aber nicht als Schriftstellerin«, fügte sie plötzlich hinzu, sodass ein Raunen durch den Saal ging. »Jedenfalls nicht hauptberuflich.«

Ricarda schluckte, spürte, dass auch Roberto sich merklich versteifte. Was waren das denn für neue Töne?

Verwirrt sah die Rektorin in die Runde. »Ach nein?«

Mia schüttelte den Kopf und schaute zu Ricarda hinüber, deren Kehle sich noch ein bisschen mehr zuschnürte. In den Augen ihrer Tochter lagen so viel Liebe und Anerkennung, dass Ricarda die Tränen nicht mehr zurückhalten konnte. Wie ungebetene Besucher strömten sie über ihre Wangen. Ohne dass ihr Mädchen es auszusprechen brauchte, wusste Ricarda es. Und was eben noch eine vage Idee gewesen war, ein dahingesagter Gedanke Robertos, schien plötzlich zu einer unabwendbaren Offensichtlichkeit zu werden, die sich ihr Existenzrecht erkämpfen wollte. Bilder kamen ihr vor das innere Auge, wirbelten herum wie kleine Staubfusseln im Luftzug.

Mias Schwäche für Kriminalromane und ihr innigster Wunsch, selbst zu schreiben, sowie das gesteigerte Interesse an dem Thriller-Schriftsteller waren keine Anzeichen für literarisches Ansinnen gewesen, sondern nur ein Mittel, einem ganz anderen, vielleicht bis dahin noch ungeahnten Talent als Ventil zu dienen. Sie war von den Fällen fasziniert gewesen, nicht vom Schreiben. Ihre Leidenschaft galt der Klärung und dem Fieber des Aufdeckens, nicht den Werken an sich.

Erwartungsvoll starrte Ricarda zu ihrer Tochter hinüber, die nach einer kurzen Pause wieder zum Sprechen ansetzte, und ahnte, was nun kommen würde.

Mia lächelte verschmitzt. »Ich möchte Kriminalistin werden, wie meine Mutter …«

NACHWORT

Liebe Leser*innen,

ich hoffe, dass für Sie das Leseerlebnis genauso aufregend war wie für mich die Realisation dieses Kriminalromans.

Alle im Roman erwähnten Denkmäler und Orte existieren tatsächlich, und die dazu angegebenen Informationen basieren auf nachprüfbaren Fakten.

Jedes Jahr öffnet die Buchmesse in Bergamo erneut ihre Pforten. Die Produktion der beliebten Rossana-Bonbons wurde tatsächlich 2016 von Nestlé eingestellt.

Obwohl ich einige Aspekte des Theaterstücks frei erfunden habe, basiert die Legende zur Entstehung des Gardasees auf Überlieferungen, die besagen, dass Benacus den Berg gespalten habe, um die blauhaarige Nymphe Engardina zu beeindrucken und ihr Herz zu gewinnen, wodurch der wundervolle Gardasee entstanden sein soll. Aus diesem Grund wird der See auch heute noch oft *Lago di Benaco* genannt.

Sollte Ihnen die Geschichte von Ricarda und Mia gefallen haben, so kann ich Ihnen jetzt schon verraten, dass wir uns sicher bald am Gardasee wiedersehen werden, da es eine Fortsetzung geben wird. 😄

Falls Sie gerne mehr von mir lesen möchten, würde ich mich über einen Besuch auf meiner Webseite oder den sozialen Medien sehr freuen:

https://sibyllebaillon.wixsite.com/sibylle-baillon
https://www.instagram.com/sibylle.baillon/
https://www.facebook.com/SibylleBaillonAutorin

Herzliche Grüße,
Ihre Sibilla Bellini (Sibylle Baillon)

DANKSAGUNGEN

Was wäre ein Buch ohne Danksagungen?

Wie so oft möchte ich mich ganz herzlich bei Isabell Hemmrich bedanken, ohne deren Zuspruch und festen Glauben in meine Fähigkeiten ich mich sicher nicht an diesen komplexen Roman herangewagt hätte.

Einen herzlichen Dank auch meinem lieben Freund und Psychiater Eric Bassin, der mir bei der Erstellung der psychologischen Profile von Bianca, Francesco, Ricarda und auch Mia mit gutem Rat zur Seite stand.

Und was wäre ich ohne meine lieben Bloggerinnen, Vorableserinnen, Rezensenten und Rezensentinnen: Monika, Arlette, Karin, Diana, Eva, Sarah, Susanne, Andrea, Jolanta, Marena, Kristina, Ingeborg, Cloudy und viele mehr. Sicher erkennt ihr euch darin wieder.

Ganz lieben Dank, dass ihr für mich da seid.

Und natürlich auch ein riesengroßes Dankeschön an Sie, liebe Leserin, lieber Leser, dass Sie sich die Zeit genommen haben, vielleicht zum ersten Mal eines meiner Bücher zu lesen.

Von Herzen danke,

Sibylle